KB260198

신상웅전집 10
움직이는 덫
일어서는 빛 2

동서문화사

신상웅전집 10

움직이는 덫
일어서는 빛 2

초판 발행/2003년 10월 1일
발행인 고정일/발행처 동서문화사
창업 1956. 12. 12. 등록 16-345 (윤)
서울강남구신사동 540-22 ☎ 546-0331~6 (FAX) 545-0331
www.epascal.co.kr
＊잘못 만들어진 책은 바꾸어 드립니다.
총10권 각권 9,800원

＊

이 책의 출판권은 동서문화사 (동판)가 소유합니다.
의장권 제호권 편집권은 저작권 법에 의해 보호를 받는 출판물이므로
무단전재와 무단복제를 금합니다.

편찬·필름·제작 일체 「동판」 자본으로 이루어짐에 따라
출판권 소유권자 「동판」에서 제조출판판매 세무일체를 전담합니다.
사업자등록번호 211-90-02201
ISBN 89-497-0204-5 04810
ISBN 89-497-0194-4 (세트)

움직이는 덫
일어서는 빛 2
차례

7. 야생마(野生馬)

검은 어둠을 가르며 달려오는 불빛이 있었다. 모두가 숨을 죽이고 그 불빛의 행방을 지켜보았다.

출렁하고 헤드라이트가 심하게 한 번 흔들리면서 잠시 자취를 감추는 순간 선어부(鮮魚部) 판매과장 고인택이 짧게 소리쳤다.

"전무님, 나타났습니다!"

한조는 눈자위가 뻑뻑해 오는 긴장을 느꼈다. 과연 감쪽같이 해치울 만큼 모두가 신속하게 움직여 줄까.

목포에서 밤새 달려온 조기 트럭 두 대였다. 그걸 노량진 공판장으로 들여보낼 것 없이 경부 고속도로 서울 톨게이트를 막 벗어난 지점에서 성남 쪽 옆길로 뽑아 장외 거래를 해버리자고 제의한 것은 바로 한조 그였다.

현금 실력이 있는 중간 도매상 몇한테 미리 연락을 해서 나오게 한 다음 거기 길섶에 부려논 조기 궤짝을 처분해 버리면 값도 제대로 받고, 공판장에 내는 경매 수수료, 냉장 보관료, 세금도 물 필요가 없게 되는 것이 아닌가.

회장 이욱형도, 사장 조건재도 처음엔 눈이 휘둥그레졌지만 결국은 그의 제안을 탁월한 아이디어라면서 수용했다. 다만 그러다가 노량진 공판장에서 알게 될 가능성이 많은데 그때는 어떻게 하느냐는 점을 그들은 우려했으므로 한조는 거침없이 말했다.

"운영비에 쪼들리고 있는 게 시장측 아닙니까? 만약 들킨대도 그땐 김 상무를 시켜 운영비조로 조금 집어주면 두말 않을 겁니다."

회장은 당연히도 고개를 끄덕였을 뿐 아니라 회심의 미소까지 머금고 그의 불법적인 장외 거래를 재가했다.

한조는 곧장 김영무로 하여금 목포 돌산상회에 연락을 취해 조기 트럭을 새벽 네 시 반에 문제의 장소에 닿도록 조치했다. 물론 김영무는 못마땅한 눈치였지만 약속된 암호로 전화 연락을 해주었다.

가격의 객관성을 유지하기 위해 회사 소속 중매인 두 사람 중 하나만 노량진으로 보내고 이시백은 현장에 나오도록 했다. 혹시 전량 처분이 안 될 경우를 생각해서 남대문시장의 길주상회로 하여금 타이탄 트럭을 몰고 뒷전에 나와 기다리도록 했으며 그 밖에도 회사 2톤 트럭 한 대도 현장으로 불러냈다.

동지나해에서 잡혀 온 조기는 매우 물이 좋았다. 이시백은 회중전등으로 상자를 일일이 비춰 보고 나서 가장 큰놈에 대해 마리당 6백 원을 불렀고 상인들은 두말없이 궤짝을 헤아려 제가끔 자기네 트럭에 옮겨 실었다.

길주상회 조길주가 한조 곁으로 다가와 자기도 좀 가져가고 싶다고 속삭였으므로 한조는 그에게도 희망대로 열두 상자를 확보해 주었다. 그야 회사 소속이므로 거래가 아니었지만 그는 입김을 허옇게 내뿜으며 여러 번 되풀이 감사했다.

"물이 너무 좋아요, 조기가."

"그러다가 언젠가처럼 때를 놓치고 노랑물 칠해 파는 소동 내지나 말아요."

"날씨가 이렇게 찬데 그런 일이 있겠어요."

"당신은 너무 아등바등하는 편이야. 그러다가 시간을 놓쳐 버리곤 야비한 짓까지 한다구."

"신년 명절이 낼 모렌데 이번에야 조기를 쌓아 놓게 될 리 없지요. 불티가 날 거예요."

모두가 뚝 떨어진 새벽 냉기에 와들와들 떨면서도 신속하고 빈틈없이 움직여 주었다. 두 트럭분의 조기 상자를 다섯 대의 작은 트럭에 나누어 싣는 데 20분도 채 걸리지 않았다. 판매과장 고인택한테 수표를 끊어 건넨 상인들은 후루룩 몸을 떨며 지체없이 떠나갔다.

한조는 모두가 떠난 을씨년스런 어둠을 응시하면서 조길주가 일깨워 준 섣달 그믐이란 말을 떠올려 보고 있었다.

섣달 그믐이라! 바로 일년 전 이맘때의 그는 어떤 모습이었던가.

"전무님, 가시죠 우리도."

"어, 가자구, 노량진으로."

한조는 생각을 떨치고 서둘러 자동차에 올랐다.

노량진 공판장의 깡에서도 조기의 인기는 대단했다. 막판에는 6백 원을 넘어섰는데 그건 전적으로 삼성상사가 거의 매점하다시피 조기 상자에만 눈독을 들여 몽창몽창 끊어 먹고 있었기 때문이다.

한조는 삼성이 혹시 그의 고속도로변 장외 거래를 눈치챈 것이나 아닌가 하여 한동안 가슴이 저렸지만 노량진에 남아 있던 중매인 최남룡이 탐색해 낸 정보에 의하면 그건 절대 아니라는 것이었다.

"그 냄새를 맡고 저러는 건 아닌 것 같습니다. 냄새를 맡았다면 오히려 뿌리쳐서 가격을 떨어뜨리려 들었겠죠."

"그럼 왜 저러지? 이상하잖우."

"모르세요? 명절만 다가오면 저게 저집의 버릇예요."

"그렇다면 뜨거운 맛 볼지도 모르겠군."

아니나다를까, 문제는 드디어 그날 아침 열 시를 넘기기 전에 터졌다. 분노한 상인과 시민들까지 합세하여 삼성의 냉동 창고를 습격한 것이다.

들리는 소문으론 마포에 있는 삼성의 냉동 창고 문짝이 다 떨어져나가고 조기가 길바닥으로 내동댕이쳐졌다던가.

'이놈의 자식들, 돈만 믿고 서민들 제사상에 올릴 조기까지 매점매석해' 하고 시민들이 고래고래 고함치며 기세가 높아지자 끝내는 기동 경찰까지 동원됐다는 게 아닌가.

흥양수산 쪽에선 모두가 통쾌해했다. 이욱형 씨까지 한조의 방으로 내려와 기분 좋음을 참지 못해 파이프 담배의 푸른 연기를 뻐끔뻐끔 뿜어대고 있었다.

"잘했어. 우린 나 전무 아이디어로 멋지게 해치왔구만, 쥐도 새도 모리게."

"전 후회되는데요."

"무슨 뜻인고?"

"삼성이 그렇게 설칠 줄 알았으면 노량진으로 끌어넣어 더 먹였죠, 약올려 가며."

"아이다. 모두가 우린 팔짱 끼고 구경만 한 줄 안 아나. 팔자 한 거도 아이고 사자 한 거도 아이고. 그르이 얼매나 멋지게 됐노 말이다."

한조는 속으로 이런 소동이 일어날 줄 알았으면 조기 트럭을 길섶에서 풀 것도 없이 서빙고 냉동 창고로 바로 싣고 갔어야 하잖았을까 하는 생각이 들었지만 그런 말은 하지 않았다. 이욱형 씨는 아직 거기까진 생각이 미치지 못하고 있는 듯했으므로 그는 다만 사장 조건재도 있는 자리에서 이렇게 말했다.

"약간 두렵군요. 조기가 말썽을 빚어 잔뜩 관심을 불러일으켜 놨으니 우리 장외 거래가 혹시 소문 안 날지. 상인들이 신이 나서 주변에다 얘기하고 다니면 말이 퍼질 가능성이 있거든요."

"염려 놔라. 우리야 모르는 일이라고 잡아뗐뿌만 그만이지 무슨 소리고. 그라고 우리야 판 사람이지 어떤 놈들 맹그로 매점매석했나, 언제."

이욱형 씨가 회장으로 올라앉으면서 흥양물산 사장이 된 이명신까지 한조의 방에 얼굴을 나타냈다. 그의 첫마디는 이랬다.

"나 전무 첫 솜씰 멋지게 보여줬다면서요. 삼성은 가로 가고."

"우연히 그렇게 된 것뿐이죠."

"도대체 어떻게 된 거요, 온 회사가 잔칫날 같으니."

"삼성이 당한 건 우리하고 상관없습니다, 그들 스스로 묘혈을 판 거지."

"어쨌든 기분 좋은 일인데. 내 입장에선 질투심이 날 지경이지만. 수산부가 빠져 나가면서 흥양물산은 빈 쭉정이가 돼버렸잖우."

이명신의 말엔 뭔가 뼈가 들어 있었다. 더구나 이명신의 미묘한 말을 듣고 있던 이욱형 씨가, 흥양물산이 빈 쭉정이가 안 되려거든 새 사업 개발에 의욕을 보여 보라고 핀잔하듯 하는 말을 한 건 더욱 분위기를 이상하게 만들 우려가 있었다. 한조가 얼른 화두의 방향을 돌렸다.

"방 한칸 빌려 곁방살이 시작한 우리 수산 잘 좀 밀어 주십시오."

사실이었다. 그 전 수산부 팻말을 흥양수산 주식회사라는 이름으로 바꿔 단 것말고 달라진 게 뭐 있는가. 그 옆 도서실과의 사이에 끼여 있던 휴게실을 둘로 칸막이 쳐서 사장실과 전무실을 만들어 준 게 고작이니까.

상무로 진급한 김영무는 옛날 자리에 그대로 앉아 여전히 컨트롤 타워를 지키고 있었다. 김영무 애기가 나온 김에 좀 더하자. 한조가 수산부의 해체와 회사 체제로의 새 출발 과정에서 그를 제치고 전무 자리에 임명될 때에 김영무가 취한 태도는 한조로선 고맙지 않을 수 없었다.

　그는 사주(社主)의 결정을 조용히 받아들이는 자세였다. 사실 한
조는 그가 혹시 사표를 던지지나 않을까 하여 초조한 나날을 보냈
다. 적어도 초기에는 그의 도움이 절대적으로 필요했기 때문이다.
　아직 모든 것이 안개에 가려 있는 상태인 한조로선 김영무의 도움
이 없이는 옴치고 펼 수도 없는 처지라 해도 크게 틀리지 않는 형편
이 아니던가. 그리고 흥양물산의 김영무라고 하면 업계에선 모르는
사람이 거의 없는 존재였다. 특히 라이벌인 삼성상사에서 그를 뽑아
가려고 몇 번이나 추파를 던진 일도 있었다고 하므로 그는 사표를
던지고 얼마든지 그쪽으로 갈 수도 있었다.
　실제로 수산부 직원들은 한 사람의 예외도 없다시피 모두가 그는
미련없이 회사를 떠날 거라고들 했다. 여론이 그렇게 돌아가자 정작
급해진 쪽은 한조 편이어서 그는 궁리 끝에 이욱형 회장을 만났다.
그러나 회장은 자신의 인사 발령에 대해 단호했다. 절대로 취소하거
나 바꾸는 일이 없을 거라고 했다.
　"김영무가 삼성으로 간단 말가. 그름 가라 그래라. 갈 사람은 가
　야 하는 기라."
　"그렇지 않습니다. 그 사람을 잃는다는 건 회장님께 너무 엄청난
　손실입니다."
　"내한텐 나군이 김영무보다 더 중요하다. 능력에 대한 판단은 내
　가 하고, 낸 손해보는 일은 안 하는 사읍가다."
　결국 이욱형 씨는 그와 김영무의 자리를 바꾸어 달라는 그의 제의
를 받아 주지 않았다. 그랬는데 김영무는 그의 예상과는 달리 사표
를 쓰지 않고 묵묵히 회사의 결정을 받아들이지 않았던가. 한조로선
한편으로 의아스러우면서도 우선은 반갑고 마음놓이지 않을 수 없
었다.
　사실대로 말하는 것이 가장 좋은 방법이라고 생각하여 한조는 김
영무에게 술을 사면서 자신의 난처함을 말했는데 그의 토로를 듣고

나서 김영무가 한 대답은 어떻던가.

"그건 나 전무의 뜻이 아니고 회사 경영자가 내린 결정입니다. 난 나 전무한테 조금도 유감이 없어요."

"난 두려웠지요. 사표를 쓰실까봐."

"삼성으로 갈 거라는 등 말이 많았다는 거 나도 알고 있습니다. 그러나 난 삼성으론 못 갑니다. 조금 섭섭하다고 지금까지 앙숙이었던 집으로 옮겨 앉는 짓은 할 수가 없고, 또 설령 간다 해도 결코 정당한 대우를 못 받습니다. 얼마 안 가서 보복을 당하게 될 테니까."

김영무의 말은 자르듯이 분명했다. 하긴 그런 김영무에 비한다면 한조의 존재에 대해 처음부터 뭔가 못마땅한 눈초리를 일관되게 갖고 있는 사람은 이명신이었으므로, 삼성을 꺾었다고 제일빌딩 25, 26층이 온통 터질 듯이 기분 좋음으로 부풀어 있는 것이 그에겐 오히려 배가 아프다는 식으로 말한 것은 결코 농담이 아니었다.

그러나 한조에게 있어 이명신만은 조금도 두려운 존재가 아니었다. 그가 어떻게 생각하고 뭐라고 말하든 신경쓸 게 없었다. 경사가 났다고 온 회사가 법석을 치니 한번 얼굴을 안 내밀어 볼 수는 없고 기왕 내밀어야 할 바에야 가시를 박아 넣은 말 한마디를 던지자, 이런 소갈머리를 가진 자가 무슨 사업체를 끌어간다는 것인가.

도대체 경영주의 조카인 그가 한조와 경쟁을 할 이유가 우선 없다. 아니 그렇게 말하기보다 그는 다만 숙부를 잘 만나서 사장이라는 자리에까지 오른 것뿐 경영자로서의 자질은커녕 자신의 위치도 모르는 무자격자라고 해야 옳았다.

한조는 언젠가 김영무가 하던 말이 불쑥 떠올랐다. 그때는 아직 흥양수산으로 독립하기도 전인데 하루는 김영무가 그에게 이런 말을 했다.

—나 선생 기분 좋겠습니다. 이 상무하고 갈라지게 돼서.

─무슨 뜻입니까?
─이제 곧 아시게 될 겁니다.
─그분이 회사를 떠납니까?
─궁금하더라도 조금만 참으세요.
그때 김영무는 벌써 조건재가 수산을 맡고 이명신이 물산 쪽을 맡
는다는 정보를 듣고 있었던 모양이고, 그렇다면 그건 한조 얘기를
하기 위해 이명신이 김영무를 불러 귀띔해 주었음에 틀림없을 것이
었다.
'까짓 못난 인간' 하면서도 이러구러 별로 유쾌하진 않은 기분인
한조에게 느닷없이 조희재가 전화를 걸어 온 것은 겨울 짧은 오후
해가 거의 뉘엿거릴 즈음이었다.
"웬일이십니까, 사모님?"
"그런 호칭 싫대두요."
"하여간 웬일입니까?"
"축하 드릴 일이 생겼다구 해서요."
"누가 무슨 말을 합디까?"
"이욱형 씨가요. 하지만 회사 간부들을 모두 불러 자축회를 열겠
다구 한 건 제가 말렸어요. 그러면 삼성 쪽에 담박 말이 들어간다
구 했죠."
"잘했습니다."
"대신 제가 한조 씰 위한 자릴 만들기루 했으니 나오세요."
만난다면 참으로 오랜만이라는 생각이 들었지만 한조는 왠지 마
음이 내키지 않았다.
"뭐 축하니 할 일도 못 되고, 밀린 일이 있어 일찍 퇴근할 입장이
못 되는데요."
"전 허락을 받구 하는 전화예요. 그것도 한조 씨 회사 경영주한테
서."

따지자면 한마디 꼬집어 줄 수도 있으련만 한조는 참고 이렇게 꽁무니를 뽑았다.

"정말입니다, 별로 대수롭진 않지만 선약도 있고요. 그것도 상대가 여자가 돼놔서……."

"거짓부렁 마세요. 이명신 씨나 김영무 씨랑 같이 앉는 것보다야 저랑 만나는 게 더 맘 편하지 뭘 그러세요."

"내가 여자 만난다면 이렇게 모두가 믿질 않으니……."

"처음엔 밀린 일이 있다, 다음엔 선약이 있다 하니까 그러죠."

"좋습니다. 어디로 나갈까요?"

"여섯 시 정각에 회사 길 건너편에 서 있을게요."

한조는 수화기를 내려놓기 바쁘게 어딘가로 급히 갔다.

회장 비서실엔 웬일인지 남자 비서는 하나도 없고 임채원만 동그마니 책상을 지키고 앉아 있었다.

"미스 임, 회장님 계셔?"

"어마, 전무님 축하드려요."

한조는 대답 대신 손을 들어 보였다.

"근데 어쩌죠. 회장님 지금 안 계시는데."

"골프 치러 가셨어?"

"아녜요. 약속이 있으셔서 조선호텔에 가셨어요."

"오늘 안 돌아오실 건가?"

"오실 거라고 하셨어요. 바쁜 일이신가요, 전무님?"

"아니, 미스 임 점점 이뻐지는데."

"어마나, 귀가 즐거워요, 전무님."

"여자가 이뻐지는 건……."

"앵경잼이라고 놀리지 마세요."

"나도 안경을 썼는데. 난 안경 쓴 여자가 좋더라, 어딘가 지적으로 뵈고."

　한조는 임채원의 책상 앞으로 다가서며 말했다. 그러나 손목을 잡아 버릴까 하던 당초의 생각을 바꾸고 대신 싱긋 웃어 보였다. 임채원이 그런 그를 마주 쳐다봤다.
　“전무님, 이런 낭설이 있던데요.”
　“낭설? 어떤?”
　“전무님에 관한 루머예요. 아서요?”
　“루머가 뭐야?”
　“시치미 떼시는 거 보니 전무님두 아시는군요.”
　“난 시치미 뗄 줄 모르는 사람인데.”
　“전무님이 총각이시라는데 사실이세요?”
　“그건 정말 낭설이군.”
　“그렇죠?”
　“그럼, 엄청난 사실이지.”
　“어느 쪽이신지 모르겠네.”
　“분명한 건 아직 미스 임 같은 여잘 못 만났다는 사실.”
　“어마, 멋지셔, 우리 전무님.”
　“데이트 신청해도 돼, 그럼?”
　“영광이죠.”
　“오늘은 안 되겠고…….”
　“쇠뿔은 단김에 빼는 거 아녜요, 전무님?”
　“난 지금 명령을 받고 있거든, 회장님 사모님으로부터.”
　“회장님 사모님요?”
　“회장님 들오시거든 말씀드려 줘, 사모님으로부터 전화 호출을 받고 나갔다고.”
　“알겠어요. 전해 드릴게요.”
　한조가 회장실을 찾아온 것은 전적으로 그 말을 전하기 위해서였다. 왜 꼭 그래야 하는지 분명하진 않았지만 그는 조희재와 통화를 하고 나자 왠지 신고하고 만나야 한다는 생각이 들었던 것이다.

"데이트 즐기세요, 전무님."

임채원이 비서실을 돌아 나오는 그의 등에다 대고 소리쳤으므로 한조도 한마디 대꾸해 주지 않을 수 없었다.

"상대가 미스 임이라면 얼마나 좋을까."

"전무님 매력 만점이세요."

조희재는 회사 건너편, 하오 여섯 시에 벌써 두꺼워진 어둠 속에 차를 몰고 나타났다.

"타세요, 전무님."

시트로 오른 다음 세웠던 외투깃을 접어 내리는 한조를 말없이 지켜보다가 그녀가 물었다.

"오래 기다리셨어요?"

"이제 여섯 신데요."

한조가 손목시계를 들춰보며 대답하자 그녀가 잠시 간격을 두고 이렇게 다시 말했다.

"그이가 나 전무님 이기셨다구 굉장히 기뻐하셨어요."

운전사가 듣고 있는 자리이므로 말투를 조심한다는 것을 조희재는 의식적으로 드러내 보이고 있었다.

조희재가 그를 데려간 곳은 조선호텔 양식당이었다.

한조는 아마도 그녀가 그를 그녀의 남편한테로 안내하는 것이라고 생각하여 엘리베이터를 기다리는 동안 이렇게 말했다.

"회장님이 여기 계시죠, 아마."

"그래요?"

조희재가 놀란 눈을 하고 그를 돌아봤다.

"비서실 임양이 그러던데."

"그럼 우리 다른 데루 가요."

"그럴 것까지 있습니까. 회장님도 알고 계신다면서."

“맞아요, 아마 지금은 여기 없을 거예요. 저녁엔 워커힐에 간다구 했걸랑요. 일본 무슨 통조림 회사 사장이 왔다구 했어요.”

“우리 묵호 공장 기술제휴자겠군요.”

“그런가 봐요.”

그랬는데 조희재는 잠시 뒤 호호호 하고 소리내어 웃는 것이 아닌가. 한조는 기분이 나빠 반문했다.

“아니 조 여사, 왜 웃으십니까?”

“한조 씨가 ‘우리’라는 말을 쓰셔서예요.”

“한낱 고용인 신세에 어떻게 ‘우리’라는 말을 쓸 수 있느냐 그 말인가요?”

하고 한조는 화가 난 목소리로 되물었다. 조희재가 놀란 눈으로 그를 돌아봤다.

“어머 한조 씨, 오해 잘하시네. 전 이욱형 씨가 아무리 졸라두 한조 씬 쉽게 응낙하시지 않을 걸루 생각했거든요. 그랬는데 벌써 ‘우리 회사’라는 관념을 갖구 계신 데 놀라서 그랬어요.”

“조 여산 놀라면 웃으시는군요.”

“너무 너무 반가워서요.”

“아항.”

“제가 거짓말을 하고 있다구 생각하시나요?”

“그럴 리 있습니까.”

그때 마침 승강기의 문이 열렸으므로 두 사람은 말을 끊고 안으로 들어섰다. 머리가 곱슬곱슬하고 피부 빛깔이 가무잡잡한 서양인 하나가 그들과 함께 탔다. 승강기가 오르는 동안 조희재가 그의 귀에다 대고 속삭이는 말을 했다.

“전 조 여사란 말 듣기 싫다구 했는데 왜 자꾸 쓰세요. 아깐 사모님이란 말까지 쓰더군요.”

그러나 그가 뭐라고 대꾸하기도 전에 승강기가 어느새 마지막 층까지 다 올라섰으므로 그는 대답을 까먹은 체해 버렸다.

'월광곡'이라는 이름의 서양 음식관으로 안내되어 들어가 식탁을 사이에 두고 마주앉자 조희재는 우선 발포성(發泡性) 술부터 주문했다. 그러곤 큰 백합꽃 모양으로 접혀 서 있는 무릎덮개를 자빠뜨리고 그를 건너다봤다.

"우리 술 좀 마시구 나서 식사하기루 해요."

"산 송장 만들 생각입니까?"

"아직두 술 못 배우셨어요?"

"원통하지만 골칠 때리는 데야 어쩝니까."

"원통할 것까지야 머 있어요."

"술집 아리따운 여자들이 밥맛 없다는데도요?"

"총각이라고 뻐기지 마세요, 괜히."

"총각이라니 묘하게 들리는데요."

"그럼 미혼으루 고치죠."

조희재는 말하고 나서 술잔을 들어 보였다. 잔을 맞부딪치면서는 이렇게 말하는 것도 잊지 않았다.

"오늘의 성공, 축하드려요."

"오늘의 일은 순전히 행운일 뿐입니다."

"행운이람 더욱 축하할 일이죠. 전 한조 씨같이 행운이 따르는 남잘 좋아해요."

그녀는 어딘가 의미 있는 웃음을 얼굴에 묻히며 또 한 번 술잔을 치켜들었다.

한조는 조희재가 그를 마치 행운아처럼 말해 주는 게 기분이 괜찮아 그녀와 맞부딪친 술잔을 단숨에 다 비워 버렸다. 뿐만 아니라 아직도 묘한 미소가 번져 있는 그녀의 눈을 마주 쳐다보면서는 이렇게 말하기까지 했다.

"샴뻥은 막걸리 마시듯 하는 게 아니라고 왜 말하지 않습니까?"

“샴페인을 어떻게 마심 어때요. 중국에선 어떤지 아세요. 일단 건배한 잔은 다 마시지 않군 절대로 내려놓을 수 없대요.”

“그럼 난 중국에 가면 어울리겠군. 하지만 술을 마실 줄 알아야 배겨내지.”

조희재가 여지껏 들고 있던 잔을 홀짝 마셨다. 웨이터가 다가와 두 사람의 술잔에 다시 술을 채웠다. 목이 잘록한 술잔을 만지작거리던 조희재가 이윽고 그를 건너다보며 물었다.

“내일 모레가 무슨 날인지 아세요, 우리 전무님?”

“모레가요? 글쎄요, 무슨 날입니까?”

“한번 생각해 보세요.”

“섣달 그믐날 아닙니까.”

“그런데요?”

“통행 금지가 해제되고.”

“그리구요?”

“그리고 제야고.”

“그뿐예요?”

“왜 그뿐이겠습니까. 다음날은 새해 정월 초하루고.”

“아직두 정답은 안 나왔어요.”

“모르겠는데요, 그 이상은.”

“한조 씨 개인적인 일예요.”

“개인적인 일이라면…… 안경을 마지막으로 벗는 날인데.”

“아, 왜 안경을 벗으세요?”

“회장님이 뵈기 싫다고 하셔서…….”

“정말루 우리 이욱형 씨가 그랬어요?”

“보기 좋다는 말로 점잖게 암시하시더군요.”

“그게 왜 반대루 해석할 말예요. 전 절대루 한조 씨 안경 쓰신 게 더 멋있어요.”

"안경을 멋으로 씁니까, 이건 도수도 없는데."

한조가 안경을 벗어 던지다시피 식탁에 내려놓자 그녀가 한사코 다시 주워 쓰라는 게 아닌가. 안경을 벗으니 뭔가 빠진 불구자같이 보인다는 말까지 하면서. 안경을 집어들며 한조가 투덜거렸다.

"난 결국 이런 문화 시설이라도 해야 그나마 인간 구실을 할 수가 있군."

"할 수 없군요. 제가 정답을 말하죠."

'아, 잠깐만 기다려 주슈. 좀 생각해 보고 올 테니까.'

한조는 속으로 중얼거리기 바쁘게 식탁을 벗어나 식당 입구께로 걸어갔다. 그러곤 변소가 어디냐고 묻는 시늉을 하며 거기 지배인을 붙잡고 물었다.

"여기 흥양물산 이욱형 회장 안 오셨나요?"

"네, 오셨는데요."

"가셨습니까?"

"아뇨, 저기 특실에 계십니다."

"일본인들하구요?"

"아니던데요. 조 전무님하고 또 한 분은……."

"조 전무가 아니라 조 사장이죠."

"아, 그렇게 되셨습니까. 또 한 분은 안면이 별로 없는 분이던데, 뭐 전할 말씀이라도 있으시면 전해 드리지요."

"그럴 건 없고, 워커힐에 일본인 만나러 간다던 분이 여기 계속 계신다면 잊으셨나 해서……."

"예약까지 하고 오셨는데요. 필요하시면 누구시라고 전해 드리겠습니다."

"그럴 건 없어요. 난 흥양 라이벌 회사 사람이니까."

"네?"

한조는 더 이상 대꾸를 않고 돌아서서 화장실이라는 표지가 된 쪽을 향해 걸어갔다.

식탁으로 돌아온 한조는 기분이 좋을 리 없었다. 도대체 어느 쪽이 거짓말을 한 것일까? 조희재가 그에게 거짓을 말한 것일까, 아니면 그녀의 남편이 그녀에게 적당히 둘러댄 것일까.

한조는 그러나 뭔가 음모에 걸린 것 같은 느낌을 버릴 수가 없었다. 이 사람들이 나를 감시하고 있는 것은 아닐까. 하지만 그렇다면 내 무엇을…? 조희재가 그의 그런 심정을 읽지 못하게 하기 위해 한조는 곧 잔을 들어 천천히 마셨다.

이윽고 그녀가 다그쳤다.

"생각이 나셨어요?"

"조 여사님!"

"정말 그러시기예요?"

"뭘 말입니까?"

"그런 호칭 쓰지 않기루 우리 약속했잖아요."

"나도 한 가지 요청 사항이 있는데요."

"뭔데요?"

"조 여사께서 누가 있을 때와 없을 때, 예컨대 운전수가 있는 자리에선 대단히 사무적으로 대하고 없으면 달라지는 게 이상한 느낌을 주거든요."

"어떻게 이상한 느낌을요?"

"말하자면 괜히 불안 같은 게 조성되는 것 같은……."

"왜 그럴까요?"

"아무 그럴 이유도 없으면서 꼭 누굴 속이려는 것같이 돼버려서 그렇겠죠."

"오해받는 건 유쾌한 일이 아니잖아요, 한조 씨?"

"오해받을 일도 없는데 만약에 누가 우리 대활 빠짐없이 엿듣는다면 정말 오해하죠."

"누가 엿들어요, 우릴?"

"그거야 장담할 수 있습니까?"

"하여튼 전 한조 씨하구 얘기하면서 딱딱하구 예의바른 말을 골라 해야 한다면 싫어요."

그녀는 말하고 나서 곧 그에게 처음의 질문을 상기시켰다.

"모레가 무슨 날인지나 알아내 보세요."

"제야에 눈이 온 해는 별로 없었는데 올핸 눈이 오는 건가요?"

"안 되겠어요. 제가 말하죠. 우리가 처음 만난 지 딱 일 년째 되는 날예요. 이제 생각이 나시겠죠?"

순간 한조는 놀란 눈을 하고 그녀를 쳐다봤다. 그러곤 말없이 거듭 고개를 끄덕였다. 이른 아침에도 생각이 났던 그걸 어쩌다 여태 깜빡 까먹고 있었던 것일까. 우습게 화제가 된 그놈의 조기 소동 탓이었을까.

고개를 꺾고 앉아 있는 그를 건너다보며 조희재가 속삭이듯 낮은 목소리로 물었다.

"감개무량하시잖아요? 전 그래요."

"정말 감개무량합니다. 새삼 감사한 마음이 솟구치는군요."

"그런 얘기 듣구 싶은 게 아녜요. 그런 얘긴 전 외려 기분 나빠요. 전 아까 한조 씨보구 행운이 따르는 분이라구 하구두 혹시 잘못 받아들이지나 않으실까 했었어요. 행운이란 절대루 누가 주는 그런 건 아녜요. 안 그렇다면 누구에게나 줄 수 있구 누구나 받는 거게요. 그렇잖아요? 이욱형 씨가 한조 씰 그렇게 자기 회사에 끌어들이려 한 것두 한조 씨가 특별히 행운이 따르는 분이어서가 아닐까요. 전 옆에서 지켜보며 그렇게 생각했어요. 하지만 전 달라요. 전 한조 씨의 행운이 탐나는 게 아녜요. 전 언제나 사람의 만남이 갖는 의미를 높이 사요. 그래서 전 우리만이 있을 땐 말투가 달라두 된다구, 아니 달라야 된다구 생각하구 호칭에도 신경이 쓰여요.”

조희재가 거기까지 말하고 나서 느닷없이 뜻밖의 제의를 던졌다.

“한조 씨 어떻게 하시겠어요?”

그러나 무슨 뜻인지 얼른 알아듣지 못할 질문이었으므로 한조는 대답 대신 그녀를 멀거니 건너다보았다. 그러자 그녀가 한마디 더 덧붙였다.

“모레 말예요.”

“무슨 기념식이라도 했으면 좋겠어요?”

갑자기, 꼭 조롱을 당하고 있는 듯한 느낌이 없지 않아 한조의 말투에는 어딘가 힐난 같은 것이 섞여 있었다. 그러나 조희재는 그의 기분 같은 것은 개의치 않겠다는 듯이 계속해서 말했다.

“그냥 넘겨서는 안 되잖아요?”

“그냥 안 넘기면 어떻게 한다는 겁니까?”

“기념식전을 제가 마련할까요?”

“약올리는 겁니까?”

“그런 뜻은 전혀.”

“그럼 덮어둬 주세요.”

“자, 한잔 토스해요.”

조희재가 술잔을 들어 한조 앞으로 내밀었다. 엿먹어라. 한조는 잔을 부딪치며 속으로 중얼거렸다.

“실은 말예요, 제게 한 가지 좋은 아이디어가 있어요.”

“또 모레에 대한 얘기의 계속인가요?”

“물론이죠.”

“지겹지만 해보쇼.”

“우리 여행 가요.”

“누가 들으면 우릴 사랑에 빠진 사람들로 보겠시다.”

“맘대루 생각하게 해놓구 내용만 그렇잖음 돼죠, 머.”

“내용은 뭔가요?”

“우선 예스, 노부텀 듣구요.”

한조는 대답하지 않았다. 가만히 생각해 보면 조희재의 말버릇은 언제나 그랬다. 언제나 다른 사람이 엿들어서만 이상한 것이 아니라 한조가 듣기에도 처음엔 꼭 자기 남편을 속이고 무슨 짓을 하자는 투로 들리기 십상인 그런 말버릇을 그녀는 쓰고 있었다.

그건 그의 심리를 이용하려는 계획적인 의도인지 모른다는 생각을 갖게 했다. 그리고 막상 그렇게 생각하면 분노 같은 것이 치밀어 오르기도 했다. 그러나 만약 그렇다면 끝까지 바보짓을 해주리라 하는 생각도 함께.

조희재가 재차 물었다.

“예스예요, 노예요?”

“단둘이 떠나는 여행이라면 오케이.”

“좋아요. 대신 이욱형 씨한테서 쫓겨나는 건 저 몰라요.”

“쫓아내면 나가죠 뭐.”

“그리군 어디루 가죠?”

“집으로.”

“전 집이 없는데요.”

“그게 무슨 말입니까?”

“쫓아내면 우리 둘 다 쫓아낼 거 아네요.”

“그렇게 되나요.”

그녀가 엷게 웃음을 머금고 그를 건너다봤다. 그것도 의도적인 표정일까?

“한조 씨가 절 데려가신다면.”

의도적이라면 맞춰 주기 위해 한조는 대답하지 않았다.

“어떤 식으루 가든 한조 씬 낼 모레 제주도 안 가시겠어요?”

“제주도요?”

“네, 아마 그 섬이 아주 달라 보일걸요.”
“잔인하시군.”
“그렇게 말씀하심 실망인데요. 조금두 한조 씨답지 않은 반응예요. 전 한조 씨가 기분좋아하실 줄 알았어요. 개선장군같이 날아갈 수 있으시니까.”
“개선장군같이…….”
“그래요. 개선장군같이.”
한조는 말하고 있는 여자의 눈을 뚫어지게 쏘아보았다. 이윽고 한조는 조희재를 건너다보며 되물었다.
“만약 안 가겠다면 실망입니까, 정말?”
“물론이죠.”
“이 장군께서도 가시겠죠?”
“매년 연초를 제주에서 보냈으니까요.”
“올핸 좀 어려우신 거 아닙니까, 일본에서 손님도 오고.”
한조는 말하면서 자기도 모르게 특실 쪽을 힐끗 돌아봤다. 이윽형, 조건재 두 사람이 거기 들어앉아 그를 지켜보고 있는 것일까.
“일본인들두 신년 쇠러 돌아가잖겠어요.”
“그 사람들은 언제 왔습니까? 중역회의 때 애기가 없으시던데.”
“오늘 오후에 갑자기 건너온 모양예요.”
“하필 연말에 웬일일까. 무슨 문제가 생긴 건가…….”
“전 모르겠구요. 작년엔 한조 씨두 아시지만 저보다 이틀이나 먼저 떠났었어요.”
“올핸 나 때문인지 모릅니다.”
“한조 씨가 경사를 만들어서 그럴 거예요. 언제 간다는 말이 없어요. 전 모레 떠나겠다구 했구요.”
“이 장군께서도 모렌 내려가시겠지요.”
“만약 그렇다면 한조 씨두 동행하시겠어요?”

“간대도 나 혼자 따로 가겠습니다. 비행기 편도 아니고.”

“그럼 새해 초하룻날 오세요, 배루.”

“초하루엔 배가 안 다닌다고 하잖았습니까.”

“제가 언제요?”

“그때 부둣가에서 안 그랬습니까?”

“거짓말한 거예요. 한조 씨 못 떠나시게 하려구. 정월 초하루라고 왜 배가 안 다녀요.”

그럼 그믐날 부산으로 내려가 밤에 떠나는 제주행 배를 타겠노라는 약속을 한조는 결국 하고 말았다. 그랬는데 잠시 뒤 조희재가 고개를 내저었다.

“안 되겠어요. 저랑 같이 가세요.”

“이미 마음을 정한 뒵니다.”

“그러시구선 결국은 안 오시려구요?”

“두고 보슈, 찢어진 가죽 점퍼 입고 나타날 테니까.”

“정말이세요?”

“두고 보시라니까.”

“왜 같이 안 가시겠다는 거죠?”

“남의 부부 여행에 눈치도 없이 따라붙어요, 강아지도 아닌데.”

“동행하시는 걸 제가 더 좋아한다면요?”

“실은 누가 보면 비서로 생각할 것 같아 그럽니다.”

‘실은 누가 보면 댁의 남편을 시아버지로 오해할까봐 그럽니다’라는 말을 한조는 그렇게 표현했다. 우리를 다정한 부부 관계로 보면 어떻게 할 거요?

“약속하세요, 틀림없이 내려오신다구.”

“좋습니다.”

두 사람은 아이들처럼 새끼손가락을 마주 걸고 흔들었다. 그러곤 다시 술잔까지 맞부딪쳐 더욱 굳은 언약을 맺었다. 남녀가 밀로든 접촉이 잦다는 건 기분 좋은 일이 아니랴. 한조는 무릎덮개를 뭉쳐들며 말했다.

"자, 이제 일어섭시다, 손가락까지 걸었으니."

"초대자는 저예요."

"그래서요?"

"한조 씬 만찬 초댈 받았구요."

"저녁까지 먹자는 겁니까?"

"그럼요. 저 돈 잔뜩 넣구 왔어요."

한조는 별수 없이 도로 엉덩이를 깔고 앉는 수밖에 없었다. 생각 같아선 이딴 데가 아니고 어디 가서 시뻘건 육개장 국물이나 벌컥벌컥 들이켰으면 좋으련만……

삼성의 매점매석이 빚은 조기 파동 여파가 조깃값의 등귀를 부를 것이란 한조의 판단은 적중하여 새해를 이틀 앞둔 12월 30일의 노량진 공판장에선 마리당 등폭이 6. 5원까지 뛰어올랐다.

목포 돌산상회를 시켜 조기라면 들어오는 대로 모조리 거둬들이게 하여 세 트럭이 올라오고, 흉어로 허덕이는 서해 연평도 근해에서 잡힌 영세 어민들 것도 인천 공판장에서 한 트럭분 가까이 끌어 모아 온 것을 마리당 4백 원은 쉽게 남겼으니 하루 아침 고작 두 시간 사이에 조기 하나로만 억대에 육박하는 이익을 올린 셈이 아닌가. 그렇게 되자 한조는 돈이 돈같이 보이지 않았다. 비린내도 구수한 냄새를 냈다.

노량진 위판장의 영세한 소매상들은 여기저기 모여 서서 그런 한조를 손가락질했다.

"저치 누군지 알어?"

"홍양수산에서 전무로 끌어온 치라며. 전엔 뭐하던 친구야?"

"김영무한테 물어도, 전수형이한테 물어도 모른다던데. 이시백이도 최남룡이도 고개를 내젓고."

"보나마나 어디 산지 공판장 중매인으로 굴러먹던 칠 끌어올린 거겠지 뭐. 하지만 촌놈티가 철철 흐른다고 얕봤다간 큰코 다쳐. 저 눈매 한번 보라구. 뱁새눈하곤. 안경만 벗으면 못 봐줄걸."

"짜리몽땅한 키에 이마 하난 시원하게 넓군."

"저런 악발이만 끌어들이는 이욱형이란 작자가 더 문제 인물 아니겠어."

"회장으로 올라앉곤 코빼기도 안 보이는 걸 보니 단단히 믿는 모양이지, 저 친굴."

"저 조기 상자 처분하는 것만 봐, 믿지 않겠나. 우리가 그렇게 욕한 김영무는 차라리 저치한테 비하면 신사라구, 신사."

"그러나, 까불다간 두고 봐라!"

"두고 보면 무슨 힘으로 우리가 흥양을 깨?"

"흥양이 조기 씰 말리고 있는데도?"

"그만한 대형선 못 가진 선주들이 가슴을 치지 별수 있어."

조기씨를 말린다는 건 다른 말이 아니고 흥양이 대형 저인망선을 동원하여 조기 월동해역(越冬海域)인 동지나해를 훑어 오는 데서 나온 말이다. 한조도 선어과장 고인택한테서 처음 들어 알았지만 어군탐지기까지 갖춘 흥양 선단이 마구잡이로 걷어올리는 통에 북상할 조기의 씨가 말라 덕적도, 연평도의 파시(波市)까지 없어졌다는 소문이 파다하게 나돈다는 게 아닌가.

한조는 고인택한테 되묻지 않을 수 없었다.

"모리타니와 합작 교섭이 체결 안 돼 지나 해상을 왔다갔다한다는 배들이 그럼 바로 그 배들이군?"

"그렇죠. 흥아 3호와 4호, 2호는 소흑산도 남방 70마일 밖에 나가 있죠. 병어와 참조기 잡으러."

"1호는?"

"1호와 5호는 사모아에 가 있고 6호는 격렬비도 서방 30마일 지점에서 가자미 같은 저층 어족들을 낚고 있어요.”

그러고 보니 그는 아직도 제대로 회사 내막이나 현황을 파악하자면 창창한데 벌써부터 상인들한테 욕이나 먹고 있는 편이 아닌가.

고인택이 한마디 덧붙이고 있었다.

“유자망이나 기선 저인망 어선을 동원하여 산란기 어족들을 다투어 훑어 오는 수산업자들 반성할 구석이 없지 않아요.”

“우리 회산 수산업자 랭킹으론 별볼일 없잖어?”

“그렇죠. 우리 회산 엄밀히 말해 그저 공판장을 쥐어 흔드는 상인이죠.”

한조는 곧 장화를 벗고 구두로 바꿔 신었다. 눈이라도 내리려는 듯 아침부터 하늘이 잿빛이었다.

한조가 사무실에 닿기도 전에 낮게 내려앉은 잿빛 하늘에선 기어이 눈발이 흩날리기 시작하고 있었다. 그는 눈을 별로 좋아하지 않지만 회사에 돌아오자 성공적인 조기 작전 뒤끝의 뿌듯한 자부심의 표현을 겸해 한마디 했다.

“신년의 행운을 예고하는 서설이야. 아주 기분 좋아.”

한껏 시적인 표현을 쓴다고 썼는데 상무 김영무는 말할 것도 없고 그 누구도 한마디 뭐라고 반응이 없었다. 한조는 긴장하지 않을 수 없었다.

자기 방으로 바로 가버릴걸 괜히 사무실부터 들렀다는 후회도 없지 않았다. 한조는 뭐라고 한마디 더 해야 한다고 생각했다. 거기서 그냥 슬그머니 물러서서는 꼴이 말이 아니지 않는가.

“세모(歲暮)에 이렇게 눈이 퍼붓는 경우도 드물지 않어?”

그때 이인문이 자리를 일어나 주춤주춤 곁으로 다가왔다. 그러곤 낮은 목소리로 속삭이듯 말했다.

“전무님, 이 눈은 우리 회사 입장에선 결코 서설이 아닙니다.”

한조는 뭔가 머리를 스치는 예감 때문인지 순간 가슴이 죄어 왔다. 얼른 입이 떨어지지 않을 정도로.

"동해안에……."

"우리 트럭이 굴렀나?"

"그게 아니구요. 동해안에 어마어마한 폭설이 내렸답니다."

"그래서?"

"상무님이 계속 전화를 받고 계십니다."

한조는 이인문을 밀치고 김영무 책상 앞으로 다가갔다.

"동해안에 폭설이 내려 어떻게 됐습니까?"

"네, 아직은 확실하지 않습니다."

김영무는 대답하고 나서 한숨을 깨물었다.

"확실하지 않은 게 뭐요?"

"제11 묵호호가 돌아오지 않았답니다. 북위 38도 동경 131도에서 폭설을 만났다는 무전을 마지막으로 연락이 끊어졌다는 겁니다."

"마지막 무전은 몇 시에 있었답니까?"

"지난밤 한 시 사십 분이었다는군요."

"그런데 왜 이제 연락한답니까, 그 바보 같은 자식들이!"

"통신이 두절됐어요. 이것도 영주로 겨우 연결이 되어 다섯 군데나 중계를 해주어 들어온 보굽니다. 지금 강원도는 완전히 고립돼 있어요."

"그럼 확실한 건 아니군요."

"확실하지 않다니까요. 하지만 어선 1천 5백 척이 완전히 발이 묶여 있는 모양이고 관상대에 연락해 보니 아직도 계속 내리고 있답니다."

"수색 협조를 의뢰해야 되잖을까요?"

"해군에 협조 의뢰를 보냈지요."

"회장님과 사장님도 알고 계시겠지요?"

"회장님은 아직 모르고 계십니다. 연락을 드렸을 땐 벌써 제주로 떠나신 뒤였습니다. ”
“그렇게 일찍이요 ? ”
“아마 일기가 안 좋아서 비행기가 결항할까봐 일찍 떠나신 모양입니다. ”
“사장은 뭐랍디까 ? 묵호 11호라면 60톤급 아닙니까 ? ”
“배보담도 선원이 서른다섯 명이나 타고 있습니다. ”
한조는 말문이 막혔다. 침몰했을지도 모른다 해서 어느새 선원에 앞서 배의 손실을 먼저 생각하게끔 된 자신에 한조는 스스로 놀라지 않을 수 없었다.
김영무가 중얼거렸다.
“길이 막혔으니 가볼 도리도 없고……. ”
“어떻게든 가보도록 합시다. 선원이 서른다섯이나 타고 있었다면 보통 큰일이 아닌데요. ”
한조는 무언가 죄책감 같은 것에 쫓겨 괜히 서둘렀다.
“어떤 방법으로 간다 ? ”
상무 김영무가 혼잣말로 중얼거렸다.
동해안 폭설 피해 상황을 보러 가는 일이 쉽지 않은 난관이라는 것쯤은 한조도 짐작하고 있던 바지만 김영무가 헬리콥터라는 교통 수단까지 거론하는 데는 놀라지 않을 수 없었다. 김영무는 총무과장한테 전화를 걸고 그런 지시를 하고 있었던 것이다.
“전세 비행기 한번 알아봐. 지난번엔 어디서 빌렸던가 ? ”
김영무의 그런 발상은 한조를 감명케 하기에 충분했다. 어느 편이나 하면 대단히 적극적인 사태 대응 능력을 가진 것으로 보이는 그런 착안은 적어도 현대적인 사고의 소유자가 아니고는 가능하지 않다는 사실에 그는 압도당하고 있었던 것이다.
(역시 나는 아직도 촌놈이야.)
그러나 가만히 생각해 보면 한조가 모르는 건 이 회사의 재력이 아닌가. 상황은 급하게 돌아가는데 육로 교통은 두절되고 그럴 때 헬리콥터 같은 것을 동원할 수 있는 능력이 있느냐, 능력이 있대도 그런 엄청난 비용이 드는 결정을 경영주가 재가해 주느냐 하는 점에 대한 확고한 인식이 한조에겐 아직 없는 것이 아닌가.

회장 이욱형 씨는 제주도로 떠나고 없다 해도 김영무가 조건재 사장의 의견도 묻지 않고 그런 결정을 단독으로 내리는 걸 보면 이 회사가 그만한 능력과 유연성을 가졌음을 뜻하지 않는가.

한조는 김영무가 전무인 그에게 한마디 상의도 없이 총무과장을 전화로 부른 점엔 조금도 유감이 없었다. 엄청난 비극적 사건 앞에서 그런 걸 가지고 순서를 따질 계제는 아니지 않는가.

김영무의 헬리콥터 동원 계획은 그러나 실패로 끝났다. 총무과장의 보고는, 비행기는 있는데 동해안 쪽의 기상이 나빠 뜰 수가 없다는 것.

"비행기는 여러 대 있어요. 신문사 것들도 있구요."

"아직도 그쪽 기상이 그렇게 나쁜가?"

"눈이 계속 내리고 있답니다."

"관상대에서 그래?"

"네. 마흔여덟 시간을 계속 내렸는데 아직도 언제 그칠지 모르겠답니다. 바람도 심하고요……."

"안 되겠군."

김영무는 잠시 생각에 잠기는 표정이다가 곧 한조를 돌아봤다.

"저 혼자 다녀오지요."

"여기 있어 봤자 속수무책이고, 나도 가겠습니다."

"그럼 기찻길마저 끊어지기 전에 그거라도 타고 갈까요?"

"시간이 많이 걸리겠지요?"

"영주까지 내려갔다가 올라가니까 신경질나지만 어쩝니까."

김영무는 자기 자리로 돌아가기 위해 돌아서며 열차편이나마 끊어진 상태가 아닌지 모르겠다는 걱정이었다.

조건재 사장이 헐레벌떡 들이닥쳤을 땐 이미 두 사람이 떠날 채비를 다 차린 뒤였다. 이욱형 씨가 자리를 비우자 연락할 곳도 알려 놓지 않고 한나절이 다 되도록 그림자조차 볼 수 없었던 사장. 조건재 사장은 그나마 나타났지만 물산사장 이명신은 아직도 종적을 알 수 없는 상태였다. 면목없는 표정을 지으며 조건재가 말했다.

"서둘러 간다고 뾰족한 수가 있는 것도 아니잖아."

"만약에 조난당한 거라면 어떻게 됩니까. 가만히 앉아 있어도 될까요? 본사에서 개미 한 마리 안 나타났다고 신문이 떠들고 유가족들이 대들면 대항할 방법이 있어야죠?"

조건재는 머쓱해서 말을 잊고 서 있었다.

한조는 김영무와 함께 청량리역으로 내달렸다. 자오록한 눈속을 헤치며 달리는 차 속에 앉아 김영무는 전에 없이 사장에 대해 불평을 늘어놓았다.

"웃기는 사람들예요. 회장 하나 빼면 도무지 희망이라곤 없는 회사라구요."

"가족 회사들 다 그런 거 아닙니까."

"남한텐 불안해서 못 맡기고 친척 풋내기들은 도대체가 무능력자들뿐이고……."

"그런 면에서 보면 사실은 회장도 기업가적 자질은 없다고 봐야 하잖을까요."

"물론이죠."

두 사람은 경영진에 대한 불평을 그쯤에서 그만두고 내리는 눈 걱정을 했다.

"그만 그쳐 줬으면 좋겠건만."

"이건 세상을 완전히 끌어 묻으려 드는 것 같은데요."

운전사가 듣고 있는 자리이므로 중단했던 두 사람의 경영진에 대한 불평은 청량리역을 떠나 여덟 시간이나 스름스름 달리는 열차 속에서 다시 이어졌다.

맥주병을 끝없이 따며 김영무는 두 무사주의 사장을 안주로 삼았다. 한조도 별수 없이 두 병쭘은 마시고 있었지만 술기운 탓만은 아니고 김영무의 그런 불평이 즐거워 매우 기분이 좋았다.

김영무의 경영진에 대한 혹평을 듣고 앉았자니 두 사람이 마치 공동의 적을 두고 싸우는 운명적 동맹 관계처럼 느껴졌던 것이다. 공동의 적을 두고 있으므로 그들은 똘똘 뭉친 동맹이 되지 않으면 안되는데 그러기 위해 맥주를 마시며 그들은 그것을 거듭거듭 확인하고 있는 셈이 아니던가.

잘만 하면 저 가소로운 적들을 몰아내고 비옥한 영토를 점령할 수도 있을 것 같은 착각마저 들기도 하고. 그건 어느 정도 실감도 가능했다. 그들은 흥양이라는 기업체를 더욱 키울 수도, 반대로 쓰러뜨려 버릴 수도 있는 위치에 있었던 것이다. 김영무는 실제로 그런 투의 말을 하는 것도 서슴지 않았다.

"그 작자들 거들먹거리는 꼬락서니 보면 어떤 땐 다 때려 엎어 버렸으면 싶을 때도 없지 않아요."

"왜 아닙니까. 고용원일 뿐인 우린 이 고생을 하는데 능력도 없는 그네들은……"

"참, 나 전무께선 무슨 사업을 하시는 중이었다고 들었는데 어떻게 이 회사에 오시게 됐지요?"

"네, 좀 시원찮기도 하고……"

"그게 아니라 우리 회장이 떼를 쓴 모양이던데요."

"그럴 리 있습니까, 나 같은 인간한테."

"우리 회장 충분히 그러고도 남을 사람이죠. 사람을 보는 눈을 가지고 있다고 확신하고 있고 그 확신에 맞는 인물을 발견하면 무슨 수를 써서든 끌어들이고 말아요, 누구 말도 안 듣고."

누구 말도 안 듣는다는 말이 한조에겐 걸렸다. 자기한테 자문을 구했다면 반대했을 거란 뜻으로 들을 수도 있는 말이 아닌가.

시뻘겋게 술기운이 오른 얼굴을 들고 김영무가 계속해서 말했다.

"그런 점은 기업가로선 긍정적인 면이죠. 잔인할 정도로 냉혹하고. 우리 회장 하루도 빼지 않고 새벽마다 검도한다는 사실 모르시죠."

"그런가요?"

"건강을 위해서가 아니라 순전히 적개심을 기르기 위해서라는 얘기예요."

"적개심을요?"

"본인이 직접 그렇게 말했으니까요. 보통 사람이 아니라구요."

"예비역 스타라는 점도 중요하잖을까요?"

"물론이죠. 군발이란 끝없이 호전적인 치들이니까."

무슨 뜻인지 김영무의 눈빛엔 증오 같은 것이 어려 있었다. 차창 밖엔 어둠을 덮으며 여전히 눈발이 치고 있는데…….

눈속의 밤 열 시 사십 분.

기세는 좀 꺾인 듯했지만 여전히 잿빛 어둠에 싸인 하늘에선 조금도 지침 없이 눈이 흩날리고 있었다. 삼척역 앞 작은 광장은 온통 그뿐인 듯싶게 눈더미가 켜켜이 쌓여 있었다. 자동차 몇 대는 제 키만큼은 될 눈을 뒤집어쓰고 광장 구석에 처박혀 있고 길은 마치 전쟁터의 교통호같이 꾸불꾸불 눈더미를 뚫고 겨우 나 있었다.

김영무가 서류 가방을 추스려 들며 서글픈 표정을 지었다.

"우선 여관부터 잡고 봐야겠지요?"

"어디로 가야 할지 엄두도 안 나는데요."

"전에 오셨을 땐 어디서 묵었습니까?"

"경포대에 있는 동해관광호텔이었던가요."

"그건 강릉에 있는데요?"

“아 참, 여긴 삼척이군요. 난 이 근방에만 오면 아래 위가 자꾸
헛갈려서…… ”

“나도 서울에 앉아 있을 땐 착각을 자주 하죠. ”

두 사람은 말을 끊고 눈 속을 들어섰다. 그러곤 발목이 빠지는 눈
길을 십 분쯤 걸어 여관 간판 하나를 찾아냈다. 그동안 그들은 한
번밖에 눈길에 미끄러져 넘어지지 않았다. 헛디뎠다간 눈속에 익사
하고 말 듯한 고랑을 따라 걷다가 먼저 미끄러져 넘어진 건 한조 쪽
이었다. 앞서 가는 김영무까지 밀어 자빠뜨리며. 눈투성이가 되어
몸을 일으키고는 내동댕이쳐진 서류 가방을 집어들며 김영무가 농
담을 했다.

“눈속에 처박으려 하시지만 천만의 말씀입니다. 남은 인생이 억울
해서. ”

“약간 방향이 빗나갔군요, 그만. ”

묵호 통조림공장 현장소장 고현상과 서무 지연호, 주문진상회 홍
영환 세 사람과 지체없이 전화 통화가 되었지만 묵호로 올라가는 길
이 두절되어 그들은 이튿날에도 전화로밖에 대화가 되지 않았다.

홍영환으로부터는 조금도 신통한 소식이 없었다. 제11 묵호호 수
색작전은 아무런 진전도 못 보고 있다는 일관된 말뿐이었다. 김영무
는 공장 건설 현장소장 고현상이 마치 실종된 배에 관한 한 자기의
소관이 아니라는 투의 반응을 보인 것에 뿔이 돋아 전화통에다 대고
버럭 화를 내고 있었다.

“야, 임마! 너 당장 그만둬! 당장 사표 쓰란 말야! ”

한조가 얼른 김영무의 수화기를 빼앗았다. 그러곤 침묵하고 있는
전화기에다 대고 점잖은 목소리로 충고의 말을 했다.

“여보 고 소장, 당신 웬 실언이야. 회사가 발칵 뒤집혀 있는데 여
기까지 와서 눈속에 갇혀 꼼짝도 못하고 있으니 생각해 봐, 얼마
나 답답한 일인가. 상황에 맞게 행동할 줄 알아야지. ”

고현상은 행동이 불가능한 판에 전화통에다만 대고 소리친다고 실종된 배가 나타나느냐고 반문하는 오만을 보였지만 곧 태도를 바꾸어, 자신은 그런 뜻으로 말하지 않았음을 해명했다.

"상무님이 괜히 신경이 날카로워져서 그러시지 전무님 생각에 제가 그렇게 말했을 것 같습니까. 전들 왜 답답하지 않겠습니까. 전들 왜 화가 나지 않겠습니까, 공장 지붕이 무너앉아 버렸는데."

눈의 무게를 못 견뎌 짓고 있던 통조림공장 슬레이트 지붕이 내려앉아 버렸다는 것이 아닌가.

"제기랄! 다 망하는 판이군, 강아지가 좋아하는 눈 하나로."

한조는 통화를 끝내고 김영무한테 고현상이 누누이 사과하는 말을 했노라고 위로했다. 공장 지붕이 내려앉아 그쪽도 바짝 신경이 곤두서 있다는 말도 해주었다. 그러곤 곧 여관을 나와 두 사람은 부두를 향해 걸어갔다. 도대체 짐작도 가지 않았다. 갑판이고 마스트고 눈속에 완전히 파묻힌 배들이 항구를 빼곡하게 메우고 정박해 있었다.

마치 최후심판 같은 폭설이 멎기 시작한 것은 그날 오후부터였다. 풀풀 흩뿌리는 눈 속을 뚫고 공연히 여기저기 기웃거리고 다닌 나머지 오후에 막상 눈발이 멎었을 땐 한조나 김영무는 완전히 꼼짝을 못할 지경이었다. 신발도 가죽까지 완전히 젖어 버려 한없이 무거웠고, 실상 이젠 더 찾아가 볼 곳조차 없었다. 묵호 항만청에도 해군에도 알아봤지만 수색에 걸린 배는 한 척도 없다는 것이 아닌가. 그나마 강풍에다 시계(視界)마저 막혀서 수색에 여간 애로가 많지 않다는 것이 아닌가.

그 시간까지 아무런 기미도 찾을 수 없는 걸 보면 방향을 잃고 표류하다가 좌초, 침몰한 것이 거의 분명하다는 데 그들의 의견은 일치하고 있었다. 한조와 김영무는 그들의 그런 결론으로 더욱 녹초가 될 수밖에 없었다. 소문을 들은 선원 가족들이 벌써 한두 명씩 주문진상회를 찾아오고 있다는 것이 아닌가.

"이제 날이 들어 길이 뚫리면 다 달려오잖겠어요. 서울론 연락도 안 되고 이거 어쩌죠?"

"눈에 파묻혀 있는 게 그나마 수난의 순간을 연기시키고 있는 셈이군요, 시한 폭탄같이."

"전화선이 복구되는 대로 제주로 연락을 해서 위자료 액수부터 결정을 봐둬야겠지요? 침몰한 건 확실한 것 같으니까."

"그래도 일단 조 사장하고 먼저 의논하는 편이 어떨까요, 마음 내키지 않더라도?"

한조가 순서를 고치자 김영무도 그 점엔 고개를 끄덕였다. 사장과 상의하는 건 당연한 일일 뿐 아니라 그들이 서울을 떠나기 전에 사장이 제주도로 전화를 하겠노라고 했었으므로 그는 벌써 회장으로부터 어떤 지시를 받아 놓고 있을지도 모르지 않는가.

그럼에도 한조는 자신이 마치 김영무의 사장을 무시하고 싶은 심정에 반기를 든 것 같은 느낌이 들어 한마디 꼬리를 달았다.

"연락을 받고 회장이 서울에 돌아와 있을지도 모르죠."

"그럴 린 절대로 없습니다. 그 양반은 회사에 불이 났다 해도 연말 휴가만은 취소하지 않아요. 그런 역사가 없습니다."

"그렇다면……."

"그래도 역시 전무님 얘기대로 조 사장하고 일단 상의를 먼저 하는 게 뒤탈이 없겠어요. 그 말씀이 옳아요."

"명색이 사장이니까."

"이명신 씨에 비하면 그래도 나은 편이고."

한조는 잠시 뒤 김영무를 건너다보며 다짐하듯이 물었다.

"밴 정말 침몰한 게 틀림없을까요?"

"지금 상황으로 봐선 그렇게 단정할 수밖에 없는 형편 아녜요?"

"하긴 체념은 빠를수록 좋은 거니까."

"나 전무께선 이런 암담한 경험, 처음이시죠?"

무슨 소리냐, 태평양 바다에 빠져 죽으러까지 갔던 사람을 보고.
한조는 대답 대신 미소를 지어 보였다. 그러자 김영무가 그런 그를
쳐다보며 뜻밖의 질문을 던졌다.

"이럴 때 혹시 무슨 생각이 난다든지 하는 일 없습니까?"

"글쎄요."

"난 이럴 때면 성욕이 부쩍 일거든요, 이상하게. 어머니의 시첼
눕혀 놓고 여잘 찾아가는 어떤 외국 소설같이."

"그런 말 들으니 나도 갑자기 이상해지는데요. 우리 나갈까요. 한
번 찾아볼까요, 잃은 배 대신 다른 배를?"

"정말입니까?"

"정말이지요."

두 사람은 곧 여관을 나와 눈더미 속으로 들어섰다. 창부들이 어
느 거리의 눈 속에 갇혀 남자의 성기를 기다리고 있을까. 또다시 성
긴 눈발이 흩날리기 시작하고 있었다.

거리의 여자를 찾는 일은 실패였다. 빤하게 뚫린 교통호 같은 길
을 빼면 허리까지 파묻히는 눈더미를 은폐물로 하고 숨바꼭질이라
도 하듯 꼭꼭 숨어 있는지 어디서도 만날 수가 없었다.

김영무가 걸음을 멈추고 한조를 돌아봤다.

"눈이 쏟아졌다고 이것들이 돈 버는 것도 싫어진 모양이지요."

"어느 골목에서 아마 눈쌈을 하고 있을 겁니다."

"소녓적 즐거웠던 때로 돌아가서요? 그게 너무 즐거워 눈물을 질
금질금 쏟으면서요?"

"그렇죠, 눈물을 쏟으며."

"그럼 우리 개들 찾아다니는 거 그만둡시다. 눈싸움이나 실컷 하
라 그러지요 뭐."

"그 아이들도 고향 생각할 때는 있어야 할 테니까."

“그리고 보니 우리가 큰일인데요.”

김영무가 마치 낭패한 듯한 표정을 지어 보였으므로 한조는 물어보지 않을 수 없었다.

“도저히 못 참겠습니까?”

두 사람은 눈길을 마주치고 소리내어 웃었다. 그러곤 김영무가 곧 제의했다.

“따라오세요. 좋은 데가 있습니다.”

“영화관 같은 데겠지요, 손목 잡으려면.”

“영화관요? 아뇨, 다방에 가보십시다.”

“다방에를요?”

“네, 다방에. 거기 가면 아마 만날 수 있을 겁니다.”

김영무는 정말 욕정을 참을 길 없는 사내처럼 발목이 폭폭 빠지는 눈속을 생기가 나서 걷기 시작했다.

하긴 창부가 따로 있느냐, 이 나라의 모든 여성이 목말라 남자를 찾고 있는데. 한조는 그렇게 생각은 하면서도 한마디 의문을 나타냈다.

“다방에 들어가서 잘못 집적대다가 귀싸대기나 얻어맞는 거 아닐까요?”

“나한테 맡겨 놓으십시오. 더구나 시골 다방 아닙니까. 누워서 식은 죽 먹길 겁니다.”

아무리 눈속에 파묻힌 도시라 해도 다방 간판 찾는 일은 매우 손쉬운 일에 속했으므로 두 사람은 불과 십 분 안에 벌써 다방 입구에 서서 신발에 묻은 눈덩이를 탁탁 털고 있었다.

김영무가 바짓가랭이까지 털고 나서 허리를 펴며 말했다.

“오늘밤이 제야 아닙니까. 재수없이 이런 꼴이라고 그냥 넘길 수야 없지요.”

아, 그렇구나. 또 잊고 있었구나. 그러나 한조는 김영무한테, 자

신이 여기 오지 않았더라면 이때쯤은 제주도로 내려가 있었으리란
사실은 말하지 않았다.

"기회가 좋군요."

한조가 한 말이었다. 김영무가 곧 받았다.

"그럼요. 어디 가면 우리처럼 제야를 그냥 넘겨선 안 된다고 단단
히 결심한 임자 없는 계집년들을 틀림없이 만날 수 있을 겁니다."

"만약에 그런 계집아이들이 걸린다면 선물을 하나씩 사 주는 게
좋잖을까요?"

"그거 좋은 생각인데요. 올나이트하자는 계집년들한텐 이쁘장한
벙어리 장갑 같은 게 어울리겠지요?"

"촛불 켜놓고 앉아 입어 보라고 전하죠."

"장갑은 입지 않아요, 끼는 거지."

"장갑을 한 번도 끼어 본 일이 없어서……."

두 사람은 마치 더벅머리 선머슴애 같은 흥분에 젖어 다방문을 밀
고 들어섰다. 크리스마스 나무가 우선 눈에 띄었다. 그리고 캐럴이
귀가 아프게 높은 볼륨으로 흐르고 있었다.

"아가씨들 같이 좀 앉을까요?"

김영무의 출발은 매우 성공적이었다. 성냥개비로 탑을 쌓는 공든
작업을 하던 두 여자는 매우 우호적인 반응을 즉각 나타냈으니까.

"네, 앉으세요. 그리고 저희 탑 쌓는 모양을 감상해 주세요."

"아주 멋진 탑이 되고 있군."

"그럼요. 얼마나 오랜 수련을 쌓았게요."

한조는 그 말에 담박 결심을 굳혔다. 할짓이 없어 성냥개비로 탑
쌓는 일에나 단련이 되고 있는 계집년들이라면 망설임 없이 치마 밑
을 들춰도 좋다고──.

아마 김영무도 그 순간 틀림없이 그런 확신을 세웠을 것이다. 그
는 지체없이 이런 제의를 내놓았으니까.

“탑이 다 완성되면 축하의 뜻으로 우리가 차를 사 주지.”

“십층까지 쌓을 건데요.”

당초 설계가 그렇게 나와 있는 거라면 희망이 없음이 분명한데도 김영무는 현실적인 검토도 없이 가볍게 받아들이고 있었다.

“어쨌든 냉커피루 사 주세요.”

하고 성냥개비를 공급해 주는 일을 맡고 있던 계집애가 말했다.

“아니, 이 겨울에 찬 걸로?”

“탑 쌓는 일이 얼마나 땀나는 일이게요.”

“그렇군. 공든 탑 쌓는 일이니까.”

“이 떨리는 손 좀 보세요.”

하고 이번엔 골조 공사를 맡은 다른 계집애가 말했다.

“그럼 차 한잔으론 안 되겠군. 다른 선물을 한 가지 더 사 주지.”

“어마, 멀루요?”

“빠알간 벙어리 장갑 한 켤레씩이면 어떨까?”

“아저씨 멋진 분이셔.”

“아저씨라니 섭섭한데.”

“그럼 머라구 해야 하나요?”

“자기.”

“어머머!”

“왜 그러지? 탑이 잘 안 쌓아져?”

“아뇨. 좋아요, 자기.”

두 계집아이는 손으로 입을 막고, 그러나 공사 중이던 탑이 넘어지지 않게 조심하면서 웃었다. 이렇게 새해의 행운을 빌기 위한 제야의 성찬에 올릴 제물 준비는 의외로 순조로운 듯 보였지만, 그러나 결국은 실패하고 마는 슬픈 결말로 끝막음되고 말았다.

“탑은 밝아 오는 새해의 과업으로 돌리는 게 어때?”

했을 때까지만 해도 두 사람은 실패란 상상도 하지 않았다. ‘그러죠

머’ 하고 두 계집애는 김영무의 제의에 미련없이 탑을 허물어뜨려 버렸으니까.

그러나 그 탑과 함께 그들의 기대도 무너져버리다니.

그들은 탑의 넘어짐 뒤에 대화의 단절이라는 이해할 수 없는 변죽이 숨어 있을 줄이야 상상이나 했던가. 용틀임치는 욕정을 가눌 길 없어 아랫도리를 움켜잡고 다방을 나서며 패배자 김영무가 투덜거렸다.

‘빌어먹을’ 하고 한조가 중얼거리지만 않았어도 실패하지 않았을 거라는 것. 그가 그 한마디만 참았어도 눈이 막혀 오지 못하는 강릉의 애인들로 인하여 절망에 빠져 있는 두 계집애한테 벙어리 장갑을 사 줄 수 있었을 거라는 것.

파카를 입어 더욱 싱싱해 뵈는 계집애들을 찻값까지 떠맡은 채 놓쳐 버린 것이 그의 그 한마디 실언 때문이었다면 얼마나 애석한 일인가. 그러나 한조는 죄책감을 덜기 위해서 한마디 하지 않을 수 없었다.

“고것들 첨부터 계획적이었어요. 강릉 애인들도 못 오는 판에 마침 잘됐다는 듯이, ‘그럼 우리 5분만 어디 나갔다 오겠어요’ 하고 사라져선 다시 나타나지 않은 거 보면 모릅니까.”

실패를 값비싼 경험으로 삼아 다른 다방을 찾아가 보자는 김영무를 진정시키기 위해서 한조는 엉뚱한 예까지 들어 주의를 환기시키지 않을 수 없었다.

“다방 같은 데서 수작해 오는 계집들을 믿었다는 게 애당초 어리석은 일이었어요. 20억을 들어먹고 뛴 검사 여편네가 다 있지 않습디까.”

바로 얼마 전 일이어서 아직도 뒷말로 시끌벅적한 사건을 든 것인데 김영무는 그의 그 말에 뜻밖에도 쉽게 설득이 되어 담박에 아랫도리를 움켜잡고 있던 손을 뗐다. 물론 한조는 그가 과장해서 그런 몸짓을 하고 있다는 것을 모르지 않았지만.

　김영무가 맥이 빠진 목소리를 하고 물었다.

　"그럼 우린 오늘밤 어떻게 하지요. 통행금지도 없는 밤을 계집 하나 껴안고 자지도 못한다면?"

　"아직 밤이 되자면 멀었으니까."

　"아직도 희망은 있다 이거군요."

　"아무렴. 여관 주인이 그런 것도 주선해 주지 않으려고요."

　"아항, 그렇군. 헐렁하긴 하겠지만 그런 것들이 있겠군."

　"어차피……."

　"아니죠. 아직 미혼이신 분을 두고 처자까지 둔 금간 인간이 찬밥 더운밥 가린다면 말이 안 돼죠."

　"하긴 난 아직 동정입니다."

　"이거 또 왜 이러십니까."

　"안 믿어지나요?"

　"사실이라면 여자들이 가장 재수없어하는 타입이구요."

　"그래서 아직 장가도 못 들고 있잖습니까."

　한조에겐 뜻밖에도 이숙희의 모습이 불쑥 떠올랐다. 그 여자는 지금 어디쯤에서 한 해의 마감을 지켜보고 있는 것일까.

　너무 오래 잊다시피 하고 있던 여자. 마치 봉숭아, 그렇지 한 송이 봉숭아같이 떠올릴 때마다 가녀린 느낌만을 안겨 주는 여자. 그런 여자를 이토록 오랜 기간 잊어버리고 있었다니.

　한조는 그러나 이숙희를 잊기 위해 냅다 눈덩이를 던졌다. 세찬 바닷바람으로 그러잖아도 눈가루가 온 시가지를 뿌옇게 뒤덮으며 휘몰려 가고 있었다.

　숙희도 이 순간 어느 눈밭에 서서 나를 잊으려 나를 떠올리고 있을까?

　한조는 김영무와 함께 우체국을 찾아갔다. 그리고 서울 본사와 묵호의 홍영환을 부르는 시외 전화를 신청했다. 묵호 전화는 곧 연결됐지만 제11 묵호호에 대한 아무 진전된 정보도 얻을 수 없었고 서울은 여전히 전화선이 두절되어 있었다. 홍영환과의 통화를 끝내고 전화 부스를 나온 김영무는 마침 고현상도 거기 와 있었지만 강릉, 북평 어디서도 수색의 진전이 없다고 했다는 것이 아닌가.

어업신문 기자가 되어 홍영환과 만난 것 때문에 막상 묵호까지 길이 뚫려도 한조가 주문진상회엔 나타나기가 망설여지지만 그렇더라도 제설작업이나마 속히 되었으면 막막하고 고립된 느낌만은 좀 덜게 될 텐데…… 아니, 제11 묵호호가 묵호항 소속이므로 한시라도 일찍 거기 가 있어야 그나마 선원 가족들한테 회사가 성의 없지 않음을 나타내 보일 수 있을 텐데.

우체국을 나오며 김영무는 세 번씩이나 손목시계를 들춰봤다. 그러곤 다시 두 손으로 아랫도리를 움켜쥐었다. 그가 절망을 느낄 때 욕정이 솟구친다고 한 건 정말인지 몰랐다.

"안 되겠습니다. 속수무책이고, 제야를 하발통같이 허름한 기집년을 끌어안고 지내려면 우선 대낮부터 술독에 빠지는 수밖에 없겠어요."

하고 김영무는 마침내 소리쳤다.

새해 새 아침——.

그러나 한조에겐 조금도 새롭게 느껴지는 것이라곤 없었다. 있다면 견딜 수 없는 두통뿐이었다. 그건 거의 참을 수 없을 정도였다.

그럼에도 그는 눈이 떠지자 유리창의 윤곽을 선명히 드러내며 서치라이트같이 강렬한 빛으로 쏟아져 들어오고 있는 아침 햇살을 내다보며 짧게 빌었다.

새해야, 만나서 반갑다! 잘 봐다오!

다시 눈을 감았다. 그러나 아침 햇살에 눈이 찔려 다신 잠이 와

주지 않았다. 지끈거리는 두통 탓인지도 몰랐다. 한조는 벌떡 몸을 일으키고 말았다. 옷을 주섬주섬 꿰어 입고 변소를 가기 위해 복도를 가로질러 가다가 그는 김영무와 마주쳤다. 얼굴을 씻고 오는 듯 김영무의 목엔 수건이 걸려 있었다.

김영무가 잠깐 멋쩍은 웃음을 흘리고 나서 큰 소리로 말했다.

"새해 복 많이 받으십쇼!"

"김 상무께서도!"

"괜찮으세요, 토하러 쫓아다니시고 하더니?"

"괜찮은 게 뭡니까. 골치가 빠개지는 것 같군요."

"얼른 세수하고 오세요. 내가 즉효약을 알고 있으니까."

"그럴 건 없구요. 평생 약이라곤 먹어 본 일이 없어요."

"하여튼 날씨가 거짓말같이 활짝 갰습니다. 이제 길이 뚫리는 건 시간 문젭니다."

그렇게 생각해서 그런지 김영무는 지난밤에 비하면 완전히 안정을 되찾고 있었다. 그는 서른일곱 살 먹은 이 여관의 삼층 담당 여자와 정말 잤는지 몰랐다. 그는 지난밤에 이불을 안고 온 여자를 상대로 분명히 공언을 했었으니까.

―난 꼭 오늘 이 뜻깊은 섣달 그믐날 밤을 당신하고 자야겠어. 난 과부를 만나면 위로해 주지 않곤 못 배기는 훌륭한 봉사 정신을 가져서 탈이라 이 말이야.

술집에서 마신 양에다 여관방에 돌아와서 마신 양까지 합하면 한조가 마신 술만 해도 거의 치사량에 가까운 맥주 다섯 병은 될 성부르니 대주가인 김영무가 얼마나 마셨으리란 건 상상하기 어렵지 않지만 어쨌든 가물가물하는 한조의 눈에도 그는 몹시 취해 있었다. 취해서 여관 여종업원한테 추근추근 실수를 하고 있었다.

아니, 여자가 처음부터 은근히 냄새를 피우고 있었으므로 김영무가 실수를 한 것이 아닌지도 모른다.

─이봐, 여자! 우리 신방 하나 따로 마련해.

─오늘 같은 날 빈 방이 어딨어요.

─그렇다면 이 선생님하고 같이 잔단 말야, 당신 껴안고? 그건 안 되지. 이 선생님은 임포란 말이야. 당신, 임포가 뭔지 알어?

그건 한조도 무슨 뜻인지 모른다. 다만 어렴풋이 짐작만 갈 뿐. 짐작이 가므로 이 친구 오늘밤 내게 크게 실수하는군, 혹시 의도적인 행패는 아닐까 하는 긴장이 취중에도 들었지만.

─안 되면 당신이 자는 창고방에라도 가서 꼭 껴안고 자자구.

김영무가 정말 거기 가서 잤는지, 아니면 말뿐으로 그와 함께 잤는지 한조로선 알 수가 없었다. 그는 김영무보다 먼저 곯아떨어졌고 깨어났을 땐 이미 김영무가 세면장에 가 있었으니까.

김영무는 여자하고 잤다, 하고 한조는 얼굴에 차디찬 물을 끼얹으며 증거도 없이 장담했다. 그럼에도 그가 방으로 돌아갔을 때 마침 문 앞에 미소를 머금고 나타난 여자를 보자 김영무는 너스레 좋게 소리쳤다.

"해피 뉴 이어!"

한조는 쿡 웃음이 나오는 걸 가까스로 참아내고 있었다.

제11 묵호호.

양양과 속초 중간지점의 을치라는 조그만 마을을 지나 인적 없는 해변의 바위틈에 끼어 있는 그 배가 발견된 것은 그로부터 이틀 뒤의 일이었다.

해안경비정의 눈에 띄었을 때의 그 배는 바위에 부딪혀 배 밑창이 뚫어지고 스크루도 부러진 채로 파도를 뒤집어쓰고 있었으나 선원 서른다섯 명은 선장 장익조를 비롯한 다섯 명이 배가 바위를 들이받을 때의 충격으로 부상한 것뿐 더 이상의 피해자는 없는 것으로 판명되어 한조와 김영무로 하여금 탄성을 내지르게 만들었다.

해안경비정 편에 옮겨 타고 묵호항으로 돌아온 선원들을 만나보자 팔목이 부러져 막대기를 대고 있는 갑판원 하나를 빼곤 부상도 대단한 편이 아니었다.

고현상, 지연호, 홍영환도 기뻐했지만 그 누구보다도 안도의 기쁨을 참지 못해한 것은 선원 가족들이었다. 공장 건설 현장사무소에 마련된 임시대책본부로 달려와선 하룻밤을 꼬박 울부짖으며 세운 가족들은 건강한 모습으로 살아 돌아온 그들의 남편과 아들이 반가워 또다시 울음바다를 이뤘다.

한조는 김영무와 의논하여 선원 서른다섯 명 전원에게 1인당 3만 원씩의 위로금을 주어 돌려보내기로 합의했다. 김영무는 처음, 직책에 따라 차등을 두어야 하지 않겠느냐는 의견이었지만 한조는 반대했다.

"전원에게 똑같은 액수로 나누어 줍시다."

기관 고장에다 무선까지 끊어진 채 폭설과 강풍에 밀려 표류해 왔다는데 그 속수무책인 상황에서 직책이 무슨 역할을 했겠는가 말이다. 나침반을 들여다보며 선장은 사뭇 속이 탔다지만 그만 애가 탔겠는가.

—배가 자꾸 북쪽으로 밀려가잖겠어요. 닻을 내렸다간 그대로 전복해 버릴 거고 환장하겠더군요.

선장 장익조의 회상이었지만 그 긴장과 초조감이 어떤 것이었을지는 충분히 짐작이 가고도 남았다. 한조는 서울에서 가지고 온 현금 뭉치를 점검하고 있는 김영무를 돌아보며 물었다.

"선장만은 액수를 따로 할까요, 그럼?"

"그것도 그렇고 내 생각엔 하발이들까지 똑같이 준다면 3만 원은 너무 큰 액수 같은데요."

"침몰됐을 경우를 생각해야지요. 그만하기 천만 다행 아닙니까."

"그야 그렇지만……."

"회장도 잘했다고 할 것 같은데요."

“그럼 나가셔서 발표하십시오. 나는 봉투를 마련하겠습니다.”

한조는 소장실을 나와 난로를 둘러싸고 서 있는 선원들을 휘둘러 봤다. 그러곤 피로와 새삼스런 감격으로 멍청한 표정들을 짓고 있는 그들을 상대로 말하기 시작했다.

“거듭 말하지만 여러분이 무사히 돌아오게 된 것을 회사를 대표하여 감사, 감사드립니다. 가족 여러분 못지않게 우리도 애태웠습니다. 눈속에 갇혀 오도 가도 못하는 상황에서.”

그러나 한조는 아무 준비 없이 시작한 연설이 거기서 갑자기 막혀버려 당황하지 않을 수 없었다. 난생 처음 여러 사람 앞에서 연설을 하려니 그게 그렇게 쉽지 않았다.

그의 입을 쏘아보고 있는 수많은 시선들, 그것에 한조는 가위 눌리고 있었다. 얼굴에 불을 들어붓는 것 같았다. 한조는 그렇게 얼굴이 벌개져서 사람들 앞에 서 있었다. 그러나 그렇게 침묵을 오래 끌고 있어선 안 되었다. 뭐라고든 빨리 다음 말을 하지 않으면 안 되며 도망갈 자리는 아무 데도 없었다.

“에에, 여러분!” 한조는 비록 떨리는 목소리지만 이윽고 말문을 열었다. “본사에서는 여러분이 무사히 돌아온 것을 축하하는 뜻에서 약간의 위로금을 드릴까 합니다. 이의 없으시겠죠?”

아무도 대꾸가 없었다. 이의 있느냐고 묻다니 무슨 망발인가 하는 생각이 스스로도 들어 그는 얼른 말을 바꾸었다.

“이젠 긴장을 푸십시오. 농담을 해도 웃지 않는군요. 기분 존데 우리 좀 웃읍시다. 하하하……”

그랬는데도 웃는 건 한조 하나뿐이었다. 그러나 비록 그들이 웃음기조차 나타내지 않는다 해도 한조는 이미 조금 전의 말문이 막혀 당황하던 때의 한조는 아니었다. 말하자면 어느 편이냐 하면 그는 농담을 한마디 하고 나자 자신이 딱 붙었다. 연설이라는 게 맘만 먹으면 별거 아니구나 하는…….

"결코 얼마 안 되는 액숩니다마는 본사로선 성의를 다하려 애썼음을 이해하여 주시기 바랍니다. 생각해 보십시오. 본사로서도 이번 사고로 손해가 여간 크지 않은 게 아닙니다. 고긴 못 잡고 배는 다 부서졌지요, 수선비도 어마어마하지만 부서진 배를 여기까지 끌어오는 일도 큰일이에요, 해안경비대에도 수고비를 줘야잖습니까. 그러나 우리는 여러분이 만선 귀항한 것으로 칠 순 없지만 적절한 선을 정해 수당을 지급할 것임은 물론 부상당한 선원 여러분의 치료비는 완치될 때까지 본사의 부담으로 할 것입니다."

한조는 말을 끊고 소장실 쪽을 돌아봤다. 김영무는 봉투를 다 준비한 것일까. 선원 수당은 홍영환과 의논하여 이미 다 마련되어 있었다. 만선의 절반으로 계산을 뽑아 직책에 따라 지급 액수를 정했는데 선장의 말로는 명태를 거의 그 정도 양은 잡았다는 게 아닌가.

그뿐이랴. 선원들한테 말할 수 없지만 그들은 묵호 11호가 침몰, 선원들이 전원 익사했을 경우에 대비한 보상금에 대한 대책도 대충 액수를 정해 놓고 있었던 것이 아닌가. 이윽고 지연호가 소장실에서 나와 '다 준비됐습니다, 전무님' 하고 귀엣말을 했으므로 한조는 곧 돌아서서 선원들과 그들의 가족들을 향해 소리쳤다.

"자, 한 분씩 들오십시오. 그리고 집으로 돌아가거든 모두들 빠짐없이 뜨거운 물에 몸을 푹 담그세요. 그동안의 긴장과 피로가 쑤욱 빠지게."

지연호의 호명에 따라 선원들은 한 사람씩 소장실로 들어가 수당과 위로금을 받아 하나둘 눈길을 따라 사라져 갔다. 그들이 모두 귀가하는 데는 20분도 채 걸리지 않았다.

구레나룻이 온통 얼굴을 다 덮어 꼭 영화에 나오는 해적 같은 느낌을 주는 오십대의 시커먼 얼굴 하나가 모두 돌아가 버린 뒤까지 난로 연통을 끌어안고 서서 돌아갈 생각을 않아 잠시 한조와 김영무를 긴장시켰지만 그도 끝내는 돌아갔다.

“나두 가외다! ”

하는 꼭 화난 듯한 한마디를 남기고. 홍영환이 그가 사라지기 바쁘게 말했다.

“저 영감 누군지 아세요, 나 전무님. ”

홍영환은 구레나룻의 주인공을 설명하기 전에 우선 유명하다는 말부터 했다.

“이 근방에선 모르는 사람이 없지요. ”

“어떻게 말이오 ? ”

하고 김영무가 끼어들며 홍영환한테 담배를 권했다.

“이름이 권시운데 평안도 사람이죠. 여긴 언제 흘러 들어왔는지 모르지만, 하여튼 처자식도 없고 집도 없어요. ”

김영무는 놀란 표정이었지만 한조는 왠지 조금도 놀랍지 않았다. 그 정도 예감은 권시우라는 사람을 처음 봤을 때 이미 그에겐 있었던 것일까. 한조는 그러나 궁금하지 않을 수 없었다.

“처자식이 없다는 건 무슨 뜻인가요 ? 독신이란……? ”

홍영환은 고개를 가로저었다.

“아니지요. 이북에 살고 있다는 거지요, 마누라와 두 아들이. ”

“그러니까 부인과 자식들이 비록 막힌 땅이긴 하지만 엄연히 살아 있는데 어떻게 딴 여자를 얻을 수 있느냐 그 말인가요 ? ”

“역시 나 전무님은 기자 출신답게 센스가 빠르시군요. 바로 그거죠. 권씨를 사람들이 존경하는 눈으로 보는 이유도 바로 거기에 있구요. 그 누구도 권씨를 나쁘게 말하는 사람이 없습니다. 술집 같은 데서 만나면 막걸리 한잔이라도 권하고 싶어하죠, 모두들. 하지만 권씨 저 사람 주머니가 비면 그 좋아하는 술집에 안 갔으면 안 갔지 구걸술 먹으러 술집 기웃거리는 법이 없어요. 보통 사람이 아니죠. ”

홍영환의 말을 들으며 한조는 한편으로 뿌듯이 반감이 생기는 이유를 알 수 없었다. 설령 '그건 위선이다' 하는 생각이 들었다 해도 그토록 오랜 세월을 일관되게 그렇게 살아왔다면 그건 위대한 위선이 아닌가.

더구나 홍영환의 말을 들으면 권시우는 동료 선원들의 어려운 일에 발벗고 나서서 도와줄 뿐만 아니라 지금 같지 않고 배를 탈 인력이 남아돌 때는 언제나 뒷전으로 물러나 다른 선원들한테 양보해 왔다는 것이 아닌가. '나야 다 늙어서 힘이 없디 않아' 하면서…… 그럼에도 한조는 좋은 말이 나오지 않았다.

"그렇게 오랫동안 한 입만 가지고 살아왔다면서 집 한칸도 없다면 그 사람 무능력자 아냐."

"다른 선원들 도와주느라 그랬다니까요. 그리고 선원하면서 집 한칸 마련한다는 거 아무리 딸린 식솔이 없다 해도 꿈 같은 얘기라는 사실을 아셔야죠."

"혼자 산다는 것도 그렇지. 그렇게 처자식이 그리울 걸 뭣하러 남겨 놓고 혼자 내려와."

"어떤 과수댁이 권시우한테 홀딱 빠져 온갖 유혹을 다했지요. 그래도 권씨가 끄떡 않자 바로 나 전무님 지금 하신 말씀대로 비난했어요."

"그랬더니?"

"권씨가 그랬다는군요. 스스로 내려온 게 아니고 인민군으로 내려왔다가 후퇴하는 과정에서 낙오병이 된 것뿐이라고. 그때 민가에서 삼베 바지저고리 한 벌 얻어 입은 게 끝까지 민간인 행세를 하게 되어 버린 계기가 되었다는 거지요. 이 나라 불행한 역사의 상징 같은 존재죠."

홍영환의 거창한 말에 마취가 걸린 것일까. 한조는 권시우라는 사나이가 갑자기 거인 같은 존재로 눈앞에 어른거렸다.

"그 사람 어디 가면 만날 수 있지요?"

한조는 홍영환을 향해 정색을 하고 물었다.

"만나보시고 싶으세요, 그 사람을?"

홍영환은 묻고 나서 한조가 대답하기도 전에 이렇게 주를 달았다.

"전무님은 기자 출신이라서 역시 다르시다니까, 그런 사람 보면 당장 관심을 나타내시고."

홍영환이 걸핏하면 '기자 출신'을 들먹거리는 것은 말할 것도 없이 한조가 지난번에 왔을 때 어업신문 기자로 그에게 소개되었기 때문이니 얼마나 어색하고 거북한 노릇이랴.

한조는 그것이 난처하여 처음에는 아예 홍영환을 만나지 않을 작정이었다. 그리고 김영무도 그의 생각에 동의했다. 그렇군요, 우리가 그를 속인 줄 알면 불쾌해할 거니까요 하고. 그러나 잠시 뒤 김영무는 그래선 안 된다고 고개를 내저었다. 앞으로 홍영환과 연락을 하거나 부닥칠 일이 계속 생길 텐데 언제까지 숨은 존재로 남아 있을 수 있겠느냐는 것이었다.

홍영환이 불쑥 서울 본사에 나타날 가능성도 크거니와 그렇지 않다 해도 어떤 경로를 통해서든 나한조라는 사람이 새로 전무로 들어왔다는 말이 그의 귀에 들어갈 거라는 얘기였다. 아니, 벌써 그는 듣고 있는지도 모른다는 것이었다.

—그러니 같이 가십시다. 가서 홍영환을 만납시다.

—만나선 뭐라고 합니까? 기자하다가 이 회사로 왔다고 합니까?

—바로 그거죠. 그렇게 말하면 업계 신문이었겠다, 감쪽같이 넘어가지 않겠어요.

—애당초 웬 그런 아이디언 내가지고 사람을 두 번씩이나 연극하게 만드는지……

한조의 이 말에 김영무는 인생 자체가 연극 아니냐는 매우 철학적인 말까지 곁들였는데, 아니나다를까 홍영환은 그들 두 사람의 연기가 훌륭했던지 감탄까지 보태어 한조의 입사를 거듭거듭 환영했다.

—참 잘 와주셨습니다. 잘 오셨구말구요. 김 상무님도 아시다시피 우리 회산 언론 기관에 약하잖았습니까.

—그래서 회장님이 떼를 쓰시다시피하여 모셔온 게 아니겠어요.

—요즘 유행하는 말로 스카우트를 당하신 거군요.

이쯤 되면 한조도 한마디 하지 않을 수 없어서, 그는 두 사람을 번갈아 쳐다보며 이른바 프리미엄에 대해 분명히 했다.

—스카우트니 할 것도 없지만, 그렇다고 돈이라도 받고 왔다곤 생각지 마시오.

—그걸 누가 압니까.

김영무가 농담을 하자 홍영환이 얼른 받아 말했다.

—비용이 들었다 해도 회장님이 나 전무님을 모신 건 잘한 일입니다. 지난번 기자 자격으로 오셨을 때 전 벌써 보통 분이 아니구나 했었거든요.

홍영환은 새빨간 거짓말로 아첨을 했다. 처음 딱 보고 그 예리한 관찰력과 매서운 문제점 지적에 놀랐다는 둥 하면서. 한조로선 웃음이 쿨쩍쿨쩍 나오려는 것을 간신히 참고 그 장면을 넘겼는데 그런 것도 모르고 홍영환은 걸핏하면 아직도 '기자 출신'을 써먹고 있으니 어찌 난처한 일이 아니겠는가. 제발 이제 그만 웃겨 줬으면 좋으련만……

한조는 정색을 하고 말했다.

"내가 이상하게 생각하는 건 물론 세상에 동명이인이 한둘일까마는 권시우라는 사람이 또 있어서요."

"그렇습니까. 그 사람도 어붑니까?"

"선장이었으니까 어부라곤 할 수 없겠지만……."

"누군데요?"

홍영환도 김영무도 눈이 똥그래져서 그를 쳐다봤다.

한조는 수첩을 꺼내 뒤져봤다. 틀림없이 선장 이름은 권시우(權時佑)였다. 지난번 이른바 어업신문 기자라면서 왔을 때 새벽의 묵호항 부두에서 만난 사나이. 방어진수산 소속 제18 광성호 선장. 수세미같이 피로에 떨어진 모습의 사십대 후반.

그는 분명히 한조가 묻기도 전에 자신의 이름이 권시우라고 하지 않았던가. '뱃눔 이바구 머 들을 만한 기 있십니꺼' 하던 그의 목소리까지도 한조는 생생히 기억할 수 있었다.

한조는 그러나 다시 한 번 되풀이 중얼거렸다.

"역시 세상엔 동명이인이 적잖이 있으니까……."

그러자 홍영환이 다그쳤다.

"또 다른 권시우라니 누굴까요?"

김영무도 거들고 나섰다. 아는 선장이 그렇게 많지는 않을 텐데라는 말로.

"내가 지난번에 왔을 때 말입니다." 하고 한조는 들고 있는 수첩을 들여다보며 말했다. "새벽 위판장에서 오징어배 선장 한 사람 만난 거 기억납니까?"

"광성 18호 말씀입니까?"

홍영환이 그 배를 기억 못할 리 없었다. 그가 바로 그 풍랑 만난 보름 동안 헤매다가 돌아온 배의 오징어를 매매 중개한 중매인이자 매입자였으니까.

홍영환이 놀란 눈을 하고 한조를 쳐다봤다.

"아니, 그 배 선장이 권시우였단 말씀입니까?"

한조는 우선 자기의 수첩에 적힌 글씨부터 보여주었다.

"여기 보시오. 분명히 '선장 권시우'라고 적혀 있지요?"

"그렇군요. 하지만 아닌데요."

"동명이인이란 말인가요?"

"그 사람 이름이 시우는 시우지만 장시운데요."

“그런데 왜 권시우라고 했을까?”

김영무가 한조에 앞서 홍영환한테 묻고 있었다.

“글쎄요. 이상한데요.”

반응을 봐선 홍영환도 그 이유까지는 모르겠다는 뜻이 아닌가. 세 사람은 일단 난로를 중심으로 의자를 끌어 둘러앉는 일부터 했다. 그러곤 배는 좀 심하게 부숴졌지만 선원들이 무사히 돌아와 준 느긋한 안도감을 즐기는 방편으로 다시 권시우와 권시우를 사칭했는지도 모를 장시우에 대한 얘기를 계속했다.

그러나 주로 얘기가 오간 장본인은 역시 장시우 쪽이 아닐 수 없었다. 추리에 지나지 않지만 세 사람이 의견을 모은 결론은 이랬다. 즉 장시우는 묵호항 소속의 어선 선장이므로 권시우와 모르는 사이가 아니며 그렇다면 그는 권시우라는 사람을 존경한 나머지 그가 되고 싶어한 거라고.

물론 다른 동기가 있었을 가능성도 그들은 전적으로 배제하진 않아서, 예컨대 좋은 일로건 나쁜 일로건 신문에 자신의 이름이 오르내리는 것이 싫어서였을 경우와, 자기 대신 권시우를 신문에 이름나게 하고자 했을 경우 등에 대해서도 그들은 얘기가 오갔지만 홍영환의 결정적인 한마디가 그런 여러 가능성을 일순에 뒤엎어 버리고 말았다.

“아녜요. 자신이 권시우라고 말하고 다니는 어부들이 한둘이 아니거든요.”

하고 그는 뒤늦게야 중요한 한마디를 해주었던 것이다. 결론을 내리고 나자 이번엔 김영무가 몸이 단 사람처럼 서둘렀다.

“우리 그 사람 만나러 갑시다.”

한조가 하고 싶었던 말이 아닌가. 그는 정말 권시우라는 사람을 만나보고 싶었다. 그를 만나 물어보고 싶은 말이 있었던 것이다.

신청한 서울 전화가 나오기를 기다리는 동안 한조는 홍영환과 고현상에게 제11 묵호호를 예인해 오는 일을 서둘도록 지시했다. 홍영환의 얘기론 뚫어진 선복 부분을 현장에서 수선 용접을 한 다음에라야 끌어올 수 있을 거라는 것이었다.

"정밀 검사를 시켜봐야 알겠지만 그냥 끌고 오다간 자칫하면 침몰할 위험이 있거든요."

마침 그때 서울과 전화선이 이어졌으므로 한조는 사장 조건재와 통화하면서 예인 문제도 의논했다. 현장에서 선복 수선을 하는 경우에 60톤들이 배 밑에 받침 침목을 집어넣는 일이 그중 난관이란 사실을.

예상했던 대로 조건재 사장으로부터는 별다른 의견이 없었다. 그러나 한조는 이욱형 씨가 회사에 나와 있다고 했지만 그와 통화하겠다곤 요구하지 않았다. 그는 다만 이렇게 말하고 전화를 끊었다.

"보고는 오전에 전화드린 것 이상의 변동 사항이 없고 저흰 배 예인해 오는 문제와 부상 선원 입원조치 등 남은 문제를 오늘 중으로 결론을 내리고 내일 오전에 돌아가겠습니다. 대관령 제설 작업이 어느 정도 진척되고 있는진 확실하지 않지만 내일 아침부턴 차량 통행이 가능할 거라고들 합니다. 열차로 밤새 가는 건 넌더리가 나서요."

그랬는데 잠시 뒤 전화벨이 요란하게 울리고 뜻밖에도 이욱형 씨의 목소리가 수화기에 나타나지 않는가.

"내도 한분 내리가 봐야 하는 거 아이가, 나 전무?"

"오실 거 없습니다. 다 끝났는데 뭣하러 오시겠습니까."

"기적 같은 일이대이, 나 전무."

"그러게 말입니다."

"희재 말론 나 전무가 행운의 사내라서 그렇게 된 기라는데."

"그런 말씀 마십시오."

"그름 남은 일이 있다이 처리해 놓고 내일이라도 올라카그든 편하이 오이라. 택시 대절 같은 거 될 거로."

"알겠습니다."

통화를 끝내기 바쁘게 한조는 배꼽을 잡고 고꾸라졌다. 영문을 모르는 김영무가 무슨 일이냐고 묻고 있었지만 그는 웃느라고 대답할 능력이 없었다.

전화를 막 끊으려는 순간에 이욱형 씨는 느닷없이 이렇게 말하고 있었던 것이다.

"둘이 으논해서 오늘밤은 외로이 자지 마라. 비싼 여잘 둘만 사라. 그 돈은 내가 물어주꾸마."

가까스로 웃음을 진정시킨 한조로부터 애기를 전해 들은 김영무는 또다시 잠자던 욕정이 머리를 드는지 여간 즐거워하지 않았다.

한조는 회장의 말에서 한마디밖에 바꾸지 않았다. 여자를 '둘만' 사라는 말엔 분명히 담긴 뜻이 있었을 것임에도 그는 서슴없이 '넷' 이라고 고쳐 말하지 않을 수 없었던 것이다.

"자 갑시다!"

김영무가 서둘러 발진을 선언했다. 고현상의 뉴 코티나로 시내를 향해 나오는 차 속에서, 그러나 홍영환은 고민이었다.

"권시우 영감을 어디 가서 찾아내지요?"

"지금 와서 무슨 오리발이오."

김영무의 항의를 뜻밖에도 운전하는 유한진이 받았다.

"권시우 씨 찾아가시는 길이세요? 제가 알 만한데요."

'그 사람 만나서 뭐하시려구요. 그 사람이 뭔가 잘못을 저지른 모양이군요'라는 둥 아무도 대답해 주지 않는 질문을 두어 번 던지긴 했지만 운전사 유한진은 단 한 번의 헛걸음도 치지 않고 그들을 어부 권시우가 웅크리고 앉은 술집 앞에 데려다 주었다.

'백천옥'이라는 허름한 옥호를 내건 싸구려 목로 술집 앞에 차를 세운 다음 뛰어가 미닫이문을 열어 보고 돌아온 유한진은 우선 이 말부터 했다.

"있어요. 소주 마시고 있어요. 하지만 제가 가르쳐 드렸다곤 말씀
하지 말아 주세요."

'왜' 하고 반문하려다 말고 한조는 재빨리 꿀꺽 되삼켰다. 유한진
은 어부 권시우가 무슨 범인이나 되는 것으로 생각하고 있음이 분명
하지 않은가.

"자네가 밀고했다고 말할 거야."

"무슨 말씀이세요, 전무님. 전 무슨 내용인지 아무것도 모르고 있
잖습니까."

"모르면서 왜 있는 데를 가르쳐 줘."

"전 그 영감이 뭘 잘못한 줄은 몰랐으니까요."

"걱정 마. 권씨가 잘못을 저지를 사람이야."

홍영환이 당황해하는 유한진을 안심시켰으므로 한조도 주위를 둘
러보며 의견을 물었다.

"어떻게들 하겠어요. 우리 모두 들어갈 필욘 없잖을까 하는데?"

홍영환과 고현상은 늘 만나므로 그의 제의를 기다리고 있었다는
듯한 반응을 보인 것은 당연하다 할 수 있지만 당장 만나고 싶다고
서둘던 김영무마저 그들의 의견에 동조하고 나서는 데는 한조로서
놀라지 않을 수 없었다.

"막상 만나보고 나면 실망할 것 같아서요. 신화는 깨지면 슬픔으
로 밖에 남지 않거든요."

권씨가 신화는 아니지만 한조는 그들의 의견을 존중하여 혼자 차
에서 내렸다.

"유군, 한 시간 뒤에 데리러 와줄 수 있지?"

자동차가 떠나고, 석양에 가까운 시각이었지만 켜켜로 쌓인 눈으
로 하여 유리에 낀 꾀죄죄한 땟국까지도 분간할 수 있는 미닫이문을
열어젖혔을 때 어부 권시우는 등을 보이고 앉아 작은 소주잔을 목구

명에 들이붓고 있었다.

한조는 그의 앞으로 돌아가 그가 술잔을 내려놓기를 기다려 첫마디를 던졌다.

"혼자 술을 드시는군요."

그러곤 등받이 없는 동그란 나무의자에 걸터앉아 비어 있는 그의 술잔에 술을 채웠다. 그러나 어부 권시우는 여전히 입을 열 기미를 보이지 않았으므로 한조는 우선 검은 방문턱에 걸터앉아 졸고 있는 주인 여자한테 술잔 하나를 청하는 한편으로 넌지시 늙은 어부를 건너다봤다.

"내가 누군지 아세요?"

"아까 사무실에서 만났디 않우. 여긴 웬일이우까?"

"술이나 한잔 사 드릴까 해서……."

"와?"

"실은 그게 아니고 우연히 들렀다가 혼자 계시길래 잠깐 앉았다 가려구……."

"전에 이 집에 와봐서?"

"이 백천옥요? 첨인데요."

"가보시라우."

"한잔 마시구요."

"내레 여태두 이 집 이름 제대로 읽는 자래 못 봐서."

"네?"

"백턴이야, 이 집 이름이?"

한조는 그의 말에 당황하지 않을 수 없었다. '白川'이라고 분명히 씌어진 옥호 간판이 걸려 있는데 '백천'이 아니라니 무슨 말인가.

한조는 주인 여자가 가져다 놓은 술잔에 소주를 따른 다음, 잔을 어부 권시우 앞으로 내밀었다.

"무사히 돌아오신 것 축하하고 싶습니다."

“고맙수다.”

했지만 권시우 영감은 자기 앞의 술잔을 들 생각도 않았으므로 한조는 건배하려던 잔을 도로 내려놓고 물었다.

“나하곤 술 마시고 싶지 않다 그겁니까?”

“길디 말구 가보시구레.”

“난 아직 누구한테 기분 나쁜 인간이다 하는 식의 대운 받은 일이 없는데…….”

“내레 뭐래서? 언제 기분 나쁘대서?”

“그러잖우, 건배하재도 안 하시고.”

“위로금까지 주었디, 나 혼자 축하받을 이유가 어디 있어.”

“이렇게 영감님을 우연찮게 만났으니 한잔 하고 싶다는데 그러슈.”

“좋수다!”

어부 권시우는 그제야 잔을 들어 한조 앞으로 내밀어 보였다. 그러나 그는 잔을 비우기 바쁘게 재차 말했다.

“이제 가보시라우.”

“이 집 이름을 내가 잘못 말했다는데 무슨 얘긴지는 듣고 가도 가야지요.”

“백천이 아니우다. 다른 사람들한테 한번 물어보시구레.”

“영감님께서 말씀해 주시지요.”

“나 전무라고 하셨디?”

“그래요. 기억력이 좋으시군요, 영감님은.”

“젊기는 허우다만 전무는 그래 황해도에 있는 배천 온천 얘기두 못 들어서?”

“배천 온천요?”

“백천이라 쓰고 배천이라 읽으외다.”

“아하, 제가 여간 무식하지 않았군요.”

　한조는 말하고 나서 여러 번 고개를 주억거렸다. 그러다가 생각이 나서 어느새 문설주로 들어가 앉아 있는 주인 여자를 돌아봤다.

　"아주머니, 여기 연탄불도 좋은데 돼지갈비라도 좀 구웁시다."

　여자가 귀찮은 듯 안주장 앞으로 다가가는 동안 권시우 영감이 그를 쳐다보며 중얼거렸다.

　"가보시래니끼니."

　"돼지고기 좀 굽구요."

　"혹시 나헌테 무슨 용건이 있는 건 아니갔디?"

　"있지요. 영감님 고향에 대해 물어보려구요. 배천이 고향이시겠죠, 영감님은. 그래서 이 집에 늘 오시는 모양이죠."

　"저 아주머니래 배천 냥반이디 내 고향은 황해도가 아니우다. 피안도 의주우다."

　"네, 평북이군요."

　"그런데 내 고향은 왜 물어보우까?"

　"별다른 뜻은 없구요, 그냥 배천 얘기가 나왔길래."

　"니북내기라구?"

　한조는 한번 가보고 싶다는 말을 하려다가 그만두고 대신 권시우 영감의 잔에 술을 채웠다. 주인 여자가 돼지갈비와 석쇠를 가지고 다가와 연탄덮개를 들어내고 있었다.

　"아주머니, 권 영감님 오시면 반갑죠, 고향 사람같이?"

　"반갑죠, 안타깝고. 혼자 기시는데."

　"참, 영감님!"

　한조는 마침 생각이 난 것처럼 하면서 만나서 묻고 싶었던 유일한 질문을 던졌다.

　"이번에 우리 배가 자꾸 북쪽으로 밀려 올라가더라면서요?"

　"속초꺼정 밀려갔으니끼니."

　"폭설로 눈앞도 분간이 안 되는데 말이죠?"

“그랬었디.”

“그때 말입니다. 혹시 영감님 이런 생각이 나진 않으셨나요, 좀더 빨리, 좀더 빨리 밀려 올라가 버려라 하는?”

순간 권시우 영감의 표정이 무섭게 일그러졌다. 굳은 얼굴은 무서웠지만, 그러나 권시우 영감은 부드러운 억양으로 반문했다.

“기거 물어보자 허구 내래 찾아온 거가?”

“네, 실은 그렇습니다.”

한조가 사실대로 대답한 건 영감의 낯빛이 왜 바뀌는지를 알아차리지 못했기 때문이다. 아니, 그들은 그때 이북이 고향인 경우에 대해 말하고 있었으므로 새해 정초이기도 한 때에 당사자로선 충분히 표정이 굳을 수 있으리란 짐작을 한조는 하고 있었기 때문이다. 그러나 그가 그런 단순한 생각을 한 것은 얼마나 엉뚱한 착각이었던가.

권시우 영감은 그의 말이 떨어지기도 전에 벌떡 자리를 차고 일어서기까지 했으니까.

권시우 영감은 벽력 같은 목소리로 고함을 쳤다.

“당장 이 집에서 나가라우!”

“아니, 왜 이러십니까, 영감님?”

“당장 못 나가가서?”

“화내시는 이유나 알고요.”

“이거 와 이래. 정말 못 나가간?”

“내가 무슨 잘못을 저질렀는지 아무리 생각해도 알 수가 없는데요. 아주머니, 내가 뭘 잘못했지요?”

했지만 그가 권시우 영감의 화내는 이유를 알아차린 것은 영감의 바로 다음 말에서였다.

“기거 기렇게 염려되거든 나레 부르디 말라우. 내레 당신네 배 타디 않으면 되디 않가서.”

요컨대 영감이 어떤 날 고향에 돌아가기 위해 흥양수산 소속 어선의 선수(船首)를 북쪽으로 돌릴지도 모른다는 우려를 한조가 품고 있는 것으로 영감은 오해하고 있는 것이 아니었던가.

한조는 너무나 엉뚱한 오해를 산 데에 놀란 나머지 처음엔 뭐라고 대답도 제대로 나오지 않았다. 하지만 차츰 애기를 듣고 나자 영감의 오해는 결코 지나친 것이 아닐 수도 있었다.

한조가 어부 권시우의 돌발적인 충동에 대해 우려를 갖고 있어서 그런 질문을 던진 건 아님을 일찍이 알아차린 배천 출신 주인 여자의 차근차근한 설명에 의해 그는 권시우 영감이 민감한 반응을 보이지 않을 수 없는 사정을 알게 되었던 것이다.

즉 권시우는 주위로부터 언제나 그런 의혹의 시선을 받으며 지낸다. 승선 때만 당하는 수난도 아니어서, 그는 경찰에 연행된 적이 적어도 세 번 이상 될 뿐만 아니라 한때는 미행이 붙기도 했었다는 것이다.

"이 냥반 혼자 사시기루 고집부리셔서 의심 더 받는 거야요. 아시겠어요 ? "

라는 것이 주인 여자의 마지막 결론이었으므로 한조는 거기에 한마디 더 덧붙였다.

"굳이 배를 타려 하시는 것도 의심 사지 않을까요 ? "

"굶을 순 없으니 안 탈 수 없디. "

"서울로 올라갈 생각은 없으신가요, 영감님 ? 거처도 없는 분이 배 타러 나선다는 의심을 받지 않게. "

한조는 어부 권시우의 처지를 동정한 나머지 대책도 없는 제의를 손쉽게 내놓았다. 그러나 권시우는 고개를 가로저었다.

"난 기런 도회지에선 못 사는 사람이우다. 이 묵호 땅을 사랑허기두 허거니와. "

"물론 그러실 테죠. "

　"허허, 배천댁! 누가 들으면 이상헌 소리루 듣가수다."
했지만 한조가 보기엔 그들 초로의 남녀는 서로 의지하며, 서로를
비춰보며, 그것을 위안으로 살아가고 있는 것도 같았다. 배천댁은
권시우 영감이 혼자 늙은 몸을 끌고 다니는 고집이 불만인지 몰랐
다. 한조가 보기에도 그들 두 사람이 결합하지 않는 건 매우 이상하
고 안타까운 아쉬움을 남겼다. 결합하는 것이 오히려 자연스러운 일
에 속할 텐데 하는……．
　어부 권시우는 자신을 학대하고 있음이 분명했다. 그리고 그는 어
쩌면 그런 자기 학대를 통해 남겨 놓고 온 자신의 가족에 대해 속죄
를 할 수 있다고 생각하는지 몰랐다. 그는 어느 순간엔가 이런 혼잣
말을 했으니까.
　"내레 오늘 이렇게 멀쩡하게 살아가구 있는 건 얼마나 운이 좋았
　던 거가서."
　그의 이 말은 배천댁이, 그는 이날 입때까지 집 한칸을 가져본 일
이 없었다는 얘기 끝에 나온 것이므로 그가 그렇게 뿌리가 뽑힌 채
살아가고 있는 건 적어도 그 자신이 택한 삶임에 틀림없지 않는가.
　우리에게 나라의 통일이 절박한 이유 중에는 이런 것도 있었군,
하는 것이 한조가 그날 어부 권시우한테서 얻은 가장 강력한 인상이
었으며 소득이었다면 소득이었다.
　그리고 그의 그런 인식은 그를 차츰 정감적인 분위기로 빠뜨려 넣
어, 배천댁도 마침내 의자를 끌어와 앉은 자리가 그는 여간 마음에
들지 않았다. 되도록 시간을 연장시키면서 그들의 얘기를 오래 더
듣고 싶었다.
　그러나 드디어 문 밖에 자동차가 멎어서는 소리가 들렸다. 도어
여닫는 소리가 나고 잠시 뒤 유한진이 손을 호호 불며 안으로 들어
섰다.
　"전무님 모시러 왔는데요."

"왜 이렇게 일찍 왔어."

"한 시간 있다가 오라고 하셨잖습니까. 딱 한 시간 됐는데요."

"맹꽁이같이……."

중얼거리는 한조를 건너다보며 권시우 영감이 힘없이 손짓을 해 보였다.

"전무란 해가 떨어져두 바쁜 자리군. 돼지갈비 잘 얻어먹어수다 래."

"아이구 이제 보니 지체 높은 냥반이셨구만."

배천댁의 말을 들으며 한조는 마지막으로 권시우 영감을 다시 한 번 쳐다봤다.

"배천도 몰랐던 무식을 용서하십시오."

"전무라고 모든 걸 다 아는 건 아니디 않우."

"언젠가 배천에 온천하러 갈 날이 있어야 할 텐데요."

"설마 있겠디 허우다마는……."

"사람들이 저한텐 늘 행운이 따른다고들 합니다, 영감님."

"행복한 사람이구먼."

"행운아가 빌었는데 그런 날이 오지 않고 배기겠습니까."

"고맙수다래."

"제가 두 분 모시고 갈 날이 올 때까지 부디 건강하시기 바랍니다. 오늘 참 좋은 분들 만나뵀습니다."

"전무님도 아주 좋은 분이야요. 그렇지 않으세요, 녕감님?"

배천댁이 자리를 일어서며 그를 치켜세운 것도 한조는 기분 좋았 는데 권시우가 배천댁의 말에 한마디 더 거들지 않던가.

"흥양회사에 이런 좋은 간부두 있었다는 거 참 반가운 일이우다. 처음에 내레 오해하여 목소리 높인 거 이해해 주시구레."

"무슨 말씀을. 제가 쓸데없는 소리 한 거 용서하십시오."

한조는 외투를 주워 들고 만원권 지폐 한 장을 빈 자리의 술상 위에 올려놓았다.

"영감님 건투하시고, 아주머님 저 담에 또 와도 쫓아내지 않으시
겠죠?"

농담을 곁들인 한마디를 남기고 한조는 배천옥을 나섰다. 권시우
영감이 뒤통수를 보이며 나가는 그를 향해, 별 주제넘은 치를 다 보
겠구만, 이라고 한 말은 듣지 못한 채. 그가 자동차에 들어앉기 바쁘
게 유한진이 차를 길로 밀어냈다. 헤드라이트에 스위치를 넣자 앞쪽
으로 을씨년스런 밤의 눈나라가 길게 펼쳐졌다.

"날씨가 갑자기 차가워지고 있어요."

한조는 운전사 유군이 말을 붙이는 것도 듣지 못한 채 혼자 무슨
생각엔가에 골몰하고 있었다. 그러나 무슨 생각인지는 자신도 분간
이 안 되었다. 배천온천 생각인지도 몰랐다. 백천이라 쓰고 배천이
라 읽는다…… 아, 그것도 몰랐군. 그 쉬운 것을…… 어부 권시우,
그는 누구인가?

김영무 일당은 어디 그럴듯한 데서 계집들의 치마폭에 싸여 있으
리라 했던 예상과는 달리 그들은 고작 생선횟집에 둘러앉아 정종잔
을 홀짝거리고 있었다. 토막친 날생선이나마 썹을 줄 알았는데 그것
도 아니고 시뻘겋게 고춧가루를 푼 매운탕 한 냄비가 술상 한가운데
를 차지하고 있을 뿐이었다.

그러고는 앉아서 사뭇 눈으로 무너져 내린 공장 지붕 걱정이나 하
고 있었던지 한조가 들어섰을 때는 김영무가 시커멓게 굳은 낯빛을
하고 앉은 고현상을 상대로 이렇게 말하고 있는 중이었다.

"지붕 무너진 게 고 소장 당신 책임이오, 사표를 쓰느니 하게."

홍영환이 한조를 먼저 발견하고 일어서려 의자를 삐그덕거렸다.

"전무님, 회담이 길어지셨습니다."

"딱 한 시간이라던데요, 유한진이 말로는."

하면서 한조는 우선 음식점 안을 휘둘러 봤다. 난로는 벌겋게 달아

있었지만 아무도 없는 홀 한가운데를 그들만이 동그마니 앉아 있는 것이 아닌가.
"회담은 매우 유익하고 우호적인 분위기였겠지요?"
김영무가 얼굴에 웃음을 담고 한조를 향해 물었다.
"유익하고 우호적이긴 했지만 분위기는 음울하고 어두웠지요."
"그 집 원래 귀신 씨나락 까는 소리가 들리는 집이죠. 그래서 아무도 잘 안 간답니다."
고현상의 말에 한조도 한마디 했다.
"이 집 분위기도 별거 아니구먼, 뭘 그래요. 난 어디 거창한 데가 앉았을 줄 알았는데."
"전무님 때문인걸요. 전무님 오실 때를 눈이 빠지게 기다리고 있는 중이에요."
"그럼 비싼 고기로 회라도 몇 마리 쳐놓고 앉아 있을 일이지."
"모르시는 말씀예요. 며칠째 배 한 척 출얼 못하고 있는데 생선횔 어떻게 먹습니까."
한조는 김영무 옆의 비어 있는 자리로 돌아가 앉아 재차 술상 위의 안주들을 둘러봤다. 튀김된 새우 몇 마리가 빨간 꼬리를 하늘로 쳐들고 처박혀 있는 접시가 하나 있었다. 그가 새우 한 마리를 집어 오는 동안 김영무가 그에게 물었다.
"영감하곤 얘기가 됩디까?"
"그보담도 누가 사표를 쓰느니 하는 건 무슨 얘깁니까?"
"건설소장이 공장 지붕 무너진 것 때문에 괴로워하고 있군요."
"그건 확실히 사푯감이죠."
한조의 말에 모두 힘없는 웃음을 흘렸다. '눈의 힘'이라는 이해할 수 없는 것 때문에 그들은 맥이 빠져 있는지 몰랐다. 눈—하늘거리며 솔잎 위로 내려앉고 조금도 세력이 있을 것 같지 않은 그것이 모진 비바람에도 꺾이지 않고 몇백 년을 버텨 온 아름드리 소나무를 넘어뜨리는 힘을 가지지 않던가. 길을 묻고 통신망을 끊고 철근으로 얽은 공장 지붕을 무너뜨리고 60톤 배를 해상의 미아로 헤매게 만들지 않던가. 그리고 그나마 바다에 가라앉지 않고 돌아왔다고 기뻐 날뛰는 인간을 만들지 않던가.

그렇다고 한낱 터럭 같은 인생이라고 누가 무시하고 짓밟을 수 있을까. 그 홍모(鴻毛) 같은 인생이 힘을 모으고 기운을 합할 때 그것이 얼마나 큰 세력이 되는가를 눈은 천사와 같은 모습으로 내려와 가르쳐 준 것이 아니랴.

어부 권시우가 누구보다도 먼저 그것을 알아차리고 있는 것일까, 하는 생각을 하며 한조는 떨쳐 일어나듯 자리를 차고 일어섰다.

"자, 우리 나갑시다. 눈더미가 얼어붙고 있는데 이게 뭡니까."

"그렇죠, 오늘밤 우린 거창하게 한잔하기로 했죠."

김영무가 따라 일어서고 네 사람은 지체없이 검은 어둠 속으로 나섰다. 칼날 같은 어둠 속으로——

이튿날 아침 한조는 김영무와 함께 서울로 떠났다.

살갗을 찢는 혹한이 폭설 뒤의 동해안을 덮쳐 와서, 그들을 배웅 나온 홍영환과 고현상은 마치 자기들만 그런 몹쓸 땅에 남게 되는 것처럼 적의를 품은 표정들이었다.

가능하면 떠나는 두 사람만 밖으로 내보내고 그들은 자동차 안에서 작별 인사까지 다 끝내고 싶어하는 것같이 그런 투의 말을 그들은 두 번 이상 거듭하고 있었다.

"무슨 일이 생겨야 또 이런 땅에서 뵙게 되겠죠? 길이 빙판일 테니 조심하셔야 합니다, 전무님."

적의와 작별의 말을 한꺼번에 버무려 다해 버리고자 하니 엉뚱하게 들리는 면도 없지 않았지만 한조는 별로 유감이 없었다.

"잘들 처리해 주시오. 너무 일을 많이 남겨 놓은 채 돌아서서 마음이 가볍지 않구먼." 하고 나서 한조는 그들의 희망을 꺾으려 한마디 더 덧붙였다. "밖으로 나가기가 겁나는데, 이놈의 추위는. 너무 일찍부터 서둘러서 두 사람한테 미안하고."

한조가 마침내 자동차 문을 열려는 순간 고현상이 다급히 말했다.

"저어…… 두 어른만 믿겠습니다. 회장님 역정내시지 않도록 잘 말씀드려 주십시오."

무너진 공장 지붕을 두고 하는 말인데, 그는 이미 그런 뜻의 말을 세 번은 되풀이해 온 것이 아닌가. 두 사람은 곧 고속버스에 오르기 위해 밖으로 나섰다. 홍영환이 외투깃을 세운 구부정한 모습으로 뒤따라 내리려 하자 김영무가 돌아서서 그를 차 속으로 도로 밀어넣으며 소리쳤다.

"나오지 말라니까!"

그러나 현지에 남을 두 사내는 굳이 기어 나와서 작별의 악수를 나누고 싶어했다.

"날씨가 이 모양이면 언제 다시 공판장이 열릴지 모르겠는데요." 하는 홍영환의 말을 김영무가 받았다.

"속 편하고 좋지 뭘 걱정이야. 내가 한 말이나 명심하라구."

"물론이죠, 알고 있어요."

명심하도록 일러둔 말이 무엇일까 하는 생각이 잠시 안 든 것은 아니지만 한조는 신경쓸 것 없다 하고 앞장서서 버스가 서 있는 쪽으로 걸어갔다. 이 정도 추위쯤엔 조금도 떨지 않는다는 듯한 의젓한 걸음걸이로.

버스는 그로부터 5분 안에 삼척을 떠났다. 그리고 대관령은 두꺼운 눈에 덮여 있었지만 도로만은 말끔히 제설이 되어 있었다.

김영무는 서울로 돌아와 회사 건물의 아래층 로비로 들어서면서야 마치 후회된다는 투의 말을 내뱉고 있었다.

"어젯밤에 그냥 잤지요, 우리?"

"김 상무 절망이 걷히자 욕정이 싹 가셨다고 했잖아요."

“그러니 우리 마누란 불행하죠, 절망만 기다려야 하니?”

“나도 불행했죠, 혼자 행동할 수도 없고 하는 바람에.”

한조는 이 말을 회장 이욱형 씨를 만나서도 되풀이했다.

“불행하게도 저흰 비싼 여자를 못 만났습니다.”

이욱형 씨는 그들을 보자 첫마디가 그 질문이었던 것이다. 그건 두말할 것도 없이 회사가 예상 밖으로 화를 면했다는 사실에 들떠 있다는 뜻이 아니고 무엇이랴. 이욱형 씨는 거듭거듭 말했다.

“이른 숙맥 같은 사나들 봤나! 아이고 이 못난 것들아!”

여행이랄 수는 없겠지만 어쨌든 적어도 닷새 동안이나 자리를 비웠다가 돌아온 한조에겐 모든 것이 생소하게 느껴져 아무것도 손에 제대로 잡히지 않았다. 자신의 책상 앞으로 돌아와 앉아도 눈앞에 어른거리는 것은 눈에 덮인 동해안의 풍경뿐이었다.

당장 다음날 새벽부터 공판장에 나가 생선비린내 속을 헤집고 다녀야 한다는 사실이 그에게 어떻게도 실감을 주지 않았다. 김영무도 그런지 알아보기 위해 한조는 자기 방을 나섰다. 그러나 곧 되돌아 들어와 잠시 창앞을 서성거리다간 기어코 인터폰으로 김영무를 불렀다. 그는 자리에 없었다.

아, 그렇군. 이럴 때 자리에 앉아 있다는 건 바보짓이다. 한조는 오랜만에 자신의 사무실을 찾아가 보리라 하는 결심으로 복도로 나섰다. 그는 우선 화장실부터 갔다. 그리고 돌아 나오는데 자기 방 안에서 인터폰 벨이 방정맞게 울리는 소리가 들리지 않는가.

김영무였다. 그러나 왠지 그는 조금 전과는 달리 귀찮은 생각이 들었다.

“아, 별일 아녜요.”

그랬는데 김영무가 뜻밖의 반응을 나타내지 않는가.

“별일 아니시라면 섭섭한데요.”

“뭐가요?”

한조는 긴장한 어투로 되묻지 않을 수 없었다.

"난 일이 손에 안 잡혀 사표를 쓰느냐 마느냐 할 지경인데 나 전무 자리에 앉아 업무를 보고 게시니."

"그건 나도 마찬가지라서, 사실은 마침 어디 잠깐 다녀오는 길인데요."

"어딜 말입니까?"

"변소에요."

"변소요? 거기서 진정제를 팝디까?"

"난 마음이 뒤숭숭할 땐 변소로 가서 변기를 타고 앉는 버릇이 있거든요. 한참 그러고 있으면 거짓말같이 속이 가라앉지요. 머리도 맑아지구요."

하하하 하는 김영무의 웃음소리가 수화기를 타고 들려왔다. 웃음이 가라앉기를 기다려 한조가 한마디 더했다.

"김 상무는 절망적일 때 욕정이 일어나지 않습니까."

"좋습니다. 나도 지금부터 변소로 직행할 작정입니다."

"아무나 되는 일이 아닐 텐데……."

"어쨌든 이따가 회장님 파티 열어 주실 때까진 진정이 되겠지요, 변소에 가서 효험을 못 봐도."

"그래도 안 된다고 사표 쓰거나 그러진 마십시오. 회장이, 기회다 하고 수리해 버릴 테니까."

한조도 허허 가볍게 웃음소리를 보내고 나서 통화를 끝냈다. 그러곤 서둘러 방을 나섰다.

한조실업 사무실에선 새해 들어 첫 출근한 박시대와 설희가 난로를 사이에 두고 바짝 붙어 앉아 오징어 다리를 굽고 있었다.

박시대가 놀란 듯이 소리쳤다.

"아이고, 노크나 좀 하고 들오이소."

"왜, 너희들 무슨 짓 하고 있었어?"

　“무슨 짓이라이요, 사장님. 요 젖내나는 설희 데불고 말입니꺼?”
　“그런데?”
　“이 오징어나 감추그든 들오실 일이지예.”
　“나도 다리 하나 주면 눈감아준다.”
　박시대가 얼른 오그라든 오징어 다리 하나를 들어냈다. 그러곤 후후 입김을 쐰 다음 그에게 건네주었다.
　“사장님, 세배 받으시야지예.”
　“관둬. 늙기 싫어. 별일 없니?”
　“그래도예.”
　“연휴 사흘 동안 뭐하고 지냈어?”
　“구들장 짊어졌지예.”
　“고작?”
　“좋십디다, 누우 있으이.”
　“새해 복 많이 받아라. 설희 너도.”
　“사장님도예. 사업 왕창 키우시이소.”
　박시대는 말하고 나서 오징어 다리를 질겅질겅 씹어댔다.

8. 움직이는 덫

"장항에서 올라온 넙치하고 삼척에서 온 가재밀 잡으라구."
"목포에서 온 먹도미도 붙들 생각인데."
"그것도 좋지. 하지만 흥양 나한조란 악바리 땜에 깡에서 당할 길이 있어야지. 뻔히 알고도 당하니."
"천만에 오늘은 그치보다 한 단위 더 놓을 참인데. 두고 보라구, 내가 지나."
"큰소리치지 말고 용의주도하게 작전 짜서 덤벼. 나한조라는 인간 깔봤다간 당한다구. 결코 흥양이란 배경만이 아냐. 대단한 치라구. 새해 들어 벌써 석 달째 판을 치고 있잖아."
"삼성도 케이오지?"
"왜 아냐. 누구 하나 손을 써? 꼼짝없이 당하고만 있지."
"삼성 강 전무 만났더니 이를 갈더군."
"이만 갈면 뭣해. 두고 보라구, 내가 조져 놓을 테니."
"잘해 봐. 하긴 요며칠 새 그치도 당하고 있긴 있더군, 계속."
"쉿 ……빨리!"

두 놈은 서둘러 빼고 있음이 분명했다. 한조가 돌아봤을 땐 이미 의심이 갈 만한 놈들의 모습이 보이지 않았다. 한조는 소리 없이 웃음을 흘렸다. 회심의 미소 같은 것이었다. 그러나 그는 자신감만 즐기고 있을 시간이 없었다.

"장항에서 올라온 넙치하고 삼척 가재미, 목포 먹도미를 꼭 잡으라구." 하고 한조는 중매인 최남룡과 이시백을 불러 지시했다. "틀림없이 달려드는 놈이 있을 거야. 여지없이 깨버려."

"알겠습니다. 무슨 정보가 있습니까?"

"있어."

"삼성인가요?"

"송사리들이 까불어."

"그들 뒤에 삼성이 있는지도 모르죠."

"목포 돌산상회 김간 흑도미 하나 못 잡고 뭐하고 있는 거야."

"숭어, 문어만 실어 올려 보냈던데요."

"상어도 있을걸."

"네, 상어도 왔어요."

"하여튼 내가 한 말 잊지 마!"

깡이 붙으면서 예상대로 끝까지 달라붙는 중매인 하나가 있었지만 한조는 못 따라올 단가를 지시하여 그자를 끝내 깨고 말았다. 김영무는 나오지 않았지만 선어부의 고인택은 빠락빠락 따라붙던 중매인 손중건이 삼성상사의 끄나풀일 가능성이 농후하다고 귀띔해 주었다.

그러나 이렇게 하여 거둬들인 생선에 대한 그날 정오의 판도는 한조를 여지없이 녹초로 만들지 않던가. 그날 따라 신경이 쓰인 나머지 중소매상에 가격 지시를 하는 김영무의 곁을 끝까지 지키고 앉아 있기까지 했는데 넙치, 가자미, 먹도미는 도무지 찾는 사람이 없어 쌓여 있기만 한다니 말이다.

고인택이 초조한 눈으로 한조를 돌아보며 의아해했다.

"저도 분명히 여러 곳에서 쑤군대는 걸 들었거든요. 그런데 웬일이죠?"

"이럴 때도 있는 거지."

김영무가 안심시키듯 말했다. 그는 그러고 나서 한조를 돌아봤다.

"고급 선어는 깡 풀리는 시간이 오래 걸려 요즘 같은 날씨엔 현장에서 벌써 물이 가기 시작하거든요. 물이 안 좋다고 모두 들여다보곤 돌아선다는 것 아닙니까. 남대문 길주상회서도, 신촌 연회상회서도 같은 애기예요."

한조는 대꾸를 않고 돌아섰다. 자기 방으로 돌아가며 대충 머리로 건가량을 잡아 봐도 당장 현 시가로 쳐서 3천만 원은 꼬라박은 게 아닌가. 그는 초조하지 않을 수 없었다. 시간이 갈수록 값은 더욱 떨어질 테니 말이다.

매우 기분이 나빠 있는 한조를 위로해 준 것은 그래도 사장 조건재였다. 조건재는 그가 막 자기 방으로 들어서는 순간에 인터폰으로 그를 불러 이렇게 말했다.

"의기소침해할까 해서 애기하는 거요. 나 방금 김 상무한테서 애기 들었는데 크게 신경쓰지 말아요."

"고맙습니다. 하지만 기분 나빠서요."

"그럴 거 없다니까. 흔히 있을 수 있는 일이고, 또 있어 온 일 아니오."

"어쨌든 죄송합니다."

"무슨 애기요. 새해 들어 지난 두 달 동안 나 전무 얼마나 잘해 냈어요. 회장한테 신경이 쓰인다면 내가 애기하지요. 아마 회장도 별소리 다 한다고 되려 나무랄걸."

"아닙니다." 하고 한조는 그 점만은 분명히 해두고자 했다. "회장님께는 제가 직접 사과 말씀을 드리는 게 좋을 것 같은데요."

“회장에 대해선 신경쓸 거 없다니까 그래요. 내일부터 잘하면 되
잖아요. 그까짓 거 며칠이면 되찾을 수 있는 거 갖고 뭘 그래요.
우리 회사에서 어디 이런 일 한두 번 겪은 줄 알아요. 작년 여름
엔 내리 두 달을 꼬라박기만 하며 지냈다구요.”
“그땐 다른 집들도 재미본 데가 없었다면서요?”
“왜. 한 군데가 꼬라박으면 다른 데선 재미보게 돼 있는 게 이 장
산데 그럴 리 있겠어요.”
“전반적으로 모두가 그랬다던데 그렇잖았나요, 그럼?”
“크게 재미본 집이 없었다 그 말이지. 어쨌든 나 전무에 대해선
우리 회사에서 회장이 당신만큼 신임하고 있는 사람이 없잖우. 아
무 기분 나쁠 것도 없고, 내일부터 소신껏 계속 뛰어요. 그게 우
리 회장이 바라는 바 아니겠어요.”
“면목없습니다만 그렇게 말씀해 주시니 기운이 날 것 같군요.”
“최고 경영자가 되는 과정에서 겪는 값진 시련으로 아시오. 그럼
끊습니다. 수고하시오.”
　인터폰은 거기서 한조의 대꾸를 기다림이 없이 딸깍 끊어졌다. 한
조는 머리를 갸웃거렸다. 최고 경영자가 되는 수업의 하나로 겪는
시련이라니, 그렇다면 조건재도 그에 대한 회장의 복안을 알고 있다
는 얘긴가.
　도무지 이해할 수 없는 일이었다. 이욱형 씨는 보름 전 중역회의
가 끝난 다음 그만 남으라고 하곤 귀엣말처럼 하지 않았던가.
　─내 나군을 다음달 부로 흥양수산 사장으로 발령할라 칸다. 안
죽은 아무인데도 발설하지 마라. 미리 말 나믄 제대로 안 대는 거
아이겠나. 나군도 그동안 바서 그른 것쯤 알끼다.
　이욱형 씨의 이 말이 누설되었을 리 없다면 조건재가 한 말은 무
슨 뜻일까. 그렇다고 한조에게 그렇게 말하고 나서 이욱형 씨가 스
스로 약속을 깬 것은 아마도 아닐 테니 말이다.

한조는 아무래도 조건재가 무슨 기미를 알아차린 것임에 틀림없다고 생각했다. 물론 그의 귀를 즐겁게 해주기 위해서 내뱉은 단순하고 무책임한 말일 가능성도 없는 것은 아니지만 그렇게 보기엔 너무 빈틈없는 우연의 일치가 아닌가.

어느 편이든 대세에는 영향이 없다 하고 한조는 더 이상 생각 않기로 했다. 그러곤 곧 어딘가로 전화를 하기 위해 다이얼을 돌리기 시작했다.

한조가 전화를 한 곳은 중매인 진동규의 사무실이었다. 이른바 개인으로서는 노량진 수산시장에서 가장 대단한 현금 동원 능력을 가진 중매인이자 대도매상으로, 노량진 공판장에 관계하는 사람치곤 그를 모르는 사람이 없을 정도로 알아주는 존재가 진동규였다.

진동규는 비록 늘 허름한 점퍼 차림으로 목이 긴 장화를 신고 새벽 네 시의 노량진 수산물 공판장에 빠짐없이 나오는 인물이지만 결코 깔봐도 될 만한 존재는 아니다. 그가 공판이 끝나 돌아가는 모습을 본 사람이면 무시할 수 없는 사람임을 단박에 알게 된다.

차림새도 완전히 달라져서, 그는 의젓하게 넥타이까지 목에 묶은 대단한 신사로 변하여 일제 도요타 6기통 승용차 뒷자리에 비스듬히 드러누워 공판장을 떠난다. 그런 때의 그는 휘파람을 부는지도 모른다.

“저 사람 보면 늘 휘파람을 불고 있어요.”
라고 귀띔해 준 건 선어부 판매과장 고인택이었다. 한조는 그 말을 들을 때까지도 그가 어떤 존재인지 알지 못했다. 단지, 나잇값을 할 일이지 머리가 반백이 되어 습관성 휘파람이 뭔가 하는 생각이 들 뿐이었다.

그래서 한조는 어느 날 진동규한테 야유하는 투로 말을 걸었다.
“나도 휘파람을 좀 부는 편인데 한번 내길 해볼까요?”
“좋지, 흥양 사람들 다 약아빠져서 말도 거는 자가 없더니 당신은 특종이군. 좋다구. 한번 걸자구.”

한조는 결과적으로 부산과 충무에서 올라온 청어와 삼치에서 겨우 이기고 방어진의 문어와 울진의 전어에선 참패를 당하고 말았다. 그러나 그보다 더 큰 패배는, 한조는 절대로 그의 위판장과 경락가격을 놓고 내기하자는 의도가 아니었다는 점이었다. 그는 진동규가 무엇을 두고 내기하자는 의견을 바로 말하지 않았을 때도 언젠가 자신 있는 무엇을 걸겠다고 말하려니 생각만 하고 있었던 것이다.

그랬는데 그날 그 추운 1월 중순의 경매가 끝나기 바쁘게 그는 한조를 찾아와 이렇게 말하지 않던가.

“당신 나한테 깨끗이 졌지? 그러니 요구를 들어줘야 돼.”

한조는 그제야 그게 내기였다는 사실을 알아차렸으므로 두말없이 패배를 인정했다. 그러곤 그날 밤 그의 요구대로 술을 샀다. 술자리에서 진동규는 한조에게 알 듯도 하고 모를 듯도 한 말 한마디를 남겼다.

“젊은 나 전무, 사실 지금 당신은 흥양수산의 위신을 떨어뜨리기도 하고 세우기도 하고 있지.”

한조 쪽만의 생각인지는 모르지만 그 뒤로 노량진 수산시장 다섯 거상(巨商) 중 하나라는 진동규와 한조 사이에는 무언으로 통하는 뭔가가 분명히 있었다. 그러나 한조가 그의 사무실로 전화를 하는 것은 처음이었다. 그러므로 수화기에 나타난 여자가 비서인지 아닌지 알 수 없어 그는 우선 자신의 신원부터 밝혔다.

“흥양수산 나한조라는 사람인데 진 사장님하고 잠깐 통화하고 싶은데요.”

진동규가 곧 수화기에 나타났다.

“나 전무 참 운이 좋시다. 나 마침 나가려던 참이었거든.”

“보셨다시피 요즘 제가 뭐 운이 좋습니까?”

“이제 보니 그 얘기하려고 전화한 거구먼.”

"하도 어처구니가 없어서요."

"전화 올 줄 알았지."

"어째서요?"

그러나 진동규는 한참 동안 아무 말이 없었다. 진동규가 대답이 없는 동안 한조가 재차 다그쳤다.

"제가 전화할 줄 알았다는 건 무슨 말씀입니까?"

"웬간히 화가 나 있을 거라고 생각했다 이거지."

"그것뿐입니까?"

"승패는 병가지상사라."

"괜히 전화했군요."

"답답하더라도 혼자 삭여요. 삭이라는 건 앞뒤를 잘 따져 보라는 말이요. 요즘 보니 좀 덜 현명하게 굴더군."

"그게 다 저대론 이유가 있어섭니다."

"알아요, 무슨 얘긴지."

"아네요, 진 사장님은 모르세요."

"그럴지도 모르지."

"확실한 건 내일부턴 절대로 진 사장님한테 지지 않는다는 분명한 사실입니다."

"무슨 소리야. 나 전무가 언제 나하고 싸웠소? 난 나 전무 때문에 얼마 동안 잡어 나부랭이나 상대한 사람이라구."

"제가 왜 모릅니까. 그게 죄송해서 전화드린 거 아닙니까?"

"잘해 보시오. 서둘지 말고."

한조는 골프를 하러 가는 길이라는 진동규와의 통화를 끝내고 나서도 뭔가 묻고 싶었던 것이 남은 듯한 느낌을 버릴 수가 없었다. 수산시장이 마포에 있을 때부터 나가기 시작하여 스스로 생선 비린 내만 맡고 자랐다고 말하는 진동규의 눈에는 근간의 그의 패배가 우습게 보일 것 같은 게 그중 마음에 걸렸다. 서둘지 말라는 말은 바로 그런 뜻이 아니겠는가.

한조는 오후에 다시 영업부에 들러 넙치, 가자미, 흑도미의 시세를 점검했지만 오전에 비해 마리당 평균 45원이나 떨어지고도 거래가 시원찮은 절망적인 상태였다. 그는 답답한 나머지 고인택을 불러냈다.

"어이 판매과장, 이게 어떻게 된 일이야?"

"이젠 틀렸죠 뭐. 오전에 쇼부를 냈어야 했는데."

"왜 이렇게 되냐니까?"

"화가 나서서 자릴 뜨셨던 모양이지요?"

"뭐라고 그랬어?"

"사장님이 저보고요, 실패에 대해 책임지라고 그러시더군요. 책임지겠습니다, 전무님."

"고 과장이 무슨 책임이 있어!"

한조는 버럭 소리를 치고 돌아섰다. 방으로 돌아온 그는 이리저리 전화할 만한 데를 궁리한 끝에 서울시청의 나길조를 불러내기로 마음먹고 다이얼을 돌렸다. 그러나 수화기에 나타난 사내는 놀랍게도 나길조가 다시 구청으로 전근되었다고 알려주지 않는가. 가르쳐 주는 대로 그는 다시 마포구청으로 전화를 했다.

구청엔 교환 시설이 없으므로 총무과를 찾았는데 거기가 바로 나길조가 전근 와서 소속됐던 곳이라지 않는가.

"그런데 지금은 또 다른 과로 옮겨갔단 얘긴가요?"

"옮겨간 게 아니고 그만뒀어요. 사표를 썼단 말입니다."

한조는 화가 나서 다른 데로 또 전화를 했다. 누구든 하나는 걸려라 하는 심정으로.

그러나 대동증권의 우제정마저 자리를 비우고 안 보인다는 게 아닌가. 곧 돌아올 거라곤 했지만 그는 그딴 막연한 예상을 믿고 전화를 해달라는 전갈을 남겨 놓진 않았다.

그랬는데 그가 수화기를 놓기 바쁘게 전화기의 벨이 따르릉 울리기 시작했다. 그리고 수화기를 들자 그건 뜻밖에도 서귀자의 목소리가 아닌가.

"저 귀자예요."

수화기를 타고 들려오는 목소리를 들으며 한조는 왠지 '넌 결국 돌아왔구나' 하는 터무니없는 생각에 잠시 사로잡혔다.

넌 가봤자 멀리 못 간다는 걸 난 알아. 하지만 넌 이젠 돌아와도 고물이야. 눈물을 보여도 난 안 받아줘.

서둘러 3초 안에 그런 단정을 모두 끝내 버린 한조였는데, 막상 그로부터 30분도 채 안 되어 그녀를 만나고 보자 기절초풍하게 그의 상상은 사실이 되고 말지 않던가.

"한조 씬 여전히 변하신 데가 없군요."

"그렇습니까. 뭐 얼마나 됐다구."

"5개월 20일째예요."

"그렇게나 됐던가요."

"아직두 독신이시겠죠?"

"…… 못난 인간이 돼서……."

"있잖아요, 저 말예요, 이혼했어요."

"네에?"

"왜 그렇게 놀라세요?"

"언제요?"

"어제요. 5개월 19일 만에요."

"놀랐는데……."

한조는 자신의 상상했던 바를 되떠올리며 중얼거렸다. 이 땅을 찾아오는 재일교포란 이름은 역시 사기꾼들이란 뜻일까. 그러나 서귀자는 잠시 뒤 그녀의 남편이 되었던 남자를 그렇게 말하지 않았다.

"고광남이란 사낸 저랑 성격이 맞지 않았어요."

아, 재일교포 남자의 이름이 고광남이었지. 한조는 이유없이, 그 작자 참 맘 잘 먹었다 하는 생각을 하고 있었다. 무엇 때문에 그랬을까, 그는 이런 질문부터 던졌다.

"두 분 사이에 아기는 없었습니까?"

"어마, 한조 씨 무슨 말씀을 그렇게 하세요. 5개월 19일 만에 아이가 태어나요?"

"성격이 어떻게 맞지 않아서 귀자 씨가 그런 비극적인 일을 당하게 됐을까?"

"이보세요, 한조 씨!" 하고 서귀자는 더욱 냉혹한 목소리를 만들어 그를 불러세웠다. "분명히 말해 두지만 이혼하자구 끝까지 우긴 건 저예요. 절대루 오해하지 마세요."

"난 오해한 것이 없는데……."

"저 뭐 좀 안 사 주시겠어요? 배가 고프걸랑요."

"그럽시다. 그거야 어렵지 않지요."

한조는 곧 서귀자를 데리고 충무로 2가에 있는 플라멩고라는 양식집으로 갔다. 그녀가 그 이상한 이름의 음식점을 알고 있었다. 뿐만 아니라 그녀는 그의 돈벌이에 대해서도 지대한 관심을 나타내면서 이렇게 물었다.

"흥양수산이란 게 한조 씨가 세운 회사예요? 전활 직접 받는 걸 보니 별로 큰 회사 같진 않지만……."

"내 방 직통 전활 누가 가르쳐 줬는지 모르지만 난 일개 월급쟁일 뿐인데요."

"한조실업은 그대로 두구요? 전화번호 거기서 알아냈어요."

"거기야 사무실 하나뿐이지 뭐 있습니까?"

"한조 씬 역시 그냥 넘겨 볼 분이 아녜요. 돈을 두 사람 몫으로 버시구."

넌 여전히 돈에만 관심이 있는 여자야, 하고 한조는 속으로 혀를 찼다. 고광남과 성격이 맞지 않는다는 애기도 결국은 그 언저리를 벗어나지 못하리라.

서귀자는 좁고 불결한 택시를 불평하듯 또 묻고 있었다.

"홍양수산이 어떤 회산지, 그래 차 한 대도 안 내줘요?"

"귀자 씨 자동찬 어떻게 됐나요?"

"암것두 모르구 팔아치워 버렸죠, 이렇게 될 줄 모르구."

"저런! 난 회사에서 차 한 댈 내주긴 하고 있는데……."

플라멩고, 거 참 괴상한 이름을 다 붙여 놓은 음식점이다, 하는 생각을 하며 한조는 서귀자와 나란히 2층으로 오르는 층계참을 걸어 올라갔다. 식탁도 낮고 거기에 맞추어 의자도 다리가 짧아 독특한 느낌을 주는 식당이 거기 2층에 있었다.

가운데 둥근 원탁도 있었지만 대개는 네 사람이 앉도록 되어 있는 창가 쪽의 자리로 가 앉아 푹신하게 가라앉기까지 하여, 의자 다리를 짧게 잘라 놓으면 마주앉는 사람들이 더욱 다정한 느낌을 받는다는 사실을 한조는 알게 되었다.

키가 크지 않아 1미터 69센티밖에 안 되는 한조는 때로 너무 높은 식탁을 만나면 꼭 거기다 턱걸이를 하듯 매달려 있는 느낌이 들었다. 그런데 여기선 무릎을 잔뜩 꺾고 앉아 솔솔 식탁을 건너오는 서귀자의 향수 냄새까지 맡을 수 있잖은가. 그 냄새의 진원지는 아마도 그녀의 귀밑일 테지.

한조는 종업원이 뭔가 서귀자로부터 주문을 받고 돌아간 틈을 타서 물었다.

"플라멩고가 무슨 과일 이름이던가요?"

"네에?"

"과일 이름 아닌가요?"

"집시두 모르세요, 한조 씬. 스페인의 플라멩고 춤 말두 못 들으셨어요?"

“난 본래 춤 같은 거 좋아하지 않으니까. 그런데 밥집 이름을 왜 그런 데서 따서 짓지?”

“멋이죠, 머.”

“멋, 그렇지. 귀자 씬 왜 이혼을 했죠. 5개월 20일 만에?”

“5개월 19일 만이라니까요.”

“그렇지, 20일쨀 남남 사이가 되고.”

“한마디루 성격이 안 맞아서예요. 애기하잠 길어요.”

“헤어지는 순간은 어떻습디까?”

그때 마침 여자 종업원이 뭔가 잔뜩 받쳐들고 와서 가스 불에 스위치를 넣고 쇠판에다 쇠고깃덩이를 얹고 반찬 그릇을 내려놓고 했으므로 서귀자는 약간 굳은 표정으로 입을 다물고 있었다. 표정이 굳은 건 고광남과의 작별의 순간을 되떠올려 보고 있어서일까.

한조는 종업원이 상을 다 차리고 돌아가길 기다려 재차 물었다.

“헤어지는 순간엔 어떻게 해야 됩니까? 우정 싸움을 걸어야 하는 건가요?”

“헤어지는 마당에 쌈을 왜 걸어요.”

“그러면 웃으면서 헤어진단 말인가요?”

“그럼요. 미스터 고는 그러던데요. 혼자 살면서 특히 건강을 잃지 않도록 하라구요. 비록 짧은 기간이었지만 자긴 잊지 못할 거란 말두 했어요.”

“그것 참, 그런 판에도 할말은 다 하는군. 가만히 생각하면 인간이란 참 뻔뻔스런 동물이란 말이야.”

“왜 무슨 원수졌어요, 할말두 못하게. 우린 웃으면서 헤어졌는데요. 악수까지두 나누구.”

한조는 그럴 수 있는데 왜 갈라섰느냔 생각을 하며 완두콩과 홍당무쪽에 버무려져 지글지글 타고 있는 고깃덩어리를 젓가락 끝으로 푹푹 쑤셨다.

“쑤시지 말구 뒤집으세요.”

“그럼 그 사람은 일본으로 돌아가나요?”

“가겠죠. 가끔 다니러 나온다면 차 정도는 대접할 수 있다구 했죠. 차 한잔 마시는 거야 어떻겠어요.”

“그랬더니 뭐라구 하던가요?”

“틀림없이 전화하겠다구요.”

더러운 인간들, 하고 한조는 속으로 거푸 욕을 퍼부었다.

난생 처음 보는 요리법이었다. 쇠고기 토막이 마늘, 양파에다 앞서 말한 완두콩, 홍당무쪽과 함께 어울려 거의 익어가자 종업원이 밥 두 공기를 들고 쫓아와 거기다 쏟아붓고 묽은 고추장 같은 걸 덮어씌워 요란스레 뒤척였다. 가스 불을 끄고 난 뒤에는 조미료도 뿌렸다. 그 밖의 또 뭔가도 쳤다. 그러곤 다시 골고루 뒤척인 다음 짧게 말했다.

“됐어요, 드세요.”

“고마워요, 아가씨.”

서귀자의 인사에 대한 대답으로 종업원 처녀가 이렇게 물었다.

“술은 뭐 안 드세요?”

“응, 맥주 한 병 갖다 줘.”

한조가 서귀자를 앞질러 말했다.

요리는 먹을 만했다. 그러나 맥주잔만은 손도 안 댄 채 방치해 두고 있는 그를 건너다보며 서귀자가 한마디 했다.

“한조 씨 술 못 드시는 건 여전하군요.”

“쭈욱 드세요. 권하는 실력은 그동안 굉장히 늘었으니까.”

“혼자 무슨 맛예요.”

그랬음에도 서귀자는 한 컵만 뺀 맥주 한 병을 홀짝홀짝 혼자 다 마셔 치웠다. 포만감으로도 사람은 낙천주의자가 되는데 비록 4프로 밖에 안 된다 해도 알코올까지 들어갔으므로 식사를 끝낸 서귀자는 느긋한 자세로 의자 등받이에 기대 앉아 있었다. 너무 푹 빠져 꼭 난쟁이 같은 느낌을 주었다.

"이젠 혼자 살 건가요?"

"좀 여율 갖구 생각해 볼 작정예요."

"여자가 혼자 사는 건 슬픈 일인데……."

"좋은 남자 나타나면 결혼해야죠. 굳이 혼자 산다는 건 별 의미 없잖아요."

"좋은 남자란 어떤 남잔가요?"

"나한조 씨 같은 사람."

"귀자 씨 꽤 다급해진 모양이군요. 어쨌든 기분은 좋군요."

"이젠 흠집이 생긴 여자라 이거죠."

"그거야 사실 아닌가요."

"한조 씬 총각이라 좋으시겠어요."

"그렇다고 비웃지는 마슈. 흠집 만들 재간도 없어서 이러고 있는 신세니까."

"왜 약 안 올라요. 불과 5개월 20일 만에 만나자 입장이 달라져 버렸는데."

요컨대 현재의 신세가 아니라면 나한조 너 같은 촌놈을 농담으로라도 좋은 상대라느니 하는 말을 하겠느냔 뜻이 아니냐. 하지만 그게 약오르면 너만 고단하지 별 수 있겠느냐. 한조는 여유만만한 목소리로 물었다.

"위자료라고 하던가, 그건 웬만큼 받아 냈겠죠……."

"그럼 왜 안 받아요."

하기야 돈독 오른 서귀자가 그런 것 제대로 계산 안 했을 리 없겠지 하는 생각이 들어 한조는 그 액수에 대해선 묻지 않았다.

"한남동 가게도 그대로 갖구 있구요?"

"그럼요."

“그럼 그것도 그 사람이 넘겨줬군요.”

“그래요.”

“그동안 장사 잘됐구요?”

“괜찮았어요.”

밀도는 장사를 그냥 하고 있었을 서귀자가 역시 아니지만 한조의 느낌엔 어딘가 그녀의 대답이 시원찮은 듯했다. 그러나 그녀는 그런 애긴 그만하자는 뜻인지 곧 이렇게 말했다.

“우리 자릴 옮겨요. 공기가 탁해요.”

작별이 아니고 자리를 옮기는 거라면 할말을 아직도 남겨 놓고 있다는 뜻이 아닌가. 한조는 뻣뻣한 긴장을 느끼지 않을 수 없었다.

서귀자의 콧대가 낮아진 건 분명했다. 그녀는 한조가 옛날의 그녀에 걸맞은 대우를 해주기 위해 고상한 찻집에 대한 고민을 하고 있을 때 그런 것엔 조금도 신경쓸 여유가 없다는 말을 했으니까.

“요즘은 차맛이 그럴듯한 집이 거의 없어요. 찾아다니는 건 헛수고예요.”

그래도 자존심 손상 입지 않으려고 아무 데나 들어가자는 말을 서귀자는 그런 식으로 하고 있지 않는가. 여자에 관대한 건 남자의 특권이다 하고 한조는 그녀의 주장에 선뜻 동조했다.

“좋도록 합시다. 나야 뭐 커피 맛이 어때야 좋은지 알아야 말이지.”

“왜요, 커피 잘 끓이면 맛이 기막히죠.”

한조는 플라멩고 건너편에 보이는 경양식집으로 서귀자를 데리고 갔다. 실내가 너무 어둡고 식탁을 에워싼 칸막이들이 장난감같이 올망졸망 좁았지만 아무 데나 좋다고 한 이상 그는 돌아서지 않았다.

커피는 플라멩고에서 이미 마셨으므로 거기선 오로지 서귀자의 뭔가 남은 애기만 들어주는 일이 중요하잖은가. 아니나다를까, 그녀는 또다시 커피를 주문하고 나서 그에게 대뜸 이 말부터 던졌다.

“여기 찻값은 제가 낼게요. 한 가지 부탁드릴 게 있으니까요.”

“부탁이라니, 나한테 말입니까?”

“네, 아주 중요한.”

“어떤 내용인데요?”

“저 좀 도와주십사 하는 건데 되겠어요?”

“글쎄 ……무슨 일인지 모르지만 나한테 그럴 능력이 있어야 말이죠.”

한조는 자못 궁금한 듯 서귀자의 눈을 마주 쳐다봤다.

“실은 말예요. 저 한조 씨 찾아올 땐 동업하자고 조를 각오였어요. 흥양수산을 한조 씨가 경영하는 줄 알구.”

“일개 월급쟁이일 뿐인데 무슨 말입니까.”

“어떻게 그렇게 되셨어요, 그런데?”

“돈은 없고 손대는 것마다 재미는 못 보고 해서 한마디로 망해 버린 거죠, 뭐.” 하고 한조는 한발 물러서기 위해 엄살을 부렸다. “코딱지만한 사무실 하나 남기고.”

“저어, 말예요.”

서귀자는 무슨 말을 하려는지 잠시 망설이는 품이었으므로 그가 미리 말했다.

“얘기하세요.”

“그 사무실에 제가 좀 나가면 안 될까요?”

“할 일이 있어야죠.”

“제가 돈을 좀 내놓을 테니 무슨 일이든 같이 찾아보면 안 될까요?”

“아니 왜 그럽니까? 한남동 가겐 어떡하고 내 사무실에 나와요?”

“어쨌든 그러실 뜻은 있으세요? 지금 계신 회사 사표 내구 저랑 같이 무얼 하신다면 더욱 좋구요.”

“한남동 가겐 처분했군요. 그렇죠?”

다그치듯 묻는 한조의 추궁에 서귀자는 대답 대신 말없이 고개를 주억거렸다.

“장사가 잘 안 되던가요?”

그녀는 왠지 고개를 약간 떨구고 대답이 없었다. 심상찮은 느낌이 들어 한조는 몇 마디 더 물었다.

“처분한 지 오래 됐나요?”

묵묵부답.

“혹시 고광남 씨 의견으로 처분한 건가요?”

한조로선 더는 물을 계제가 아니었다. 그는 다만 멀리 여자를 건너다보고만 있을 수밖에 없었다. 그랬는데 이게 어떻게 된 영문인가. 그녀가 어느 순간 느닷없이 두 손으로 얼굴을 감싸며 흑흑 흐느끼기 시작하는 게 아닌가.

흐느낌이 점점 악화되어 서귀자는 마침내 어깨까지 들썩이기 시작했으나 한조는 그녀의 옆으로 건너가서 부축해 주지 않았다. 슬픔의 내용이 정확히 뭔지는 알 수 없지만 스스로 이기게 내버려 두는 것이 습관적으로 되지 않게 하는 데 도움이 되기 때문이었다. 그리고 자존심 덩어리인 그녀는 결코 오래 자신의 그런 모습을 보이고 있지 않을 것이며 어깨를 부축해 주면 오히려 모욕감을 느낄지도 몰랐다.

“난 모든 걸 다 잃었어요. 모든 걸 다요.”

서귀자가 하얀 손수건을 꺼내 눈두덩을 여러 번 누르고 난 다음에 던진 첫 마디였다. 그러나 한조는 뭐라고 대꾸하지 않고 그녀가 좀 더 구체적인 말을 해줄 때까지 기다렸다.

“고광남이란 사내한테 당한 거예요. 깨끗이 당한 거라구요. 참 기가 차서!”

한남동 ‘보세의 집’이 채권자의 소유로 넘어가 버린 것도 서귀자 자신은 훨씬 지난 뒤에야 알았다고 했다. 그랬으므로 그녀가 그 사실을 알았을 때는 이미 모든 법률적인 조처도 완벽하게 되어 있음을 확인하게 됐을 뿐이라는 것.

"그 모든 일들이 귀자 씨 남편이던 사람이 혼자 만든 거란 말인가요, 귀자 씨하고 한마디 상의도 없이?"

"상의했다면 왜 내가 끝까지 몰랐겠어요."

"채권자한테로 넘어갔다고 했는데 채권자란 누구 말인가요?"

"돈을 좀 빌린 건 사실예요. 그거까진 나두 알구 있었어요. 하지만 난 열심히 갚아 가구 있는 줄 알았죠."

"빚은 무슨 일로 낸 건데요?"

"미스터 고 얘기가 앞으루 전망두 좋구 당장 마진두 높은 사업이 있다는 게 아니겠어요."

"그런데 자금이 없다, 이러더란 말인가요? 사업 내용이 뭐라고도 알려주지 않고?"

"아녜요. 알려줬어요. 의논까지 한걸요. 고철예요. 지난해 11월 18일루 생고무며 해서 60가지 품목인가가 수입자유화 품목으로 풀렸는데 거기 고철두 끼여 있었어요."

"그래서요?"

"일본에 가서 고철 한 배를 싣구 왔죠. 한 배가 아녜요. 그 뒤에 두 또 왔었으니깐요."

그랬는데 일이 다 뒤틀려서 나자빠진 다음에야 알고 보니 그게 완전한 실패였다는 게 아닌가. 일본이 아니고 훨씬 먼 뉴질랜드까지 가서 싣고 온 사람들은 오히려 단단히 재미를 봤는데 가까운 일본에서 같은 단가로 수입한 자기네만 쫄딱 거덜이 났다는 것이다.

"그게 왜 그렇게 되지요?"

"고철두 고철 나름 아니겠어요. 일본서 보내온 건 고철이 아니라 깡그리 쓰레기였다는 거예요."

그렇게 고광남이란 사내의 사업이 완전히 실패로 돌아갔다면 서귀자가 그에게 당했다고 말하는 건 터무니없는 모략이 아닌가. 그때 그들은 부부였지 않은가.

"고광남 씬 그러니까 한다고 하다가 그렇게 된 거 아닙니까."

"허긴 우리 미스터 고로서두 어쩔 수 없었죠. 가겔 담보루 넣고 사채를 쓰자구 한 건 그 사람이지만."

"그렇게 된 것은 자연스런 현상일 테고."

한조는 갑자기 서귀자한테 속은 것 같은 느낌이 들었다. 그렇게 되었다고 해서 두 사람이 이혼에 이른 것도 한조로선 이해가 안 가는 일이었다. 한조는 어딘가 조소가 묻은 눈길로 서귀자를 건너다봤다. 그러자 그녀가 시선을 마주치며 말했다.

"다시 시작해 보구 싶어요, 원점으루 돌아가서. 어쩌겠어요, 할 수 없는 일이지. 그러니 한조 씨 좀 부축해 주세요. 돈은 얼마간 가진 게 있어요."

서귀자, 저 콧대 높은 여자가 스스로 찾아와 도움을 호소한 것은 기분좋은 일이라고 하자. 하지만 어떤 경우에도 저 여자와 동업으로 무슨 사업을 하는 그런 일은 없을 거다. 한조는 서귀자와 헤어진 다음에도 사뭇 그런 생각에 빠져 있었다.

사람 팔자 알 수 없다는 거 뼈에 사무치도록 느꼈겠지.

암, 그렇고말고. 스스로 목숨을 끊은 김선표야 지금 와서 뭐라고 말할 게 없지만 그 둘이서 짝패를 지어 마치 언제까지 자기네 세상일 것같이 한조를 무지렁이 취급해 오지 않았던가. 한조는 서귀자가 자기 앞에서 보인 눈물에는 그런 모든 거들먹거리던 때에 대한 참회의 뜻도 포함되었기를 바랐다.

그럼에도 그가 서귀자를 도와주거나 그녀와 동업을 추진할 생각이 전혀 없는 것은 그녀가 흘린 눈물은 그녀 자신이 날리고 만 돈에 대한 마지막 슬픈 이별에 거의 전적으로 그 뜻이 담겨 있을 것이기 때문이었다.

물론 그런 일은 일어나지 않겠지만 그가 만약 서귀자와 동업으로 무슨 일을 하다가 실패로 끝났을 때 그녀가 어떤 태도로 나올지는 보지 않고도 알조 아닌가. 그가 보는 앞에서 눈물까지 보인 것은 언제 그랬더냐 하고 모든 책임을 그에게 씌워 몰아칠 여자가 아닌가. 둘이서 한 다리씩을 묶고 일생을 같이 달리기로 했던 남자도 헌 구두짝 버리기보다 더 쉽게 차버릴 수 있는 여자니까.

내가 얼마나 큰 존재로 보이나 혼자 한번 잘해 보라구 했는데 그녀와 헤어진 뒤로 며칠 동안 한조는 계속 노량진 어시장에서 연패를 당하고 있었다. 정보에 따라 오징어를 사들여 놓으면 여지없이 값의 폭락이 뒤따르고, 5월로 성수기가 끝나는 동해안의 명태잡이 철을 생각하여 모처럼 이번에 가까운 어획이 있다는 연락을 받고 속초, 거진, 대진, 주문진에 비상을 걸어 생태를 모조리 붙잡아 놓으면 엉뚱하게 방어진, 부산에서 더 물 좋은 것들이 8톤 트럭으로 다섯 대나 쏟아져 들어와 사람을 기절시키지 않던가.

그뿐이랴. 뒷조사를 해봐서, 노량진 냉동창고는 물론이고 어떤 작자의 창고에도 얼음에 쟁인 재고가 없는 것이 확실한데도 웬일인지 시장 일선에서 사들인 꽁치의 가격 형성이 안 된다는 보고만 빗발치지 않는가.

그동안 더러 반짝 빛을 본 날이 없진 않았다 해도 그가 노량진의 새벽 전투에서 알 수 없는 고전을 겪기 시작한 지는 어느새 보름도 넘고 있었다.

이놈의 짓 때려치우고 서귀자하고 동업이나 할까 보다. 잘되면 결혼하자고 유혹해 올지도 모를 텐데……

그러나 꼬라박는 장면에서 무대를 떠날 수는 없다는 것이 한조의 결심이었다. 어떻게든 원상 회복이라도 해놓은 다음에 사표를 던져도 던져야 하지 않는가. 그가 그런 방황을 하고 있던 어느 날 거물 중매인 진동규가 그의 옆구리를 툭 쳤다.

"나 전무 얼굴이 반쪽이 됐군. 고전도 겪어 보니 어때요, 승전만큼 벅찬 일이지요?"

"말 마십시오. 죽을 맛입니다, 요즘."

"이제 끝날 때도 된 것 같은데……."

"도무지 이해할 수가 없어요."

"면밀히 밑바닥을 검토해 봐요, 실패하는 밑바닥을."

"어떻게요?"

"나 전문 적이 너무 많은 것 같어."

한조는 진동규의 말에 귀가 번쩍 뜨였다. 아니 눈앞이 아찔했다.

"무슨 음모가 있다는 얘기군요. 얘기해 주세요, 진 사장님."

"아, 아, 내 얘긴 느낌이 그렇다는 거요. 참고로 들어 둬요. 잘하면 나 전무한테서 다시 밝은 아침이 오겠지, 이렇게."

진동규가 가리키는 쪽을 쳐다보자 해가 솟구치고 있어 벌겋게 물든 동쪽 하늘 한 조각이 내다보였다. 한조는 어금니를 사려 물었다.

한조는 말없이 고개를 끄덕였다. 그렇군, 이건 내가 운이 나쁘거나 더욱이, 장세(場勢) 판단을 잘못한 게 절대로 아니었군. 그러나 진동규는 그런 생각을 하고 있는 한조를 돌아보며 이런 말을 했다.

"분명히 말하지만 난 느낌이 그렇다 뿐이요. 증거를 대라면 아무것도 없어요."

"어쨌든 고맙습니다. 적을 많이 만든다는 건 분명히 어리석은 일이죠."

"그렇다고 누구한테나 좋게 한 대서야 어떻게 이 장살 해먹우. 여기서 굴러먹으며 적을 안 만들겠다는 자들이야말로 무능한 겁쟁이들이지."

"난 누가 날 원수삼는지 알아요."

"삼성 강 전무 말하려는 거겠지. 하지만 그 한 사람뿐이라고 생각한다면 너무 속단하는 편일걸."

"물론이죠."

한조의 대답에 진동규는 잠시 뜸을 들인 다음 자신도 당연히 그 원수삼는 사람들 명단에 들어가야 되지 않겠느냐고 했다. 그러곤 말 없이 눈꼬리에 웃음을 달았다.

"그럼요. 진 사장님이 배후에서 조종하고 있는지 누가 압니까?"

"누구도 믿지 말아요. 이 판에서 누굴 믿는다는 건 순진한 사람이지."

한조는 또 대답을 잊고 고개를 주억거렸다. 진동규가 다시 한마디 덧붙이기까지 했다.

"그리고 나 전무, 내가 보기엔 귀가 얇은 흠이 있는 것 같아요."

"무슨 뜻입니까?"

"남의 말을 너무 쉽게 듣는지 모른단 뜻이오."

"그건 그렇잖은데요."

"그렇다면 다행이고. 난 혹시 시장 내에 떠도는 쑥덕공론을 모두 믿을 만한 정보로 생각하는 게 아닌가 해서."

그럼, 경우에 따라선 일부러 역정보를 흘리는 경우도 있다는 것인가. 아하, 그렇게 되는 거군. 피가 거꾸로 치솟는 느낌이었다.

한조는 어디론가 가기 위해 서둘렀다. 그러자 진동규가 재빨리 그의 팔을 붙잡았다.

"그렇게 서두는 게 아니라니까. 증거도 잡지 않고 당장 누구한테 가서 따진다는 거요. 경계심을 가지고 여유만만하게 지켜봐요."

"아니, 우리 회사 직원들한테 뭐 한 가지 지시할 게 있어섭니다."

한조는 시치미를 뗐지만 진동규는 속지 않는다는 듯 고개를 가로 저었다.

"난 다 알아요. 서둘지 말아요. 서둘면 또 당해요."

"알았습니다."

“나 전무, 나 또 찾아오게 생겼군.”

“왜입니까?”

“나중에 뭔가 알게 된다면 더 당하기 전에 충고해 준 나를 고맙게 생각할 거 아뇨, 나 전무가.”

“그땐 단단히 한턱 쓰죠.”

“한턱 가지고 돼요?”

진동규가 한조의 어깨를 힘껏 내리치고는 곧 자기 사무실을 향해 걸어갔다. 거물다운 의젓한 걸음걸이로. 그랬다, 한조에게 그는 태산도 움직일 거인의 모습으로 비쳤다.

한조는 그날 사무실에 돌아오기 바쁘게 조희재한테 전화를 했다. 그녀의 남편이 고전하고 있는 그에 대해 어떻게 생각하고 있는지 우선 그녀를 불러내어 떠보기 위해서였다. 그러나…….

이욱형 회장의 아내 조희재는 집에 없었다. 한조는 전화를 끊으려다 말고 혹시나 해서 행선지를 물었다. 연락이 닿을 수 있는 곳이라면 그녀가 시내에 외출나온 김에 만나는 게 더 쉬우므로. 그러나 가정부의 대답은 조희재가 헬스 클럽에 수영하러 갔다는 게 아닌가.

한조는 초조하여 그날 오후에 다시 전화를 하고 조희재를 찾았다. 그녀는 마침 집에 돌아와 있었다. 그러나 몸이 불편하여 외출을 할 형편이 아니라는 게 아닌가.

헬스 클럽에 수영을 하러 다니는 그녀가 병으로 누워 있어서 그를 만날 수 없다는 것이었다. 지금까지 그녀에게 무슨 제의를 했다가 거절당한 일이 한 번도 없었으므로 한조는 그녀의 뜻밖의 태도에 놀라지 않을 수 없었다.

“한조 씨의 행운은 벌써 다한 건가요? 계속 실패하고 있다면서요.”

라는 말까지 조희재는 하지 않았는가. 한조는 통화를 끝내고도 수화기를 든 채 멍청히 앉아 있었다. 그렇게 생각해서 그런 게 아니라 조희재는 분명히 목소리까지 냉랭했다.

그러는 가운데 한조는 그 이튿날 새벽 깡에서 잡은 생선에서마저 또 터무니없는 패배를 당했다. 한조는 당장 조건재 앞으로 호출당해 갔다. 상무 김영무도 와 있었다.

"아니, 도대체 당신네들 뭐하고 있는 거요? 막말로 난 요즘 당신네들이 회살 들어엎으려 음모를 꾸미고 있는 게 아닌가 하는 생각이 들어."

조건재의 말에 한조가 재빨리 해명했다.

"김 상무는 이 일과 아무 상관 없습니다. 전적으로 저 혼자 저지르고 있는 일입니다."

"말 잘했어. 나 전무, 오늘 아침엔 게를 뭐하려고 그렇게 많이 붙잡았는지 설명해 봐."

한조는 톱밥을 비집고 엉금엉금 기어나오던 게들을 떠올렸다. 놈들은 수출용 볼박스에 담겨 들이닥쳤었다. 그리고 그는 중매인 진동규의 충고대로 떠돌아다니는 쑥덕공론은 한마디도 귀담아 듣지 않았다.

모두가 군침을 흘리며 말없이 지켜보기만 하던 게 한 트럭분을 매수하기로 한 건 그러므로 전적으로 한조 자신의 결정에 의해서였다. 뒤늦게 삼성의 끄나풀일 혐의가 짙다는 중매인 손중건이 빠득빠득 따라붙으려 들어 한조는 어쩌나 보자 하고 경락이 끝난 다음에 그에게 이런 제의를 던져보기까지 했잖았는가.

─손중건 씨, 꼭 필요하면 반 트럭쯤 넘겨드릴까?

─정말인가요? 고맙습니다.

이만큼 누가 봐도 명백히 자신 있던 게가 아니던가. 그러나 한조가 사장 조건재에게 이해할 수 없다는 말을 할 수는 없었다. 근거도 없이 어떤 조직적인 음모의 가능성에 대해 말할 순 없는 게 아닌가.

한조는 이 말밖엔 할말이 없었다.

“죄송합니다. 어떻게든 만회하고 말 겁니다.”

“그야 물론이지. 회장이 지금 펄펄 뛰고 있단 말이오. 만회 못하면 가만 있을 줄 아오, 그 성질에.”

“회장님껜 제가 직접 뵙고 말씀드리죠.”

“무슨 소리! 불을 더 지를 작정이오?”

조건재는 마치 쏘아보듯이 한조를 노려봤다. 김영무가 옆에 있다가 얼른 끼어들었다.

“제 생각에도 나 전무께선 회장님 앞에 안 나타나시는 게 좋을 것 같습니다.”

한조는 사장 조건재의 방을 나와 김영무와 복도를 함께 걸으며 다시 물었다.

“정말로 내가 회장 앞에 안 나타나는 게 좋다고 봅니까?”

“내 생각엔 그런데요. 사장님하고 같은 의견인데요. 우리 회장님 성질 아시잖습니까.”

“글쎄…… 그렇다고 이렇게 그냥 있는 게 나을까요?”

“내 애긴 괜히 올라갔다가 싫은 소리라도 들으면 좋을 게 있나 이거죠. 기분이 나쁘거나 자신을 잃게 되면 나 전무한테 마이너스 아니겠어요. 차라리 잔뜩 뿔이 돋아 계실 때는 눈앞을 피해 슬쩍 넘기고 어떻게든 만회를 해서, 자 보시오 하는 게 낫죠. 그땐 회장님도 기분 좋아하실 거 아닙니까.”

“듣고 보니 그것도 그렇군요.”

“암요. 백번 그렇죠.”

한조는 방으로 돌아와 선어부장 전수형과 판매과장 고인택을 불렀다. 그러곤 냉동창고에 들어 있는 꽁치를 조미가공(調味加工) 수출공장에다 넘기도록 지시했다. 그런데 고인택이 고개를 갸웃거리고 있었다.

“왜 그래? 안 되겠어?”

“그쪽으로 넘기기엔 너무 아까워서요. 거기선 제 값을 못 받거든요.”

“할 수 없지.”

“가격 안정시킨다고 수출도 못하게 하는 꽁치가 왜 이렇게 되는지 모르겠어요. 원양어선들은 참치먹이로 쓰이는 꽁치까지 일본서 외상 수입해다 쓰는 판인데.”

“그래서 꽁치가 귀하단 말야?”

하고 전수형이 고인택을 핀잔하고 나섰다.

“귀하죠. 어민들은 경비 써서 일껏 잡아 봐도 본전 못 찾는다고 아예 잡으러 나서지 않으니 귀할밖에요.”

“경비도 안 떨어진다는 건 너무 싸단 말 아냐?”

“미친 자식들, 외상이다 하고 일본에까지 가서 사가지고 오니 쌀 수밖에요.”

고인택이 주로 한조의 손발이 되어 뛰는 바람에 내근으로 들어앉게 된 것 때문인지 전수형의 말투는 고인택과 달리 그들이 실패를 거듭하고 있는 것을 고소해하는 것 같은 느낌마저 주었다.

꼭두새벽에 비린내가 코를 찌르는 물구덩을 뛰는 것이 좀 힘들긴 하지만 두각을 나타내어 경영주의 눈에 띌 수 있는 곳은 이 흥양수산에선 역시 노량진 어시장 한 군데뿐이지 않은가 하는 생각을 전수형은 하고 있는지 몰랐다. 그래서 지금 뛰는 조(組)가 무능하다는 판결을 받아 경영주로부터 대신 나가라는 명령을 받고 싶은 것인지 알 수 없었다.

그런 생각이 들자 한조는 갑자기 피곤이 덮쳐 와서 차라리 당장 다음날 새벽부터라도 김영무가 대신 나가 주었으면 싶었다. 다만 며칠만이라도.

그러나 그를 대신 내보내더라도 당장은 아니지 않는가. 적어도 자신이 저질러 놓은 일만은 수습하여 결손을 만회한 다음에라야 누구든 교대로 내보낼 수 있는 입장이 아닌가.

한조는 다음날 아침에는 서해안에서 올라오는 조기 트럭을 잡으리란 계획을 재확인했다. 전년엔 7백톤도 못 채웠을 정도로 귀하지 않았던가. 한조는 전수형으로 하여금 목포와 군산에 미리 연락을 취해 놓도록 지시한 다음 생각지도 않게 대동증권의 우제정한테 전화를 걸었다. 그랬는데 우제정이 그를 앞질러 소리쳤다.

"그렇잖아도 형님 한번 만나고 싶어 한조실업으로 몇 번이나 전화했었다구요."

"왜?"

"일이 있어서지 왜는 뭐 왜예요."

"무슨 일인데?"

"만날 약속이나 하세요, 그러시지 말고."

물론 농담일 수도 있지만 우제정은 가능한 한 빨리 만나야 한다고 주장했으므로 가슴이 답답한 쪽은 자신이면서도 한조는 우정 배짱을 튕겼다.

"난 너 만날 일이 별로 없는데. 난 증권에서 손뗐거든."

"좋아요. 그럼 관두세요. 갖고 계신 주식은 휴지로나 쓰세요."

"왜 휴지로 쓰니. 얼마 전에 거액의 배당금도 받았다는 거 제정이도 잘 알 텐데."

"배당락이 되어 떨어진 주가는 어떡하구요."

"악담 마라. 내가 아무리 증권에서 손뗐다고 건설주 시세도 모르는 줄 아니."

"맞았어요. 돈독 오른 형님, 요즘 기분 더 좋은 줄 알아요. 그러니 우리 빨리 만나야 해요, 지체없이."

"좋다. 만나서 공치사 들어주기로 한다."

그렇게 하여 한조는 위치만 알고 이름은 정확히 기억 못하는 경양식집에서 우제정을 만나기로 하고 곧 회사를 나섰다. 지하 차고에서 불려 나온 운전사 박용문의 첫마디는 뭔가 기분 나쁜 일이 있었는지 퉁명스러웠다.

　"박군, 섯다에서 돈 잃었구나."

　"왜요?"

　"기분이 안 좋은 거 보니."

　"운전수들이라고 다 노름팬 줄 아세요?"

　"그거야 지리한 시간을 보내는 방편이지."

　"지루해도 그거 손 안 대는 사람 많아요."

　"박군도 그축에 들겠군."

　"어디로 가세요?"

　"시청 앞으로."

　"그럼 꽤나 돌아야겠군요, 신경질나게."

　"차 세워!"

　"왜 그러세요, 전무님?"

　"걸어가겠다."

　"기분 상하셨나요?"

　"기분이 안 좋은 건 너야."

　한조는 말하기 바쁘게 움직이고 있는 자동차의 문을 땄다. 박용문은 차를 세우지 않을 수 없었다. 한조는 차를 내리자 두말도 않고 보도를 걷기 시작했다. 박용문이란 젊은 놈 당장 해고다, 섯다에 능란한 손재주를 갖고 있다는 걸 아는데 거짓말하는 게 미워 당장 해고다. 약속 장소에 이미 우제정은 나와 앉아 있었다. 그러곤 시간에 늦은 그를 비난했다.

　"왜 시간 안 지키세요, 형님은."

　"제정일 별로 만나고 싶지 않아서."

　한조는 운전사 박용문과의 사이에 있었던 꺼림칙한 일을 시간에 늦은 이유로 대는 대신 그렇게 말했는데 우제정이 대뜸 무릎을 치지 않는가.

"그러실 줄 알았어요. 솔직하신 거 하난 역시 형님의 매력예요."

"솔직하다니?"

"형님 나 만나는 거 떳떳하지 못하시잖아요."

"왜? 내가 너 따위한테 뭘 잘못해서?"

"솔직한 게 형님의 장점이라는데도 그러시네."

"임마, 너 나한테 무슨 허위자백 받으려고 그러니? 도대체 무슨 애긴데 감도 안 잡히는 말을 하고 있는 거야?"

"그래요? 정말 시치미 떼시는 거 아니죠?"

"이 자식이!"

"그렇다면 형님도 모르고 계시는 거예요?"

"뭘, 임마?"

"하긴 형님 알고 보면 순진한 데가 많으니까, 괜히 폼만 잡지."

"너 정말 자꾸 사람 빙빙 돌릴 거야, 말은 않고?"

"형님 지금 있는 회사 말이에요."

"그래 회사."

"이욱형이란 사람이 하는 흥양수산 말예요."

"너 이욱형 씰 어떻게 아니?"

한조는 눈이 휘둥그레져서, 말하고 있는 우제정을 건너다봤다.

"이욱형이란 자가 어떤 작잔진 아시겠죠, 설마?"

이욱형이란 이름을 아는 것만도 놀라워 눈이 똥그래진 한조에게 우제정은 또다시 이렇게 묻고 있지 않는가.

"어떤 작자라니 무슨 얘기냐?"

"그럼 그것도 모르신단 말예요?"

"뭘?"

"이욱형이 어떤 작잔지 아시냐니까요?"

"어떤 사람이냐?"

“정말 모르시는 거예요, 아님 아시면서 그러시는 거예요?”

한조는 순간 표정을 굳히고 우제정을 건너다봤다. 이욱형이란 사람에 대해 어떤 말을 하려는 것인가, 긴장이 돼서도 그랬지만 우제정이 그의 말을 너무 믿지 않는데도 약간 짜증이 나서였다.

“아무리 궁금한 얘기도 너무 시간을 끌면 재미없어져.”

“형님이 그런 작자 밑에 가 있다는 게 저도 믿기지 않는 충격이 돼서 그래요.”

“그러니까 무슨 얘긴지 묻고 있잖아.”

“한마디로 비정하기 이를 데 없는 자예요, 형님이 그걸 몰라서 그렇지.”

“그 정돈 나도 알아.”

“돈벌이에 관한 한 악마라는 사실도요?”

“그건 지나친 말이고. 너무 심한 악담이야.”

“그러니까 형님은 모르신다는 거 아녜요. 세상이 다 알고 있는데 형님만 그 작자 정체를 모르고 있어요. 몰라서 그런 작자 밑에 들어가 계세요. 제가 이욱형이란 자에 대해 괜히 악담을 하는 건지 한번 다른 사람들한테도 물어보세요. 한 사람도 좋게 말하는 사람을 못 만날걸요. 아니 나보다 더 심하게 말하는 사람들만 만나게 될걸요. 어쨌든 이 나란 군발이들 땜에 안 돼요.”

“그것도 제정이만의 너무 단순한 속단 아닐까.”

한조는 대꾸하면서 한편으로 나길조를 떠올렸다. 그가 이욱형이라는 인물에 대해 처음 얘기를 들은 것은 바로 나길조로부터였다. 한조는 물론 자신이 자살하기 위해 제주도로 내려간 일이 있다는 말은 하지 않았다. 다만 제주도가 매우 기분 나쁜 땅덩이더라고 주장하는 나길조의 말을 반박하기 위해 이렇게 말했었다.

—아냐. 제주도 아주 매력 있고 좋은 섬이야.

—그래 봤자 자네한테 돌아갈 한 뼘의 감귤밭도 이미 남아 있지

않어. 돈 많은 자들이 다 차고 앉은 지 오래라구.

—아항, 그게 제주도가 기분 나쁜 이윤 모양인데 난 그런 뜻이 아니고 그 섬이 내게 뜻하지 않은 행운을 안겨줬기 때문이야.

—돈뭉치라도 주웠었어, 행운을 안겨 줬게?

—응, 5백만 원이나.

—정말이야? 정말 돈보따릴 주웠단 말야?

—정말이라니까.

—감귤밭 사러 내려간 작자 거였겠다.

—그것도 아니고.

—그럼 돈뭉치 주인도 안단 말야?

—물론.

—누구야, 그게.

—이욱형이라는 그곳 별장 주인.

—이욱형 씨?

나길조가 놀라 자빠진 건 그를 안다는 뜻이었으므로 한조는 긴장이 되지 않을 수 없었다. 그래서 얼른, 5백만 원이 든 돈뭉치를 내가 잃었었지 뭐야, 하고 한조는 나길조의 놀란 눈을 쳐다보며 거침없는 거짓말로 둘러댔다. 조희재라는 이름의 웬 창녀 같은 여자한테 홀려 다니다가 그랬다는 말까지.

—그랬는데 이욱형 씨가 주워 줬단 말야……

—그렇지. 바로 그거야.

—감귤밭 사러 내려갔던 모양이군, 자네도.

—하여간에…… 그건 그렇고 이욱형 씨 어디 가면 만날 수 있는지 알아, 자네?

—그건 왜 물어?

—사례를 하려도 안 받고 주소를 가르쳐 달래도 안 가르쳐 주고 하다가 그만 헤어져 버렸잖어.

—그 사람이 사례를 받겠어?

—그렇게 대단한 사람이야?

—모르는군. 아마 5백쯤은 돈같이도 안 보였을걸.

—하지만 나한텐 큰돈이었거든. 만약 빠뜨리지 않았더라면 사람 녹이려 드는 조희재란 계집이 훔쳐갔을지도 모르지만.

한조는 말하면서도 한편으론 조희재한테 좀 미안한 생각이 들지 않은 게 아닌데, 나길조는 그것도 모르고 자신이 지금 한껏 감탄과 존경의 뜻으로 설명하려 하고 있는 인물의 아내인 조희재를 창부로 단정하지 않던가.

—돈 냄새 맡고 유혹의 꼬리를 쳤을 테니 그 창녀한테 뺏겼을 거야 뻔한 일이지.

—그러니까 그 사람 소재나 좀 알려줘. 이욱형이란 사람 말야.

—그거야 어렵지 않지. 웬만한 사람이면 다 알 테니 지금 당장이라도 알아볼 수 있지.

나길조는 장담했던 대로 어딘가로 전화 한 통을 한 끝에 제꺽 이욱형 씨의 성북동 주소를 그에게 건네주지 않았던가. 그러곤 점잖게 한마디 경고를 덧붙이는 것까지 그는 잊지 않았었지.

—섣불리 무슨 사례를 하겠다고 덤비진 말어. 그 사람은 차원이 달라. 잘못했다간 괜히 쫓겨날지도 몰라.

—알았어.

나길조가 말한, 차원이 다르다는 것은 물론 돈의 단위가 다르다는 뜻으로 한조는 이해했다. 하지만 우제정이 나길조가 존경해 마지않는 이욱형 씨에 대해 그토록 거침없이 깎아내리는 것은 좀 설득력이 없지 않은가 하는 것이 한조의 생각이었다.

황금을 돌같이 보는 것이 우제정이라면 그에게도 지나친 편견이 있을 수 있잖겠는가 해선지는 모르지만. 그랬는데 우제정은 표정마저 굳어 자기는 결코 이욱형이라는 상관없는 인물에 대해 편견도 갖고 있지 않고, 따라서 악담하는 것이 아니라는 게 아닌가.

"그 얘기 하려고 나 만나자고 한 거냐?"

"그래요. 형님이 더 이상 범죄 행위에 가담하지 않도록 하기 위해서."

지나친 표현은 그냥 들어 넘기기로 하고 한조는 약간 웃음기가 묻은 눈으로 우제정을 건너다봤다.

"내가 흥양수산에 들어가 있다는 걸 안 건 언제냐?"

"며칠 전에 비로소."

"듣고 놀랐겠군"

"놀라다마다요. 그때부터 매일 전화했었죠."

"어디로?"

"한조실업으로."

"왜 나한테 바로 하잖고?"

"절대로 전화하면 안 된다고 일러 놓으셨다면서요?"

"범죄소굴이라서 그랬지."

"저도 거긴 전화번호조차 알고 싶지 않았어요."

"하지만 잘 들어. 지금 네가 한 말엔 하나도 구체적인 내용은 없어. 누가 들으면 아마 악의에 찬 모략이라고 할 거야."

"하지만 형님은 잘 들으세요, 제 얘기." 하고 나서 우제정은 참으로 놀라운 말을 했다. 그 자신도 말하는 도중에 입술을 떨고 있었으니까. "그자는 살인자예요, 형님!"

우제정의 마치 울음 같은 한마디 선언이었다. 한조는 순간 말문이 막혀 그를 빤히 처다보고만 있을 수밖에 없었다. 우제정이 다시 말했다.

"그것도 한 사람이 아녜요. 두 사람이나 죽였어요."

한조가 여전히 뭐라 대꾸를 못하고 있는 가운데 우제정은 혼자서 말을 계속했다.

우제정은 이욱형이라는 사람이 처음 수산시장에 뛰어들어 어떻게 저열한 술수로 시장을 파고들기 시작했는지에 대해선 말하지 않았지만 어쨌든 상상할 수도 없는 잔인한 방법으로 공판장을 먹어 들어가 하나둘 상인들을 쓰러뜨리기 시작했다는 것이다. 그러고는 마침내 이른바 5대 대물(大物)의 하나로 지위를 확보하는 순간 그때까지 그의 손발이 되어 뛰어 준, 따라서 그의 행각을 다 알고 있는 부하 둘을 감쪽같이 제거해 버렸다는 것이다.

넌 너무 허황된 말을 하고 있다고 생각 안 하니, 하고 반문하려던 말을 바꾸어 한조는 이렇게 물었다. 자신도 모르게 그의 목소리는 떨려 나오고 있었다.

"넌 지금 네가 한 말에 대해 책임질 수 있니?"

"물론이죠. 당연하죠. 전 그 두 사람 이름까지, 나이까지 알고 있으니까요."

"어떻게 죽였는지도?"

"차에 깔아 죽였죠, 두 사람 다. 그것도 바로 새벽의 수산시장 생선 트럭에."

"그렇다면 단순한 교통사고일 가능성도 없는 건 아니잖아."

"단순한 교통사고요? 그때 보도된 신문기사 보여드려요?"

"교통사고가 아니란 말이지?"

"바로 그거죠. 얼마나 빈틈없이 해치운 완전범죄인 줄 아세요."

"난 제정이 말 안 믿어. 그리고 네가 싫어졌어."

한조는 말하면서 우제정을 쏘아보았다. 우제정도 그를 노려봤다. 그 눈은 마치 증오에 타고 있는 것 같았다.

잠시 침묵이 흐른 다음 한조가 먼저 입을 열었다.

"우리 술 한잔 마시자."

"좋아요, 형님."

우제정이 용수철처럼 몸을 솟구치며 종업원을 불렀다. 한조는 혀끝으로 마른 입술을 쓸었다. 목젖이 아팠다.

곧 술이 날라져 왔다. 그리고 한조는 타는 듯한 목구멍에다 서둘러 술을 들어 부었다. 우제정이 자신의 빈 술잔을 그의 앞으로 밀어 놓았다.

"한잔 더 드세요, 형님."

"들어야지."

"그리고 잊어버리세요."

"임마, 그런 걸 어떻게 잊어버리란 거야!"

한조는 뜻하지 않게 벽력 같은 고함을 치고 말았다. 우제정이 말 없이 그런 그를 건너다봤다. 그의 앞으로 밀어논 술잔에다 술도 따를 생각을 않고.

"술 부어, 임마!"

"네, 잊었군요."

우제정이 당황한 몸짓으로 서둘러 술병을 거머쥐었다. 그러고는 재차 같은 말을 했다.

"형님은 잊으셔도 돼요. 형님하곤 상관없는 그 회사의 옛날 일이 니까."

한조는 무슨 대꾸 대신 술을 마셨다. 우제정은 난처한 나머지 논리에 닿지 않는 말을 하고 있는 게 아닌가. 그와는 상관없는 역사적 사건이라니, 말이 되는가.

한조는 한참 만에 놓인 빈 술잔을 우제정 앞으로 옮겨 놓았다. 그러곤 술을 채운 다음 물었다.

"그럼 난 어떻게 해야 되니? 언제 흥양수산을 그만둬야 하니……오늘 당장?"

다그치듯 묻는 그의 질문에 우제정은, 그러나 말이 없이 그를 쳐다보기만 했다. 우제정은 한조의 질문에 대답하기 전에 우선 이렇게 물었다.

“형님 지금까지 제가 얘기한 거 믿습니까, 아닙니까?”

“새삼 그건 왜 묻지?”

“어쨌든 그거부터 말씀해 주세요. 확인해야겠어요.”

“제정이가 사람을 모함할 말을 꾸며낼 사람이라곤 생각 않지.”

“됐어요.”

우제정은 그렇게 한마디 하고 나서 마치 한숨을 깨물 듯 깊게 숨을 삼켰다.

“형님이 흥양수산에 들어가신 동기가 뭔지 모르겠군요.”

“요컨대 이욱형이란 사람하고 뭔가 비슷하게 뜻이 맞은 데가 있지 않았겠느냐 이거야?”

“속단하시지 마세요.”

“제정이도 마찬가지야. 어떤 인간도 끝까지 악인인 경우는 없어.”

“그런 말씀 마세요. 한 가지 장점도 안 가진 사람이 어딨어요. 조그만 장점을 가지고 있다고 그 인간의 돌이킬 수 없는 과오도 지워져요?”

“그러니까 묻는 게 아냐, 내가 어떻게 해야 하는 건지.”

한조의 목소리엔 어딘가 짜증 같은 것이 묻어 있었다. 그만큼 그는 우제정의 충격적인 말을 듣고 있는 동안 어느새 피로를 느끼고 있었던 것이다. 그러나 우제정은 전에 없이 냉정을 찾고 있었다. 그는 이렇게 되받았다.

“짜증내시지 마세요, 형님. 대답을 해드리기 위해 형님이 흥양수산에 들어가시게 된 동기를 묻는 것뿐예요.”

“별다른 동기랄 게 없으니 그러지.”

“천만에요. 그럴 린 없어요.”

“좋다. 나를 구해 줬어, 이욱형 씨가.”

“어떻게 구해 줬죠?”

“죽으려 한 나를.”

“그럴 줄 알았어요.” 하고 우제정은 혼자 머리를 주억거렸다. “형님은 언젠가 말씀하셨어요. 바다에 빠져 죽으러 제주도까지 내려갔다가 살아 돌아왔었다구요. 돈에 덜미를 잡혀 죽을 뻔했으므로 거침없이 돈 버는 일만 해야 한다 하고 얘기하신 일이 있어요.”

“내가 언제 그렇게 말했어?”

“꼭 그렇진 않아도 결국은 그런 뜻인 말을 형님은 지금까지 적어도 세 번은 하셨어요.”

우제정은 그런 사실로 미루어 한조가 흥양그룹에 들어갔다는 소식을 들었을 때 아마도 그와 관련이 있지 않을까 생각 들었다는 것이 아닌가. 한조는 뭐라고 대꾸하지 않았다. 그러자 화제를 바꾸려는 것인지 우제정이 갑자기 그에게 엉뚱한 질문을 던졌다.

“형님, 이 집 이름이 뭔지 아세요?”

“나를 괜히 위로하겠다고 생각하진 마.”

“제가요?”

“그렇잖다면 별안간 이딴 술집 이름은 왜 묻니, 괴상망측한 외국 말이나 붙여 놓기 좋아하는걸.”

한조는 말하고 나서 시커멓게 칠이 된 서까래가 가로지르고 있는 천장을 잠시 쳐다봤다. 저쪽 방 끝 창턱 아래 드레스를 입고 머리채를 길게 늘어뜨린 여자 하나가 피아노 건반을 두드리고 있는 것이 보였다. 그리고 비스듬히 그녀의 머리 위로 앙증맞게 작은 두 개의 랜턴이 켜져 있었다. 그런 것은 같잖은 장난기 짓거리라는 느낌이 들자 한조는 갑자기 술집 분위기가 마음에 안 들었다.

우제정은 그런 그에게 거듭 묻고 있지 않은가.

“저도 외국말 붙여 놓는 거 싫어요. 하지만 이 집 이름이 뭔지는 형님한테 묻고 싶군요.”

“이유는?”

“있어요.”

한조는 영문을 몰라 우제정을 건너다보기만 했다.

"제가 하찮은 것에다 너무 의미를 붙이려 하는 건지 모르겠군요."
하고 우제정은 말했다. 한조가 물었다.

"어떤 의미를?"

"이 집 이름이 템테이션이었죠?"

"몰라, 개떡같이!"

"그랬어요. 유혹이란 말이죠."

"냄새가 나는군, 물장사하는 이 집 돼먹지 못한 주인의 저속한 취미가. 드나드는 기집년들이나 따먹겠다 이거지?"

한조의 욕지거리에 우제정은 싱긋 웃음을 흘렸다. 그러곤 마치 목을 축이려는 듯 맥주 한 모금을 홀짝 들이켰다.

"성경에도 템테이션이란 말이 나와요. 신약에요. 마태복음 4장에 보면……."

"집어쳐, 임마!"

"이 집 이름하곤 상관없겠지만 들어 보세요. 예수가 성령에 이끌려 광야로 가거든요. 거기서 마귀의 시험을 받죠. 사십 일을 굶어요. 그런 다음에 마귀가 주린 예수를 갖가지로 유혹해요."

"무슨 애길 하려는 거냐?"

"형님 애길 하려는 거죠. 형님도 바로 예수님처럼 마귀의 유혹에 걸린 게 아닐까 하는……."

"제정이 너 참 말 잘하는구나."

"이욱형이란 사람이 자살하려는 형님을 어떻게 구해 줬어요?"

"처음에 만난 것은 그 사람이 아니고 그 사람의 부인이야. 너무 자신만만해하지 마."

"어쨌든 그의 아내가 남편 몰래 형님을 도운 건 아닐 거 아녜요."

"넌 상상력이 풍부하니까 내가 굳이 설명할 필요도 없잖아."

"돈을 주었겠죠, 약간 거액을. 한 5백만 원쯤."

순간 한조는 우제정의 말에 놀라지 않을 수 없었다. 이욱형이란 사람이 문제가 아니라 바로 이 친구다, 하는 느낌마저 그는 들지 않을 수 없었다. 여태껏 이 친구가 파놓은 함정에 빠져 있었던 게 아닌가 하는 생각도 들었다.

한조는 지체없이 되묻지 않을 수 없었다.

"제정이 너 누구냐?"

"증권회사 말단직원."

"시치미 떼지 말고 바로 말해."

"무슨 뜻인지 알아요. 형님이 5백만 원 받은 걸 어떻게 알아맞히냐 이거죠?"

"말해 봐!"

"그거야 쉽죠. 형님이 맨 처음 저하고 만났을 때 주식을 그만큼만 사셨거든요. 더 사고 싶은데 더 없다는 걸 전 알았죠. 형님은 물론 초심자라서 더는 투자를 주저하는 듯한 몸짓을 해보이셨지만."

"너 참 무섭구나."

한조는 정말로 우제정의 빈틈없음에 놀라지 않을 수 없었다. 꼭 자신의 밑바닥까지를 다 보인 것 같았다.

무서운 우제정이 다시 말을 이었다.

"이 점만은 분명히 해야겠어요. 전 형님 편이란 거 말예요. 처음부터 그랬어요. 왜 그랬냐곤 묻지 마세요. 언젠가 얘기한 것도 같지만 실은 저 자신도 왜 처음부터 제가 형님 편이었는지 잘은 모르겠어요. 아이들 같은 얘기지만 어쩌면 형님의 솔직한 면이 좋았는지 모르죠. 다신 돈에 목을 졸리지 않기 위해, 나는 돈을 벌어야 한다, 결코 돈의 노예가 되기 위해서가 아니라 돈을 지배하기 위해 돈을 벌어야 한다 하고 형님은 말했거든요. 그때 전 이미 알아차렸죠. 형님이 돈 때문에 죽었다가 되살아난 분이란 걸. 도와드려야겠다 하고 생각했죠. 다신 그런 무모한 일을 저지르지 않을 거라는 확신도 섰고."

우제정은 말을 끊고 다시 술 한 모금을 마셨다.

"형님, 술 좀 는 것 같은데요."

"솔직히 말해서 난 갑자기 제정이 네가 싫어지는데. 넌 내가 눈치도 못 채게 해놓고 나한테 너무 관심이 많았어. 그래서 내가 꼭 여태껏 네 실험용 동물로 살아왔던 것 같은 느낌이 들어."

말은 그렇게 했지만 한조의 심정은 꼭히 그렇지만도 않았다. 자신이 우제정이라는 어딘가 좀 병적인 결벽증이 있는 청년으로부터 일방적인 짝사랑을 받아온 것 같은 느낌이 들기도 했다. 만약 우제정이 그를 짝사랑한 게 사실이라고 해도 물론 그건 우제정의 눈에 긍정적인 인물로 비쳐서가 아니고 모두 증오해 마지않는 배금주의자들에 대한 반발의 대상(代償)으로서였을 것임은 두말할 필요도 없지만.

한조는 비어 있는 우제정의 술잔에 술을 따르며 생각했다. 이 청년은 앞으로도 계속 나를 짝사랑할 것이다. 그걸로 스스로를 지탱해 갈 것이다. 그러므로 항상 내게 도움을 주지 않을 수 없을 것이다.

"제정이!"

우제정이 고개를 제치고 그를 쳐다봤다. 저 타는 듯한 눈을 보라. 나는 이 청년의 요구를 받아들여 흥양수산을 그만둬야 한다. 그러나 당장은 아니다. 이 판에 그만두겠다고 사표를 던져서는 안 된다. 그러면 당한다.

"내가 흥양에서 꼭 손을 떼야 한다면 떼지. 그게 정말 제정이 희망이라면."

"희망이 아니라……."

"명령이냐?"

"하늘로부터요. 형님은 유혹에 빠진 거예요."

“벌판에서 사십 일 굶은 예수처럼？”

“그럼요. 생명을 구해 줬겠다, 자립할 수 있게 밑천까지 대줬겠다, 그런 관계라면 목숨을 걸고 내 이윤을 늘리는 데 모든 신명을 바칠 거다, 이거 아녜요.”

“우리, 그 문젠 너무 악의로만 생각하지 말기로 하자.”

“그러죠. 하지만 어째서 그걸 악의로 보지 않을 수 있어요. 선의라면 도와주는 것으로 끝나야지 어떻게 그걸 미끼로 그 회사에 오라고 부를 수 있어요？ 형님을 더욱 도와주느라구요？”

“그럴지도 모르잖어.”

“형님은 할 수 없군요.”

“어쨌든 우리 자릴 옮기자. 이젠 유혹을 벗어나야잖겠어. 이 집 이름이 뭐라구, 템프…….”

“템테이션.”

“더럽게 혀도 안 돌아가는 말이군.”

두 사람은 술집을 나섰다. 한조는 우제정과 어깨를 나란히 좁은 골목길을 걸으며 어쩌면 그의 말대로 자신은 이욱형이란 사람한테 뒷덜미를 잡혀 있는지 모른다는 생각이 좀처럼 떠나지 않았다. 그러나 분명히 그에게 현금으로 진 빚은 없지 않은가. 소재를 알아낸 즉시 최대의 정중한 예의와 더불어 갚지 않았는가.

한조는 뭔가 홀가분한 기분에 사로잡혀 우제정의 옆구리를 쿡 찔렀다.

“거 5백만 원 말야, 난 갚았어, 그때 즉시.”

“그러니까 형님은 자유죠, 뭐.”

“그래 자유다！”

이 안경으로부터도 자유다, 하고 속으로 중얼거리며 한조는 콧잔등에 걸린 안경마저 휙 걷어 냈다. 어둠에 잠긴 골목이 갑자기 훤히 뚫려 보이는 것도 같았다.

“이제 우리 어디로 가서 이 밤을 축복해야 하지 ? ”

“여자를 한번 끌어안아 보고 싶어지네요. ”

“정말이야, 제정이 네가 ? ”

“글쎄요. ”

“처음 한 말을 받아들이기로 한다. ”

말하기 바쁘게 한조는 우제정의 손목을 잡아 끌었다. 하지만 여자를 안고 싶다는 놀라운 말을 한 우제정을 데리고 갈 만한 집이 얼른 생각나지 않아 한조는 걸으면서 곰곰 머리를 조아렸다.

‘아, 오천집이 있었군 ! ’

한조는 순간 자기도 모르게 걸음을 우뚝 멈추고 섰다. 불현듯 이숙희 생각이 떠올라서였다. 그녀를 또 이렇게 오래도록 잊고 있었잖아 !

한조의 굳은 표정을 돌아보며 우제정이 물었다.

“뭘 잊으셨어요, 형님 ? ”

“아니… 아니. 어디 가면 참한 여자가 있을지 생각이 안 나서…. ”

그랬는데 우제정은 무슨 뜻인지 잠시 뒤 불쑥 이런 말을 했다.

“형님 약해지셨어요, 오래간만에 만나보니. ”

“무슨 뜻이지 ? ”

“제가 보기엔 대단히 기분 좋은 발전예요. ”

“얼버무리지 마. ”

“사람은 겁쟁이가 좋아요, 여자도 두려워할 만큼. ”

“내가 여자를 두려워한다구 ? ”

라고 한 것이 계기가 되어서일까, 한조는 우제정과 함께 지하도 계단을 내려가다 말고 한 처녀의 어깨를 툭 건드리고 말았다. 여자가 경계심으로 가득 찬 눈초리를 하고 거의 반사적으로 그를 돌아봤다.

“지금 퇴근하니 ? 오빠 잘 있니 ? ”

아무리 많아도 나이 스물두 살을 넘지 않았을 빨간 원피스의 여자는 의혹이 짙었던 눈초리를 곧 바꾸고 선뜻 말대꾸를 해주었다.

"네, 어디 가세요?"

"시간 있으면 차나 한잔 하고 가려무나."

"어머, 사 주시겠어요?"

그들은 곧 지하도를 건너와 코앞에 보이는 다방으로 들어갔다. 시간이 어정쩡해선지 사람들이 별로 없었다. 맞은편으로 앉은 빨간 원피스가 팔짱을 끼고 같이 데려온 옆자리의 계란빛 니트웨어를 소개했다.

"제 친구예요."

"어, 그래! 대단한 미인이군, 두 처녀 다."

"우리 오빠랑 자주 못 만나시나 보죠?"

"응, 서로 바쁘다 보니. 그리고 사내들끼리 만나서 뭐해, 이렇게 남녀가 짝맞춰 만나야 신나지."

"오머머!"

"나도 소개하지. 이쪽은 내가 아끼는 후배야. 이름은……."

"우제정이라고 합니다."

그에 앞질러 본인이 먼저 자백했으므로 한조는 이렇게 덧붙일 말밖에 없었다.

"지금 막 병원엘 다녀오는 길인데 말씀야."

"어머, 왜요?"

"이 후배가 말야……."

"건강해 보이시는데……."

"그런데 의사 말이 여자를 껴안고 싶은 병에 걸렸다지 않겠니."

"오머머, 망측해."

"망측하다고 생각한다는 건 참으로 존경할 만한 일입니다." 우제정이 또 그를 앞질러 말을 받았다. "절대 오해 마십시오. 이 형님이 농담하시는 겁니다."

“진담이람 도와드릴 수도 있는데.”
한조는 이 절호의 기회를 놓쳐서는 안 되었다.
“진담이야. 좀 구해 줘. 여태 몸부림을 쳤다구.”
두 여자가 똑같이 손으로 입을 막고 웃었다.
한조는 재확인하기 위해 우제정이 쉴새없이 옆구리를 찌르는 것을 무릅쓰고 다시 여자들을 향해 말했다.
“나 지금 절대로 농담하고 있는 거 아냐.”
“저희두 농담으루 들은 일 없는걸요.”
“좋아, 그럼 우리 당장 여길 빠져나가자구.”
“어디루요?”
두 여자가 마치 합창하듯이 동시에 물었다.
“어디 조용한 데로 가야지.”
“술꺼정 사 주실려구요. 차두 사 주시구서.”
“술을 먹든지 뭘 하든지…… 인생은 그렇게 시간이 많지 않다구.”
“아이, 재미있으셔.”
그렇게 하여 네 사람은 당장 두 쌍으로 편을 짠 다음 되도록 으슥하고 어두컴컴한 술집을 찾아 나섰다. 친구의 여동생과 짝을 짓기는 뭣하다는 게 중론이었으므로 한조의 짝으로는 자연 계란빛 니트웨어가 돌아왔다. 시간이 별 효험을 못 보는지 가도 가도 주접이 끼여 있는 우제정이 좀 문제이긴 했지만 매우 어둡고 매우 시끌벅적한 나이트 클럽의 외진 자리는 여자를 끌어안기엔 아주 알맞은 곳이었다.
“문제예요.”
하고 친구의 여동생이 말하기도 했지만 문제가 있다면 한조나 우제정 두 사람 다 춤을 출 줄 모른다는 단 한 가진데 그까짓거야 얼마든지 변명할 수 있잖은가.
“우린 춤엔 취미가 없어, 발목이 한번 부러진 뒤론.”
그러곤 여자의 부드러운 니트웨어 위로 감촉되는 완만한 모든 굴

곡만 사랑해 주면 되었다. 더러 슬쩍 훔쳐볼라 치면 우제정도 친구 여동생의 허리를 끌어안고 있는 건 아니지만 마치 굳은 언약이라도 하듯이 남녀가 서로 손가락을 깍지 낀 모습이 아니던가.

"형님!"

우제정이 간헐적으로 신음 소리 같은 걸 내는 건 아무래도 점점 빨라지는 음악 때문이 아닐까 싶었다. 음악이 가뜩이나 둥둥 때리는 그의 가슴을 더욱 경황 못 차리게 하는 듯했다.

두 여자 아이는 음악이 바뀔 때마다 그들의 양해를 얻고 싶어했다.

"저희 춤 한번 추구 와두 돼죠."

"물론. 발목 부러지지 않게 조심하고."

몇 번은 잘 넘겼는데 우제정이 기어이 문제를 일으키고 말았다. 친구 여동생의 치마에다 술을 들어붓고 만 것이다. 그는 즉각 실수라고 사과했으므로 정말 실수였는진 알 수 없지만. 그랬는데 젖은 스커트 자락에도 불구하고 또다시 엉덩이를 흔들러 나가자 그는 당장 한조를 몰아세웠다.

"형님 어떤 친구 동생인데 저런 화냥년이 다 있어요."

"친구 동생은 무슨 친구 동생이야. 첨 보는 애들인데."

라고 한 건 미처 생각 못한 한조의 경솔한 대답이었는지 모른다. 우제정은 계집아이들이 숨을 할딱이며 귀환하기 바쁘게 당장 엄중하게 소리쳤으니까.

"즉각 꺼져, 이 기집애들아!"

"고마워요. 그러잖아두 돌아가야 할 시간예요."

"우리가 어디 너 같은 기집애 오빠 친군 줄 알어. 천만에, 네깐 년들 희롱 한번 해본 거라구."

우제정은 모욕을 준다고 잔뜩 목에 힘을 주고 기세 좋게 말하고 있었는데 여자 아이들은 그의 그런 폭로에 뭐라고 말을 받던가.

“저희두 알아요. 왜냐하면 저흰 오빠가 없걸랑요.”

그러고는 입을 딱 벌리고 쳐다보는 우제정과 한조를 향해 여자 아이들은 한마디 더하고 나서야 돌아섰다.

“이런 데까지 데려와 주셔서 고마워요. 덕분에 오늘밤은 잘 놀구 가요.”

두 여자 아이를 놓치고 나자, 한조는 마치 닭 쫓던 개가 지붕 쳐다보는 꼴이 된 느낌이었다. 그래서 화가 난 나머지 술상을 밀어붙이며 벌떡 일어섰다.

“야, 제정이 일어서. 가자!”

“어딜요?”

“어딘 어디야. 다른 기집년들 찾아가는 거지. 약오르는데 이대로 있을 수 있어.”

그러나 우제정은 나이트 클럽을 나서자 태도를 바꾸어 헤어지자고 선언했다. 하긴 그는 아무 말 없이 따라 나왔으므로 태도를 바꾼 것도 아니었다.

“난 집으로 가려고 나선 것뿐예요.”
라는 말로 우제정은 해명까지 하고 싶어했다.

“임마, 그럼 난 어떻게 하란 말야?”

“어떡하긴요. 형님도 집으로 돌아가는 거죠.”

“이대론 못 가. 이건 내 인생의 오점이야.”

“괜히 쓸데없이 만용 부리지 마세요.”

“넌 아직도 내가 약해졌다고 생각하고 있는 거지?”

“뼈에 사무치세요, 그 말이.”

“그래, 임마.”

“그게 바로 약해지신 징조예요.”

우제정은 헤어지자는 주장을 끝까지 꺾지 않았다. 뿐만 아니라 그는 이런 말까지 했다.

"전 아마 오늘 저녁 이 경험으로 앞으로 영원히 결혼하지 않을 거예요."

"순진한 소리 하지 마."

"정말예요. 형님도 끝까지 독신주의를 신봉하세요."

"미쳤어!"

결국 한조는 우제정과 헤어질 수밖에 없었다. 돌아서서 어둠이 묻은 뒤통수를 내보이며 걸어가는 그의 뒷모습엔 뻣뻣하게 고집이 뭉쳐져 있었다. 아니, 그건 고집이 아니라 절망덩어리 같은 것인지도 몰랐다. 녀석한테 하도 엄청난 얘길 들어 그걸 삭이려 엉뚱한 장난기를 부린다고 했던 짓거리가 녀석을 되레 독신주의자로 굳힌 것 같아 한조는 가슴이 아팠다. 하지만 한조가 가슴이 저며 오는 건 이욱 형이라는 감당 못하게 무서운 존재 때문일 뿐인지 몰랐다.

한조는 사라져 가는 우제정의 모습을 지켜보느라 한동안 그렇게 서 있었다. 그리고 마침내 그가 시야에서 완전히 벗어나 어둠 속으로 숨어 버린 순간 녀석이 하던 말이 떠올랐다.

내가 홍양을 그만두면, 나와서 뭘 하면 좋겠니, 하고 한조가 물었을 때 우제정은 대뜸 이렇게 말하지 않던가.

—고철 장살 한번 해보세요.

—나더러 엿장수 가위 흔들고 다니란 말이냐?

—돈독 오른 분이 뭘 못하세요.

—난 돈독까진 오르지 않았다.

—제 얘기도 형님더러 리어카 끌고 나서란 얘긴 아녜요.

—그럼 어떡허란 얘기냐?

—얼만 전에 고철 수입규제 풀린 거 아시죠? 수입자유화된 것 말예요.

—너 임마, 누구 망하게 하려고 그러니. 이 자식, 이제 보니 아주 나쁜 자식인데.

고철 수입했다가 망한 서귀자 생각이 나서 소리친 이 고함을 한조는 이튿날 회장 이욱형한테서 되받을 줄이야 상상이나 했던가.

새벽에 노량진 공판장에 나갔다가 회사로 출근하기 바쁘게 회장은 그를 자기 방으로 오라고 불렀다. 그러곤 그가 문을 밀고 들어서기 무섭게 대뜸 소리쳤다.

"나군 이눔아야! 니 누구 망하게 할라꼬 그러노?"

한조는 너무 뜻밖의 사태에 우선 어떻게 대처해야 할지조차 알지 못했다.

"난 마 누가 뭐라 캐도 안 믿었는 기라. 그럴 리 엄다, 잔소리 마라 카고 있었는 기라."

그랬는데 드디어 자신이 사람을 잘못 봤음을 확인하게 됐다는 애긴가. 그런 무슨 요지부동의 증거라도 잡았다는 것인가. 한조가 여전히 뭐라고 말할 대꾸가 생각나지 않아 멀거니 쳐다보고만 있는 동안에 이욱형은 재차 말하고 있었다.

"놀라운 일이데이. 내사 또 모른다 카자. 니 우리 희재를 바서도 그럴 수 있나. 니를 제주도에서 건져 준 기 누구고. 우리 희재 아이가."

"무슨 말씀인지 전 도무지 영문을 모르겠습니다."

한조는 더 이상 지체하고 있어서는 안 된다는 생각에 쫓겨 가까스로 입을 열었다. 그래서 그런지 그의 목소리가 떨려 나왔다.

"시치미 떼지 마라!"

이욱형의 눈꼬리에는 조소 같은 씰룩거림마저 번지고 있었다. 그랬다. 그건 분명히 조소였다.

"물론 제가 근간에 여러 번 실수를 한 사실에 대해서는 변명하지 않겠습니다. 하지만 저는 제 실수를 만회하려고 노력하고 있으며 꼭 하고 말 것입니다. 그런데……."

"그럴 기회가 없을 거로."

“무슨 뜻입니까, 회장님?”

“무슨 말인지 알 낀데.”

한조는 그제야 사태의 심상찮음을 직감적으로 느낄 수 있었다. 그건 어느 편이냐 하면 그가 크게 사태를 잘못 판단하고 있었다는 데 대한 순간적인 깨달음이기도 했다. ‘우리 희재를 바서도…’라는 너무 엄청난 모독적 말투에도 그는 해명할 기회가 있을 거라는 막연한 생각만 하고 있었으니 말이다.

“뭔진 모르겠습니다만 회장님이 뭔가 오해하고 계신 것 같습니다. 그리고 그렇다면 그것만은 해명해 드리고 싶습니다. 제가 이 회사를 그만두는 건 조금도 어렵지 않습니다.”

“그렇겠지. 나가서 직접 하믄 되니까.”

“그게 무슨 말씀입니까? 직접 하다니요?”

“한분 해봐라. 내가 니 도전 하나 몬 받아줄 줄 아나.”

“제가 회장님한테 도전을 하다니요?”

순간 회장은 벌떡 자리를 차고 일어섰다.

“끝까지 그럴 끼가, 니?”

“그러시다면 저도 말씀의 뜻이 뭔지 끝까지 알아야겠습니다. 오해는 풀어야 하니까요.”

“그럼 니 요즘 계속 꼬라박는 이율 설명해 봐라.”

“그건 제 실수라고 말씀드렸습니다. 판단 착오였지요.”

“판단 착오? 실수? 삼성은 계속 잡어에서 올리고 있는데?”

“그럼 제가 삼성과 무슨 관련이라도 있다는 말씀입니까, 회장님 말씀은?”

“뭔가 있는 근 틀림엄지, 누구하고든지.”

“네?”

“난 여러 가지 증거를 가주 있다.”

“그럼 말씀하십시오.”

한조는 앞으로 한걸음 나서며 단호한 목소리로 말했다. 그러나 무슨 뜻인지 그의 요구에 이욱형은 고개를 저었다.

"증거가 있으신데 왜 말씀하시지 않습니까?"

"무신 소용이고, 닐 내보내기만 하면 되는데."

"전 터무니없는 오해를 받고는 나가지 않습니다. 능력이 없으므로 나가라면 모르지만."

한조의 불끈 쥔 주먹에는 땀이 끈적하게 나배고 있었다. 이욱형의 눈꼬리에 또다시 조소가 번지기 시작하고 있었다. 내 회산데 나가래도 못 나간다고, 뭐 그런 뜻인지도 몰랐다.

한조는 벅찬 적의로 가슴이 뻐근해 오기 시작했다. 우제정이 하던 말이 떠올랐다. 이욱형이란 악마 같은 인간예요.

"증거를 여러 가지 갖고 계신데 왜 추궁하지 않으십니까?"

"그름 내가 헛소리했단 말가?"

"아니죠. 전 오해가 있으시다고 했죠."

"오해? 묵호 홍영화이가 가재미하고 오징어 올리 보낸다 캤을 때 니 머라 했는지 한분 말해 봐라."

한조는 그게 열나흘 전 일이라는 것까지 금방 생각났다. 그때 그가 하루를 산지 냉동창고에 보관시키라고 한 건 가자미와 오징어의 서울 시세가 며칠 내내 곤두박질치고 있어서였다.

"그때 노량진 시세가 며칠 계속 떨어지고 있었다는 건 회장님도 아실 텐데요."

"그랬는데 하루 뒤엔 올라간다는 뭐가 있었나?"

"분명히 올라갔었죠."

"그른데 홍영화이가 다음날 올리 보낸 두 트럭은 와 본전도 몬 찾았으꼬?"

"선도(鮮度)가 너무 형편없어서였죠. 홍영환이가 고기를 냉동창고에 넣어 두지 않았던 게 분명해 부려놓는 순간 축 늘어진 것들이 쏟아졌죠."

"남인데 책임을 덮어씌우지 마라. 홍영화이가 어데 그렇기 할 사람이가. 빈틈없는 친구를 그렇기 말해서 되나."

"그건 저 혼자 본 것도 아니고 선어부장도 옆에 있었습니다."

"있었지."

"선어부장이 선도가 좋았다고 했습니까?"

"우쨌든 그기 홍영화이 책임은 아니잖나. 전날 올리 보내라 했으믄 선도가 떨어졌을 리도 없을 끼고."

그런 억지 주장이 어디 있는가. 가격 형성이 안 되는데 무턱대고 올려 보내라 하여 시세 없는 생선들로 가득 찬 냉동고에다 또 더 입고시키는 무모한 짓을 한 적이 지금껏 한 번이라도 있었던가. 한조는 적어도 그 꼬투리에 관한 한 더는 대꾸하지 않아도 된다는 생각이었다.

이욱형이 파이프에 불을 댕기고 있었다. 한조는 너무나 화가 났으므로 왜 진작 담배 피우기를 배워 놓지 않았던가 하는 후회마저 들었다.

"전 비록 거듭 실패는 했지만 한 번도 최선을 다하지 않은 경우는 없습니다. 이 말은 제가 사표를 쓰지 않기 위해서 하는 말이라든가 하는 것과는 상관없습니다."

"최선을 다해서는 슬쩍 삼성으로 넘기주고?"

"뭐라구요?"

"자꾸 내인데 묻지 말고. 며칠 전엔 아주 공개적으로 및 박슨가를 노나줬다면서?"

"아, 그 얘기군요. 그랬죠."

"인제 실토하나?"

"하지만 그건 시험해 보기 위해서였죠. 제가 실패하는 게 어떤 조직적인 음모에 의한 것인지 아닌지를 알아보기 위한."

“그래서 하필 삼성 늠을 골랐드나 ? ”

“시험해 보려면 그쪽을 택해야 하지 누굴 시험합니까 ? ”

“아하, 너거 사무실 박시대란 아이인데 넘기는 것도 시험해 보기 위해서겠구나, 그름. ”

박시대한테 생선을 넘기다니. 도대체 무슨 뚱딴지 같은 소린가. 너무나 황당한 주장에 한조가 미처 말문을 열지 못하고 머뭇거리고 있는데 이욱형이 그를 앞질러 말했다.

“왜 대답을 몬하노. ”

“너무 놀라운 말씀이라서 그렇습니다. ”

“놀라울 끼다. 내가 그른 것꺼정 알고 있을 줄은 상상도 몬했을 꺼니까. ”

“그건 무슨 말씀이신지 모르겠습니다. ”

“흠 ! ”

회장은 짧게 콧소리를 내고는 곧 자기 책상 쪽으로 걸어갔다. 그러곤 서랍 안에서 뭔가를 꺼내 오고 있었다.

“자, 이거 한분 보그라. 기가 막히게 선명하게 나왔그든. ”

받고 보자 그건 한 장의 사진이었다. 그리고 놀랍게도 파카를 입고 후드를 눌러 쓴 박시대가 커다란 상어 한 마리를 들어 보이고 있는 모습이 거기 찍혀 있었다.

거기까진 좋았다. 문제는 그 옆에 어둑신한 새벽 풍경을 배경으로 하고 서 있는 또 하나의 사나이가 한조 자신이라는 데 있었다. 그건 의심할 여지도 없이 노량진 어시장에서 찍힌 사진이었다.

이게 도대체 어떻게 된 노릇인가. 상대방은 회심의 미소마저 머금은 얼굴로 다그치고 있는데 막상 한조는 어떻게 된 영문인지도 모르고 있으니.

“그래도 무신 할말이 있나 ? ”

그랬다. 박시대는 전년도 섣달 스무나흗날, 증권거래소의 대납회

(大納會) 다음날 사무실에 들른 한조에게 이렇게 말했었다.

—사장님, 내도 한분 노량진 어시장 구경시키 주이소.

—거기 나타나면 당장 해고다!

—좋심더. 사장님 몰래 구경 갈 낍니더.

그랬던 박시대가 정말로 어시장에 나타난 건 새해 정월 어느 날이었다. 어쩌면 그건 공교롭게도 증권시장의 대발회(大發會)가 있던 1월 4일이었는지도 몰랐다. 선도주(先導株) 인기가 첫날부터 폭발할 거라는 설이 나돌고 있다는 말을 박시대는 거기 새벽 깡판에 와서 보고하고 있었던 것 같으니까. 그가 묵호의 폭설에 갇혔다가 막 돌아온 다음날이었던가.

—이눔이 사람이 차고 있는 시계꺼정 잘라 묵는 눔이라 이거지예.

사진에서 상어 아가미를 잡고 있는 박시대는 그때 그 장면임에 틀림없었다. 언젠가 상어의 뱃속에서 아직도 쩍깍쩍깍 살아 있는 손목시계 하나가 나왔다는 애길 그는 박시대와 설희한테 들려준 일이 있었다.

한조는 자신의 또렷하게 되살아나는 기억의 신뢰에 부추김을 받으며 이욱형의 눈을 쏘아보았다. 이 한 장의 사진에서 무슨 음모의 냄새가 난다는 거냐?

"이 녀석이 박시대인 것은 사실입니다. 하지만 어쨌다는 것입니까?"

"아직도 할말이 있구나."

"아뇨. 할말이 없는데요. 아무 설명도 붙일 필요가 없는 사진이니까요."

"그럴까?"

"물론 이 상어는 녀석이 갖고 싶어해서 가지라고 했죠. 낙가로 지불하긴 했지만 대금은 분명히 제가 물었구요."

“그래?”

이욱형이 말하고 나서 그의 코앞에다 다른 몇 장의 사진을 내밀었다. 그는 그것을 그때까지 등뒤에 감추어 들고 있었던 게 아닌가.

“그 사진덜언 설명할 필요가 더 엄겠지?”

몇 장이나 되는 사진은 모두가 어시장에 나타난 박시대를 찍은 것들이 아닌가. 마치 무슨 동정이라도 살피듯이 팔을 끼고 어디를 바라보고 있거나 생선 궤짝들 사이를 건너뛰고 있는 모습을 잡은 그 스냅들은 두 장만이 앞 사진과 같은 파카 차림이고 나머지 다섯 장은 각기 다른 차림이 아닌가. 즉 그것들은 박시대가 적어도 여러 번 거기에 나타났음을 아주 정연한 논리로 증명해 주고 있는 폭이 아니던가.

한조는 목구멍을 치받고 오르는 무엇을 느꼈다. 그렇다고 이 주책 없는 박시대란 놈이 거긴 뭣하러 서성거렸을까도 아니고, 쥐뿔도 없는 녀석이 옷은 왜 이렇게 여러 벌을 갖고 있을까 하는 것도 아니었다. 다만 부아가 치미는 연유가 정확히 어디에 있는지 그는 알 수 없었다.

그때 이욱형이 파이프 담배 연기에 말을 실어 그에게 던졌다.

“사진 뒤에 보면 날짜꺼정 적히 있을 끼다.”

그것이었다. 그가 울화통이 치미는 이유가 바로 거기 있었다. 그는 단호한 어조로 물었다.

“이따위 사진을 찍은 자가 누굽니까?”

“와, 약오르나? 그래 보이도 일류 사진작가의 솜씨다. 그른 사람이 아이고야 그 어둔 데서 그만한 사진을 뽑을 수 있을 끼가.”

“그러니까 회장님이 이런 짓을 하도록 지시했다, 그 말씀이군요.”

“나군, 넌 낼 우습게 봤지만…….”

“아닙니다. 한 번도 그렇게 본 적 없습니다. 매일 새벽 검도를 하시는 분으로 봤지요. 하지만 이런 식으로까지 제가 의심받아 오고 있은 줄은 몰랐습니다."

"낸 어떤 놈이든지 내 밑에 있으면서 딴 생각하는 놈은 용서 안
한다."

한조는 더는 어떤 말도 하고 싶지 않은 절망감 같은 것에 사로잡
히는 자신을 발견했다. 그는 서슴없이 말했다.

"알겠습니다. 당장 사표를 쓰겠습니다."

"물론이지."

"다만 한 가지, 전 빈틈없다는 게 부하한테 혐의를 두는 거라곤
생각하지 않습니다. 부하란 힘이 없는 사람들이니까요."

"낸 내 방식대로 산다."

"그러시다면 박시대 녀석을 불러다가 확인해 보시는 일도 하셨어
야지요."

"안죽도 그른 소릴 할래? 그름 내가 그른 확인도 안해 보고 이라
는 줄 알았나."

"네? 그 녀석을 만나보셨단 말입니까?"

"놀랬제?"

"그랬더니 그 녀석이 제가 딴 생각을 하고 있다고 그러던가요?"

"니가 데불고 있는 아안데 가서 물어보만 될 꺼 아이가."

한조는 더 들을 것도 없이 바로 회장실을 뛰쳐나왔다. 비서실로
나오자 조건재와 김영무가 거기 팔짱을 끼고 서 있는 것이 보였다.
한조는 그들에게 말을 붙이지 않았다. 곧장 복도로 나오는데 퍼뜩
머리를 스치는 생각이 있었다. 그러나 그것이 무엇인지 잡히지 않았
다. 분명한 것이 있다면 그가 사무실로 간다 해도 이미 박시대를 만
나진 못할 거라는 한 가지 사실뿐인지 몰랐다.

그는 승강기 쪽으로 향하던 발걸음을 돌려 다시 회장실로 쫓아갔
다. 그러곤 지체없이 말했다.

"한 가지 잊은 말씀이 있습니다. 이제 전 회장님한테 진 신세는

깨끗이 갚은 걸로 생각하겠습니다. ”

“배은망덕한 자석 ! ”

“안녕히 계십시오. 박시대란 젊은 놈 하나 신세를 망쳐 놨다는 사
실은 잊지 마십시오. ”

한조는 말을 마치자 상대의 대꾸를 기다리지 않고 문을 닫아 버렸
다. 어느새 사장과 상무가 그 방에 들어가 있었으므로 그들도 그가
마지막 작별 인사를 하고 있다는 것은 알 것이었다.

아래층으로 내려오자 웬일로 로비에 와 있던 운전사 박용문이 놀
란 듯 그의 앞으로 뛰어왔다.

“전무님, 어디 가십니까 ? ”

한조는 대답하지 않았다.

“차 끌어내 오죠. ”

박용문은 벌써 지하로 내려가는 층계참을 향해 뛰어가고 있었다.
한조 역시 건물 밖을 겨냥하여 빠른 걸음으로 걸어갔다. 마치 박용
문한테 붙들리지 않으려는 듯.

보도엔 초봄의 시린 햇살이 쏟아지고 있었다. 어디부터 먼저 찾아
가야 할 것인가. 한조의 행동은 마치 방황과 같은 것이었다.

그러나 도시의 길은 너무나 끝이 가까이 있었다. 불과 몇 분을 걷
기도 전에 길은 끝나고 그는 걸음을 멈추지 않으면 안 되었다. 꺾어
져서 다른 길로 들어서도 사정은 마찬가지여서 그는 고대 차단선 앞
에 서거나 또 다른 길로 방향을 바꾸어야만 했다.

우제정 녀석을 찾아갈 것인가. 그를 찾아가서 돈키호테에 대해 물
어볼 것인가.

─야, 돈키호테가 무슨 말이냐 ?

─갑자기 그건 왜 물어보세요 ? 풍차와 싸움을 하겠다고 칼을 뽑
아든 사나이 아녜요.

─그 정돈 나도 알어, 임마 !

─그런데요?

─산초판자 같은 종자(從者)나 하나 있었으면 해서 그런다.

─그게 아닌 것 같은데요. 누가 형님보고 돈키호테 어쩌구 한 거 아네요?

─돈키호테 같은 놈이라고 하더라.

꼭 그를 보고 조건재와 김영무가 그렇게 말했다고는 할 수 없었다. 그러나 그자들은 회장 비서실에 팔짱을 낀 쌍둥이처럼 마주 서서, 회장실을 나와 출입구로 걸어가는 한조의 등뒤에다 대고 돈키호테 같은 놈이 어디서 하나 굴러 들어와서는…… 이라고 말했었다.

─도대체 어떤 놈이 형님보고 그렇게 말해요?

─사장하고 상무란 작자가 합창으로.

─정말예요?

─꼭 나보고 한 것이라곤 말할 수 없어.

─그러니까 빨랑 그놈의 회사 그만두시라고 하잖았어요.

─그러잖아도 그만뒀어.

─언제요?

─지금 막.

─참 잘하셨어요.

─하지만 사표를 쓰진 않았어.

─그럼 이제 겨우 결심만 세워 놓으셨다 이건가요? 좋다가 말았는데요.

─그게 아니라 사표를 쓸 기회도 주지 않고 그자들이 날 쫓아냈단 말이야.

─네에?

─네가 조금만 일찍 말해 줬어도 내가 한발 앞서 사표를 던질 수 있었는데.

한조는 우제정과 나누게 될 대화를 열심히 연습하다가 고개를 흔들어 생각을 중단시켰다. 자기도 모르게 웃음이 나왔다. 낄낄 소리를 내며 그는 혼자 웃었다. 우제정 녀석은 절대로 찾아가지 않는다. 녀석을 찾아가 돈키호테 애기를 한다는 건 바보짓이기 때문이다.

한조는 생각이 나서 걸음을 멈추고 주위를 돌아봤다. 그러나 거기가 어디쯤인지 분간이 가지 않았다. 갑자기 두려운 생각이 들었다. ‘내가 반편이 되어 버린 것인가’ 하는 느낌도 들었다.

한조는 공중전화 부스에 들어가 어딘가로 전화를 했다. 벨이 두 번도 울리기 전에 설희의 목소리가 전선을 타고 들려왔다.

나다. 네, 사장님. 사장이 아니라 너의 삼촌이다. 네에? 박시대 없지? 네, 전화두 않구 오늘 안 나오세요, 삼촌. 안 나올 거다 그 자식, 영원히. 네에? 이 삼촌이 쫓아내 버렸다. 어머, 왜요, 부장님이 뭘 잘못했어요? 그런 건 알 거 없고 내 책상 좀 닦아 놔라. 매일 닦는데요. 그럼 됐다.

한조는 수화기를 내려놓았다. 막 그러는데 생각이 나서 다시 수화기를 들었지만 이미 전화선은 연결이 끊어져 있었다.

그는 전화 부스를 나와 서둘러 택시를 붙들어 세웠다. 박시대란 놈이 그의 아파트와 증권까지 다 팔아먹고 뛰었으면 어떻게 하느냐 말이다.

당장 사무실로 가봐야 한다고 택시를 잡아 탔는데 한조는 잠시 후 마음이 변해 자동차의 방향을 돌리고 말았다. 행선지를 바꾸는 결단을 내리는 순간은 그에겐 적어도 혁명과 같은 비장한 순간이었다는 사실을 말하지 않을 수 없다.

왜냐하면 그건, 까짓 박시대란 놈이 재산을 다 들어먹고 날았대도 좋다 하는 것과 같았으니까. 한조는 실제로 그렇게 중얼거리기까지 했다.

“이쯤 되면 나도 이제 황금을 돌같이 보게 된 것 아닐까?”

“뭐라고 하셨죠, 손님?”

하고 운전사가 참견하고 나섰다.

"될 대로 돼라 이거요. 사고가 나서 죽어도 좋다 이거지."

"손님, 무슨 그런 섭한 말씀을 하세요. 사고가 나면 망하는 건 누 군데요?"

"나는 죽은 뒤니까."

그러나 그는 마지막 말을 소리내어 말하진 않았다. 재수없다는 생 각이 드는 것인지 운전사가 혀를 차고 있었다.

공교롭게도 진동규는 자리에 없었다. 맥이 풀리는 느낌이었으니 돌아갈 수밖에 없다고 생각하는데 여비서가 그를 알아봤다.

"얼마 전에두 한 번 오셨었죠?"

"그랬지."

"나 전무님 아니시던가요?"

"성은 말한 일이 없는데?"

"사장님이랑 말씀하시는 거 들었죠."

"기억력이 참 좋군, 아가씬."

"사장님 곧 돌아오신다구 방금 전화하셨걸랑요."

"그럼 어떻게 하면 되지?"

"바쁘시지 않으시면 잠깐 기다리시면……."

그녀는 사장실의 문을 따고 그를 그 안의 응접용 의자로 안내했 다. 그러곤 돌아 나가기 전에 '미스 김이라구 불러 주세요'라는 말도 해주었다. 그녀에게 비서란 천직인지 몰랐다.

"나 전무가 오셨다구!"

하면서 진동규가 나타난 건 그가 거기 앉아 기다린 지 15분 남짓 만이었다.

"진 사장님 안 계신데 이렇게 들어왔습니다."

"무슨 말씀을. 그런데 웬일이신가, 이렇게 한창 바쁠 시간에."

"골프하러 가시기 전에 뵙고자 해서……."

“나 전문 골프 어느 씨씨로 가던가요?”

“아직 못 배웠습니다.”

CC가 무슨 말인지도 모른다는 말까지 그는 하고 싶었지만 꿀꺽 되삼키고 대신 이렇게 말했다.

“혹시 약속이 없으시면 제가 오늘은 점심 대접을 하고 싶은데요.”

“좋습니다. 하지만 나 전무는 내 사무실을 찾아온 손님이니까 호스트는 내가 되기로 하고.”

“그건 안 됩니다. 전 예고도 없이 찾아온 건데요.”

“어쨌든 나갑시다.”

한조는 곧 진동규와 함께 그의 사무실을 나섰다. 비서 김양이 출입문을 따주며 말했다.

“안녕히 가세요, 나 전무님. 또 오세요.”

“차 잘 마셨어, 미스 김.”

한조는 진동규가 그와 여비서 사이의 인사가 너무 다정해 보인다는 농담을 하여, 그것도 오해를 살지 우려되어 주차장으로 걸어가며, 매우 친절하고 똑똑한 아가씨를 두었다는 쓸데없는 말까지 했다. 진동규의 자동차가 지체없이 굴러 나왔다. 한조는 그의 차에 오르며 인사 치레를 했다.

“자동차를 바꾸셨군요.”

“웬걸요. 기름 많이 든다고 외젠 못 타게 해서 집에 처박아 놓고 이걸 타고 다니잖우. 크라이슬런데 본래 미젠 기름을 많이 먹거든.”

국산 레코드 로열은 두 사람을 싣고 점심밥집으로 달려갔다. 이건 4기통이지 아마.

남산 이태원 쪽 허리께, 숲에 둘러싸여 그럴싸하게 아담한 음식점 하나가 있었다. 개성 여자가 주인인데 음식을 맛깔스럽게 하는 편이라고 말하는 진동규를 따라 현관 앞뜰로 올라서는데 문 위에 ‘묘향산'이라는 편액이 걸려 있는 것이 보였다.

"난 원래 한식을 좋아해서 일로 왔는데…… 중국 음식도 괜찮지만 예약을 않고 가선 자리를 못 얻어 걸린단 말씀이야."

"진 사장님은 고향이 어떻게 되십니까?"

"한번 알아맞혀 보슈."

"혹시 개성 아니실까요?"

"맞아요."

그래서 묘향산 끝자락 사람들끼리 만나면 반가운지, 사십대 중반으로 보이는 여주인은 구슬처럼 구르는 목소리로 진동규를 맞아들였다. 그러고는 꼭 일본 여자같이 무릎을 꿇고 앉아 음식 주문을 받았다.

"곰탕으로 주지. 전 한 접시하고."

"약주는 뭘루 드시까, 사장님."

여주인이 맥주 두 병까지 주문을 받아 나간 다음 진동규는 그 집 곰탕의 맛있음에 대해 미리 말해 두고 싶어했다. 나중에 계산서를 보자 곰탕 두 그릇에 전부침 하나, 한 병도 채 못다 비운 맥주 두 병에 만원도 넘는데 그 정도 맛도 없어서야.

어쨌든 한조는 여주인이 사라지기 바쁘게 얼른 자세를 고쳐 앉았다. 분위기가 쓸데없이 너무 근엄한 느낌을 주어 쉽게 말을 꺼내기가 어렵도록 되고 있어서였다.

"나 전무도 내가 보기엔 한식파일 것 같은데, 나처럼."

진동규가 먼저 입을 열어 주었으므로 한조는 반갑다는 뜻을 보태기 위해 지체없이 되받아 말했다.

"물론이죠. 김치깍두기 없이 먹는 밥은 먹은 것 같지 않지요. 하지만 진 사장님, 한 가지 틀린 게 있습니다."

"그래? 뭔가요?"

"전 이제 전무가 아닙니다. 홍양수산 그만뒀습니다."

　그의 말에 진동규는 잠시 대꾸가 없이 빈 앉은뱅이 식탁만 내려다
보고 있었다. 그리고 얼마 뒤 말없이 고개를 두어 번 주억거릴 뿐이
었다.
　"언제요?"
라고 진동규가 묻기까진 꽤 침묵이 오래 계속되었다.
　"오늘요. 그만둔 게 아니라 쫓겨났습니다."
　진동규는 또 말없이 고개만 두어 번 주억거렸다. 그는 너무 신중
하려고 애쓰고 있는 편이었다. 그는 어느 정도냐 하면, 한조가 어떤
조직적이고 계획적인 음모의 덫에 걸린 듯하며 그 증거로 사실이 아
니면서도 그가 꼼짝 못할 증인과 사진까지 그들은 갖추고 있었다는
말을 한 다음에도 이런 엉뚱한 반문을 던지고 있었다.
　"지금도 거 무슨 빌딩인가 26층에 있죠, 흥양이?"
　한조는 물론 그가 말을 쉽게 하려 하지 않는 사정을 이해할 수 있
었다. 어쨌든 아무리 경쟁자의 입장에 있다 해도 동업자에 대한 얘
기니까.
　이윽고, 그따위 말을 꺼낸 걸 약간 후회하고 앉은 한조를 건너다
보며 진동규가 입을 열었다.
　"나 전문 잘 그만뒀수."
　"더 있었으면 더 난처하게 됐을 거란 뜻입니까?"
　"그랬을지도 모르지."
　"그럼 진 사장께선 뭔가 이미 무슨 기미를 알고 계셨단 얘기가 아
닙니까."
　"내가 언젠가 얘기한 일이 있지요. 나 전문 적이 너무 많다고."
　"그 말씀 생각이 나서 가슴을 쳤습니다, 그렇찮아도."
　"혹시 회사 내부에도 적이 있을지 모른다는 생각은 해보지 않았겠
지요?"
　"제 얘기가 그거 아닙니까. 분명히 내부라곤 말할 수 없지만 내부

의 모함 같거든요."

진동규가 또 고개를 끄덕였다.

한조는 남산 기슭의 음식점 묘향산을 나와 진동규와 함께 그의 차로 남대문 옆구리까지 내려왔다. 그러곤 한조 혼자만 내렸다.

"나 전무, 이제 무슨 일을 할 작정이오?"

"뭐든 하겠지요."

"그야 물론이지. 나 전무같이 다이내믹한 사람이 가만 있을 리야 없지."

"우선은 좀 쉬면서 생각해 보겠습니다."

"가끔 연락하도록 해요. 좋은 일 찾아내면 나도 좀 끼워 주고."

"연락드리겠습니다."

"잘 가시오. 불쾌한 일은 되도록 빨리 잊고."

"점심 잘 먹었습니다. 언제 저한테도 원수 갚을 기휠 주십시오."

"언제든지. 나처럼 시시하게 말고."

진동규의 레코드 로열은 덜 탄 기름 냄새를 뿜으면서 사라져 가고 한조도 곧 택시를 잡아 타고 백화점이 몰려 있는 쪽 길로 내달렸다.

"어머, 사장님 금방 전화 왔었는데요."

한조가 한조실업 사무실에 들어서는 순간 설희가 호들갑스레 소리친 말이었다. 그러나 한조는 일부러 느긋한 어조를 만들어 천천히 대꾸했다.

"점심은 먹었니?"

"네, 사장님."

"삼촌이라고 부르랬잖어! 어디서 온 전화든?"

"박 부장한테서요, 삼춘."

"뭐, 박시대한테서?"

한조는 놀라지 않을 수 없었다.

"그래, 그 자식이 뭐라고 하든?"

“그냥 사장님 계시냐구 물었어요.”

“그래서?”

“안 계시다구 했더니 끊었어요.”

“그뿐야?”

“무슨 잘못을 저질렀느냐고 제가 물어봤걸랑요. 삼춘이 박 부장 다신 안 나타날 거라구 하셨잖아요.”

“그랬더니?”

“아무 말두 않구 곧 전화를 끊어 버리데요.”

“어디라고 말하지도 않고? 방금 왔었다구?”

“아주 멀리 들리진 않았어요.”

“좀 시간을 끌지 않고.”

“삼춘이 언제 오실 줄 알구요.”

“장부하고 서류 모조리 이리 가져와 봐. 통장엔 얼마나 들어 있니?”

한조는 자기 자리로 걸어가며 말했다. 말끔히 걸레질이 된 책상 앞에 앉자 뭔가 감회 같은 게 느껴졌다. 얼마 만에 앉아 보는 내 자린가 하는 생각이 그중 먼저 들었다.

“주식 통장하고 등기권리증들도 다 가지고 와.”

한조의 말에 책상 서랍을 뒤지고 있던 설희가 놀란 목소리를 내지 않는가.

“아참, 이거요, 삼춘!”

설희가 안고 있던 장부와 서류철을 내려놓고 뭔가를 앞뒤로 제쳐 보고 있었다.

“숙희가 누구예요, 삼춘?”

“뭐, 숙희!”

한조는 자기도 모르게 자리를 차고 벌떡 일어섰다. 그러나 삼촌이라고 부르라는데 금방 들떠선지 설희는 들고 있던 것을 얼른 등뒤로

감추는 당돌한 짓을 하고 있지 않은가. 계속 사장님이라고 부르게
내버려 뒀어야 했는데……
　"이리 내, 빨리!"
　"편지예요. 오늘 왔어요."
　설희가 건네준 것은 정말로 이숙희의 편지가 아닌가.

9. 깃발을 올려라

　서울시청에서 중앙청 쪽을 향해 일제 슈퍼 살롱 한 대가 시원스레 광화문길을 미끄러지고 있었다. 그리고 희디흰 백색의 시트를 씌운 차의 뒷좌석에 거의 드러눕다시피 한 사나이가 하나 앉아 있었다.

　자리의 여유에 비해 체구가 좀 작아서 악담 좋아하는 사람이 보면 선반에 얹힌 보따리 같다고 할지도 모르지만 본인은 그래도 표준 체격에는 손색이 없다고 생각하는 편이다. 하긴 자동차 뒤에서 보면 머리끝만 살짝 보이는 것이 좀 민망스럽기는 하다.

　다른 사람 아닌 나한조였다. 그는 아까부터 휘파람을 불고 있었다. 조금 내린 차창으로 싱그러운 아침 공기가 몰려 들어와 그의 머리카락을 가볍게 흔들었다. 하늘거리며 하루의 첫 햇살에 떨고 있는 은행잎 냄새도 거기엔 묻어 있는 것 같았다.

　자, 중앙청 앞 광화문통을 내 차로 달리고 있다. 이제 부러운 것이 뭐 있느냐.

　충격이 재빨리 흡수되어 몸을 가볍게만 흔드는 차체의 진동도 매우 쾌적했다. 하기야 자동차 흥정을 붙이던 사내가 말했었지. 이 이상 있습니까, 시트에 커핏잔을 올려놔 보십시오, 엎질러지나, 정말입니다, 진짜로 한번 실험해 보시라니까요.

시험 운전을 한다며 한조를 태우고 타워호텔로 올라가는 요철이 심한 시멘트 비탈길을 달리면서는 이런 말도 했었지.

—찰 사실 땐 모쪼록 이런 거친 비탈길을 달려 봐야 해요, 사장님. 그래야 추진력도 알 수 있고, 뭣보담도 별볼일 없는 차들은 이런 데 오면 온몸에서 삐거덕거리는 죽는 소릴 내죠. 사람도 늙으면 사지가 우두둑거리지 않습니까. 차나 사람이나 같은 이치예요. 보세요, 사장님. 찍 소리 하나 안 들리죠? 사장님 자동차 딱 찍는 눈 하난 참 기찼습니다. 고손자는 몰라도 사장님의 증손자한테까진 물려주시고도 남을 차지요.

—허풍떨지 말고 값이나 잘 해주우. 귀달린 건 떼줘야지.

—좋습니다, 사장님. 기분입니다. 1천 5백으로 딱 끊어 드리겠습니다. 대신 사장님 타시던 차도 저한테 맡겨 놓으시면 다른 사람보다 한 장이라도 더 받아 드리겠습니다.

자동차는 어느새 중앙청 앞을 돌아 광화문 네거리를 멀리 내다보고 있었다. 한조는 자동차 앞에 보이는 깃봉에다 무슨 깃발 하나를 달고 싶었다. 언제 깃발 가게에 한번 들러 봐야겠군…….

"박군!"

"네, 기분 존데요, 사장님."

"잘 나가지."

"그럼요. 밟는 대로 휙휙 나가는데요."

한조가 흥양수산에 있을 때 그의 운전사였던 박용문이었다. 한조가 흥양을 그만둔 지 사흘 만에 해고당했다면서 찾아왔을 때 한조는 '내가 차를 사면'이라고 조건을 달았다. 그리고 약속대로 고용한 것이다. 바로 하루 전날 오후에. 그러니까 이것이 박용문의 첫 운전이었다.

박이 장갑을 추스르며 다시 격앙된 목소리로 말했다.

"사장님, 기분 왔단데요. 교통순경이 경례 척 붙이는 거 사장님도 보셨죠?"

"그랬어?"

"네거리 건널 때 못 보셨어요?"

"봤더라면 대답해 줄 걸 그랬군."

"아니죠. 사장님은 못 본 척 앉아 계셔야 권위가 서시죠."

"그런가?"

"그럼요."

"추석 때 떡값이나 좀 주지."

"좋아서 경례 더 잘 붙이게요, 그러면."

"그런 건 박군이 잊지 말고 챙기라구."

한조는 말하면서 뒤를 돌아봤으나 벌써 광화문 네거리를 너무 멀리 벗어나서 경례 붙인 교통순경을 찾을 수 없었다.

"흥양 이욱형 씨 말이야."

하고 한조는 몸을 좀 일으켜 앉으며 벼르던 말문을 열었다. 이미 알고 있는 일이지만 박용문의 입을 빌려 다시 듣고 싶은 것이 있었다. 박이 그를 앞질러 말했다.

"아까 마주치셨잖습니까, 사장님."

"매일 아침마다 광화문을 달려서 회사로 출근한다며?"

"그거 여태 모르셨어요? 아까 그게 막 중앙청 앞을 달려 내려와 회사로 가는 길예요. 괜히 그렇게 돌아다니잖아요."

"은행나무를 좋아해서 그런 모양이지. 나도 광화문 거리의 중립지대에 있는 은행나문 좋아하거든."

요컨대 나도 매일 아침 광화문 거리를 차로 달리겠다는 암시인데 박용문이 알아듣기나 했을까. 그가 이욱형의 75년형 검정 크라운과 마주친 것은 시청 옆의 신호대 밑을 막 건너뛰면서였다.

그때 이욱형이 탄 차는 좌회전 신호가 떨어지길 기다리며 노란 깜박이를 켜고 대기 중에 있었다. 그는 분명히 이욱형이 나비 타이를 하고 앉아 있는 것까지 봤다. 그는 이욱형이 광화문 아니면 시청 근방쯤을 달릴 시각을 계산에 넣고 집을 떠났으므로 그들이 마주치는 것은 필연적이었다.

그런데도 박용문은 처음 자신의 옛 고용주가 타고 있는 차를 발견했을 때 놀람을 감추지 못했다.

"사장님, 저 차!"

소리침과 동시에 그는 세 번이나 경적을 울리며, 멎어 서 있는 이욱형의 자동차 바로 앞을 가로질러 지나갔으므로 적어도 이욱형의 운전사가 그의 슈퍼 살롱의 위용을 보았을 것임에 틀림없지 않은가.

회장님, 방금 크락숑 울리며 지나간 차 보셨나요? 박용문이가 끌고 있었어요. 그리고 뒷자리에 앉은 사람은 그 전에 우리 회사에 있던 나전무 같던데요, 라고 운전하는 그의 고용주한테 말했을까.

뭐라꼬? 나한조라꼬?

네, 놀랍게도 슈퍼 사롱이던데요.

한조는 그의 차가 시청 앞 광장을 가로지르는 동안 손가락을 딱 튕겼다. 나라는 얘기 듣고 놀랐을 거다… 교통경찰이 내 차체에다 대고 거수경례를 했다는 사실을 알면 더욱 놀랄 거다.

뭐, 나한조가 슈퍼 사롱을 타고 가드란 말가?

박용문이 소공동으로 들어서면서 말했다.

"이 회장 아마 오늘 점심은 걸러도 괜찮을걸요."

"그게 무슨 소리야?"

"사장님이 슈퍼 사롱 타신 거 알았으니 소화가 안 되잖겠어요."

"우릴 미처 못 본 것 같던데?"

"운전순 분명히 봤거든요. 삼 년을 한 회사에서 같이 뒹굴었는데 딱 보면 절 못 알아보겠어요. 김재선인 절 보자 펄쩍 놀라는 기색이더라구요."

"그렇다고 소화까지 안 될 거야 없잖어. 자기만 자가용 타고 자기만 돈 벌어야 하나?"

"이욱형이란 사람은 남이 잘되는 건 참지 못하는 사람이거든요. 심술이 보통 아니라구요. 매일 새벽 검도한다는 건 아시죠, 사장님?"

"그렇다더군."

"매일같이 누군가 찔러 죽이고 있는 거예요. 알고 보면 소름끼치는 사람이에요."

"내일 새벽엔 내가 찔려 죽을 차례군, 우리 찰 봤다면."

"제 목도 단칼에 잘라 버리겠죠."

"그러면 우린 더욱 오래 살아!"

한조는 말하면서 한편으로 생각했다. 태권도장에 다시 나가야 될 텐데…… 새벽 노량진 어시장에 나가면서 그는 석 달째 다니고 있던 태권도장 아침반을 그만두지 않을 수 없었던 것이다.

대영빌딩 15층 1503호. 한조실업 주식회사.

칸막이로 막은 사장실 소파에 앉아 사장 나한조는 흥양수산 선어부 판매과장 고인택을 기다리면서 조간 경제신문을 뒤적였다. 경제신문은 전날의 증권 시세를 해설기사와 함께 자세히 보도해 주고 있어서 좋았다.

"어제도 또 상종가를 기록했군."

한조에겐 주가가 마치 뿌드득뿌드득 소리를 내고 있는 것 같았다. 물론 한쪽으론, 이러다가 사정없이 내리막을 만나지는 않을까 하는 일말의 불안이 없는 건 아니었지만 아직은, 하는 어떤 확신을 그는 가지고 있었다.

"사장님, 또 왔어요."

돌아보자 설희였다. 그는 설희한테 삼촌 대신 사장님을 다시 훈련시켜 놓았다.

"뭐가 또 와?"

"박시대 씨요."

한조는 설희가 내미는 박시대의 편지를 받아 들었다.

녀석은 벌써 세 통째 참회 편지를 보내오고 있지 않던가. 한결같이 용서만 비는 내용의 편지를.

자신은 절대로 음모인 줄 몰랐다는 주장이었다. 물론 마지막 결정적인 순간에 저지른 실수는 인정했다. 고작 50만 원의 유혹에 말려들어 거짓말할 것을 약속했다는 것.

그러나 그건 자신이 한조한테 붙잡혔을 경우이고 우선은 한조로부터 영원히 종적을 감추도록 지시받았다는 것이 아닌가. 요컨대 사라져 버린 박시대의 증언을 마음대로 조작하겠다는 것이 흥양측의 속셈이었던 것이다.

한조는 편지의 겉봉을 찢었다.

사장님!

시대가 또 편지 올립니다. 이젠 편지 안 올리고 찾아뵐 겁니다. 따귀 때리시면 맞겠습니다. 그러시고는 용서해 주시겠지요. 제가 이런 말씀 드리는 것은 제가 처음 사장님 만나뵙게 된 때 일이 마음에 걸려서입니다. 역시 넌 그럴 수밖에 없는 놈이구나 하고 사장님이 생각하시는 게 제게는 도저히 참을 수 없는 고통입니다.

그 사람들 찾아가서 돈 돌려주고 그들이 무슨 말 했는지 다 밝히겠습니다……

한조는 편지를 손아귀에 구겨 쥐었다. 좋다. 언제든지 나타나거라. 물론 두말없이 용서하겠다. 한조는 이미 박시대를 조금도 미워

하고 있지 않았다. 아니 그의 괴로움을 빈틈없이 이해할 수 있었다. 더구나 박시대가 을지로 2가에 있던 한조실업 사무실을 마지막 떠나면서 한조의 어떤 재산도 건드리지 않았음을 그는 알게 되지 않았던가. 책상 서랍까지 깨끗이 정리하여 등기권리증들과 인감, 매매계약서 등속의 서류나 도장을 그는 차곡차곡 간추려 넣어 두고 떠나지 않았던가.

한마디로 박시대는 비록 한순간의 유혹에 빠지긴 했지만 그만큼 자신의 불명예를 싫어함이 분명했다. 그런 그가 용서를 빌고 있는데 안 받아들일 이유가 어디 있는가.

한조는 설희를 불러 박시대가 전화를 하면 사무실이 옮겨진 사실부터 말해 주라고 일렀다. 주저없이 돌아와 같이 일하자고 하더란 말도 해주라고 덧붙여 두었다. 홍양의 고인택은 그가 약속한 아침 열 시에 어김없이 나타나 주었다. 한조가 막 설희를 상대로 박시대한테 할말을 일러주고 있는 순간에 그가 출입문을 밀고 들어서고 있었던 것이다.

이젠 홍양의 선어부 판매과장이 아닌 고인택은 우선 감탄의 말부터 했다.

"전무님, 사무실이 굉장하군요." 하고 나서 그는 얼른 말을 고쳤다. "참, 버릇이 돼서 아직도 전무님이라는군요, 제가."

"이리 앉아요."

"알고 보니 모든 게 음모였습니다."

고인택은 지체없이 그런 말을 하고 있었다.

"오래 전부터 계획된 아주 조직적인 음모였단 말씀입니다."

한조가 뭐라고 대꾸를 않고 있는 동안 고인택이 거듭 설명했다.

"조건재 사장이 총지휘하고 홍양물산의 이명신 씨가 돕고 상무 김영무가 그들의 손발이 되어 뛰었더군요."

한조는 여전히 아무 말도 않고 듣기만 했다. 흥분하고 있는 고인

택이 재미있어서는 아니었다. 그의 주장이 과연 그럴듯한지 속으로
생각해 보는 중이었다.

"김영무가 하수인이었다는 사실이 놀랍죠, 전무님?"

"글쎄……."

"배반당한 느낌이 안 드세요? 전 첨 그 말을 들었을 때 피가 거
꾸로 솟구치는 것 같던데요."

"누가 그런 애길 해줬지?"

"여러 사람이 증언해 줬어요. 적어도 세 사람은 같은 말을 했어
요. 그동안 저 혼자 면밀히 뒤를 캐봤거든요. 그 결과 전무님하고
저만 모르고 있었더군요."

"셋이란 누구 누구지……."

"젤 처음 저한테 귀띔해 준 친군 선어 1부 이인문예요. 그 친군
아시죠, 전무님?"

고인택이 사표를 쓰던 날 오후 그는 이인문을 화장실에서 만났다
고 했다. 그랬는데 이는 마주치자마자 낮은 목소리로 이렇게 말했다
는 것이 아닌가.

─과장님은 억울하게 당하신 거예요.

─나 전무님이 물러나셨으니까…….

─전무님이 그만두셨다고 과장님까지 사표를 쓰나요?

─개인회사에서 기업주가 쓰라는데 안 쓰고 배길 재간이 있어?

─제 애긴 이번 사건이 하나의 음모인 것 같다 이거죠.

─무슨 소리야?

─모르세요, 과장님?

─음모라고?

─정말 아무것도 모르세요? 그럼 한번 알아보세요.

그러나 이인문으로부터는 더 이상의 애기는 들을 수 없었다는 것.
고인택이, 무슨 근거로 그런 말을 하느냐고 되묻자 그는 상무 김영

무가 삼성상사의 끄나풀로 알려진 중매인 손중건과 뭔가 은밀히 통화하는 것을 두 번이나 엿들었는데 그게 뭐겠느냐고 반문했다.

그러나 결정적인 단서는 조건재의 운전사 한이만에게서 들을 수 있었다지 않는가. 한은 그의 사장이 삼십대의 사내 둘을 차에 태우고 속삭였다는 사실을 고인택한테 알려줬다.

─되도록 바짝 등뒤로 다가가서, 그러나 아무도 듣지 않게 말하듯이, 오늘은 어떻게든 나한조라는 악발이를 꺾고 넙치, 가자미, 흑도미 세 가진 붙잡아야 돼, 지금 시중에 난리라구……뭐 그런 식으로 말하란 말야.

─꼭 그 세 가지 어물이라야 합니까?

─물론이지. 다 수배를 해놨거든, 그 세 가질. 틀림없이 똥값이 된다구.

─알았습니다. 그까짓거야 쉽죠.

─하지만 신중을 기해야 돼.

─대신 이번 일 성공하면 조 사장님, 제 신수도 좀 펴게 해줍쇼.

─그건 염려 말랬잖아. 내가 지금까지 약속 안 지킨 일 있어?

─물론 조 사장님 말씀이야 보증수표입죠만.

─보수가 아니라 현찰이야, 현찰. 그런 건 염려 말고 일이나 실수 없이 해!

고인택의 말을 듣고 있던 한조는 되묻지 않을 수 없었다.

"그런데 한이만이가 고 과장한테 그런 말까지 왜 해줬지?"

"매일 밤 기집년들하고 놀아나느라 통금 직전까지 주차장에 붙들어 놓거나 끝없이 끌고 다니면서 월급은 쥐꼬리 아녜요."

"그랬다고 그런 말까지……."

"언젠가 틀림없이 찰 전복시키고 말겠다던데요. 그냥 뒤선 세상에 성한 여잔 하나도 안 남길 거래요. 돈을 물쓰듯하고. 그 두 놈한테도 얼마나 줬는지 모른대요. 그게 우선 한이만이한텐 밸이 꼴리게 만든 모양예요."

고인택은 한이만이 자신의 주인에 대해 거의 히스테리에 가까운 증오심을 품고 있는 것 같았다고 말했다. 그는 스스로의 장담대로 바람난 계집년들을 태우고 히히덕거리는 조건재를 죽이기 위해 어느 날 정말로 몰던 자동차를 뒤집어 버릴 거라는 장담까지 했다.

"저만 살아남을 수 있는 기술이라도 있다는 거야?"

"조건재만 죽일 수 있다면 제가 죽는 것도 두렵지 않다는 투였어요."

"기대하지 마!"

"그보다 더 놀라운 얘기가 있어요."

고인택은 말하고 나서 얼른 담뱃갑을 꺼내 들었다. 입이 마르는지 그는 담배 개비를 꺼내는 동안 여러 번 입맛을 다셨다. 성냥을 그어 대는 그의 손끝이 약간 떨고 있었다.

"한이만이보다 훨씬 놀라운 애길 해준 아가씨가 있더라니까요, 전무님!"

고인택은 담배 한 모금을 빠는 동안 한조가 자신이 한 말을 잊었을지 모른단 생각이 들었는지 재차 말했다. 그러곤 '아 참, 제가 또 전무님이라는군요'라며 아주 잠깐 동안 계면쩍은 웃음을 흘렸다. 그러고도 그는 여전히 한조를 전무로 불렀다.

"전무님, 우리 회사 전화교환수 중에 오양 아시죠?"

"키가 작달막한 처녀던가?"

"그렇죠. 얼굴이 밉상은 아니죠."

"그런데 그 아이가?"

"네, 걔가 제 외사촌 동생하고 여고 동창이거든요."

"그래?"

"저도 며칠 전에야 첨으로 알았죠."

그가 흥양을 그만뒀다는 소식을 듣고 외사촌 여동생이 그의 집으로 찾아왔다는 것이다.

—너 회사로 나 찾는 전화했어?

—아아뇨.

—그런데 내가 그만뒀다는 거 어떻게 알았니?

—전 오빠에 대해 모르는 게 없어요. 가슴이 뜨끔하시죠?

추궁한 결과 홍양의 전화교환수 오해옥과 여고 동기생임이 드러
났는데 문제가 거기에 있지 않았음은 물론이다.

—오빠 근데 미스 오 있잖아요. 이상한 얘기 하던데요.

—이상한 얘기라니…….

—이번에 오빠랑 같이 네 사람인가 그만뒀다면서요.

—응.

—나 전무라는 분두 그만뒀죠?

—그랬지.

—미스 오가 그러는데 그 회사 사장하구 상무가 짜구 몰아낸 거
라던데요.

고인택은 동생의 뜻밖의 놀라운 얘기에 정신이 퍼뜩 들지 않을 수
없었다.

—그게 무슨 얘기냐? 걔가 뭐래든? 옳지, 걔 참 교환수니까……
그렇지 바로 그거야. 모든 얘길 다 엿들을 수 있는 자리지. 걔 좀
만나 볼 수 없니?

—그야 어렵지 않죠. 걔 말이 오빤 괜히 억울하게 당한 거라던데
요.

그렇게 되어 고인택은 당장 그날 퇴근 시각에 맞추어 여동생과 함
께 오해옥을 만났다는 것이 아닌가.

한조는 고인택이 얘기를 좀 요령없이 길게 하는 게 그중 불만이었
다. 물론 상대방이 실감 있게 듣도록 하기 위해 그랬겠지만 아무리
그렇더라도 그의 외사촌 여동생이 오해옥과 만날 약속을 하기 위해

거는 전화의 다이얼 돌리는 시늉까지야 해보일 게 없지 않은가. 그
럼에도 끈기 있게 참고 있는 한조에게 고인택은 마침내 놀라운 애기
의 본론으로 들어서고 있었다.

실로 놀라운 애기였다. 한조는 되도록 기색을 나타내지 않으려 태
연을 가장하고 들었지만 고인택의 애기는 여간 엄청난 내용이 아니
었다.

"지난 정월부터 전무님의 전화는 오는 것이든 가는 것이든 모조
리 도청이 다 됐다는 거예요." 하고 나서 고인택은 이렇게 덧붙였
다. "사장 조건재나, 그가 자리를 비울 땐 상무 김영무가 전무님의
전화를 빠짐없이 동시에 듣고 있었다는 거지요, 교환실에 미리 지시
를 해서."

"그랬었군. 하지만 그래봤자 나한테 무슨 흑막이 있었어?"

"그게 아니죠. 무슨 뜻인지 모르세요, 전무님?"

"모든 시장 거래에 대한 내 지시를 엿들었다는 거 아냐."

"그렇죠, 바로 그거죠."

"엿듣고는 곧바로 나를 골탕먹일 계략을 짜서 내가 확보한 생선
시세를 폭락시키고."

"그러기 위해선 필요하면 라이벌 회사 중매인들이나 반출상들하
고도 서슴지 않고 손을 잡은 거죠."

"못난 인간들!"

"또 있어요."

고인택은 수첩을 꺼내 들고 있었다.

"얼마 전에 묵호 홍영환이가 상한 생선 올려 보낸 일 있죠?"

그것도 고인택의 말로는 김영무의 지시에 의한 것이라는 게 아닌
가. 노량진 시세가 폭락인 생선을 골라 김영무가 홍영환으로 하여금
확보했다는 전화를 한조한테 하게 했다는 것이다.

"미스 오가 김영무의 말을 직접 들었대요. 홍영환이한테 꽁치와

오징어 각 한 트럭분을 올려 보낸다고 전무님한테 전화하라고 지시하는 것을. ”

“그때 그런 전화가 왔었지. 내가 하루 늦춰 올려 보내라고 했었지, 아마. ”

“하지만 홍영환이가 전무님한테 전화할 땐 물량을 확보하기도 전이었다는 거죠. 김영무의 말에 홍영환이가 그랬다는데요. 확보되어 있는 게 없는데 어떻게 하죠 하구요. 그랬더니 김영무가 소리치더래요. 썩고 있는 게 많을 테니 방어진까지 연락해서라도 거둬들이면 얼마든지 있을 거라구요. ”

“그렇게까지 ? ”

한조의 움켜쥐고 있는 손바닥에 칙칙하게 땀이 나뱄다.

“미스 오 말이 김영무와 그런 내용의 전화를 한 지 십분이 안 되어 홍영환이 전무님한테 전화를 걸어 왔었대요. 홍영환이란 인간도 저쪽과 한패가 되어 놀아난 거예요. ”

한조는 지난 연말부터 연초에 이르는 며칠 동안 폭설에 갇혀 홍영환과 지낸 일을 떠올렸다. 한조가 차를 좀 보내라고 했을 때 홍영환의 대답은 무엇이었던가.

— 제 찬 마침 데드라인에 걸려 있는데요. 눈길에 그만 보디가 나갔어요.

그건 사실대로 말한 것인지 몰랐다. 그러나 홍은 김영무와 그가 고속버스 터미널에서 그들과 작별을 하고 있을 때 김영무와 이상한 말을 주고받았지 않은가.

— 내 말 잊지 마 !

— 명심하겠습니다.

한조는 폭설 뒤에 몰아닥친 한파에 경황을 못 차리는 현장소장 고현상과는 달리 홍이 어깨를 펴고 자세를 꼿꼿이 하던 것은 김영무와의 어떤 음모 꾸미기에 흥분하고 있었던 탓인지 모른다는 생각이 들었다. 그러나 그는 곧 그런 모든 생각을 털고 고인택을 쏘아보았다. 고인택이 말했다.

"놀라운 사실예요."

"그 놀라운 사실에 회장 이욱형은 관련이 돼 있어, 안 돼 있어?"

"관련이 안 돼 있을 리 있겠어요."

"그렇게 생각하나?"

"물론이죠. 그러므로 전무님은 그자들한테 복수해야 해요."

"어떻게?"

"노량진 시장에 뛰어드는 거죠. 제가 뭐든 돕겠어요. 자신 있습니다."

"고 과장 한 가진 잘못 판단하고 있어. 이욱형인 그 모든 계략을 모르고 있어. 다만 조건재하고 김영무가 나를 이욱형이한테서 떼놓으려고 꾸민 거야. 이욱형이도 그들한테 말려든 셈이라구."

"그럴까요?"

"물론이지."

"어쨌든 전무님은 노량진 시장에 쳐들어가셔야 해요."

"난 절대로 그건 안해!"

한조의 목소리는 스스로도 놀랄 정도로 단호했다.

흥양수산이 자신에게 가한 야비한 짓에 복수하기 위해 노량진 어시장의 생선 싸움에 달려들어야 한다는 주장을 한조가 받아들이지 않자 고인택은 몹시 섭섭한 표정으로 돌아갔다. 그는 복도까지 배웅해 준 한조를 돌아보며 마지막으로 이렇게 그의 부아를 부추기기도 했다.

"전무님은 흥양 인간들이 한 짓에 화도 안 나세요?"

"이 친구야, 그자들이 날 모략하기 위해 카메라맨까지 동원했다는 사실을 잊지 마. 노량진에 몇 번 구경 온, 내가 데리고 있던 아일 사진찍어 가지곤 그 아이마저 매수해 버렸단 말야."

"그래요? 그런데도 전무님은 참으신다면 전 실망인데요."

"내가 참는 건 난 그런 인간들하고 같은 부류가 아니다 그런 뜻은 아냐. 현실을 정확히 알아야 돼. 우린 뛰어든다 해도 생선 싸움에서 절대로 흥양을 이기지 못해. 노량진 어시장은 순전히 돈싸움이란 거 알잖어. 돈으로 밀어붙이려 들면 그 누구도 용빼는 재주가 없다는 거 몰라?"

"반드시 그럴까요?"

"그렇고말고. 복수하기 위해 맞부딪친다는 건 처음부터 경쟁이 아니거든. 그런데 우리한테 패배당했다고 쳐봐, 이번엔 검도로 잔학성만 키워온 이욱형이 가만 있겠나. 그런 인간들은 예외없이 이상한 자존심의 노예들이어서 다른 사람들을 짓밟는 건 기분 좋지만 지면 수단 방법을 가리지 않고 덤벼. 자네와 난 그자들 트럭에 깔려 죽어."

'당신은 패배주의자야.' 마치 그런 투의 얼굴을 하고 고인택이 돌아간 것이 한조는 몹시 마음에 걸렸다. 마음 같아서는 당장 칼을 빼들고 달려가고 싶은 지경인 것은 누군데.

그러나 흥분은 조금도 이로울 것이 없었다. 그건 건강에도 해로웠다. 한조는 갑자기 충동적으로 창문을 열어젖혔다. 그러곤 냅다 고함을 쳤다.

"야, 이 자식들아! 내가 너희보단 열번 낫다. 아니, 백번 낫다, 더러운 흥양 자식들아!"

한조는 창문을 도로 닫고 자리로 돌아와 전화 수화기를 떼어 들었다. 그러나 다이얼을 돌리다 말고 그는 수화기를 내려놓고 말았다. 우제정을 만난다 해도 그는 고인택한테서 들은 애기의 모든 내용을 그에게 다 말할 자신이 없었다.

거 보세요. 이욱형이란 자가 얼마나 비열하고 악랄한 잔지 이제 아셨죠, 라는 우제정의 의기양양해하는 말투를 듣기 싫어서는 절대로 아니었다. 이욱형이 왜 모략에 넘어가 그를 쫓아내기까지에 이르렀는지를 그는 아직 이해할 수 없었던 것이다. 그 점을 설명할 자신이 있을 때까진 우제정에겐 비밀로 남겨둘 수밖에 없었다.

이럴 땐 숙희를 생각하는 게 모든 걸 잊는 데 가장 효과적이겠지. 한조는 이숙희가 그녀를 찾아 내려간 그와 마주선 최초의 장면에서 적어도 5분 이상 한마디 말도 못하던 모습을 떠올렸다.

충남 연기로 내려가서 우표의 소인(消印)으로 찍힌 '내말'만 찾으면 틀림없이 이숙희를 만날 수 있으리라고 단정한 한조의 확신은 적중했다. 내말 초등학교 앞의 대전일보 내말지국 간판이 붙은 가난한 잡화가게 남자는,

"우리 이숙희 선상을 왜 찾남?"

하고 의혹이 묻은 눈으로 그를 아래위로 훑어봤지만, 그러나 그런 반응이란 뭔가. 곧 이숙희를 알고 있다는 뜻이 아닌가. 현지에 도착하여 처음으로 질문을 던진 바로 첫 사람인 그 남자가.

"어머."

이숙희는 처음 한조를 발견하고 그렇게 놀람을 나타냈던가, 그러나 한조에겐 그런 탄성마저도 들리지 않았다.

두 사람은 말없이 마주 쳐다보았다. 측백나무가 둘러선 생울타리 옆이었다. 운동장에선 아이들이 뛰어다니고 있었다.

"숙희!"

한조가 먼저 입을 열었다. 이숙희가 우뚝 멎어 서 있는 앞으로 그가 몇 발짝 더 다가갔다. 그러나 그녀는 마치 경직을 일으킨 사람처럼 꼼짝도 하지 않았다.

"마침 교무실로 찾아가던 참이었는데."

한조가 긴장으로 터질 듯한 순간을 넘기고 있는 이숙희를 건너다보며 말했다. 그녀는 아직도 말문을 열 만한 여유를 회복하지 못한 듯 입술을 조금씩 달싹이고만 있었다.

“잠깐 나갈 수 있을까?”

이숙희가 그제야 경직을 풀고 한조 앞으로 걸어왔다. 두 사람은 말없이 교문을 향해 걸어 나갔다.

이숙희가 입을 연 것은 그들이 교문을 다 빠져 나온 다음이었다.

“제가 여기 있는 줄 어떻게 아셨지요?”

흙먼지를 뽀얗게 뒤집어쓴 문구와 담배 판매를 겸한 가게 앞을 지나가며 묻는 그녀의 목소리는 약간 떨려 들렸다.

“난 숙희가 어디 숨어 있어도 찾아낼 수 있어.”

“제 편지는 받으셨어요?”

“물론이지.”

“주솔 알려드리진 않았는데요.”

“난 찾아낼 수 있다니까, 알려주지 않아도.”

“어떻게요?”

“숙흰 내 사랑하는 여인이니까.”

그의 말에 숙희는 대답이 없었다. 한조는 버스 정류장 앞 가게 주인이 하던 말을 떠올렸다.

─닮으신 것 같기두 허구… 우리 이 선상님 오라버니 되시는감, 혹시?

한조는 웃음이 번진 눈으로 어깨를 나란히 걷고 있는 이숙희를 돌아봤다.

“숙희.”

“네.”

“가게 주인이 말야.”

“어느 가게요?”

“저어기.”

“여기 아시는 분이 계세요?”

“응, 한 사람이 있어, 숙희와 나를 남매간으로 아는.”

"네에?"

"아까 만났더니 대뜸 그러던데."

"농담이시죠?"

두 사람은 눈길을 마주치고 웃었다. 어딘가 모르게 그녀의 눈꼬리 엔 피로 같은 것이 끼여 있는 듯했다.

"남매간이라고 하지 않았으면 아마 그 사람 숙희 있는 곳을 가르 쳐 주지도 않았겠지."

가게 주인은 길까지 쫓아 나와서 거기서 5백 미터밖에 떨어지지 않은 내말 초등학교를 가르쳐 주었다.

—가다 보면 문이 나설 거구만유.

한조는 그녀가 자주 그를 곁눈질하고 있음을 알 수 있었다. 너무 나 뜻밖이어서 그녀는 그가 나타난 것이 믿어지지 않는지 몰랐다. 그러나 한조에겐 그녀가 마침 운동장을 걸어 나오고 있었던 게 훨씬 더 신기했다.

"숙희 어딜 가는 길이었어?"

"아뇨."

"그런데 어떻게 우리가 운동장에서 만날 수 있었지?"

"창가에 서 있었어요. 교문을 들어서시는 게 선생님이신지 모른다 는 느낌이 들었어요."

"그래서 뛰어나왔어? 거봐, 우린 아무리 멀리 있어도 금방 찾아 내지 않아."

두 사람은 또다시 눈길을 마주치고 웃었다. 행복감 같은 것이 그 들의 가슴을 지그시 눌렀다.

이숙희가 선생님으로 돌아가 있다는 것은 얼마나 기분 좋은 일인 가. 사실 한조는 막상 버스로 내려오긴 하면서도 여간 두렵지 않았 었다. 솔직히 말하면 그때의 심정은 그녀를 학교 선생님으로 만나게 되리란 기대는 없었다고 할 수 있다. 그래서 그는 그녀를 어떤 곳에서 만나도 좋다는 다짐을 수없이 자신에게 되물어 두기까지 하지 않았던가. 숙희가 무엇이 되어 있대도 좋다! 하다 못해…….

그러나 그녀가 그런 어떤 여자로 되어 있지도 않음을 확인한 이 기분 좋은 시각에 그딴 생각을 했던 것을 왜 되살리랴. 한조는 너무나 기분이 좋아서 속으로 외쳤다. 아, 중국 음식점이 없을까?

"여기 중국집 같은 건 없겠지?"

"어머, 선생님 시장하시군요. 식사 안 하셨죠?"

"지금이 몇신데 점심을 여태 안 먹었겠어."

진동규와 개성 여자가 경영하는 음식점에 가서 곰탕을 먹고 온 그가 아닌가. 그럼에도 이숙희가 그의 말을 신용하지 않았으므로 그는 한마디 더 하지 않을 수 없었다. 그녀는 적당한 식당을 생각해 내려 계속 머리를 조아리고 있었던 것이다.

"이래봬도 쌀뜨물로 끓인 국밥 한 그릇에 5천 원이나 주고 사먹었다구."

"어디서요?"

"묘향산까지 가서."

"거짓부렁이시군요?"

"진짜야. 언제 숙희하고 같이 한번 갈 작정이야."

"그런데 왜 중국 음식점은 찾으셨어요?"

"거기 가서 숙희 한번 끌어안고 싶어서."

"어머머!"

"정말이야. 뽀뽀하고 싶어 죽겠어. 하지만 여긴 그런 집이 없겠지. 있대도 문 닫고 들어앉을 방이 없을 거고."

"다방두 없는걸요."

했지만 이숙희가 그를 끌고 간 곳은 학교에서 2백미터쯤 떨어진 지점의 다방이었다. 고르지 못한 흙바닥에다 다탁 두 개가 놓인 고작 그런 집이었지만 바깥 간판엔 분명히 '서울다방'이라고 씌어 있었다.

이숙희는 거기 기우뚱거리는 의자에 앉아 자신은 초등학교 정식 교원이 아니라는 얘길 하고 있었다. 임신한 여교원이 해산을 위해 휴가를 갈 때 임시로 그 자리를 메워 주러 다니는 그런 떠돌이 임시 교원이라는 사실을 그녀는 한조에게 들려주고자 했다.

"그러니까……."

"맞아요, 스페어 타이어라는 거 있죠. 그런 거예요."

그녀는 말하고 나서 오래 내버려 두고 있던 사이닷잔을 들어 조금 마셨다. 한조는 그녀의 손목을 잡아채지 않을 수 없었다.

"숙희!"

"네."

"당장 나하고 올라가."

"그럴 순 없어요."

"무슨 뜻이야?"

"여기 온 지 이제 열흘 남짓 됐어요. 두 달은 더 근무하지 않음 안 돼요."

"까짓 알게 뭐야."

"아녜요. 석 달 전에두 이 학교에서 근무한 일이 있어요. 그래서 이 근방 주민들이 절 알아요."

그러므로 그들을 실망시키지 않기 위해서도 결코 떠날 수가 없다는 말이 아닌가.

"숙희 같은 임시 교사가 또 있을 거 아냐."

"물론 있죠. 하지만 그럴 순 없어요."

이숙희는 그에게 잡힌 손을 뽑아 가며 또렷하게 말했다.

"우리 나가요, 선생님."

이숙희가 서둘러 핸드백을 챙기며 말했다. 한조는 어리뻥뻥해서 되묻지 않을 수 없었다.

"학교로 돌아가야 하는 거야?"

이숙희는 고개를 꺾고 대답하지 않았다. 돌아가서 코흘리개들을 상대로 공납금 독촉을 해대야 하는 걸까. 한조는 갑자기 조급증이 나서 단호한 어조로 선언했다.

"안 돼. 난 오늘 당장 숙희를 납치해 갈 거야."

"학교룬 돌아가지 않을게요. 하여튼 여기선 나가요."

"아항, 이제 보니 내가 숙희 손목 잡았다고 그러는구나."

"여긴 조그만 마을이예요. 모두가 다 아는 사이예요."

한조는 숙희와 함께 서울다방을 나왔다. 그러나 문턱을 넘으면서 찻집 주인 여자가 듣게 한마디 해두지 않을 수 없었다.

"결혼할 사인데 뭐 어때!"

밖으로 나온 다음에야 이숙희가 그에게 눈을 흘겼으므로 그는 다시 한마디 했다.

"중대한 비밀을 공개해 버렸으니 이제 숙횐 여기 더 있을 수 없게 됐다구."

그러나 그의 이런 큰소리에 그녀는 엉뚱한 말로 대답했다.

"근방에 아름다운 저수지가 하나 있어요."

그녀의 말대로 저수지가 있는 곳의 풍경은 매우 아름다웠다. 쥐불을 놓아 검게 그을린 잔디는 파랗게 새싹을 내밀고 있었고 저수지의 짙푸른 물 위로 10미터는 되게 구름다리가 놓여 있기도 했다. 관광용인지도 모를 그 쇠난간을 끝까지 걸어 나간 다음 이숙희가 그를 돌아봤다.

"두 주 전에 왔을 땐 저기 바위틈에 할미꽃이 피어 있었어요."

"자주 오는 곳이야?"

"넓게 트인 수평선이 마음을 가라앉혀 주잖아요."

한조는 말하는 그녀를 내버려 두고 사방을 두리번거렸다. 그러곤 자신이 서서 그녀를 와락 끌어안아 버렸다. 어느새 석양이 물빛을 온통 황금빛으로 번들거리게 하고 있는 시각이었으므로 사람들은 모두 돌아가고 없음이 분명했다. 긴 포옹을 끝내고 몸을 풀며 그녀가 말했다.

"이거 떨어뜨릴 뻔했잖아요."

작은 손가방이었다. 포옹 도중에도 입술이 자유로울 땐 일초의 짧은 순간에도 그녀는 쉴새없이 말했었다. 놓으세요, 누가 봐요. 그만요, 누가 봐요, 선생님.

"떨어뜨렸으면 내가 건져다 줬지. 난 숙희를 안고 뛰어내려 버릴까 했거든."

"어머머!"

"물속에 들어가면 아무도 못 보거든. 이놈의 쇠난간이 왜 이렇게 튼튼하지."

"전 헤엄 못 쳐요, 선생님." 하고 그녀가 말했다. "빠지면 전 그대로 죽을 수밖에 없어요."

"내가 있는데?"

"지난 겨울에 왔었어요."

"빠져 죽으러?"

"……"

"그런거야?"

"제가 죽을 수 있는지 알아보구 싶어서요. 가운덴 얼음이 얼어 있지 않았어요."

이숙희의 표정이 어느새 싸느랗게 굳어 있었다. 한조는 그녀의 어깨를 싸안았다. 그러곤 서둘러 둑 쪽으로 걸어 나왔다.

못둑으로 올라선 다음에도 그녀의 얼굴은 여전히 데드 마스크 그대로였다. 한조는 그녀를 안고 있는 팔에 더욱 힘을 주며 말했다.

"우리 약속해, 다신 그런 소리 않기로."

"네, 선생님. 죄송해요."

그녀가 고개를 들어 하늘을 쳐다봤다. 무슨 영문인지 그 눈엔 가득 눈물이 실려 있었다.

못둑 아래쪽으로 넓게 트인 논에선 보리 이랑에 흙덩이를 깨 넣고 있는 사람들이 보였다. 뽀얀 흙먼지가 석양 속으로 피어오르고 있었다. 못둑에 선 한조와 이숙희의 그림자가 적어도 백미터는 충분히 되어서 저 아래 논 가운데까지 가 있었다. 거기서 이숙희가 손수건으로 눈꼬리를 찍어내고 있는 것이 보였다.

그러나 한조는 그녀가 슬픔에 빠진 이유를 정확히 알지 못했다. 그저 막연히, 그녀가 편지에 쓴 대로 보람 없고 내일도 보이지 않는 (땜질 교원이라는) 신세에 갑작스레 피로감이 몰려와 그러려니 생각해보는 게 고작이었다. 사람에게 희망이 없다는 것보다 더 견디기 힘든 고통이 어디 있을까.

"우리 내려갈까?"

한조가 속삭이듯, 되도록 위안의 음질이 포함되었으면 하는 어조로 말했다. 흔히 사람들은 울고 나면 오한을 느끼지 않는가. 그렇잖아도 햇볕이 마지막 남은 여력으로 스러지고 있는 순간의 높은 못둑은 꽤나 쓸쓸했다.

"숙희, 한 가지 말해 두고 싶어. 난 숙희가 아이들을 가르치는 선생님이 되어 있는 걸 알았을 때 얼마나 기뻤는지 모른다는 사실 말야."

그러니까 조금도 보람 없는 생활을 하고 있다는 생각을 하지 말라는 뜻이었는데, 그러나 그건 그가 그녀의 눈물에 대해 얼마나 자기 나름의 얄팍한 생각에만 빠져 있었는가를 단적으로 나타낸 말이 아니었던가.

이숙희는 그들이 마침내 마을 어귀에까지 이르러 한조가 이젠 돌아가기에 너무 늦어 버린 시각이므로 여인숙이라도 찾아야겠다는 뜻의 말을 했을 때 뜻밖에도 이렇게 말했으니까.

"제 방으로 가세요, 선생님."

“그건 마음에 없는 소리야. 숙흰 내가 그런 요굴 할까봐 두려워하고 있어.”

“그럼 올라가세요, 선생님. 부강까지 나가시면 열차가 있어요.”

“오늘밤은 숙희가 있는 이 마을에서 자고 싶어.”

“그럼 저두 선생님 자는 여관에 가겠어요.”

“여기선 모두가 서로 얼굴을 안다면서?”

“상관없어요, 저 같은 건.”

“무슨 뜻이지?”

한조가 그녀를 돌아봤다. 땅거미가 져서 그녀의 눈가엔 다만 짙은 어둠이 드리워져 있었다.

“선생님, 제가 어떻게 아이들을 가르칠 수 있느냐구 생각하시죠? 뻔뻔스럽죠, 제가?”

한조는 그녀의 느닷없는 주장에 놀라지 않을 수 없었다. 그녀가 눈물을 보인 이유는 거기 있었단 말인가.

한조는 자신이 은밀한 장소도 아닌, 조망대나 다름없는 높다란 곳에 올라가 그녀와 입을 맞춘 것도 마음에 걸렸다. 나를 아무렇게나 취급해도 좋은 여자라고 생각하지 않았다면 그럴 수 있었을까 하고 그녀는 생각하고 있는 게 아닐까. 걸음을 떼어 놓으려는 그녀를 붙들어 세우고 한조는 다그쳤다.

“말해, 숙희가 어떻게 뻔뻔스러운지.”

“뻔뻔스럽죠.”

“나더러 하는 소리지? 나더러 숙희를 그렇게 취급하듯이 아무렇게나 대한 것이 걸리는군?”

“어머, 선생님, 무슨 말씀을…….”

“반가웠던 나머지 내가 너무 소홀했어!”

“그건 너무나 엄청난 오해예요.”

당황한 몸짓으로 이숙희가 그의 팔을 붙잡았다. 아네요, 정말예요, 그건 아녜요.

때로는 엉뚱한 공격이나 비난이 최선의 위안이 되지 않는가. 한조는 속으로 안도의 숨을 깨물면서도 한마디 더해 둘 말이 있었다.

"아무렇게 생각해도 좋아. 난 죽어도 숙희와 결혼하고 말 사람이니까."

"선생님!"

이숙희가 마침내 그의 가슴으로 몸을 던져 안겼다. 이숙희는 유리 그릇이었다. 떨어뜨리면 깨지고 만다고 한조는 늘 생각했다. 아니 조금만 충격을 가해도 금이 가버리는 그런 얇은 유리가 이숙희라고 그는 단정했다.

한조가 그녀를 그녀의 세든 방으로 혼자 돌려보내야 한다고 생각한 건 그래서였다. 숙희는 아주 조심스럽게 다루지 않으면 안 돼. 이 여자를 여관방으로 데리고 가면 절대로 안 돼. 끌어안고 싶어도 참아야 해. 이 여자가 자신이 거처하는 방으로 가자는 말에 넘어가서는 더구나 안 돼. 그런 말은 스스로 깨져 버리겠다는 자학에서 하는 말이기 때문이야.

한조는 그녀와 함께 저녁을 먹은 다음 작은 식당을 나오며 미련을 뿌리치고 말했다.

"이제 숙흰 돌아가. 내가 집 앞까지 바래다 주겠어."

"그리군요?"

"아까 보니 여관 간판이 두어 군데 보였어."

"꼭 오늘밤을 여기서 주무실 거예요?"

"물론이지."

한조는 그것만은 마음을 바꿀 수 없었다. 그대가 있는 곳에서 하룻밤을 묵고 싶다. 그의 그런 말이 이숙희에게 그의 결심을 전하는 데 얼마나 중요한 의미를 지니는지를 그는 알고 있었다.

이숙희가 마음을 정하지 못해 망설였다. 아마도 헤어지기엔 너무 시간이 이르다는 것 때문이리라.

그녀가 이윽고 입을 열었다.

"좀더 이따가 갈게요."

"하지만 여긴 어디 갈 데도 없는 것 같은데."

"우리 걸어요, 선생님."

"난 괜찮지만 숙희한텐 날씨가 너무 쌀쌀해."

"전 괜찮아요."

이숙희가 스카프를 머리에 쓰고 있었다. 그러나 걷기 시작하면서도 그녀는 한조의 팔은 끼지 않았다. 가게에 켜진 전등들이 그들이 걷는 길을 비추고 있었으므로 그도 팔을 끼면 한기가 덜할 거라는 말을 하지 않았다.

가게들이 연해 있는 거리는 불과 백미터를 넘지 않았다. 그와 함께 시멘트로 포장된 길도 끝이 나고 곧 발끝에 자갈이 차이기 시작했다.

"선생님!"

"춥지?"

"추우세요?"

"아니."

"시골길은 끝이 없어서 좋아요. 맑은 햇빛이 쏟아지는 길을 끝없이 걸어가 봤음 좋겠어요. 타박타박 아무리 걸어두 끝간 데가 없는 길을요."

"하지만 지금은 해가 지고 없으니까."

한조는 말하고 나서 저고리를 벗어 그녀의 어깨에 둘러주었다. 어둠 속에서 그녀가 그를 빤히 쳐다봤다. 그러곤 그의 팔짱을 끼었다. 걸음을 떼어 놓으며 한조가 물었다.

"두 달은 꼭 여기에 있어야 하는 거야?"

"그리군 또 다른 데루……."

"그건 안 돼. 두 달 뒤에 내가 데리러 올 거야."

그녀는 여전히 입을 다물고 있었지만 한조는 그것이 불안하진 않았다. 내가 유리그릇 다루듯이 하고 있는 것을 감사하겠지. 감사하므로 내 결심을 받아들일 준비도 하게 되겠지.

그녀가 끝없이 이어진다고 한 시골길이 어둠에 묻혀 그들의 앞에 놓여 있었다. 지나치는 자동차도 없었다. 한조는 걸음을 멈추고 그녀를 살며시 싸안았다. 으스러지지 않게, 조심스럽게…….

한조는 자리를 일어서서 다시 창틀 앞으로 다가갔다. 숙희는 오늘도 조무래기들을 데리고 운동장을 뛰어다닐까. 아니, 교실에 앉아 그림을 지도하고 있을까. 끝간데 없이 포플러 사이로 뻗어 있는 시골길을.

그는 내말의 조그만 여관에서 하룻밤을 묵고 이튿날 아침에 이숙희와 헤어져 서울로 돌아왔다.

새벽에 그의 여관으로 찾아온 그녀는 말했지. 그녀는 자취방으로 돌아가 후회했다는 말을 했었지. 차라리 어제 선생님 모시구 어디 다른 도시루 떠나 버릴 걸 그랬었나 봐요. 여기선 천안두 멀지 않거든요.

그랬더라면 그와 함께 밤을 보낼 수 있었을 텐데, 그런 뜻으로 한 말일까? 아무도 그들의 얼굴을 아는 사람이 없는 곳으로 가버렸더라면……

—아냐, 이 마을에서 하루 묵은 것이 더 좋았어.

—선생님, 너무너무 감사해요.

—숙희, 이젠 또 숨어 버리지 않겠지?

—선생님 또 와주시겠죠?

—물론이지.

—기다리겠어요.

지금 당장 내려갈 것인가. 슈퍼 살롱을 몰아 그녀가 있는 곳에 불쑥 나타나 버릴 것인가. 한조는 손목시계를 들여다봤다. 당장 떠난다면 오전 중으로 내말에 닿을지도 몰랐다.

그는 갑자기 조급해져서 서둘러 설희를 불렀다. 설희가 칸막이 저쪽에서 쫓아왔다.

"박 기사 어디 있는지 찾아봐."

"저, 여기 있는데요."

박용문이 저쪽에서 먼저 대답했다. 그는 어느새 사무실에 와 있었던 듯 설희를 뒤쫓아 그의 앞에 나타났다.

"저 여기 있습니다. 어디 가시려구요, 사장님?"

"글쎄… 어쩔까 생각 중이야."

"어딘데요? 가시죠, 머."

"시골길인데… 글쎄…."

"고속도로로 가는 곳입니까?"

"간다면 그렇지. 천안 아래니까."

"그럼 좋죠. 고속버스도 우리 찬 못 따라올 겁니다. 그러믄요, 못 따라오고말구요."

박용문이 더 신바람나한 데서 온 반사작용이었을까. 한조는 자기도 모르게 주춤 한 걸음 물러서고 있었다.

"다 존데, 문제는 갔다가 사람을 못 만날까봐 그래."

"에이, 사장님, 시골 사람들은 어디 움직이지 않잖아요. 움직여도 금방 찾아낼 수 있구요."

"사업하는 사람이라서 하필 서울로 와버렸을까 해서 그렇지."

한조는 이렇게 완전히 물러서 버리고 말았다. 그리고 속으로 생각했다. 내가 얼른 운전을 배워야지 하고, 들떠 있는 박을 앞세워 이숙희 앞에 나타나고 싶지 않은 것이 왠지 한조의 심정이었다. 박용문이 주책을 부려 유리를 깨버릴지 모른다는 우려 때문일까.

　그러나 박용문과 설희가 되돌아나간 뒤에 곰곰 생각해 보니 그건 아니었다. '이게 내 자동차야' 하고 이숙희 앞에 슈퍼 살롱을 몰고 나타난다는 게 마음에 들지 않았다. 더욱이 마을 아이들이 자동차 뒤를 졸졸 따른다면 그건 이숙희에게 조금도 좋은 일이 아니었다.

　한조는 생각을 바꾸고 사무실로 나갔다. 그러곤 유쾌한 어조로 말했다.

　"박군 가자. 설희 너도 가자."

　"저두요? 어딜요?"

　"기분이다. 오늘은 사무실 문 닫고 어디 야외로 나가 보자."

　그가 시골행을 포기한다는 말에 풀이 죽어 나갔던 박용문의 눈에 당장 생기가 넘쳤다.

　휴식은 행진의 일시 정지가 아니라 실은 말을 더 빨리 달리게 하는 박차와 같은 것. 설희를 데리고 박용문의 운전으로 하루 나들이를 다녀온 한조는 그것을 하나의 완연한 현실로 보는 것처럼 실감했다. 고작해야 한조가 의견을 묻자 박용문과 설희 둘 다 바다를 보고 싶다고 하여 인천으로 가서 월미도를 거쳐 외항(外港)을 휘둘러보고 돌아온 것뿐인데 그들은 그걸 그렇게 기분 좋아했다.

　설희는 서울로 돌아오는 길에 한조가 인천 중앙어시장에 들러 커다란 방어 한 마리를 사 준 걸 그렇게 못 잊어했고 박용문은 월미도에 끝없이 줄 서 있는 생선횟집의 어느 2층에 앉아 검은 바다를 내려보며 소주에다 회친 생선 토막을 집어먹은 맛이 아직도 혀끝에 남은 듯 침을 삼키곤 했다.

　"생선 이름은 하나도 모르지만 거 입 안에 살살 녹던데요. 생선회라는 건 과연 먹을 만한 거더군요."

　"운전하는 사람이 술을 그렇게 잘 먹어서야 어떻게 해."

　"꼭 흥양의 미운 자들을 아작아작 씹어 삼키는 맛처럼 고소해서요. 술맛이 저절로 날밖에 없었어요, 사장님."

"그런 소리 하면 못 써."

"그놈의 회사에서 썩은 오 년이 치가 떨려서요. 생선으로 떼돈을 버는 거기서 썩은 동태 눈깔 하나 구경시킨 줄 아세요. 맡은 건 비린내밖에 없다구요."

"어쨌든 술은 좀 조심하라구."

"알겠습니다. 하지만 전 사고친 일이 없습니다, 지금껏."

설희는 적어도 집안 얘기는 은밀히 해야 한다는 나름의 판단이 서선지 들려 보낸 방어 한 마리에 대해 제 아버지가 뭐라고 했는지에 대해 말하지 않았다. 비록 한조로선 처음 이욱형의 집을 찾아가면서 사정도 모르고 들고 갔다가 우스개가 되었던 일에 대한 대상(代償) 같은 심정으로 사 준 것이긴 하지만.

어디서 온 전화를 받다가 뛰어들어온 설희를 상대로 한조가 먼저 물었다.

"아버지 잘 계시냐?"

"네, 참 아빠가 얼마나 기뻐했다구요, 삼춘이 사 주신 방어 받으시구."

"무슨 전화냐?"

"있잖아요, 삼춘. 박 부장 전환데 어떻게 하죠?"

"박시대? 나를 바꾸어 달래든?"

"아뇨, 그렇진 않구 그저……."

"네가 적당히 대답하고 끊어."

"오라구 할까요?"

"오라고 안 해도 올 거다. 그냥 내가 지금 사무실에 있다고만 해 둬라."

설희는 쫓아나가 뭐라는지 낮은 목소리로 속삭이듯 말한 다음 전화를 끊고 있었다. 나타나지도 못하고 주변을 맴돌고 있는 녀석한테 설희가 은밀한 말투로 말해 주는 건 녀석이 괴로움을 끝내고 드디어 그의 앞에 나타나게 하는 데 도움이 될는지 몰랐다.

"곧장 찾아올 모양 같아요, 삼춘."

설희가 말했다.

"그렇게 말하든?"

"제가 회사가 이사했다고 했더니 놀라면서 자세히 물어봤어요."

"그놈의 자식 나타나기만 해봐라!"

"삼춘, 정말루 박 부장 경찰에 넘기실 거예요?"

설희는 언젠가 그가 말한 것을 아직도 기억하고 있는지 불안한 눈으로 그를 쳐다봤다.

"가만두지 않어."

"용서하심 안 돼요?"

"안 돼!"

한조는 정말로 화가 난 듯이 눈을 부라렸다. 박시대가 나타난 건 그로부터 한 시간도 안 되어서였다.

"사장님, 저를 쥑이 주이소!"

한조 앞에 나타나자마자 박시대는 무릎을 꿇고 그렇게 말했다. 설희가 뒤쫓아 들어와 그런 장면을 보고 있는 게 좀 마음에 걸리긴 했지만 한조는 당장 아무 대꾸도 하지 않았다. 시선을 창밖으로 내보내고 쳐다보지도 않았다.

"쥑이 주이소. 전 죽어야 합니다. 정말임더, 죽고 싶심더."

"일어서!" 한조는 잠시 후 말했다. "그리고 설흰 나가 봐라."

설희가 계면쩍은 얼굴을 하며 칸막이 밖으로 사라져 갔다. 박시대는 여전히 무릎을 꿇은 자세로 고개를 떨구고 있었다.

"일어서라니까!"

그제야 박시대가 부스스 몸을 일으켰으므로 한조는 그가 엉거주춤하고 있지 못하게 곧이어 말했다.

"이리 와서 앉아."

　그러곤 자신이 먼저 소파로 가 앉았다. 박시대가 어깨를 잔뜩 접은 자세로 그의 건너편 자리에 엉덩이를 겨우 걸쳤다. 여전히 고개를 꺾고 있었다.
　"그동안 어디 있었나?" 박시대로부터는 아무 대답이 없었다. "왜 진작 돌아오지 않았나? 내가 그렇게 옹졸한 인간인 줄 알아?"
　"설악산에…… 갔었심더."
　"설악산에? 잘했었군."
　"바우에서 뛰어내릴라꼬요."
　"뭐야, 이 자식이!"
　"정말임더. 쪼깨도 살 맛이 없었심더. 지 같은 건 죽어 삐리야 세상 사람들이 속 편하게 산다 아입니꺼."
　"바보 같은 소리 집어쳐!" 하고 나서 한조는 이어 말했다. "난 네가 어떻게 한 줄도 다 알고 괴로워했다는 것도 다 알아. 네가 그 자들 음모에 말려들었다는 사실을 안단 말이다."
　"아입니더, 사장님이 질 용서해 주시몬 안 됩니더."
　"그럼 어떻게 해야 되나?"
　"진 용서해 돌라꼬 온 기 아입니더."
　"그건 내 맘이야, 용서하고 않고는."
　"아입니더. 사장님이 지를 용서해 주시몬 진 점점 더 나쁜 놈이 댑니더."
　참회와 용서를 비는 글을 세 통이나 보내왔던 박시대가 지금은 용서를 빌러 찾아온 게 아니라고 말하고 있지 않은가. 설악산 바위 낭떠러지를 다녀오면서 일으킨 심정의 변화일까. 한조는 그의 얼굴을 찬찬히 뜯어보았다.
　"사장님, 그동안 지 나름대로는 참 괴로봤심더. 설악산 대청봉 꼭대기꺼정 올라가 놓고도 몬 죽고 도로 니리왔을 때는 내가 그만 싫어서 죽겠십더. 이른 문디 겉은 인가이 다 있노 싶습더."

박시대가 눈에 띄게 살이 빠지고 검어진 얼굴을 들고 그를 쳐다봤다. 그런 그의 눈에 순간적으로 눈물이 실렸다가 후두둑 쏟아졌다.

"사장님, 진 우쩨 인가이 이렇십니꺼."

"우리 이제 지나간 일은 더 이상 얘기하지 않기로 하자. 없었던 걸로 하고 다시 시작하자. 난 그렇게 생각해. 지금 널 만나보고 그러는 게 아니고 난 첨부터 그렇게 생각했어."

한조는 박시대가 자신의 말을 그냥 위로하기 위해 하는 소리로 듣는 일이 없도록 하기 위해, 그가 떠나면서 모든 서류와 통장 등속을 빈틈없이 정리하여 남겨 놓은 것을 확인할 수 있었던 것이 그렇게 생각하게 된 결정적인 동기였다는 말을 덧붙였다.

"그 자석들이 낼로 갖고 풀에 빠뜨리 쥑일라 캤던 기라예. 내가 헤엄을 칠 줄 몰랐으만 그때 죽고 말았을 낍니더. 하지만 진 헤엄을 잘 치그던예. 부산에서 까막쪽제비처름 돼 갖고 바닷물에서만 산 줄 그 자석들이 몰랐지예."

한조는 박시대가 히죽히죽 웃음까지 보이며 두 사내가 자기를 물속으로 떠밀어 넣으려 했던 상황을 설명하고 있는 것이 신기하게 느껴질 지경이었다. 이 친구가 그런 궁지에서 어떻게 살아 돌아왔을까 싶기도 했다.

한조는 긴장으로 온몸에 경련이 스쳐갔다. 아니, 분노로 피가 머리끝으로 몰리는 것 같았다.

"진 말임더, 이욱형이를 절대로 가만두지 않을 낍니더."

"그 사람도 그때 거기 있었단 말야?"

"모르지예."

"그런데?"

"우쨌든 이욱형이가 낼로 물에 빠뜨리 쥑이라고 명령했을 거 아입니꺼."

"그보다도 네가 거기서 어떻게 살아서 빠져 나왔는지가 더 궁금한

데. 물에 빠져서 어떻게 했어 ? ”

“물에 빠지다이예 ? 어데예, 진 물에 안 빠졌심더. ”

“물에 처박아 넣었다면서 ? ” 하고 한조는 놀라서 되묻지 않을 수 없었다. “별안간에 두 놈이 달려들었다면서 어떻게 안 빠질 수 있었다는 거야. ”

“사장님은 낼로 그렇게밖에 안 보십니꺼. ”

“하지만 이쪽은 그런 기습을 당하리라곤 상상도 못하고 있는데 갑자기 달려든 거 아냐. ”

“아무리 그래도 지깐놈들인데 이 박시대가 져서야 되겠십니꺼. 그라고 진 그 두 눔이 그랄 줄 미리 알고 있었던 거라예. ”

“알고 있었다구 ? ”

“그라믄예. 계단을 올라가는데 벌씨 눈치가 이상하더라 아입니꺼. 응접실에서 말투하고 거기서의 말투가 싹 달라지는데 이거 먼가 있다 싶습디더. ”

“그랬으면 그때 당장 돌아설 일 아냐, 그런 봉변을 당하기 전에. ”

“어떻게 하는가 보자 했지예. 그래야 저것들을 칠 수 있을 거 아입니꺼. ”

“너 그렇게 대단해 ? ”

“설마 그렇게 나올 줄은 지도 몰랐지예. 놈들을 앞에 놓고 나지막한 난간을 뒤로 해서 섰을 땐 이거 일찌거이 늙다리나 때리눕히고 토끼삐릴 걸 잘몬했구나 하는 생각이 들기도 합디더. 지는 젊은 눔이 더운 물을 열어놨다고 한 기 아무래도 기분이 안 좋았그든예. 거 무신 약물을 타고 있는 근 아인가 싶어서. 와 그른 생각이 들었는고 하이 이욱형이는 벌씨 수영을 끝내고 샤왈 하고 있다 해놓고 물이 차다 했다고 뜨건 물을 넣는다이 안 이상합니꺼. ”

“하지만 그건 거기가 수족관 위라는 걸 눈치 못 채게 하기 위해 거짓말을 한 게 틀림없어. ”

“와 수족관을 안 가르치 줄라 캤는지 모르겠네예.”

“이유가 있었겠지, 뭔가.”

한조는 그러나 그 수족관에 피라니라는 식인어가 먹이를 찾아 쏘다닌다는 말은 차마 할 용기가 나지 않았다. 너무 오랫동안 사람 맛을 못 봐서 만약 박시대가 거기 빠졌더라면 눈부터 파먹으려 달려들었을지 모른다는 말을 어떻게 할 수 있으랴.

한조는 혀로 마른 입 안을 쓸었다.

“두 놈이 달려들었을 때, 그래 어떻게 했어 ?”

그러나 얼굴에 다시 잔잔한 웃음이 번지면서 박시대는 얼른 그 장면을 말하려 하지 않았다.

사내가 응접실 뒤쪽으로 난 문을 밀고 들어갔다고 했는데 그렇다면 거긴 수족관이 설치된 방이 아닌가 하는 생각이 한조는 들었다. 그러나 박시대는 벽 한 면을 다 차지하고 있는 수족관을 보지 못했다고 했으므로 그 방으로 들어간 게 아님이 분명했다.

―회장님 지금 막 수영을 끝내고 나와 계시거든.

―수영이라이, 이 집엔 풀장도 있능교 ?

―물론이지. 보면 놀랄 거야.

층계가 끝나는 지점에 왼쪽으로 철문이 하나 있었다. 그리고 오른쪽으론 틀림없이 무도장(武道場)인, 매트가 깔린 널따란 방이 있었다. 거긴 문이 없이 훤히 들여다볼 수 있게 되어 있었다. 사내가 무도장 입구의 스위치를 내리며 중얼거렸다.

―누가 불을 켜놨지 ?

그리고 왼쪽의 육중한 철문을 열었다.

―들어오세요.

습기가 확 얼굴을 휩쌌다. 안으로 들어서서 다시 층계를 밟고 몇 발짝 내려서자 거기 좁은 난간에 사나이 하나가 서 있었다. 그러나 그는 문제의 이욱형이 아니었다.

회장님 이제 곧 나오실 거야라고 그가 재빨리 말했으니까. 그리고 그는 박시대 또래나 됨직하게 젊은 친구였다.

—샤워 중이니까 여기서 잠깐 기다리자구.

오른쪽으로 넓은 풀이 내려다보였다. 그러나 그들이 서 있는 곳에만 불이 켜져 있어 풀의 저쪽 끝은 어둠에 싸여 보이지 않았다. 아니 번들거리는 검은 물빛이 발 아래 난간 밑으로 일렁이고 있을 뿐이었다.

쇠파이프로 난간을 세운 그것은 풀을 빙 둘러 걸을 수 있게 되어 있었고, 그러니까 풀 위가 무도장이 되는 것 같았다. 물론 거기서 풀로 내려가자면 다시 일곱 개쯤 되어 보이는 층계를 밟고 내려가야 되도록 되어 있었다.

"거기 물고기들이 노는 건 안 보였어?"

하고 한조가 물었으나, 하긴 어두웠으므로 박시대는 그건 보지 못한 모양이었다.

"풀장이라 카이 무신 수족관은 자꾸 물어 보십니꺼."

"수족관도 거기 같이 있어. 낮이었다면 아마 보였을 거야."

"풀장에 붙어 있단 말입니꺼?"

"그렇다니까, 그것도 어마어마하게 큰."

"예…… 그래예?"

"왜? 본 듯도 해?"

"그기 아이고예, 이상하다 했지예."

"뭐가?"

"물소리가 약간 철벙철벙 나드라 아입니꺼, 이상하게."

"이상할 거 없어. 그랬다면 거기가 바로 수족관 위야. 고기가 노는 소리야."

3분쯤 이욱형이 샤워를 끝내고 나타나기를 기다리고 있는데 박시대를 응접실로부터 안내해 간 좀 늙은 편인 사내가 침묵을 깨고 말했다.
　—물이 들어오고 있는 모양이지?
　—저 물소리요? 맞아요. 회장님이 물이 좀 차다고 하셔서 방금 열어 놨어요.
　—저기 첨벙 뛰어들면 기분 좋겠군?
　—그야 말해 뭣해요. 시원하지, 잠도 잘 오고.
　—그렇지. 잠도 잘 오고.
　느닷없는 돌발사태는 두 사내가 주고받던 이 말이 막 끝나는 순간에 일어났다.
　"두 눔이 달리들어 낼로 갖고 떠밀어 넣드라 아입니꺼, 사장님."
　"그래서?"
　"이욱형이럴 만나러 갔는데 기양 당하고 말 수야 엄지요. 이욱형이 왜 안 나오노 하고 있는 힘을 다해 소리쳤지예. 빨리 퍼떡 나온나——"
　한조는 박시대의 느닷없는 주장에 갑자기 정신이 번쩍 들었다. 박시대가 흥양물산 회장 이욱형을 만났다는 너무나 놀라운 말에 한조는 뭐라 얼른 대꾸가 나오지 않아 멀거니 녀석의 얼굴만 쳐다보았다. 그도 그럴 것이, 태평양이 내다보이는 데는 아니지만 설악산 대청봉까지 올라가 죽음의 연습을 하고 돌아온 박시대가 이욱형과 마주앉았다면 결코 평화적인 분위기는 아니었을 게 뻔한 일이니 말이다. 박시대는 어쩌면 저 성격에 어디에 비수를 품고 갔을지도 모를 일이 아닌가.
　한조는 실감이 가자 조급한 맘이 되어 다그치듯 물었다.
　"무슨 소리야, 제일빌딩을 찾아갔었다고 했잖아?"
　"와 이러십니꺼, 그 삘딩에 풀장이 어디 있습니꺼. 조용히 이바구하고 싶어서 집으로 찾아갔다 안 캅디까."
　한조는 그동안 생각이 여러 갈래로 헛갈리고 있었던지 순간적인 착각에 빠진 모양 아닌가. 말하자면 한편으로 이욱형의 저택을 떠올리면서도 다른 한편으로는 시외의 어느 으슥한 곳에 있는 풀장을 그리고 있는. 착각을 깬 그가 새삼 놀라서 소리쳤다.

"참, 성북동엘 갔었다고 했지?"

"그래예."

"그래서? 만났어?"

박시대는 그러나 고개를 가로저었다.

"몬 만났심더."

처음 찾아가자 마니래(조희재가 아니라!)가 박시대를 맞았다. 밤 아홉 시에 찾아간 그를 조희재는 처음부터 경계했다. 그녀는 우선 박시대가 이욱형을 만나고자 하는 용건을 알고자 고집했고 박시대는 박시대대로 당사자를 만나 그에게만 말하고 싶다고 버텼다.

박시대는 우정 언성을 높여 입씨름을 할 경우 이욱형이 만약 집에 있다면 무슨 일인가 하여 얼굴을 내밀리라 예상했던 것이다. 그러나 5분 이상 필요 없이 목소리를 높였는데도 그런 기미가 보이지 않았으므로 그는 할 수 없이 50만 원의 지폐뭉치를 탁자 위에 끌러 놓았다.

―이 돈 도로 줄라꼬 왔심더.

―그게 무슨 돈인데요?

―아주무인 받아 놓기만 하이소. 담에 와서 애기할끼요. 박시대라 카몬 아실 끼요.

―무슨 돈인지 모르군 난 안 받아요.

―그렇다몬 아주무이 남편이 낼 꼬실라고 준 돈이라는 거만 말해두지예. 전해 주이소. 천만에, 이 박시댄 절대로 안 꼬시킨다고.

―댁을 왜 꾀려 했다는 거예요?

―아주무인 더 이상 알 필요 엄소.

―난 알아야겠는데요. 그래야 받든지 말든지 하죠.

—알몬 남편인테 실망할 낀데…….

—그런 걱정 말구 빨리 말해요. 예의두 모르구 밤중에 남의 집엘 찾아와서 이게 무슨 짓예요!

—난 아주무이 만나러 온 기 아인데.

—빨리 말해욧. 경찰 부르기 전에…….

—참 그르네. 잘됐소. 순경 부르소, 빨리.

박시대의 말에 조희재가 태도를 누그러뜨리고 목소리까지 바꾸어 달랬다.

—그러지 말구 말해 봐요. 우리 남편이 뭣땜에 댁 같은 사람을 꾀려 했다는 거예요.

—꼭 알아야겠능교?

—알아야겠어요.

—한마디만 해주지예.

—좋아요. 한마디라두 하세요.

—나한조 전무란 분 아능교, 아주무이?

순간 조희재의 낯빛이 변했다. 그러곤 박시대를 잠시 쏘아보듯이 쳐다봤다. 그때의 조희재는 나한조의 모습을 머릿속에 그려 보고 있었을까. 다만 잠시라도. 잠자리를 같이한 일이 있는 그를. 물론 그 잠자리에서의 한조란 하나의 수컷으로서일 뿐이었는지 모른다. 그녀의 어떤 달콤하고 은밀한 말도 귀에 들어오지 않을 정도로.

—그 사람 우리 회사 그만뒀어요.

—내도 아요. 그분 쫓아내는 데 낼 이 돈 주고 매수할라 했는데 내가 모르겠능교.

—그게 무슨 말예요?

—한마디 했으이 낸 이 돈 여기 놓고 갈 끼요. 다시 올 거라꼬 전해 주이소.

—잠깐.

한조는 흥분한 박시대를 진정시키려 팔을 내저었다.

"웃으면서 얘기할 사건이 아냐, 임마."

한조는 왠지 박시대의 눈가에 번진 미소 같은 기미도 싫었다.

"울어도 시원찮을 일 아냐."

"압니더, 사장님."

"그런데 왜 싱글벙글하고 있는 것 같은 얼굴을 해?"

"하도 기가 차서 그렇심더."

박시대는 하던 말을 끊고 담배 개비를 꺼내 불을 댕겼다. 비록 자칫했으면 죽음을 당했을지도 몰랐을 위기일발의 순간이었다 해도 그것을 넘긴 다음이므로 박시대에겐 겹쳐지는 여러 순간이 웃으면서 느긋하게 즐겨도 좋을 만큼 열불이 나게 했을 수도 있었다.

그러나 그 장면의 설명이 절대로 무용담처럼 되어서는 안 된다는 뜻의 경고를 받은 탓인지 박시대는 담배 한모금을 빨고 나서 이렇게 말을 이었다.

"그만둘랍니더. 그까짓 기분 나쁜 일 다신 떠올리고 싶지도 않심더."

"짜식, 싱겁긴. 그럼 아까 풀장에서 있었던 사건이나 더 얘기해 봐."

"두 눔이 달리드는 기 좀 엉성했지예."

그건 그럴 수밖에 없었을 것이다. 누가 사람을 죽이라는 명령을 거침없이 받아들이고 실행에 옮길 수 있다면 그건 악인의 경우뿐이지 않겠는가. 두 사내는 박시대보다 더 초조하지 않았을까.

"은제 행동을 개시하는가 보자 하고 노리고 있었으이 그까짓 엉성하게 달리드는 눔들 아무리 두 눔이라도 문제없었지예. 늙은 눔은 발로 까고 젊은 눔은 후크를 팍 찔렀지예. 그라고 나서 지 대신 두 눔을 풀장에 처넣고 돈뭉치도 물에다 확 뿌리뿌리고 왔지예."

"물에 처박았다고? 나올 땐 아무도 못 만나고?"

“어떤 놈이고 덤비몬 쥑이 뿌릴라고 목검을 하나 뽑아 들고 내리 오는데 아무도 엄십디더. 무도장에 가보이 목검이 여러 개 걸리 있데예.”

“이욱형이가 매일 새벽 그걸 들고 사람을 찔러 죽이는 연습을 하 고 있어.”

“그래서 기념으로 한 개 안 가주왔십니꺼. 은제 한번 그거 들고 찾아갈 낍니더, 이욱형이인데.”

“그런 생각은 않는 게 좋아.”

“예? 무슨 말씀입니꺼, 사장님? 낼로 쥑일라 한 인간을 가만도 라 그 말씀입니꺼?”

“네가 용서를 할 수 있다면 그러는 것이 더 좋아. 용서하는 쪽이 사실은 이기는 거니까.”

하지만 그러라고 권하려는 것은 아님을 한조는 분명히 했다. 다만 박시대가 목검을 뽑아 들고 이욱형을 찾아가는 그런 어설픈 짓을 하 도록 내버려 둘 수만은 없었다.

“어쨌든 놈들은 너를 해치려다 실패한 이상 지금 전전긍긍하고 있을 거 아냐.” 하고 한조는 말했다. “그 점을 너는 최대한으로 이 용해야 해.”

“그건 아입니더, 사장님. 이욱형이는 지끔 틀림없이 지를 다시 쥑 일 계획을 또 세와 놓고 있을 낍니더.”

“그거야 그럴 거다. 내 애긴 그러므로 이쪽에서도 무모하게 덤벼 선 안 된다 그 말이야.”

“그럼 사장님은 낼로 보고 어떻게 하라는 말씀입니꺼?”

“우선은 상대가 어느 면에서도 막강하다는 생각부터 해야 해. 재 력으로도 그렇고 떼거리로도 우린 못 당해. 그러나 그 모든 것보 다 더 중요한 것이 있어. 그건 그자들이 무슨 짓이라도 거침없이 할 수 있는 악인들이라는 사실이야. 네가 직접 겪었듯이 말야. 너를 죽여야 할 만한 이유가 있었다고 너는 생각하나?"

"글씨 말입니더."

"너를 죽여야 할 만한 이윤 절대로 없어. 그럼에도 그들은 놀랍게도 그런 짓을 하려고 했어."

한조는 자리를 일어섰다. 그러곤 박시대한테 일어서라는 시늉을 해보였다. 사무실을 나서며 한조는 마지막으로 한 가지를 더 얘기해 주지 않으면 안 되었다.

"너를 해치도록 명령한 건 이욱형이 아니야."

박시대를 해치라고 한 건 절대로 이욱형이 아니다. 이욱형은 그때 집에 있지도 않았다. 그리고 박시대한텐 차마 말할 수 없었지만, 그때 박시대가 물속으로 처박아 버렸다는 놈들은 어쩌면 적어도 한 놈쯤 죽었을지 모르잖는가. 거긴 굶주린 피라니가 먹이를 찾아 휘젓고 다니는 수족관 속이었으니까.

한조는 드디어 모든 것이 분명해졌다. 그동안 줄곧 안개에 묻혀 뭔가 풀리지 않는 것이 있었던 게 사실이다. 앞뒤가 제대로 맞아떨어지지 않는 것이 너무 많았다. 아니, 가만 따져보면 처음부터 이상하지 않은 것이 하나도 없었다.

그랬던 것이, 전광석화 같은 무엇이 머리를 스치는 순간 그동안 그렇게 풀리지 않던 의문점들이 완연히 제 모습을 갖추고 한조 앞에 나타나지 않던가. 아귀가 딱 들어맞는 모습으로. 너무도 또렷하여 마치 면경알을 들여다보는 것같이 모든 것이 확연해졌다.

그러나 안개가 걷히면서 드러난 모습, 그것은 한조로 하여금 쾌재를 올리게 하는 그런 모습은 절대로 아니었다. 오히려 괴물과 같은 징그러운 모습이어서 그를 더욱 얼굴 찡그리게 만들었다고 해야 할까. 소름이 끼치도록. 한조는 허공에다 대고 주먹을 뿌렸다.

"어디 가십니꺼, 사장님?"

"응, 어디로 갈까?"

한조는 박시대의 말에 걸음을 멈추고 잠시 생각해 봤다. 어디로 갈까?

그는 그제야 자신이 애당초 어디를 갈 작정으로 사무실을 나선 것이 아님을 알아차렸다. 혹은 조건재를 찾아갈 생각으로 느닷없이 자리를 차고 일어선 것인지도 몰랐다. 모든 것은 조건재의 짓이다 하는 너무도 선명한 확신이 떠올랐었으므로, 그는 정말 그자를 찾아가 멱살을 잡을 생각이었는지도 몰랐다.

건물 아래층 로비까지 내려와 있던 한조는 생각을 바꾸어 다시 승강기 앞으로 되돌아갔다.

"올라가실라꼬예?"

박시대가 의아한 눈으로 그를 쳐다봤다.

"그렇지. 너 혼자 올라가."

"올라가서는예?"

"뭘 물어. 네가 알아서 할 일이지."

"예?"

"서류 찾아 가지고 장안평으로 나가 봐. 웬만하면 다섯 채 다 팔아 버려."

"예? 사장님 낼로 갖고 용서해 주시는 깁니꺼?"

"지금 그딴 소리 하고 있을 때가 아냐."

박시대가 멀뚱한 표정으로 그를 다시 쳐다봤다.

"그름 지 귀퉁배기 한 대 갈기 주이소."

"잔소리 말고 빨리 가봐, 임마!"

"그래 주시몬 딱 좋겠는데예."

"이 자식이 그래도 자꾸……."

한조는 말을 흘리며 돌아섰다. 그랬는데 그에게 등을 떠밀려 승강기 속으로 들어가던 박시대가 되쫓아나온 모양 아닌가.

"뭐야, 또?"

“사장님, 아파트 와 빨리 파실라 합니꺼?”

“그건 왜 알려고 해? 넌 내 부하니까 시키는 대로만 하면 돼.”

“이상해서 그럽니더.”

“뭐가?”

“이욱형이가 지로 쥑일라 안 했다고 말씸하싰는데 그름 음모를 꾸민 근 누굽니꺼?”

“누구 같니?”

“이욱형이 아니래예?”

“그래, 아니야.”

“예? 우째서 그렇십니꺼?”

“차차 알게 돼. 넌 다만 그자들한테 납치되지 않도록 조심만 하면 돼. 그럴 위험이 크다는 걸 잠시도 잊어선 안 돼.”

“그따우 것들 겁 안 납니더.”

“그 뒤엔 조직이 있어, 너를 노리는 어마어마한.” 한조는 말하면서 이 녀석한테 가발을 쓰게 할까 하고 생각해 봤다. “너 눈 안 나빠?”

“시력 하난 좋심더, 이래 보이도.”

“큰소리 치지 말고 한번 검사해 봐. 내가 보기엔 안경을 꼈으면 좋겠어.”

“은제예, 아입니더.”

하긴 그랬다. 조건재와 조희재가 중요하지도 않은 인물인 박시대를 해치기 위해 또다시 계략을 세우고 있지는 않겠지.

“그라믄예, 사장님.” 하고 박시대가 느닷없이 뚱딴지 같은 소릴 하지 않는가. “혹시 이욱형이 마니래하고 조건재 그 오빠하고가 딴 생각 갖고 있는 근 아입니꺼?”

“딴 생각이라니?”

“이욱형이 몰래 재산 빼돌릴라 카는.”

“왜 그런 생각을 하니?”

“그 여자 너무 젊었던데예. 이욱형이인데 불만 없을까예?”

“쓸데없는 소리.”

한조는 박시대의 말을 일축해 버리고 말긴 했지만 그냥 넘겨 버려선 안 될 발상이라고 생각들었는지 계속 머릿속을 굴러다녔다. 하지만 두고 보면 알지, 생각을 떨고 로비 한구석에 설치된 공중전화 부스로 가서 진동규한테 전화를 했다. 수화기에 나타난 건 김양이었는데 그녀는 역시 비서가 천직답게 그의 목소리를 단박에 알아봤다.

—잘 있었어, 미스 김?

—네, 고맙습니다. 나 사장님은요?

—나도 잘 있지, 미스 김 보고 싶은 병만 빼면. 언제 스타킹 사 들고 나타날 테니 기다려.

—어머나, 발에 신는 거 사주심 채이게 된다던데요.

—그런가… 미스 김한테 차인다면 그것도 영광이겠군.

—전 맘이 약해요, 사장님 찰 줄 몰라요.

—그럼 부탁 한 가지 해도 거절 못하겠군.

—뭔데요, 사장님?

—진 사장님 계시면 좀 통화할 수 있을까 하고.

—그럼요. 잠깐만 기다려 주세요.

진동규는 마침 자리에 있는 모양이었다. 한조는 수화기에 나온 진동규한테 오찬을 함께 하고 싶다는 제의를 했다. 시간은 열두 시 반, 음식점은 묘향산.

한조는 박용문을 불러 10분 먼저 간 다음 재빨리 자동차를 돌려보내 버렸다. 아직은 진동규한테 자신이 1천 5백이나 주고 슈퍼 살롱을 사들인 사실을 광고해선 안 된다는 생각 때문이었다.

“회사에 가 있어. 이따가 데리러 올 필요 없어.”

약속시간보다 조금 늦게 도착한 진동규는 우선 농담부터 했다.

“난 빨리 신세 갚는 일에 초조한 사람은 별로 좋아하지 않는데.”
“아니죠. 전 진 사장님 위해 단지 동향회 개최해 드리려는 것뿐인데요.”
“꼭 지난번에 내가 산 만큼만 사시구려.”
“양만 크시다면 두 그릇 드셔도 좋습니다. 속은 좀 쓰리지만.”
이러구러 몇 마디 농담이 오간 다음 한조는 곧 하고자 했던 애기를 꺼냈다.
“진 사장님, 드디어 분명해졌습니다. 음모를 꾸민 장본인이 누군가를 알아냈단 말씀입니다.”
“누굽니까?”
“조건재였어요, 주범이. 이욱형이란 사람은 조건재가 조작으로 꾸민 보고만 받고 나한테 노발대발한 거구요.”
“조 사장이 왜 그랬을까?”
“회사에서 떨려나지 않으려구요.”
“이 회장의 처남인데요?”
“하긴 못난 인간이죠, 나를 무서워했으니. 그 여동생도 가담했구요. 날 몰아낼 음모에 회장 조카인 홍양물산의 이명신이 덩달아 춤을 추고.”
“나 사장이 그만큼 유능한 인물이었던 거지요. 그래서 위협을 느낀 거 아니겠어요.”
“이욱형이란 사람이 연초에 이럽디다. 나를 사장으로 승진시켜 수산을 맡길 계획이니 혼자만 알고 있거라 하구요. 거기에 못난 조건재가 당황한 거지요.”
“나 사장 애기하는 거 들으니 제대로 어느 정도는 파악을 한 셈이군요.”
“진 사장님은 뭔가 더 아시는 게 있으시군요?”
“웬걸요. 내가 남의 회사 내막을 어떻게 알우.”

진동규는 팔을 내젓기까지 하면서 얼버무리고 있었다. 한조는 그가 뭔가 알고 있으리란 것을 눈치 못 채고 있었던 것은 물론 아니었다. 그렇다고 그가 오늘 진동규한테 점심을 사면서 그 애기를 굳이 꺼낸 것이 자신의 추리에 대한 확인을 받겠다고 해서도 아니었다. 그보다는 진동규는 이미 알고 있는 내막을 막상 당사자인 자신은 멍청해서 모르고 있는 걸로 내버려 두어서는 안 되어서였다. 내버려 둔다는 것은 무시당하는 것과 같지 않은가. 그랬는데 진동규는 아직도 여운을 남기고 있으니 흥양 족속들이 꾸민 음모의 속은 도대체 얼마나 깊은 것일까.

진동규가 말했다.

"하지만 이 회장 젊은 부인이 이번 일에 오빠 편을 들었다는 건 놀라운 일 아닌가요."

"그 점은 나도 놀랐습니다."

그러나 조희재에 대해 한조가 느끼는 충격은 진동규가 놀랐다고 말하는 것과는 그 성질이 달랐다. 그건 그녀가, 그녀의 오빠가 품고 있는 쓸데없이 선병질적인 시기심을 돕기 위해 다른 사람도 아닌 한조를 남편한테 그렇게 모략할 수 있을까란다거나 하는 게 아니었다.

한조가 갖고 있는 놀람의 근원은 한마디로 조희재라는 여자가 박시대를 감히 죽여 버리라고 거침없이 명령할 수 있었다면, 그런 악녀였다면 하는 데 있었다.

물론 그녀는 박시대의 느닷없는 침입에 놀랐을 법했다. 젊은 놈의 태도로 보아 절대로 평화적으론 해결할 길이 없을 뿐 아니라 반드시 남편 이욱형한테까지 가고 말겠구나 했을 테지. 그렇게 되면 결국은 오빠 조건재의 한조에 대한 모략이 탄로날 수밖에 없고 탄로난다는 것은 조건재가 흥양으로부터 영원히 추방당하는 것을 의미하지 않는가. 조희재는 초조했을 게 틀림없다.

그러므로 차라리 없애 버리자 한 것은 당황한 나머지의 비이성적인 한순간의 충동적 결정일 수도 있었다. 이만한 재력이면 어떤 범죄 행위도 감쪽같이 끌어 묻을 수 있다는 생각이 들었을 수도 있고. 이욱형도 이미 그런 전과를 갖고 있지 않은가.

한조는 치를 떨었다. 아무리 경솔한 순간적 충동이었다 해서 조희재가 악녀를 면할 수는 없었다. 조금도 중요하지 않은 일로 해서 조금도 중요한 존재가 아닌 한 청년을 서슴없이 죽음으로 몰아넣을 수 있는 여자란 소름끼치지 않을 수 없었다.

"이 회장의 젊은 부인이 조 사장을 살리기 위해 무슨 일을 꾸몄을까요? 남편한테 나 사장을 모함한 건가요?"

진동규는 주로 조희재에 대해 끈질긴 관심을 나타냈지만, 그렇다고 그녀가 놀랍게도 박시대를 죽이려 했다는 말은 차마 할 수가 없었다. 한조는 엉뚱한 방향으로 말을 돌렸다.

"조건재를 살리다니요, 회사가 저희 집안 껀데 살고 죽는 게 어디 있습니까?"

이렇게 되면 아까 진동규가 한 말을 그가 거꾸로 써먹는 셈이었다.

"말하자면 말이지요."

"말하자면 못난 인간들이지요."

"엄밀하게 말해서 홍양은 이욱형 씨 혼자 꺼니까. 하긴 조 사장은 좀 모자라는 사람이죠. 회사를 키울 수 있는 유능한 사람들을 맞아들이지 못할망정 내보내려고 그런 짓을 한다, 어쨌건 이제 나 사장 어때요, 이 회장한텐 유감이 없어진 건가요? 조 사장이 꾸민 일이라니까."

한조는 진동규의 말에 세차게 고개를 내저었다.

"그런 허술한 책략에 그렇게 손쉽게 넘어가는 사람이 무슨 기업가 자격이 있어요. 저희 일가 끄나풀들 말이면 콩을 팥이래도 믿고 남들은 모두 적으로 보이는…… 두고 보십시오."

“두고 보다니요?”

“이렇게 당하고 가만히 있을 사람이 어디 있습니까?”

“감정을 앞세우면 무슨 일을 못하는데, 젊은 부인은 대체로 무서워요, 나 사장.”

“무슨 말씀인가요?”

“그 부인 처녓적에 자살하려다가 실패한 적이 있다면서요, 듣자니?”

“뭐라구요.”

한조는 펄쩍 뛰지 않을 수 없었다.

“그게 사실입니까? 어떻게 자살기도를 했다가 실패했죠? 제주도 앞바다에 빠지려 했나요?”

“제주도라니, 그게 무슨 말이우?”

“…네에… 제주도에 별장이 있다기에…….”

“처녀 때 얘기라는데 그러네, 하지만 자세한 내용은 모르고 단지 그런 소문들이 떠돌던데 나 사장은 아마 못 들은 모양이구먼.”

“아, 네에. 전혀.”

“그러니 조심하슈, 나 사장도. 그런 부인은 무서워요.”

“자살 기도한 사람이라고 다 무서울까요.”

한조는 팔을 내젓기까지 하며 완강히 부정하고 있었다.

“진 사장님, 저 좀 도와주십시오. 저 어시장에 다시 뛰어들기로 했습니다.”

한조는 주먹을 움켜쥐었다. 진동규는 오기로 무슨 일에 달려들면 안 된다는 말을 다시 하고 싶어했지만 그가 생선시장에 달려들고자 하는 것은 오기만이 아니었다. 오히려 자신감이라 할 수 있었다.

오기는 결코 아니다. 조희재가 진동규의 얘기대로 자살을 기도한 일이 있었다면, 자기 목숨도 못 끊었는데 꼭 박시대를 죽이려 했다고 단정할 순 없지 않느냔 관용까지 난 베풀 수 있으니까. 아, 조희재. 그 여자가 죽음을 결행하려 했었다고. 그래서 무서운 여자일 수 있다고? 그럴 수 있느냐. 그렇지는 않을 거야. 나하고 딱 한 번 잠자리까지 같이 한 여잔데…… 하지만 한번 박시대를 혼내 주려 했을 뿐이라는 심증이 갈 만한 구석은 아무 데서도 찾을 수 없지 않은가.

진동규가 재차 말하고 있었다.

"흥양을 상대로 싸운다는 건 글쎄… 여간 힘드는 일이 아닐 텐데, 나 사장."

"그래도 난 해보기로 했습니다."

전의(戰意)를 새롭게 하기 위해서일까, 아니면 전력을 가다듬기 위해서일까. 한조는 진동규와 헤어져 바로 노량진 어시장으로 달려갔다. 그러곤 태풍이 지나간 뒤의 정적 같은, 아무것도 남은 게 없는 오후의 거기를 여기저기 둘러보고 다녔다.

얼마 만에 와보는 것인가 하는 엉뚱한 감회 같은 것도 그에겐 있었다. 그러나 아직 한 달도 안 되지 않았는가. 고작 보름이 좀 지났을 뿐이지 않은가. 중매인 사무실들에도 거의 자물쇠가 채워져 있었다. 흥양수산의 이시백, 최남룡도 그 시각에 거기 사무실에 남아 있을 리 없었다.

더러 열려 있는 방에선 회친 생선을 먹기 위한 소주판을 벌이고 있지 않으면 자오록한 담배 연기 속의 고스톱판들이었다. 아니, 산지(産地) 중매인이나 반출상에다 암호 전화를 하느라 이상한 말을 소리 높이 외치는, 분주하게 돌아가고 있는 방들도 없진 않았다. 시내 다른 곳에다 사무실을 따로 두고 있지 않은 사람들은 거기서 종일 전화통에 매달려 있을 수밖에 없으니까.

자, 중매인으로 누굴 잡는다? 진동규는 너무 거물이고…….

한조는 생각이 나서 사무실에다 전화를 하고 설희한테 고인택을 다음날 회사로 나오도록 연락하라고 일렀다.

"그리고 박 기사한테 지금 곧 서울역 앞 광장으로 나오라고 해

라. ”

　노량진역에서 탄 지하철은 서울역에 금세 닿았다. 그보다 늦게 도
착하는 박용문을 그는 역 앞 마당의 자가용 주차구역 입구에 서서
기다렸다.

　“남산 식당에 가셨는데 어떻게 여기 와 계십니까 ? ” 하던 박용문
이 기어를 바꾸어 넣다 말고 이렇게 묻지 않는가. “사장님 혹시 노
량진 수산시장 갔다 오시는 길 아닙니까. 생선 비린내가 나는데요,
사장님 타시니까. ”

　참으로 놀랍게 발달한 코를 박용문은 갖고 있었다.

　“자동차에다 향수를 좀 뿌리고 다녀, 내일부터. ”

　“알겠습니다. 스프레이로 된 거 팔지요. ”

　“명동으로 가자구. ”

　대동증권의 우제정은 지친 모습으로 객장에 나와 앉아 있었다. 주
먹으로 턱까지 괸 모습은 외국 누군가의 유명한 조각을 연상시켰다.

　“형님이 웬일이세요 ? ”

　“너 보고 싶어서. ”

　“형님이 나를요 ? 거짓말 말아요. ”

　“또 독 오른 얘기 하고 싶은 거냐 ? ”

　“그야 사실이죠, 뭐. ”

　“넌 어떠니 ? 아직도 돌같이 보는 덴 변함이 없니 ? ”

　우제정은 대답 대신 손을 내밀었다.

　“자, 주세요, 통장. ”

　“통장 ? ”

　“그럼 주식 처분하러 오신 거 아녜요 ? ”

　실상 한조가 우제정을 찾아간 것은 그걸 의논하고자 해서였다. 건
설주를 처분해야 하는지, 부동산을 먼저 팔아 넘겨야 하는지를. 돈
싸움인 노량진 수산시장에 달려들자면 어느 쪽이든 한 가지는 처분

하지 않으면 안 되었다. 아니 어쩌면 두 가지 다 처분해도 모자랄지
몰랐다.

"주식을 왜 팔어!"

한조는 펄쩍 뛰는 시늉을 해보였다. 우제정이 앞질러 말하는 바람
에 공연히 찔끔해서였다.

"그럼 오른 시세 즐기러 오셨어요?"

"바쁜 일 없으면 나가자."

"얼루요?"

"나 차샀어, 임마. 좀 봐줘야지."

그러나 막상 주차장으로 가서 슈퍼 살롱을 보여줬는데도 우제정
은 그 차의 성가에 대해 전연 무지한 상태였다.

"이거 괜찮은 고물인가요?"

고작 심드렁한 말투로 이렇게 묻는 게 아닌가. 한조는 자신 있는
목소리로 말했다. 자동차의 보닛을 손바닥으로 탕탕 두드리기까지
하며.

"제정이, 너 뭐든 모르는 게 없는 것같이 뻐기더니 실은 별거 아
니었구나."

"왜요?"

"이 유명한 도요타 슈퍼 살롱도 못 알아보고, 이게 돈깨나 있는
사람들이 얼마나 탐내는 찬 줄 알어?"

한조는 재차 보닛을 손바닥으로 쳐보였다. 그랬는데 이상하게 우
제정은 여전히 심드렁한 표정으로 반응이 시원찮았다.

"그런가요? 슈퍼 살롱이라구요?"

'뭐 못 먹을 거 먹었어'라고 말하려다 말고 한조는 그의 어깨를 휘
감아 안았다. 그러고는 그의 옆얼굴을 들여다보며 속삭이듯 말했다.

"모처럼 너한테 폼 한번 잡아 보는가 했더니……."

"존 차 같은데요."

"넌 역시 자동차도 돌같이 본다는 걸 알았어."

이 친구한테 무슨 얘길 하면 정신이 번쩍 들까. 한조는 적당한 화제가 없어서 머리를 조아렸다.

아, 그랬다. 있었다. 있었고말고, 이숙희가 있었다.

"야 참, 이 형님 말이다, 장가가게 됐다!"

"네?"

과연 우제정의 눈이 갑자기 빛났다.

"홀애비 신세 면하게 됐다구."

그랬는데 어떻게 된 영문인지 우제정의 빛나던 눈빛은 고대 스러지고 다시 심드렁한 얼굴로 되돌아가 버리지 않는가. 형님이 먼저 장가를 가는 게 순서가 아니겠느냔 말을 해도 대답이 없었다. 그의 그런 태도는 한조를 이유없이 어떤 초조감에 잠기게 만들었다.

"상대는 어떤 여자냐고 묻지도 않니?"

"어떤 여잔가요?"

"초등학교 여교사다, 임마!"

"그럼 신부가 여교사지 남교살까요."

"이 자식, 너 나한테 무슨 유감 있어?"

"아뇨. 축하해요."

"엎드려 절 받기군, 이건."

우제정이 처음으로 시선을 돌려 그를 쳐다봤다. 그리고 씨익 조금 웃어 보였다.

"좀 축하해 다오, 제정아. 이 형님 노총각 신세 면하게 된 거."

"실망인데요."

"뭐라구?"

"남들 하는 거 다 하고 싶은 형님은 매력 없다구요. 자동차 사고, 결혼식 올리고. 제가 말 안 했어요, 제발 독신주의하시라고. 저도 같이 할 테니 외로울 거 하나도 없다고 했잖아요."

“너 누구 신세 조져 놓고 싶어서 그러니 ? ”

“독신주의자하면 신세 망친다고 생각하니 매력 없다 그 말예요. ”

“내 신세가 아니라 나한테 시집올 날만 손꼽고 있는 여자 신세 망친단 말이다, 임마. ”

“그러니까 그쪽 신세를 펴주기 위해 결혼하신단 뜻인가요 ? ”

“건방진 생각이다 이거냐 ? ”

“초등학교 교원인데 결혼 않는다고 왜 신세를 망쳐요. 눈이 초롱초롱한 아이들을 가르치며 사는 직업인데. ”

“넌 도저히 안 되겠군. 희망이 없어. ”

“희망이 없는 쪽은 형님이죠. ”

“두고 봐라. ”

“두고 볼 것도 없어요. 형님은 이제 끝난 거예요. ”

“악담해도 좋아, 까짓거. ”

“결혼이란 뭔지 아세요. 허리끈 끌러 내던지고 바짓자락 잡고 뛰는 거라구요. 아무 의미도 없는 일에 쫓겨서. ”

한조는 말하고 있는 우제정을 자동차 뒷자리로 쑤셔 넣었다.

“이 슈퍼 살롱이라는 차 말이야. ” 하고 한조는 기왕 엇나가는 김에 한마디 더 했다. “무릎에 술잔을 올려놓고 달려도 안 엎질러진다 이거야. ”

“무릎을 움직여도 안 쏟아져요 ? ”

“그러면야 엎질러지겠지. ”

“거보세요. 이제 여자 맞아들이면 옆자리에 붙어 앉아 쉴새없이 꼬집을 텐데 무릎을 안 움직이고 배겨요. ”

“너 가만 듣자 하니 너의 형수 인격을 모독했어. ”

“여자란 다 그런 거예요. 인격이란 말이 안 어울려요, 그들한텐. 그들은 좀더 나은 미래를 돈의 부피로만 재요. 그래서 남자를 내모느라 성한 데 안 남기고 꼬집어 뜯어요. 끌어안아 주지 않는다고도 꼬집고.”

한조는 더 이상 여자에 대한 토론을 연장하지 않기로 했다. 언젠가 우제정이 술을 먹고 하던 말이 생각났으므로 입을 다물어 버리기는 쪽이 편했다.

우제정의 여자는 매우 아름다웠다고 했다. 그런 미인이 황금을 증오하는 그를 증오하며 그의 곁을 떠났다고 했다. 그가 손목밖엔 잡아주지 않은 것도 그녀는 증오했다고 했다. 그러면서 그는 악담했다. 그의 여자는 황금을 모으기 위해 그 아름다움을 무기로 쓰게 될 것임을 목숨 걸고 장담할 수 있다고.

한조는 ‘지금부턴 논쟁이 아니다’라는 암시가 담긴 어투로 물었다.

“요즘 바쁘냐, 제정이?”

“네, 그저.”

“어차피 지금은 점심 시간이니까.”

“오후에도 형님이 필요하다면 안 들어가도 돼요. 어차피 떨려날 몸이니까.”

“떨려나다니? 무슨 일 저질렀어? 요즘 증권회사 직원들 사고 많이 치더라.”

우제정이 고개를 비틀고 그를 돌아봤다. 어딘가 화가 난 듯한 얼굴이었으므로 그는 얼른 말을 고쳤다.

“제정이가 거길 그만두면 내가 가지고 있는 주식이 큰일이다 그 말이야.”

“악발이같이 안 덤빈다고 맨날 핀잔예요.”

“좀 악발이가 돼주지 그러니.”

“눈알이 새빨간 여편네들은 집에 가서 애들 양말이나 빨았으면 좋겠다는 게 뭐가 나빠요. 그런 것들한테 어떻게 투자를 권할 수 있어요.”

“옛날 서귀자란 여자한텐 해줬잖아.”

“꼬라박았다고 얼마나 삿대질을 해댔는데요.”
“그 뒷소식은 모르지 ? ”
“알게 뭐예요.”
“좋아. 제정이가 대동 그만둔다면 희소식이야. 벌써 옛날부터 내 부하로 삼고 싶었거든.”
“형님 회사엔 안 가요. 가까이 있으면 실망하게 돼요, 서로가. 인간관계에서 그건 두려운 일예요.”
“내가 새 사업을 시작할 텐데도 ? ”

우제정은 그러나 그게 무슨 사업이냐고도 묻지 않았다. 그가 단 한 가지에도 관심을 나타내지 않을 만큼 변모해 있는 것은 그를 둘러싼 환경에 그가 지쳐 있음을 뜻함에 틀림없었다. 그런 그에겐 끈끈한 지방질의 음식을 먹여야 한다고 생각하여 한조는 그를 데리고 숯불고깃집으로 갔다. 그리고 내리 6인분의 쇠고기를 시켜 놓고 한동안 분주하게 구워 댔다.

그것이 효험을 본 것인지 불고깃집을 돌아 나올 때의 우제정은 좀 기운을 되찾은 듯도 했다.

“형님, 저 인기 있는 세단 타고 어디 고속도로 같은 길로 달려가 볼 데 없을까요 ? ”
“정말이야 ? 사무실에 안 들어가도 돼 ? ”
“얘기했잖아요, 괜찮다고.”
“좋아, 가자 ! ”

한조는 우제정의 손목을 끌고 주차장으로 내달았다.

“자동차란 과연 가져볼 만한 거군요. 더구나 이렇게 쿠션까지 좋은 차는. 여자하고 같이 타지만 않으면 무릎에 얹은 술잔도 안 엎질러질 이런 차는.”

우제정이 명랑을 회복한 듯 이렇게 열심히 지껄이는 것은, 실은 뉴질랜드에서 온 냉동 쇠고기를 구워 먹인 덕분은 아니었다. 아마도

거의 혼자 마시듯이 한 2홉들이 소주 한 병의 알코올 기운일 것이었
다. 그러나 근원이야 어디에 있든 한조는 그가 말이 많아진 게 여간
기분 좋지 않았다.

“형님, 도대체 우리 지금 어디로 가는 길입니까?”

“천안도 지나간다고 했잖어.”

“기분 존데. 참 형님, 이욱형이하고 작별한 겁니까, 아직도 그자
의 범죄에 가담하고 있는 중입니까?”

“쫓겨났다고 말했잖어, 벌써.”

“그것도 기분 존데.”

“그래서 새로 사업을 벌인다니까.”

“그러셨던가요?”

“고철장사는 아니고.”

“그래서 형님은 매머니스트가 될 수 없어요.”

“무슨 말이냐?”

“돈놀이하고 땅 사고 하지, 괜히 주제넘게 이런 술잔도 안 기울어
지는 고급차 사서 타고 다니지 않는다구요.”

“비웃는 거냐?”

“아뇨. 형님이 돈벌레 되긴 싹수가 뇌랗다는 것이 기분 좋아서 그
래요.”

“그럴까? 넌 내가 뛰어들려고 하는 사업이 뭔지도 모르면서 그럴
까?”

“고철장사겠지 뭐. 형님은 내가 말하면 도망 못 가니까.”

“틀렸어. 난 물고기장사한다. 노량진 어시장에 다시 뛰어들어 이
욱형이하고 싸울 거다.”

한조의 말에 이번엔 우제정보다 앞에서 운전하던 박용문이 먼저
소리쳤다.

“사장님, 그거 정말이시죠! 정말 기분 좋은 소식인데요.”

"맞아요. 형님이 그런 결심을 했다면 기분 좋은 일이구말구요. 틀
    림없이 오기로 싸우겠다는 걸 테니까."
하고 좀 비뚜름한 표현이긴 하지만 우제정도 맞장구를 쳤으므로 한
조로서도 한마디 던지지 않을 수 없었다.
    "너무 기분 좋다는 말이 자주 나오는 건 좋은 징조가 아닌데."
    한조의 이 예언이 적중했다고 해야 할 것인가. 기분 좋다는 말을
네 번이나 거듭 되풀이한 우제정이 수원을 막 지난 지점에서 갑자기
비명 같은 소릴 지르기 시작했으니까.
    "차 좀 세워요. 얼른요!"
    그러곤 길가로 튀어나가 그는 왝왝 토악질을 했다. 손가락을 목구
멍에 집어넣고 5분은 충분히 끄르럭거린 다음 돌아서는 그의 얼굴
은 흰 종이처럼 창백했다.
    "술 탓이야, 아니면 몸이 쇠약해진 거야?"
    "둘 다예요."
    우제정은 시트에 몸을 처박은 지 한참 만에 대답했다.
    "돌아갈까?"
    "아뇨."
    한조는 잘못 떠났다는 생각이 들었다. 건강을 잃어서 우제정이 짜
증스런 눈으로 이숙희를 본다면 그건 그가 바라던 바가 아니지 않는
가. 박용문이 자동차를 다시 길 한가운데로 밀어 넣고 있었다.
    "천안에 가서 약을 좀 먹자."
    "전 아직 약 먹어 본 일 없어요."
    "멀미약이라도."
    "이게 멀민 줄 아세요. 무릎 위의 술잔도 엎질러지지 않는 차에
    앉아 멀밀 해요. 아녜요, 이건, 멀미가."
    그들이 이숙희가 있는 내말에 닿은 것은 오후 세 시가 조금 넘어
서였다.

시외버스 내말 정류소 옆의 빈 공터에다 자동차를 처박았다. 정류소가 탁주 양조장과 겸하고 있는 게 좀 위태하긴 했지만 박용문도 차와 함께 거기 남겨 두었다. 대신 한조는 엄격한 경고의 말 한마디를 그에게 던졌다.

"괜히 술도가 앞은 기웃거리지 말라구. 술 먹겠으면 돌아가서 얼마든지 사 줄 테니까."

지난번 이숙희에 대해 물었던 대전일보 내말 보급소 앞을 지날 때는 괜히 뒤통수가 근질거렸다. 분명히 그 남자인 듯한 사람이 담배 진열장 안 창구 앞에 앉아 담배 연기를 뿜어 올리고 있었던 것이다.

월려, 이 선상님 오라비 된다는 사람 저기 또 왔구먼그려. 한조의 귀엔 곧장 그런 중얼거림이 들리는 것 같았다.

사방을 흘끔흘끔 돌아보며 따라오던 우제정이 이윽고 그에게 물었다.

"지금 어디 가는 길입니까?"

"알아맞혀 봐."

"이런 데 파묻혀 살았음 좋겠군요."

"건방진 소리 하지 마. 너 언제는 어디 높다랗게 올라앉아 살았어, 파묻히고 싶게."

"맞았어요. 도시인들이 입버릇처럼 하는 말은 건방지다 못해 한심한 생각마저 들죠. 여기 사람 누가 지금 제가 한 말 들었으면 얼마나 아니꼬웠을까요."

"잔소리 말고 넥타이나 고쳐 매, 너의 형수될 사람 만나러 가는 길이니까."

"형님 색시될 분이 여기서 선생 하나요?"

"그래. 너처럼 그 친구도 이런 데 파묻혀 살고 싶어해서. 만나보면 아마 너하고 말이 통할 거다."

한조는 말하는 순간 잠깐 눈앞이 아찔해 옴을 느꼈으나 곧 자신의 착각을 알아차렸다. 그는 우제정이 세심사에서 이미 이숙희와 만난 게 아니었던가 해서였다. 그러나 그렇지 않았다. 우제정과 이숙희는 서로 마주침이 없이 따로따로 이철을 만났음에 틀림없지 않은가. 다만 그들은 둘 다 죽기 전의 이철을 만나 중이 되고 싶어하는 눈치를 보였을 뿐이었다.

"학교가 아주 적당하게 조그맣군요. 이럴 줄 알았으면 정말 넥타이라도 묶고 올걸."

우제정이 측백나무 생울타리 사이로 학교를 들여다보며 한 말이었다. 그제야 보니 우제정은 넥타이 차림이 아니었다.

한조는 기웃거리듯 교문 안으로 얼른 들어서지 못했다. 지난번처럼 이숙희가 창틀 앞에 섰다가 알아보고 쫓아나왔으면 좋으련만.

그러나 두 사람이 은폐물 하나 없이 몸을 노출시키고 운동장을 다 걸어 들어갔음에도 그런 일은 끝내 일어나지 않았다. 한조는 갑자기 이숙희가 학교에 없는지도 모른다는 불안에 휩싸이기 시작했다.

교사 안으로 들어서는 것을 주저하고 있는 한조를 우제정이 윽박질렀다.

"갑자기 왜 이러세요, 주눅 든 사람처럼."

"네가 좀 들어가 봐. 난 이런 덴 약해."

"그럼 돌아갑시다."

했지만 그는 이름이 뭐냐고 묻고 나서 지체없이 교무실로 뛰어 들어갔다. 그러곤 잠시 뒤 이숙희와 함께 나타났다.

"어머, 선생님!"

"여기까지 찾아와서 미안해. 이 녀석이 인사하고 싶다고 못 살게 졸라서……."

"아하, 제가 그랬어요?"

반발하는 우제정에게 한조는 얼른 다음 말을 했다.

"자, 두 사람 인사부터 하지. 이쪽은 착하디착한 동생인데 이름이 우제정이고…….”
“관둬요, 형님. 우린 벌써 저 안에서 인사 다 했다구요.”
“정말이야, 숙희?”
“네, 인사드렸어요.”
“형수님!” 하고 우제정이 대뜸 호칭을 바꾸고 있었다. “한 가지 물어봅시다. 결혼식 날짜 손꼽고 기다리신다는 거 사실입니까? 형님이 그러던데.”
“네, 사실예요.”
한조는 이숙희의 놀랍도록 빠르고 시원스런 대답에 무한한 감사를 보냈다. 통쾌하기 이를 데 없었다.
한조로선 가장 궁금한 것이, 이숙희가 과연 그들과 밖으로 나갈 수 있는지, 아니면 아직도 조무래기들을 더 가르쳐야 하는지였는데 마침 그녀는 수업을 끝냈다고 하지 않는가.
“전 임시 교원이라서 1학년 아이들을 맡구 있어요.”
맞선을 봤으니 이젠 돌아갈 차례라고 한 우제정의 주장에 그녀는 그렇게 말했던 것이다. 물론 우제정은 다른 말도 했다. 요컨대 선생님이란 가르치는 것이 가장 중요한 임무이므로 누구도 그것만은 방해하거나 안 가르쳐도 된다고 말할 수 없다는 것이었다.
“이 선생님은 마지막 순간까지 임무를 다하십시오.”
그는 셋이서 운동장을 걸으면서 이런 말도 했다.
“그리고 형님하고 결혼하신다고 설마 사표를 내시진 않겠지요? 절대로 맞벌이 해야 된다거나 하는 뜻이 아닙니다. 전 여자들이 결혼식 날짜만 잡으면 거침없이 직장을 때려치우고 집 안에 들어앉아 버리는 걸 이해할 수 없어요. 그렇게 조금도 미련없이 인생을 절망할 수 있는 만용이 도무지 이해 안 가요.”
“직장을 그만둔다고 그게 어떻게 인생의 절망이니, 임마.”
한조가 대신 끼여들자 우제정이 걸음을 멈추고 그를 돌아봤다.

“그럼 형님은 이 선생님 교원 생활 못하게 할 작정이군요?”

“물으나 마나지.”

“역시 형님도 끝없이 실망시키는 사나이 가운데 하나밖에 아니라니깐.”

“그거 한 가지 가지고 실망하는 네가 정말 실망시키는 놈이다.”

“여자가 결혼하여 사회와 담 쌓고 집 안에 갇히는 건 뭔지 아세요. 간단해요. 낮에는 현모양처, 밤에는 요부밖에 아녜요. 그런 일밖엔 할일이 없다구요.”

한조가 대단히 듣기 거북하다는 생각 때문에 말을 못하고 있는 동안에 이숙희가 먼저 대답했다.

“선생님 말씀이 맞아요. 하지만 걱정하지 마세요. 전 결혼하지 않을 거예요.”

“아니, 제 얘기 언짢으십니까?”

우제정도 당황하는 눈치였지만 실상은 한조 쪽이 더 초조하지 않을 수 없었다.

“이 친구 얘기 귀담아 들을 거 없어.”

하고 한조는 다급해진 나머지 조금도 감정 수습에 도움이 되지 않는 말로 서둘러 둘러댔다.

“아녜요. 전 우 선생님 말씀 조금치두 언짢지 않아요. 도리어 감명 깊었어요.” 이숙희는 말하고 나서 우제정을 쳐다봤다. “하지만 우 선생님, 전 이미 말씀드린 대루 고작 임시 교원이에요.”

“그러면 어떻게 됩니까?”

“제 마음대루 계속하구 안 할 수가 없을 뿐예요.”

“형님하고 제가 도와드릴 방법은 없습니까?”

“그보담두 먼첨 전 아이들을 가르칠 자격이 없어요. 부끄러워요, 선생님.”

“무슨 말씀을…….”

다행히도 우제정은 그녀의 말을 따지지 않고 그렇게만 중얼거렸다. 그러곤 갑자기 어색해진 듯한 분위기에 신경이 쓰이는 듯 이렇게 말머리를 돌렸다.

"여기 어디 가볼 만한 덴 없습니까?"

"네, 있어요, 선생님. 호수라구들 부르는 커다란 저수지가 하나 있어요."

한조는 이숙희가 또다시 저수지에 가려고 하는 것이 뭔가 꺼림칙하고 불안했으나 우제정은 벌써 찬성하고 있지 않은가.

"형님, 가봅시다! 좋군요."

세 사람은 좁은 논둑길을 따라 내말 저수지로 갔다. 20분나마 걷는 동안 한조는 우제정이 흐드러지게 핀 무우장다리꽃에 취해 있는 틈을 타서 이숙희한테 마음이 내키지 않으면 돌아가도 좋다는 말을 두 번이나 되풀이 속삭였다. 그러나 그녀는 그의 말에 고개를 가로 저었다.

"전 오늘은 절대루 울지 않아요, 선생님."

"그럴까봐서가 아니고 혹시 기분 안 좋은 장소가 아닌가 해서."

"넓은 수면 앞에 서면 마음이 가라앉지 않으세요?"

"아까 결혼식 기다려진다고 대답해 준 거 굉장히 기분 좋았어. 고마워, 숙희."

이숙희는 그의 이 말에 아무 대답도 들려주지 않은 채 신발코를 내려다보며 걸었다. 한조도 더는 암말도 하지 않았다.

저수지의 경사가 완만한 둑을 앞서 뛰어 올라간 우제정이 탄성 같은 소리를 냈다. 그런 그를 올려다보며 이숙희가 조용히 말했다.

"저분 성격이 명랑한 분이시죠, 선생님?"

"응, 순진하지."

"그러세요?"

"황금을 돌같이 보는 녀석이야. 나더러 늘 돈독 올라 있다고 비난하구."

"이상해요, 선생님. 어딘가 우울한 데가 있는 분 같은 느낌을 받아요."

"글쎄, 오랜만에 만났는데 오늘 이상하게 그렇더군. 내일이면 괜찮아지겠지."

"그러시담 여기까지 내려오신 거 그 때문이군요, 저분 기분 바꿔주시려구."

과연 그런 의도도 있었는지 모른다고 한조는 속으로 생각했다. 고속도로를 달려 보고 싶다고 먼저 말한 건 분명히 우제정이었으니까. 그러나 한조는 그녀의 그런 질문에만은 동의하지 않았다.

"아냐. 숙희 보고 싶어서 왔어. 저 녀석도 인사하겠다고 조르고."

"그건 거짓부렁이세요."

"정말이야."

"아니어요."

두 사람은 논쟁을 중단하고 둑으로 올라섰다. 수평선이 은비늘처럼 눈부시게 팔딱였다. 우제정이 쇠난간 끝에 서서 손짓을 했다. 두 사람은 난간의 차가움을 손바닥으로 재며 그에게로 다가갔다.

"존데요, 형님. 풍덩 빠지고 싶은데요."

우제정이 발 아래 어지럽게 찰랑이는 물을 들여다보며 말했다. 그의 저고리 윗주머니에는 노랑 빛깔이 강렬한 장다리꽃 한 가지가 꽂혀 있었다. 그는 손에도 그 꽃을 들고 있었다.

이숙희가 그에게 물었다.

"헤엄칠 줄 아세요?"

"못 배웠습니다."

"그럼 뛰어드심 안 되겠군요."

"맥주병처럼 뽀글뽀글 가라앉겠죠."

우제정은 말하고 나서 그녀를 쳐다보며 물었다. 그녀가 한 말 때문인지 한조에겐 그의 미소가 울음같이 일그러져 보였다. 이윽고 우제정이 쾌활하게 소리쳤다.

"자, 두 분 제 앞에 서세요."

그는 들고 있던 장다리꽃 두 가지 가운데 하나를 한조의 저고리 주머니에 꽂아 주었다. 그러곤 남은 한 가지는 이숙희의 손에 쥐어 주었다.

"축하합니다, 두 분!"

"고맙다!"

대답하고 나서 한조는 이숙희를 돌아보며 조금 웃었다. 그러나 이숙희는 웃지 않았다.

우제정이 다시 말했다.

"두 분 행복하십시오. 깃발을 높이높이 올리십시오."

우제정은 물론 한조와 이숙희 두 사람이 모든 합의를 이뤄 놓고 있다고 판단해서 한 말이겠지만 아직 그런 경지에까지 가기엔 구체적인 아무런 합의도 해둔 것이 없는 한조에게 그의 말은 매우 고무적인 부추김이 되어 주지 않을 수 없었다. 이숙희를 향한 기정 사실화의 강요가 되는 것도 좋고 뭔가 그녀를 들뜨게 만드는 자극을 주게 된다면 그건 더더욱 좋았다.

어쨌든 우제정은 축하를 하는 자리에 술이 있었던들 더욱 좋았을 거라면서 세 번이나 애석해하는 말을 했다. 그런데 반 시간 남짓 머문 끝에 마침내 못둑을 내려오면서는 대신 이숙희가 이런 놀라운 말로 그를 위로했다.

"술보다 더 좋은 꽃을 우린 달았잖아요."

아, 이런 말을 하는 숙희는 끌어안아 주고 싶다. 한조는 속으로 외치고 또 외쳤다. 물론이려니와 나는 이 꽃을 집에 가져가서 물컵에다 담그리라.

내말로 돌아온 세 사람은 지난번에 들른 서울다방을 찾아가서 차를 마셨다. 우제정이 손목시계를 들여다봤다. 그러자 이숙희가 먼저 말했다.

"두 선생님 이제 돌아가세요. 전 학교루 가봐야 해요."

"학교를요?" 하고 우제정이 놀란 어투로 되물었다. "형님이 자동차를 갖고 왔는데요."

"웬 쓸데없는 소린, 그런 얘긴 하지 말랬잖어."

"아니, 전 저희하고 같이 올라가신다면 제가 저녁을 사고 싶어서요. 내일 새벽에 형님 차로 모셔다 드리면 되잖을까요?"

"그렇게 할 테야, 숙희?"

그러나 기회다 하고 물은 한조의 말에 그녀는 고개를 가로저었다.

"아직은 서울에 갈 수 있는 마음의 준비가 안 돼 있어요, 선생님."

"그 얘기 참 마음에 듭니다. 형수님이 참 마음에 들어요. 이런 형님한텐 너무 과분한 분예요."

우제정은 이 말을 뒤에 그들만 남았을 때도 또 했다. 기어코 학교로 돌아가야 한다는 이숙희와 작별을 하고 탁주 양조장으로 걸어가며 그는 이렇게 말했던 것이다.

"질투가 날 지경인데요. 나도 저런 여성을 만약 만나게 된다면 독신주의가 흔들리지 않을까 싶던데요."

"숙희 입에서 결혼 않는다는 말이 나오게 한 건 너니까 그건 네가 책임져."

"그것도 질투가 나서 그런 거죠."

"임마, 그렇다고 나한테 과분하다는 말을 하니?"

"사실인걸요. 형님 같은 매머니스트한텐 아까운 여성예요."

"그게 무슨 뜻이냐, 참."

"돈독 오른 사람이란 말이지 무슨 말은 뭐가 무슨 말예요."

"이 자식이!"

그런데 참으로 이상한 일이었다. 박용문이 있는 자리에선 이숙희와 만난 얘길 비밀로 남겨 두자고 한 한조의 제의를 받고 우제정은 뜻밖에도 이런 말을 하지 않던가.

"그럼 기회를 놓치기 전에 한 가지 마지막으로 말해야겠군요. 형님, 아주 조심스럽게 형수님 맞아들이세요. 이상하게 한구석에 우수가 깃들인 여성 같은 인상이 제겐 있었어요."

이숙희는 우제정에게서 어둠이 느껴진다고 했는데 우제정은 또 이숙희한테서 그런 구석이 감지되었다고 하지 않는가. 한조는 그녀가 유리처럼 깨지기 쉬운 여자라는 생각을 다시 했다. 아마도 우제정이 명랑을 가장하고 그녀를 대한 건 그가 그런 느낌을 받은 탓인 듯했다. 그러니까 우제정은 우제정대로 그녀의 마음 한구석을 덮고 있는 어둠을 걷어내려 노력했던 것인지 몰랐다.

서울로 돌아온 한조는 우제정과 함께 술을 마셨다. 그러나 버릇을 나쁘게 들이지 않기 위해 박용문은 그 자리에 끼워 주지 않았다. 운전사의 길들임에 대해 그에게 일찍이 가르쳐 준 사람은 서귀자였다. 그녀는 그가 그의 2.5톤 트럭 운전사 이철과 같은 식당에서 이마를 맞대고 설렁탕을 먹는 것도 여간 못마땅해하지 않았다.

―그렇게 버릇들이는 게 아네요, 나씨. 그자들 그렇게 대해줘 봐요, 금방 기어오르지 않나.

서귀자는 모름지기 운전사란 차주가 통금이 가까운 시각까지 몇 시간이고 처박아 놓고 기다리게 하면 할수록 더 고분고분해지고 주인을 존경한다고 했지만 한조는 그렇게까진 할 수 없었다.

"박군은 그만 돌아가 봐. 내일 아침엔 좀 일찍 집으로 와주고."

서귀자가 있었으면 박용문이 슈퍼 살롱을 몰고 그 시각부터 불법적으로 영업을 할 것이 틀림없다고 장담했을 것이다.

어쨌든 박용문은 가고 그와 우제정은 꽤 많은 양의 술을 마셨다. 그통에 한조에겐 그 이튿날 아침까지도 술기운이 남아 있었고 두통으로 이를 갈아야 했다.

하긴 그가 많은 양의 술을 마신 건 전적으로 우제정 때문이었다. 그는 여자가 술을 따라 주는 집에 가서 마시고 싶다는 한조의 제의에 대뜸 반기를 들었다. 매우 아름답고 훌륭한 여선생님을 만나고 돌아온 사실을 더럽히지 않기 위해선 절대로 그런 술집에 가선 안 된다는 것이 아니던가.

좋다, 그럼 그런 풍경이 아닌 집으로 가자. 하지만 고작 빈대떡집만이 술 따르는 여자가 없다는 사실을 그들은 알아냈다. 그러곤 그런 사실을 발견한 충격을 안고 술을 마셨다. 둘이서 2홉들이 소주 두 병은 너무 양이 많았다.

"자, 형님은 깃발을 높이 올리세요."

마지막 잔에다 그런 말을 붙여 마시고 술집을 나온 우제정이 검은 골목에 서서 느닷없이 이렇게 말했다.

"형님, 나 울고 싶어요. 잠깐만 울게요. 가만 내버려둬 두세요."

으흐흐흐. 그는 정말로 순식간에 울음을 터뜨렸다. 5분은 울었다. 한조가 울음을 끝낸 그에게 물었다.

"뭐를 주제로 해서 울었니!"

"아무것도."

"전에도 그랬니? 습관성이냐구?"

"아뇨. 첨예요."

"이젠 어떻게 해야 되니?"

"술이 먹고 싶어요."

"그러곤 또 울려고?"

"아뇨. 끝났어요."

술 때문에 오랜 두통까지 앓게 된 건 실은 그 두 번째 맥주 때문인지 몰랐다. 소주 뒤에 맥주를 마시면 모든 마신 양이 소주가 된다고 누가 장담했던가.

얼마나 마셨는지 그는 기억할 수 없었다. 아니 언제쯤 술집을 나왔으며 우제정과 어떻게 헤어졌는지도 그는 기억할 수 없었다. 혹은 우제정을 술집에 남겨 두고 혼자 빠져 나와 버린 건지도 몰랐다.

요컨대 그가 맥주 두 잔을 마신 것 외에 기억할 수 있는 건 아무 것도 없었다. 분명한 것이 있다면 아침에 대동증권으로 전화를 했을 때 우제정이 입사 이후 처음으로 지각을 하고 있다는 대답을 들은 것밖에 없었다.

"어제는 오후에 말없이 사라져 버렸구요."

한조는 설희를 불러 두 번째로 대동증권에 전화를 하도록 일렀다. 그러곤 아홉 시부터 와서 기다리고 있는 고인택에게 말했다.

"골치가 아퍼. 하지만 한 가지 분명하게 해둘 게 있어. 나는 수산시장에 뛰어들기로 했다는 거."

"정말입니까, 전무님? 아니 사장님?"

"고 과장을 좀 보자고 한 건 그래서야."

가슴이 벅차 오는 듯 고인택은 숨을 몰아쉬었다. 그는 얼굴까지 약간 상기되는 듯했다. 이윽고 그가 말했다.

"사장님, 제가 도와드릴 일이 뭡니까?"

"우선 증오심을 버리는 게 좋겠어, 고 과장은."

"사장님은 버리셨나요?"

"난 애초에 증오심 같은 건 없었어. '웃기는 인간들이다' 하는 생각은 있었지만."

"전 그렇지 않던데요. 며칠 방구석에 처박혀 있으려니 더 이가 갈리던데요."

"이제 그런 생각은 버리자구."

"노력하죠. 하지만 제가 보기엔 사장님이 노량진에 다시 안 간다고 하신 결심을 바꾸신 데는 분명히 뭔가 있는 것 같은데요. 제가 틀렸나요?"

한조는 대답 대신 그를 노려보듯 쳐다봤다. 그도 마주 바라봤다.

"아까 우리 박 부장이란 친구 봤지?" 하고 한조는 말을 꺼냈다. "조건재측이 그 친굴 어떻게 했는지 알어? 수족관에 던져 넣어 죽이려 했다구"

"아니, 왜요? 수족관에다가요?"

"응, 수족관에. 날 모함하도록 매수하려다 말을 듣지 않는다고."

"그래요?"

"이욱형이 집에 있는 수족관 구경한 일 있나, 고 과장은?"

"그럼 거기에다가……?"

"응, 거기엔 식인어가 살고 있거든, 피라니라는."

"식인어가요?"

"몰랐어?"

"그럼 그놈한테 누군가 뜯어 먹힌 사람이 있을지도 모르잖아요, 그 무슨 악독한 짓도 못할 리 없는 자들이란 사실로 미루어 봐선."

"사람 고기 맛에 잘 길들여 있을지도 모르지."

"소름 끼치는데요."

"그래도 난 그들을 증오하지 않기로 했어. 다만 놈들한테 정식으로 선전포고를 하기로 한 거야."

"정말 놀라운 인간들이군요. 상상도 못할 인간들인데요."

고인택은 충격을 삭이고 있는지 잠시 말을 끊고 허공을 쳐다봤다.

"박 부장이란 사람을 어떻게 매수하려 했는데요, 사장님?"

"고 과장은 모르는 게 좋아. 대신 나 좀 도와줘. 나하고 같이 일을 하자구."

"고맙습니다, 사장님. 뭐든 시켜 주시면 능력 닿는 대로 최선을 다하겠습니다."

"고맙다는 말은 내가 할 말이지. 사실 난 고 과장이 없으면 엄두도 못 낼 일이거든.”

한조는 소파에서 일어나서 고인택과 악수를 하고 나서 자신의 책상 앞으로 걸어갔다. 그러곤 전날 밤 알코올과 싸우며 계산을 뽑아 본 자금 동원능력을 다시 훑어봤다. ‘순전히 재력 싸움인데 말야’ 하는 생각을 하며.

고인택이 결심을 세운 듯 자리를 차고 일어섰다.

“제가 당장 해야 할 일이 뭡니까, 사장님?”

“우선 중매인 하날 잡아야 하겠는데 말야…….”

“제 생각도 그렇습니다. 노량진으로 나가 보겠습니다.”

“떠오르는 후보가 있어?”

“글쎄요…….”

“그 친구가 어떨까, 김명기?”

“저도 지금 그 사람을 생각해 보는 중입니다. 능력도 있고 수완도 대단한 사람이거든요.”

“글쎄 말이야. 늘 뒤가 딸리는 걸 화나 하잖았어?”

“일단 부딪쳐 볼까요, 사장님?”

“문제는 나도 큰돈이 없단 말야.”

한조는 다시 종이쪽을 내려다봤다. 아파트와 사당동, 서교동의 단독주택을 다 처분해도 2억 남짓. 어쨌든 아무리 높이 잡아도 3억까진 되지 않았다.

그러나 고인택은 그의 그런 우려에 고개를 가로저었다.

“그 사람한테 그런 것까지 말할 필욘 없죠, 뭐.”

“물을 텐데?”

“물으면 그런 걱정은 하지 말라고 해야죠.”

“그럼 한번 만나볼 테야?”

“그러겠습니다.”

고인택은 곧 돌아섰다. 한조도 그를 따라 문 밖까지 따라나갔다.

행운을 빌어 줘야 할 것같이 마음이 놓이지 않아서였다.

'성공을 빈다, 고인택.' 한조는 분명히 그런 뜻의 말을 이렇게 바꾸어 표현했다.

"이젠 고 과장이 아냐. 우리 회사 수산부장이라구. 자네한테 부원도 몇 붙여 줄까 하니까, 노량진 가거든 잡을 만한 똑똑한 젊은이가 있는지 한번 눈여겨봐."

"알겠습니다."

"그리고 말야……" 한조는 갑자기 생각이 나서 고인택의 팔을 잡아당겼다. "조심해. 흥양 치들."

"염려 마세요. 기껏해야 김영무나 전수형 정도 만나겠죠. 마주치면 왜 나타났을까 놀라잖겠어요."

"그냥 놀라고 말지 않아. 조건재도 만날 가능성이 많고."

"그럼 저도 죽이려 든단 말씀입니까?"

"어쨌든 나하고 같이 일하는 줄 알면 틀림없이 위험해."

"당분간은 비밀로 해야죠. 언젠가는 알게 되겠지만 중매인을 잡을 때까진 적어도."

"김명기가 들어줘야 할 텐데."

"예감으론 성공할 것 같기도 하구요. 그 사람도 흥양에 감정이 좋지 않거든요."

"그게 오히려 우리한테 불리할 수도 있거든. 하여튼 고 부장 수완만 믿어, 되도록 흥양 치들 눈치 채지 못하게 조심하는 거 잊지 말고."

한조는 당부를 하고 나서도 여전히 마음이 놓이지 않아 김명기가 틀림없이 관심을 나타낼 자금 동원 능력에 대해선 사실 이상으로 과장해서 말하는 것도 한 방법이겠다는 완곡한 암시의 말까지 했다. 어쨌든 고인택은 뿌듯한 자신과 사명감에 찬 수산부장의 뒷모습을 하고 승강기로 들어섰고, 한조는 그와 헤어져 자리로 돌아오자마자 곧 전화 수화기를 집어 들었다.

"우제정 씨 좀!"

하고 소리쳤지만, 그러나 수화기에서 지체 없이 흘러나오는 대답은 그가 아직도 회사에 나타나지 않았다는 게 아닌가.

이 자식이 어떻게 된 건가.

그러나 한조의 관심은 이미 우제정에게 무슨 사고가 있는 건 아닐까 하는 데 있지 않았다. 오로지, 이 친구가 빨리 나타나 주어야 주식 처분에 대해 의논이 될 텐데 하는 데에만 그의 관심은 쏠리고 있었다. 그만큼 그에겐 당장의 자금 동원 문제가 그중 큰 문제였고 거기에만 온 신경이 쏠려 있었다.

아침에 박시대의 말로는 잠실 풍납동에 있는 32평 아파트 세 채와 강남의 도곡동에 있는 소형 두 채는 계속 양도소득세, 취득세, 재산세 등 일곱 가지 세금의 면세 혜택이 연장되고 있지만 그 밖의 것들은 새해부터 과세가 결정되어 매기(買氣)가 좀 떨어졌다지 않던가. 하지만 지난해 7월부터 실시된 부가가치세로 20프로, 8월부터 건폐율을 늘리고 용적률은 내리는 새로운 건축 조례가 적용되면서 5프로 값이 뛴 게 경기를 부채질하는 계기가 되어 여전히 열기를 계속 뿜고 있다니까.

한조는 자위하듯 혼자서 중얼거렸다. 그도 그럴 것이 압구정동에 있는 한라아파트 6차분 99평짜리 하나만 처분해도 평당 60을 잡으면 6천만 원에 몇 푼 빠지지 않는 게 아닌가. 장안평 것도 있고.

강남으로 나간 박시대한테서 전화가 걸려 온 것은 그로부터 한 시간 남짓 뒤였다. 강남에서 엉뚱하게 장안평 다섯 채에 대한 흥정이 붙었다는 거였다.

"우짤고예, 사장님."

"당장 계약해."

그리고 부동산부장과 통화가 끝나기 바쁘게 고인택 수산부장으로부터도 전화가 걸려 왔다.

"어떻게 됐어, 고 부장."

"얘기가 잘될 것도 같습니다. 지금 점심 먹으러 같이 와 있습니다."

한조는 손가락을 딱 튕겼다. 출발은 대성공이다. 그렇다면 당연히 끝도 좋겠지!

10. 풍요의 여름

유월의 안개가 아침마다 강변 도로를 덮었다. 그러나 여름 안개는 조금도 오래 버티지 못했다. 거짓말같이 그것이 걷혀 버리고 해맑은 하늘에선 태양이 강렬한 빛으로 탔다.

한조는 그 시각이 가장 기분 좋았다. 그때는 그날의 어판장 깡도 완전히 막을 내리고 몇몇 남은 소매상 여인들이 게으른 늦잠꾸러기 소비자들을 상대로 막물을 팔고 있는 소리만 간헐적으로 들릴 뿐 도매상들의 트럭들은 이미 다 떠나 버린 지 오랜 그런 시간이었다.

날씨가 완연한 여름 기온으로 바뀌면서 노량진 어판장에 모이는 사람들은 더 서둘렀다. 단 일분이 지체되는 것도 초조해했다.

그렇게 생선의 선도는 시간의 지체에 민감했고 그걸 막기 위해 사람들은 얼음 부스러기 확보에도 혈안이 되곤 했다. 그러나 한조에겐 그렇게 서둘 일이 아무것도 없었다. 그가 중매인 김명기를 통해 경락시킨 생선은 남대문시장의 길주상회, 동대문과 중앙시장 양쪽에다 가게를 두고 있는 대구상회에 거의 전량을 실어다 주고 고급 선어는 일식집으로 저 유명한 '대력'에다 갖다주면 그만이니까.

　수산부장 고인택은 마진 폭이 좀 크고 물이 좋을 때이므로 욕심을
내는 산매상들을 상대로 현장에서 흥정을 붙이고 싶어하기도 했지
만 역시 김명기의 말대로 여름에는 그러다가 때를 놓치기 쉬웠다.
일식집 '대력'을 한조실업의 고객으로 만든 것은 김명기였다. 그만한
집이면 독자적으로 경매 참가인 허가를 받을 수도 있는데 그게 번거
롭다고 대력 주인 이상도는 한조실업에다 전적으로 맡겨 두고 있는
것이었다.
　"그런데 나 사장, 그 집에 한번 가보세요. 이렇게 벽에다 써붙여
놓지 않았나."
　—저희집 생선은 제주에서 방금 공수되어 온 것밖에는 쓰지 않습
니다.
　김명기는 군산에서 온 새우나 부산, 충무 등지에서 올라온 숭어,
민어, 오징어 같은 것을 대력에다 보낼 때마다 그런 말을 하곤 했
다. 하긴 대력이 웃기지도 않는 거짓말을 써붙여 놓고 있는 건 문제
될 만도 했다.
　하지만 한조가 가장 기분 좋고 언제 생각해도 통쾌하기까지 한 것
은 뭐니 뭐니 해도 남대문 시장의 길주상회였다. 원래가 흥양수산의
십 년 이상된 일선 도매상이었던 길주상회가 아니던가. 그런 굉장한
규모의 도매상이 그와 손을 잡으리라곤 한조 자신은 꿈에도 생각하
지 않았다. 그랬는데 어느 날 오후 그 가게 주인 조길주가 그에게
전화를 걸고 좀 만났으면 한다는 말을 했다.
　물론 한조는 그때도 조길주가 그런 말을 하려고 만나자는 줄은 상
상조차 못한 채 나갔다. 고작해야 흥양과 그렇게 판판이 맞서다간
큰코 다칠 때가 있을 거란 협박이나 듣게 되겠지 하면서. 그랬는데
만나자마자 조길주는 대뜸 이렇게 말했다.
　—나 사장하구 계약 맺구 싶어서 만나자구 했수다. 고인택이 만
나 얘기 다 들었수다. 내레 나 사장 심정 이해가 가우다. 나두 이욱

형이네한테 당했던 몸이니께.

서북 지방 억양이 약간 남은 조길주의 말을 들으며 한조는 그러나 조금도 놀란 얼굴을 하지 않았다. 이건 또 무슨 음모냐 하는 생각이 들어서였다.

—고마운 얘기지만 조 사장께서 그렇게까지 날 도와주시지 않아도 됩니다.

—내가 나 사장을 돕기 위해 이런다구? 그건 오해야. 난 나 사장 도와야겠다는 생각 조금치두 없어야. 나 그렇게 훌륭한 사람으로 보지 말라요. 난 단지 내가 다른 사람 아닌 나 사장하구 손을 잡으면 이욱형이래 병나고 말겠지 하는 것뿐이야.

—정말로 그런 생각에서라면 조 사장님 얼마나 위험하게 되는지 아세요?

—와 내가 모르가서. 하지만 나 이래봬두 남대문시장에서 굴러먹고 있는 장돌뱅이라구. 그 정도는 무섭 타지 않아.

요컨대 길주상회 조 사장의 애긴즉 이욱형한테 아주 극적인 순간에 떨꺽 심장마비를 일으킬 만한 충격을 가하겠다는 데서 나온 발상인 듯했지만 한조는 그날 더 이상 구체적인 의논을 피한 채 좀 시간을 두고 생각해 보자는 말만으로 헤어졌다.

그로선 두고 생각해 보자느니 어쩌느니 말할 입장이 아님이 분명했지만 여전히 뭔가 복선이 있을지 모른다는 생각에 지배당하고 있는 그로서야 무슨 말을 할 수 있었겠는가. 조길주 사장도 그가 자신의 말을 믿지 않는다는 것을 눈치채고 있었으므로 불쾌한 얼굴 빛은 보이지 않았다. 다만 자신의 남대문시장 가게는 흥양과 특약 관계일 뿐 그동안 수없는 압력을 받으면서도 자본 참여만은 끝까지 막아 왔다는 사실을 알아 두라고 했다.

회사로 돌아온 한조는 당장 고인택과 상의했다. 예상대로 고인택의 의견은 두말없이 받아들여야 한다는 편이었다. 자신이 조 사장한테 사정을 얘기한 건 그가 오래 전부터 홍양에 대해 불만을 품어 오고 있다는 사실을 알고 있었기 때문이라고 했다.

"그분 그만한 뱃심이 있어요. 남대문시장에선 알아주죠."

그리고 설령 복선이 있다 해도 그게 얼마 동안이나 드러나지 않겠느냐고 고인택은 말하기도 했다. 가장 선도에 민감한 생선을 놓고 가장 민감한 시세라는 것과, 또한 가장 민감한 돈이라는 것을 상대로 하는 싸움인데 음모로 버틸 여지가 어디 있느냐는 것이다.

"좋아. 하지만 우린 된통 한 번만 당해도 간다는 것 명심해."

"책임지겠다곤 할 수 없지만 제가 보증은 할 수 있습니다. 경계하고 있는 한 당하지 않을 테니까요."

"고 부장 말만 믿겠어. 사실 의심할 여지만 없다면 우리한텐 조 사장보다 더 중요한 인물이 어디 있어. 구세주 만난 거나 같지."

그랬는데 조길주 사장은 정말 홍양과의 그 오랜 인연을 홀연히 끊고 돌아서는, 백번 생각해도 백번 놀라운 일을 끝내 해내고 말지 않던가. 한조는 너무나 감격한 나머지 그에게 '제왕처럼 모시겠다'는 말을 했는데 그는 한참 말이 없이 앉아 있다가 이런 알아들을 수 없는 말로 대꾸했다.

"나두 거느리고 있다구."

"무슨 말씀입니까?"

"이욱형이가 전화를 해서 나를 꼭 죽이구 말겠다 하잖았가서. 하지만 나두 시장에서 올해루 이십팔 년을 굴러먹구 있는 놈이란 걸 알아 두라구 해. 내레 손가락 한번 까딱하면 오 분 이내에 모든 일을 처리해줄 아해들을 나두 수십 명은 거느리구 있다 기말이야."

이런 관계가 길주상회와의 사이에 이뤄졌으니 한조로서 아침 안개가 걷히는 시각이 어찌 기분 좋지 않을 수 있으랴. 그 시각의 그에게 만약 할일이 있다면 상상뿐인데 그것도 쏟아져 들어올 돈에 대한 상상이니 얼마나 즐거운 꿈이랴.

　―흥양은 달려드는 대로 꼭 깨라. 전망이 좋지 않을 때도 흥양만 달려들면 무조건 끝까지 따라가 깨뜨려라.

　들리는 말로는 길주상회 조 사장이 그동안 흥양으로부터 받은 협박 중엔 없애 버리겠다는 위협말고도 특이한 것으로는, 만약 다시 자기네한테로 돌아오지 않으면 바로 길주상회 옆가게를 사들여 조 사장의 도매 가게를 문닫지 않을 수 없게 만들겠다는 것도 들어 있었다고 했다. 한조가 흥양과 맞서는 경우면 끝까지 추격하라고 한 이유 중엔 길주상회에 대한 흥양의 그런 위협에 맞붙고자 하는 심정도 있었다.

　―흥양만 잡으면 된다!

　길주상회가 겪고 있는 일에 대한 고인택의 관점은 물론 한조와 달랐다. 그는 조길주 사장에 대한 흥양측의 박해가 심하면 심할수록 더 좋다는 주장이 아닌가.

　"그러면 그럴수록 조 사장의 결심은 상대적으로 더 굳어져 단단한 신념으로 바뀔 테고, 그건 우리 회사의 입장으론 얼마나 바라는 바겠어요."

　"그야 그렇지만 혹시 조 사장의 신상에 무슨 일이나 일어나지 않을까 해서지."

　"그런 면에서 보면 김명기 씨가 더 위험하죠, 사장님. 그 사람은 보호받을 만한 울타리가 전혀 없는 편 아녜요, 조 사장에 비하면."

　하긴 그랬다. 비록 한조가 각별히 신경을 써 주고 있다 해도 따지고 보면 늑대들이 날뛰는 허허벌판에 홀로 서 있는 거나 마찬가지였다. 아마 그런 신변의 위협 때문에 그랬겠지만 김명기는 마침내 한조와 손을 잡기로 마지막 합의를 본 자리에서 이런 다짐을 해두고 싶어하지 않던가.

─나 사장, 절대로 흥양과 맞설 생각은 마세요. 나더러 흥양 쪽 비위를 긁으면서까지 달려들도록 요구한다면 난 그런 일은 할 수 없어요. 내가 왜 그런 사람들하고 원수져요?

그렇게 못을 박았음에도 김명기는 그 뒤 흥양의 중매인 이시백과 최남룡을 상대로 하는 싸움에서 한조의 지시대로 충실히 움직여 주지 않았던가. 그러는 동안 차츰 적개심에 불이 붙은 것인지 때론 '오늘 깡에선 흥양 약이나 슬슬 올립시다' 하고 스스로 말할 때가 있을 정도로 발전해 있지 않던가.

아니 김 선생 웬일입니까, 하고 반문할 필요는 없었다. 그가 이쪽에서 뭐라고 말하기 전에 말하니까.

"요즘 난 나 사장 덕분에 행복을 느껴요. 집사람이 얼마나 좋아하는지 모르거든요."

"무슨…… 그까짓 걸 가지고…….."

김명기가 말하는 건 아파트였다. 한조가 전적으로 '손을 잡는 기념'이란 뜻으로 준 영동의 서른두 평 아파트 한 채를 김명기의 아내는 그렇게 행복의 보금자리처럼 생각한다는 것이 아닌가. 김명기는 그동안 이미 그런 뜻의 말을 적어도 세 번은 했다.

시세가 3천은 나갈 아파트였으므로 김명기의 아내로선 행복감에 젖을 만했겠지만, 그러나 한조가 아파트 한 채를 주기로 한 데는 여러 가지로 생각해 본 나머지였다.

첫째, 그렇게 함으로써 김명기를 뜻대로 조종할 수 있었다. 그리고 둘째로는 그때까지의 김명기의 집은 노량진으로부터 너무 멀리 있었다. 문산으로 나가는 무악재길의 갈현동 산허리에 있었으니 거기서 새벽 네 시에 노량진까지 나오자면 얼마나 허둥대야 하는가 말이다. 그래 가지고 현장에 닿은들 맥이 빠져 무슨 싸움을 할 수 있는가 하는 것이 말하자면 한조에겐 가장 큰 우려였다.

그러나 한조는 막상 알고 보니 가장 효험이 컸던 김명기 아내의 존재에 대해선 애당초 염두에 두지 않았던 게 아닌가. 뭐니 해도 집에 대한 애착은 그 집안의 주부가 가장 강렬한데도 말이다. 그리고 남자의 행동 반경을 원격 조정하는 존재 또한 한 집안의 아내가 아니고 누구인가.

한조는 생각지도 않았던, 그러나 가장 결정적인 역할을 해내고 있는 김명기의 아내에 생각이 미칠 때면 그녀의 남편이 완벽한 한 개의 허수아비로 되어 가고 있는 느낌이 들기도 했다. 아니 마침내 세월이 흘러 효험이 떨어지면 까짓 한 채 더 줄 수도 있다는 생각마저 들었다.

요컨대 아파트 한 채가 눈깔사탕 한 봉지쯤으로 생각되는 착각이 그에겐 있었던 것이다. 그런 발상에서 연유하는 것일까. 한조는 고인택한테 느닷없이 이런 말을 던졌다.

"목포에 한번 내려가 보겠어, 그럼?"

한조는 접어 두었던 일에 대해 고인택의 의향을 물은 것이다. 애당초 목포에 가겠다고 한 게 그였던 것이다. 무슨 얘기냐 하면 목포에 내려가 그곳의 가장 큰 반출상인 돌산상회 주인을 한번 만나고 왔으면 하는 게 수산부장 고인택의 의견이었다. 문제는 돌산상회가 흥양수산의 계약점이라는 데 있었다.

한조도 흥양에 있을 때 몇 번 전화를 통해 접촉한 일이 있는 그곳의 남경식을 놓고 고인택은 어째 말이 먹혀들지도 모르는 인물이라고 했던 것이다.

"한번 부딪쳐 보자니까요, 사장님."

고인택의 눈빛은 빛났다. 그만큼 그의 흥양을 향한 적의는 양면 날을 세운 칼과 같았다. 그에게는 시간이 조금도 효험이 없었다. 시간이 갈수록 오히려 예리해져 가기만 하는 것이 있다면 그건 고인택의 흥양에 대해 가진 적개심 그것 하나뿐일 것이었다. 그의 그런 면에 한조는 늘 조마조마했지만 그는 아마도 부동산부장 박시대한테

서 그가 이욱형의 집에서 당한 애기를 자세히 듣고 나서 더 강해진
것이 틀림없었다.

그는 이욱형 혹은 흥양이라는 존재에 대해 사람들이 필요 이상으
로 두려워하고 있다고도 말해 왔는데 지금도 그 주장을 다시 되풀이
하는 것이 아닌가.

"우린 그자들을 너무 겁내고 있는지 모른다니까요. 아무려면 그것
들이 백주에 우릴 어떻게 하겠어요? 우리도 이젠 식구가 얼마나
불어났는데요."

"어떻게 할 거라는 건 아니잖어. 내가 그런 게 두렵다면 노량진
시장에 다시 뛰어들었겠어?"

"하지만 박 부장이 그런 봉변을 당했는데도 그자들을 설마하셔선
안 돼요, 사장님."

도대체 말이 왔다갔다하고 있다는 생각이 들었는데, 알고 보니 고
인택은 이 말을 하기 위해 그랬던 것이 아닌가.

"최선의 공격이 최선의 방어라는 말이 있잖아요."

"그렇다면 묵호의 홍영환이도 우리편으로 끌어들여야겠군."

"그잔 남경식 씨하고 달라요. 홍영환인 안 돼요. 홍영환이 그잔
이중인격자예요. 모르시죠, 그잔 되려 흥양수산을 요리조리 이용
해 먹고 있다는 거."

"대단히 현명한 친구잖어, 그럼."

"하지만 그런 간특한 인간은 설령 손을 잡는다 해도 절대로 우릴
도와주지 않아요, 제 이익이나 취하지."

"흥양 쪽에선 그자가 그렇다는 걸 모르고 있어?"

"조건재나 김영무 입장에선 야합하는 데 우선 아주 손쉬운 상대거
든요."

고인택의 말을 듣고 있는 동안 한조는 그도 서른이라는 나이에 비
해선 꽤나 세상의 술수에 밝다는 느낌이었다. 삐끗하면 상당히 위험

한 인물로 바뀔 가능성마저 농후한 편인지도 모르는.

한조는 자리를 일어섰다. 앉아 있는 고인택을 내려다보게 되는 위치는 한조로 하여금 뭔가 마음 놓이게 하는 데가 있었다.

"좋아. 고 부장이 목포에 한번 내려가 보기로 하지. 하지만 만나더라도 섣불리 말부터 꺼내진 않는 게 좋겠어. 가능성을 떠보고 확실할 때만 말을 꺼내. 꺼낸 이상은 끝까지 관철시켜야 하고."

"알겠습니다."

"꼭 돌산상회라야 되는 것도 아니거든. 그곳에 반출상이 그 집 하나 아니니까."

"물론 제일 큰 가게고, 사정을 잘 안다는 것뿐이죠, 뭐."

"내려가는 김에 여수, 군산도 둘러 오도록 하지."

한조는 곧 설희를 불러 현금 천만 원을 은행에서 찾아오도록 지시했다. 현금 앞엔 모두가 약해지잖는가.

고인택은 마침내 목포, 여수, 군산을 도는 3박 4일의 지방 출장을 떠났다. 계약 체결에 돈이 더 필요하면 즉각 연락하라고 한조가 당부하는 자리에는 박시대도 서 있었다.

"고 부장님, 무신 일이 있어도 꼭 성공하고 돌아오이소. 알지예?"

고인택과 박시대 사이엔 그동안 한조 모르게 의기투합의 말들이 오가고 있었던 게 분명하여서, 박시대는 수산부장의 출장 목적까지도 이미 알고 있었다. 그래서 한조는 고인택을 떠나보낸 다음 박시대한테 그 점을 경고했다.

"시대, 너 어디 가서 입 함부로 놀리지 마."

"에이 사장님, 지를 우째 보시고 그라십니꺼."

"너를 시원찮게 보지, 뭘 어떻게 봐."

"하기사 할말 없심더."

"하여튼 잘해. 지금이 우리 회사로선 고비야."

“지가 와 그글 모르겠십니꺼, 밤이몬 잠이 다 안 오는데예.”
“그렇게까지 긴장할 건 조금도 없고.”
“오줌 쌀 일 아입니꺼, 우쨌든.”
“그렇지 않다니까.”
“그름 사장님부터 마음을 푹 노시이소, 맘 크기 잡숫고 골프나 치
로 댕기고 그라시이소.”
“임마, 내가 그럼 쩔쩔매고 있단 말야.”
“요새 사장님 좀 예비셨심더. 긴장하시서 안 그렇겠십니꺼.”
“내가 그렇게 뵈니, 정말로?”
“예, 고 부장도 그랍디더, 우리 사장님 애처로봐 빈다꼬.”
“이것들이 나 안 듣는 데서 별 내 흉 다 보는구나, 이제 보니.”
“걱정이지예, 숭보는 기 아이고.”
“알았다. 오늘부터 골프나 치러 다니지. 회사는 너희들이 있는 한
안심이니까.”
그러나 한조는 말과는 달리 골프를 배우러 가는 대신 자동차 운전
교습소로 갔다. 운전을 배우러 가므로 박용문 몰래 택시를 잡아 타
고 갔다.
택시 속에서 그는 운전사를 상대로 물었다.
“골프 치는 게 어렵답디까?”
“에이, 손님도. 제가 그런 걸 어떻게 압니까.”
“하긴 그렇군. 골프 치러 가는 사람이 자가용도 없어 택실 타고
가진 않을 테니까. 그런데 자동차 운전도 그렇게 쉬운 건 아닙디
다.”
“골프보다야 어렵겠죠.”
“어째서요? 골프에 대해선 모른다면서.”
“하지만 그건 노는 거 아닙니까.”
“운동이지 왜 그게 노는 거요.”

"하여튼 댁은 가능하면 운전 배우는 거 포기하세요. 골프 치는 팔자 되고 싶거든."

"왜 그렇소?"

"택시 몰아 가지고 언제 골프 치는 팔자가 된답디까. 애당초 그런 꿈은 꾸지도 말아요. 사람만 고단해져요."

한조는 기가 막혀 말이 나오지 않았다. 이 친구가 누굴 자기 같은 신세인 줄 알어. 누굴 보고 택시 여벌 운전사나 해먹을 팔잔 줄 아느냔 말야.

하긴 한조에게도 택시가 영업하는 차라는 뜻인 줄 몰랐던 때가 있었다. 모든 승용차를 택시라고 부르는 줄 알았던 때가 그에겐 있었다. 이욱형 부부와 김포공항에 도착하여 그들의 자가용 세단이 미끄러져 서는 것을 보고도 '그 택시 근사하구나' 하는 생각을 했으니까. 그가 택시와 자가용 승용차를 섞어서 생각하던 순진한 세월은 적어도 삼십 년은 계속된 셈이 아닌가.

그때 다행히 그런 말을 입 밖에 내진 않았지만 지금 생각해도 얼굴이 뜨거울 지경이었으므로 한조는 택시 운전사를 꾸짖지는 않았다. 그가 운전을 배우는 목적은 다른 사장들이 골프를 치러 다니는 시간에 자신은 운전사를 떼버리고 이숙희와 함께 교외로 나가기 위해서란 말도 그는 물론 하지 않았다.

운전교습소에서 4분의 3톤 고물 트럭을 타고 어린이 놀이터 생각이 자주 나는 코스를 다섯 번 돈 다음 한조는 휴게실로 나와 회사로 전화를 걸었다.

"저어 있잖아요, 사장님."

설희는 여전히 쓸데없이 잔소리가 많은 나쁜 말버릇을 못 고치고 있었다.

"빨리 말해. 공중전화야."

"네, 있잖아요……"

“3분이면 끊어진다니까.”

설희가 가까스로 말했다. 박 부장은 서교동으로 갔고 대동증권 우제정에게 전화 한 통 걸려 온 것밖에 없다는 말을.

한조는 곧 대동증권으로 전화를 하고 우제정을 찾았다. 그랬는데 우제정은 수화기에 나타나자마자 대뜸 비난이 아닌가.

“형님, 왜 그렇게 자꾸 속물주의자가 돼갑니까.”

“또 무슨 소리냐, 그게?”

“거기가 자동차 운전 배우는 데라면서요.”

“그래, 속성과에 등록했기 때문에 한 달이면 쌩쌩 날게 될 거다, 임마.”

“잘해 보세요.”

“내가 운전 배우는 게 배 아프다는 거냐, 그럼?”

“배가 아픈 게 아니라 한심한 생각이 들어서 그래요.”

“이 자식이!”

“이제 그래 가지고 옆자리에 형수 앉히고 야외로나 나다니신다 이거죠. 단둘이서 허리나 끌어안고, ‘이게 행복이다’ 외치면서.”

“너 나 좀 만나. 주둥일 수술해 줄 테다.”

“왜 정직하시지 못하고 되려 협박으로 나오세요?”

“임마, 전화 건 용건이나 말해. 3분 다 돼가.”

“주식 어쩌면 좋겠느냐고 물으셨잖아요. 이따가 회사로 갈게요.”

“좋아, 퇴근하고 와.”

“술 사 주시나요?”

“주둥이만 얌전해진다면.”

우제정은 그의 이 말에 한수 더 놓고 나섰다. 그가 끝없이 소금을 뿌리지 않으면 한조는 그나마 더 빨리 썩는다는 것이었다. 요컨대 자신이 한조에겐 소금이라는 거였다.

“그점 인정하세요, 형님.”

"잔소리 말고. 너 이따가 회사에 와서 내가 운전 배우러 다니느니 뭐니 입 놀렸다간 가만 안 둘 거야. 난 임마, 운전사한테 나가는 경비 덜려고 몰래 배우러 다니고 있단 말야."

"둘러대시긴."

"맘대로 생각해라."

"정말이라면 또 그 자린고비가 복통을 일으킨 거밖에 더 돼요."

"난 지금 자금 면에서 그만큼 심각하단 말야."

"지난 주엔 사흘이나 꼬라박았다면서요, 참?"

"다 돈에 진 거 아니겠니."

"뼈가 아프셨겠군요."

"그 뒤 나흘은 성적이 좋았으니까 밑진 건 아니지."

"어쨌든 이따가 가죠. 가능하면 운전 배우는 건 그만두세요."

우제정의 권고에도 불구하고 한조는 통화를 끝내고 나와 한 시간 20분을 더 스리쿼터를 몰고 돌아다녔다. 그리고 옆자리에 앉아 브레이크, 클러치, 엑셀러레이터, 기어…… 하며 주워섬기는 중간중간에 발하는 지도원의 감탄사는 그의 귀를 매우 즐겁게 어루만져 주기도 했다.

"사장님, 운전엔 가히 천부적인 소질이 있으신데요. 굉장히 빨리 느세요."

그렇게 되어 매우 유쾌한 기분으로 돌아왔는데 회사에 나타난 한조를 보자마자 이미 와서 기다리고 있던 우제정은 뜻밖에도 이런 놀라운 소릴 하는 것이 아닌가.

"형님, 큰일났어요!"

증권회사 부정사건이 잇따라 터지더니 기어이 대동증권에서도 무슨 사고가 나고 말았구나 하는 생각이 퍼뜩 한조의 머리를 스쳐갔다. 우제정의 굳은 표정이 그의 그런 예감을 단정으로 바꾸어 놓으려 하고 있었다. 그러나 때로 사람은 다급한 경우를 당할수록 반대로 그런 모습을 보이지 않으려 가장하고 싶어지는 것일까. 한조는 궁금해 견딜 수 없는 것을 시치미로 지그시 누르고 말했다.

"이 사무실 근사하다고 생각 안 하니?"

한조는 그러고 나서 잠깐 간격을 둔 다음에야(잠깐이라지만 그건 얼마나 길고 초조한 시간이던가!) 정작 묻고 싶던 한마디를 던졌다.

"참, 너 이제 한 말은 무슨 뜻이냐?"

"큰일났다니까요."

"뭐가?"

"형님 증권 다 날아가 버렸어요."

"저런! 어쩌다가?"

"형님, 농담으로 듣는군요."

"그럼 농담이지 그런 일이 있을 수 있어?"

"요즘 증권회사들 사고가 연발하고 있는데두요?"

그랬는데 우제정의 그 겁주는 말은 끝내 농이었음이 드러났다. 그렇게 드러나는 순간 한조는 주먹으로 그의 앞가슴을 쥐어박지 않을 수 없었다.

사실대로 말하면 우제정의 매우 용의주도한 연기가 끝내 농으로 판명된 것이 안도의 한숨을 깨물게 할 만큼 기분 좋은 점도 있었다. 어느 순간인가 우제정의 눈꼬리에 연극임을 견디지 못하는 웃음기가 실렸을 때 한조는 가슴마저 뛰지 않았던가.

"형님, 눈앞이 캄캄했죠?"

우제정이 쥐어박힌 가슴을 끌어안고 말했다.

"내가 그딴 정도 가지고 놀랄 줄 아니. 내가 언제 당황하는 거 봤어."

"그거야 제가 절대로 사고낼 인간이 아니라는 확신이 밑받침이 되어서겠죠. 하지만 끝까지 믿진 마세요."

“알았어, 임마. 당장 꺼내 오겠어.”

그러나 우제정은 아직은 여전히 건설주들의 인기가 높으므로 때가 아니라고 했다. 증권가 전문가들의 의견을 들어 봐도 모두 같은 말을 하고 있다는 것이었다.

“산이 높으면 계곡도 깊다는 사실 잊었어?”

“하지만 지금 팔아 버리는 사람은 며칠 안 가서 억울한 걸 못 참아 자살하게 될 거라던데요.”

“네 생각은 어떠니?”

“조금 더 쥐고 있는 게 나아요. 아직도 매일 기세만 기록하고 있으니까요. 지금 압박이 심하지 않으면 당분간 기다려 보세요. 파는 거야 언제든지 가능하니까요. 내놓기 바쁘게 집어삼킬 사람들이 눈이 벌개서 기다리고 있거든요.”

매일 ‘팔자’는 없고 ‘사자’만 있어 기세를 기록하고 있으니 그거야 그렇지. 한조는 머릿속으로 새삼 주식수를 따져 보고 있었다. 우제정이 그런 그를 일깨웠다.

“응, 너 참 왜 나 보자고 한 거냐?”

“그저요. 그냥 심심해서…….”

“술 사달라고?”

“형님하고 다신 술 안 마셔요. 그렇게 의리 없는 분하고 누가 술 마셔요.”

“내가 의리가 없다구?”

“그렇잖구요. 그때 절 어떻게 했어요?”

“내가 어떻게 했니? 그냥 잘 헤어졌다고 했잖어?”

“말은 그렇게 했죠.”

그때 설희가 쫓아 들어와 목포에 내려간 고인택으로부터 장거리 시외전화가 걸려 왔다고 소리쳤다.

고인택의 전화는 기쁜 소식은 아니었다. 목포에 닿자마자 돌산상회를 찾아가 주인 남경식을 만나긴 했지만 놀랍게도 그는 바로 이틀 전에 흥양수산 김영무가 다녀갔다고 말하더라는 것이 아닌가.

―김 부장이 으젓한 김 전무가 되어 내려왔드구만 잉.

남경식의 말은 조금도 놀라울 것이 없었지만 문제는 김영무가 내려와서 뭔가 경고를 겸해 손을 쓰고 간 흔적이 보인다는 것. 고인택은 남경식이 그를 잔뜩 겁먹은 표정으로 대한 것에서 그런 사실이 짚어지고 있다고 했다.

그렇다면 운도 뗄 것 없이 돌산상회 문제는 그만두는 게 좋겠다고 한조는 말했지만 고인택은 시원스런 대답을 들려주지 않았다. 한조는 고인택을 부추기고 있는 증오심이 마음 놓이지 않았지만 전화로선 길게 만류하는 말을 할 계제가 아니었다. 그리고 적어도 4백킬로 가까이 먼 곳에 가 있는 그의 행동에 제어장치를 한다는 것 자체가 불가능하지 않는가.

한조는 다만 한 가지만 말하고 통화를 끝냈다.

"되도록 깊이 생각해서 처리하되 고 부장이 알아서 해. 목포에서 남경식만을 꼭 잡아야 하는 건 아니니까."

수화기를 내려놓고 돌아서는 그를 올려다보며 우제정이 물었다.

"또 무슨 음모예요?"

"네 눈엔 사업도 음모로 뵈니?"

"이 나라에서 사업이란 곧 협잡이지 별거예요. 그런데 어디 먼 곳인 것 같은데요."

"목포는 항구다."

"고 부장은 또 누구예요?"

"너 참 대동 그만두고 나한테 와서 같이 일할 생각 없니?"

"그런 일은 없을 거라고 했잖아요."

"고인택이라고 흥양에 있을 때 내가 데리고 있던 친군데 같이 떨려났지. 그래서 내가 이 회사 수산부장에 기용했는데 아주 유능한 친구야."

그랬다. 한조는 우제정을 아직도 한조실업의 증권부장 자리에 앉히고 싶었다. 박시대 부동산사업부장, 고인택 수산사업부장, 우제정 증권사업부장, 그렇게 한조실업의 진용을 짜고 싶었다. 그렇게만 간부진을 구성한다면 어떤 업체의 인력 내용에도 손색이 없고 어떤 경쟁 회사와의 싸움에서도 이길 수 있을 것만 같았다.

그러나 우제정만은 만만치 않은 존재가 아닌가. 도무지 마음을 움직여 주지 않는 게 아닌가.

"부서만 갖추면 모든 일이 저절로 될 것 같은 감상에 빠지지 마세요. 난 물론 형님이 정의감 때문이라곤 생각 않지만 이욱형이라는 악마하고 싸우겠다고 달려든 건 기분 좋아요. 어떻게든 밀어 드리고 싶어요. 하지만 필요 없는 인력을 늘려 사무실을 우선 그럴듯하게 꾸미고 싶어하면 형님은 이욱형이하고 싸워서 못 이겨요. 그건 감정적 사치일 뿐이에요."

우제정은 말하고 나서 늘 그랬듯이 이런 말로 또 끝을 맺었다.

"하긴 형님은 사업가는 못 되지만. 내가 돈독 올랐다고 할까봐 늘 겁을 집어먹고 있는데, 되겠어요."

이른바 사업가로 성공할 사람은 그렇지 않다는 것, 그런 비난을 들으면 귀가 즐거워야 사업가라 할 수 있다는 것. 요컨대 한조도 처음 만났을 땐 바위처럼 흔들리지 않았었는데 시간이 갈수록 차츰 그의 비난에 민감해지더라는 것이 아닌가.

"그렇게 된 건 다 제 영향이에요. 형님은 저 때문에 마침내 구제받는 거라구요."

"망하는 게 아니고?"

"오늘은 제가 한잔 내죠."

우제정은 말하기 바쁘게 자리를 일어섰다. 그러나 일껏 술을 사겠다고 해놓고는 막상 사무실을 나서자 우제정은 정말 술집에 가겠느냐고 물었으므로 한조는 애길 하다가 도중에 그만둔 지난번 일에 대해 물어보지 않을 수 없었다.

"지난번 우리 술 마시고 나서 어떻게 했니? 정말 내가 의리 없이 널 내버렸니?"

"그렇잖구요."

"어떻게 했는데, 내가?"

"모르는 척하지 말아요, 괜히. 약올리는 거예요, 뭐예요."

"정말이야. 나 알면서 모르는 척하는 거 아냐."

"술꾼들 전매특허 아녜요, 그런 변명."

"좋다, 맘대로 생각해라. 어쨌든 너 오늘 술 사겠다고 해놓고 지금 와서 꽁무니 빼는 이윤 그 때문이지."

"눈치 빠르신데."

"그렇다면 너란 인간도 별거 아니야. 옹졸한 놈이야."

우제정은 그제야 말했다. 사실은 지난번에 두 사람이 어떻게 헤어졌는지 자신도 알지 못한다는 것이다. 그럼에도 한조가 그를 어딘가에 내동댕이치고 도망친 것만은 틀림없다고 그는 주장했다.

"아침에 눈을 뜨니 전혀 낯선 방에 내가 누워 있더라구요."

"너의 집이 아니었단 말야?"

"그러니까 형님이 날 내버렸다는 거죠. 형님은 분명히 집에 가 잤을 테니까."

"그럼 미안하다. 네가 잤다는 낯선 곳은 여관이었겠지?"

"그야 물론이죠."

"누가 시계를 뽑아 가거나 주머닐 털리지도 않았고?"

우제정이 대답 대신 손목시계를 들춰보여 주었다. 그렇다면 그날의 우제정에게도 마지막에 여관을 찾아들 만큼의 정신은 있었다는 게 아닌가. 비록 그러기까지 시가지의 어디를 얼마나 오래 배회하고 다녔는지 모른다 해도.

“하지만 그랬다고 그 뒤로 연락을 딱 끊니, 사내 자식이?”

“무슨 얘기예요. 그 뒤에 우리 통화했잖아요.”

“그랬던가?”

“건망증 환자 행세하시지 말라니까요.”

“요컨대 오늘 나더러 속죄하는 술을 사라는 거냐?”

우제정이 고개를 내저었다. 뿐만이 아니었다. 그는 저녁을 먹자고 해도 거절했다. 뭔가 이상했다.

만나서 할말이 있다고 전화까지 했던 그가 건물 로비까지 동행하는 것을 끝으로 작별하고 싶어하는 것은 확실히 이상했다. 도대체 무엇일까? 한조는 곧장 달아날 기세인 우제정의 표정을 살폈다.

“너 나 만날 일 있다고 했잖어, 아까.”

“그냥 그랬던 거라니까요.”

“아니야, 넌 뭔가 나한테 일이 있었어. 그런데 도중에 포기한 거야.”

한조는 또 불현듯 그의 주식에 정말 무슨 사고가 난 건 아닐까 하는 생각이 한편으로 들었다. 농담으로 흘려 버릴 일이 아니었던 건 아닐까 하는……

“갑자기 맘이 변했어요.”

우제정은 시선을 불안하게 굴리며 별안간 아무것도 하고 싶지 않아졌다는 말을 했다.

“그렇다고 이렇게 헤어질 순 없잖어.”

한조는 그의 주식에 대한 불안을 그런 말로 표시한 편이었다. 우제정의 반응을 살피며.

“괜찮아요. 마음이 내키면 내일이라도 다시 올게요.”

마음이 내키지 않는다니. 더욱 이상한 소리가 아닌가. 그러나 한조는 그로부터 삼십 분도 안 되어 자신의 상상이 전혀 빗나간 것을 알게 되지 않았던가. 그건 실로 놀라운 사실이었다.

"이상한 말을 듣고 널 그냥 보내면 내 맘이 편하겠니."

우제정이 뒤통수까지 보였다가 되돌아선 것은 한조의 이 말 때문이었을까. 그는 돌아서서 말했다.

"제가 아무것도 아닌 일을 가지고 괜히 분위기를 어색하게 만든 건가요?"

"그래. 네가 이 분위길 수습해 줘야 돼."

"어떻게 해야 되나요?"

"나를 무동태워 줘."

"좋아요. 제가 술을 사죠."

"진작 그럴 일이지."

"제가 아는 술집이 하나 있걸랑요."

"놀랍다. 네가 술주정뱅이 같은 소릴 다 하고."

그러나 정작 놀라운 장면은 그들이 한조의 차를 타고 청량리역 앞 넓은 교차로 한귀퉁이에 내린 다음에 연출되었다.

"형님 찬, 돌려보내세요."

우제정이 차 안에 있을 때 이미 속삭였으므로 한조는 그렇게 했다.

"미스터 박, 회사로 돌아가서 박 부장 퇴근시켜 줘. 고 부장한테서 시외 전화 있거든 밤늦게 집으로 하라고 전하고."

그러곤 어스름하게 땅거미가 진 넓은 광장 한끝의 보도를 두 사람은 따라 걸었다. 중랑교 방향으로 5백 미터쯤 걸었을 때였다. 우제정이 부스럭거리며 주머니에서 종이쪽 하나를 꺼냈다.

"여기 어디쯤인데……."

알고 보니 그건 약도였다. 그림과 현실의 간격을 번갈아 기웃거리며 대조하고 있는 우제정을 쳐다보며 한조가 물었다.

"너도 처음 와보는 술집이라면 약돈 도대체 누가 그려 준 거냐?"

"여자가요."

“여자가?”

“네에. 나를 재워 준 여자가 그려 줬어요.”

우제정의 입에서 그런 말이 거침없이 나오는 게 놀라워 한조는 얼른 되받아 물었다.

“너를 재워 주다니?”

그러나 그는 마침내 방향에 자신이 선 듯 성큼성큼 걸음을 떼어놓을 뿐 아무 대꾸가 없었다.

골목 안 저만큼쯤에 작은 수박등을 내단 집이 세 채 있었다. 그리고 마지막 집 등 밑에 이르자 거기다 녹색의 글씨로 ‘새샘’이라고 쓴 것이 보였다. 우제정이 그 집 앞에서 걸음을 멈추고 말했다.

“형님, 품위 있게 처신하기 바래요.”

“술집에서 품위 있게 처신하는 건 여자들 하품하게 만드는 거라니까, 아랫도리가 근질근질한 여자들. 그건 그렇고 어떻게 된 거냐, 여기까지.”

“얘기하죠. 지난 사월 잔인한 달, 형님이 날 버린 날 밤. 여자 하나가 나를 건져 줬어요. 그 건져 준 여자가 이 집에 있어요.”

한조는 그제야 모든 게 분명해지고 있었다. 우제정이 그에게 오긴 와놓고 사뭇 망설인 이유가 거기 있었다는 게 명백해졌던 것이다.

“미스 윤예요.”

“미스 윤이 널 여관에 데려다 줬다 이거냐? 같이 끌어안고 잤니?”

그러는 한조를 우제정이 노려봤다.

“여관이 아니라 미스 윤의 집에서 잤어요, 아세요?”

“뭐라구?”

“그러니 조심하시라는 거 아니겠어요, 품윌 잃지 않도록.”

우제정은 말하고 나서 한발 앞서서 집 안으로 들어섰다. 호들갑스레 그를 반기는 소리가 들렸다. 동시에 우제정이 겁먹은 듯한 목소리를 냈다.

“여기 미스 윤이라고 계시죠?”

“계시냐구요? 네, 있어요. 있구말구요. 어서 올라오세요.”

마루에 선 여자의 말버릇은 아무래도 너무 호들갑스러웠다. 우제정은 어색하고 거북살스러워하는 빛이 뚜렷했지만 윤이라는 여자는 다행히 그들이 작은 규모의 방으로 안내될 때까지도 그 모습을 나타내지 않았다. 한조가 다행이라고 생각한 것은 우제정의 쭈뼛거리는 품에서 곧장 돌아서 버릴 것 같은 위기감이 사뭇 계속됐기 때문이다.

그런 때 마치 연극 무대에 나설 배우같이 화장이 요란한 미스 윤이 버선바람으로 뜰을 뛰어내려 왔다면 우제정은 기겁을 하고 달아나지 않았을까. 그들이 보료 위에 다리를 꼬고 앉은 다음에야 그 모습을 나타낸 미스 윤은 분명히 화장이 너무 짙었으니까.

“오모, 난 누구시라구!”

우제정이 보료를 밟고 일어서고 있었다. 그의 눈은 놀람으로 휘둥그레졌고 입은 미처 준비한 말이 없어 약간 실룩거리기만 했다.

“저어……”

우제정은 끝내 말을 못하고 있었다. 미스 윤이 곧 돌아 나가 버린 데도 얼마간 이유는 있었다. 잠시 후 다시 나타난 그녀의 손엔 화투짝이 들려 있었다.

“옷은 벗으시죠. 날씨가 더워졌어요.”

한조의 저고리를 벗기려 비단치마 소리를 내며 접근하는 그녀에게선 칙칙한 향수 냄새도 났다.

술은 뭘루? 맥주로. 안주는 상으로 나와요. 좋아. 그럼 잠깐만 기다려 주세요.

한조와만 말을 주고받고 우제정하곤 그의 웃옷을 벗겨 내면서도 한마디 말도 않은 채로 미스 윤은 방에서 사라졌다.

그리고 그녀가 나간 다음 우제정이 말했다.

"진작 찾아오지 못해 미안하단 말을 안 한 건 백 번 잘했죠?"

"넌 원래 의리가 없는 녀석이니까."

"이런 집에서 의리 찾다간 웃음거리되겠는데두요."

우제정이 그렇게 말할 정도로 냉정을 찾고 있다면 한조는 안심해도 될 것 같았다. 그러나 우제정과 미스 윤의 만남은 뭔가 슬픈 모습이라는 엉뚱한 생각을 그는 속으로 하고 있었다. 그래선지 조선집의 낮은 천장조차도 그에겐 답답함을 안겨주었다.

"너 그동안 용기가 안 나서 이 집 못 찾아온 거지? 두 달이 지나도록."

"영원히 찾아오지 말 걸 그랬다는 생각이 들어요, 지금은."

"그렇겐 안 되었을 거야."

"그렇죠. 언제 와도 한 번은 오게 되었겠죠."

"넌 도대체 이런 집에서 실망하는 게 뭐니?"

"아무것도 없어요."

"그러지 마. 절망에 빠진 얼굴을 하지 말라구."

"그렇지 않다니까요."

그러나 우제정의 피곤에 떨어진 듯한 모습은 마침내 흰 종이를 덮씌운 교자상이 두 사나이에 의해 들이닥치고, 그러곤 맥주잔이 두 바퀴나 돌아간 다음에도 조금도 좋아지는 기미가 없었다. 미스 윤이 인삼 뿌리에 꿀을 발라 먹여도 그는 여전히 기운을 차리지 못했다.

한조는 별수 없이 미스 윤을 몰아세우는 수밖에 없었다.

"어이 자네 뭐하고 있나. 저 친구 겨드랑이 밑이라도 간질여서 기운을 차리게 해봐."

"안 돼요. 이분은 희망 없어요."

"그런 친굴 뭣 땜에 집까지 데려가서 재웠어, 그럼?"

"오모, 선생님, 제가 언제 이분을 데려갔어요, 이분이 절 따라왔지요. ”

“예 ? ” 하고 우제정이 먼저 눈을 홉뜨고 미스 윤을 돌아봤다. “내가 댁을 따라갔다고요 ? ”

“그럼 아녜요 ? ”

“아니죠. ”

“이분이 왜 이러실까, 의리 없이. ”

알코올 기운에 완전히 지배당한 나머지라면 우제정이라고 그런 충동적인 행동을 못하란 법이 없겠지만 한조가 처음부터 믿기지 않던 대로 미스 윤은 멀지 않아 우제정과의 입씨름을 중단하고 진상을 밝혔다.

“애 미스 진, 있잖니, ”

하고 미스 윤은 끝없이 한조의 무릎에 올라앉고 싶어하는 미스 진을 상대로 그때의 정황을 설명하는 방식을 취하고 있었다.

“합승을 하구 서울역까지 가긴 했는데 통금이 다 돼버리는 거 있지. 기가 차더라 애. 택시는 더러 있는 데 후암동으로 가자면 모두 고개를 내젓는 거 있지……”

요컨대 그래서 미스 윤은 동자동 쪽으로 서울역 광장을 가로질러 건너뛰었다. 그랬는데 후암동으로 넘어가는 언덕길 못 미쳐서 어떤 사나이가 방범대원과 시비를 벌이고 있었다.

난 원효로까지 가야 한다구. 지금이 몇 신데 원효로를 가, 열두 시 십 분이라구. 그래도 난 좀 가야겠어. 맞았어, 나도 당신을 우리 파출소로 데려가야겠어.

미스 윤이 그들 사이에 뛰어든 것은 바로 그때였다. 그녀는 다짜고짜 이렇게 소리쳤다. 오모, 오빠 !

“방범대원이 놀라서 돌아보잖겠니. ‘우리 오빠예요. 제가 모시구 갈게요. 집이 요 아래예요.’ 그랬더니 방범대원이 그러더라. ‘요 아래라니 이 사람은 집이 원효로라는데.’ ‘술이 취해서 그래요. 오빠의 약혼자가 원효로에 살아요.’ 사람이 얼떨떨해지는 거 있지.
그 아저씨 이분을 떠받치구 서서 나를 아래위로 훑어보더라. ‘용
서해 주세요, 아저씨. 우리 오빠 용서해 주세요. 고민이 많아서
술 드셨어요’ 하구 매달렸더니 그 아저씨 이러잖니. ‘이 아가씨도
술 마신 것 같은데?’ ‘네, 마셨어요. 우리 집안은 모두 그렇게 고
민이 많아요.”

그렇게 하여 미스 윤은 마침내 방범대원을 속이고 연체동물 같은
우제정을 인계 받아 집으로 데리고 가는 데 성공했다는 것이다. 미
스 윤은 그녀가 달려들기 전까진 분명히 조금은 정신이 있던 우제정
이 자신은 오빠가 아니라는 사실을 밝히지 않은 것이 이상하다고 했
다. 그러나 한조에겐 그녀가 왜 고주망태가 된 골칫거리 사내를 구
해 줬는지가 더 이상했다. 우제정은 거지반 열두 시 반은 되어서 그
녀의 셋방에 도착하자 나무토막처럼 쓰러져 완전히 이성이 마비된
상태에서 토악질을 해댔다지 않은가.

“미스 윤이 이 친굴 방범대원으로부터 빼내려고 맘먹은 동긴 뭐
야, 그럼?”

“좋아서 그랬죠.”

“첫눈에?”

“그럼요.” 했지만 그녀는 우제정이 마침 변소에 간 틈을 타서 이
렇게 말하지 않는가. “모르세요, 왜 그랬는지? 술 취한 사람 끌고
오느라 늦었다구 하면 방범대원들두 놔주는 거 있죠. 경찰서 안 가
려구 나중엔 신랑이라고도 한걸요. 우리 같은 여자들 경찰서 붙들려
가면 어떻게 되는지 아시죠. 살 맛이 싹 없어지는 거 있죠.”

“그런데 왜 저 친구 있을 때 사실대로 해명하지 않았지?”

“저분은 너무 순진해요. 그 이튿날 아침에 어쨌는 줄 아세요? 아
유, 난 못 살아. 그 쩔쩔매던 거 생각하면 못 살아.”

어떻게 쩔쩔매었는지에 대해선 미스 윤이 말하지 않는 걸 못 살게

물을 순 없었으므로 한조는 대신 한 가지 충고의 말을 했다.

"저 친구가 그런 줄을 알면 지금 가서 얼굴 고치고 와. 화장이 너무 짙어."

그의 말에 미스 윤은 고개를 저었다.

"모르시는 말씀, 일부러 더 이렇게 하구 온걸요. 전 첨에 두 분 들오실 때 이미 봤어요. 그리군 얼른 얼굴에 처발랐어요."

미스 윤이란 여자는 참으로 놀라웠다. 미스 윤의 짙은 화장이 우제정의 혐오감을 사려는 의도와 관련이 있다는 데 놀라 한조는 뭐라고 대꾸할 말이 얼른 생각나지 않았다.

"저분 아침에 눈을 뜨자 어떻게 했는지 아세요."

"그보다도 저 친구 돌아오기 전에 가서 화장을 지우고 오지."

"일부러 이랬다니까 그러시네."

"남자한테 싫은 느낌을 주는 여성이 되면 손해잖어? 아무리 저 친구를 보호해 주기 위해서라 해도."

"선생님, 그건 오해세요. 전 저 분을 보호하려는 생각은 조금도 없어요. 귀찮아서 그래요."

"귀찮다니?"

"있죠, 저런 순진한 남잔 한번 달라붙으면 안 떨어져요. 근데 저 같은 게 저런 남자하구…… 웃기죠. 그건 안 돼요. 제가 저런 증류수 같은 아다라시 남자하구 맞겠어요?"

"왜 자신을 그렇게 생각하나, 미스 윤은?"

"맺어질 수만 있다면야 까무러칠 일이죠. 매일 업고 다니겠어요. 두드려 패는 게 취미라면 뼈가 바스러지두록 맞아 줄 수두 있죠."

"그런데 맺어질 수 없는 상대다?"

"못 올라갈 나무는 아예 쳐다보지두 말라는 거 있죠."

"미스 윤, 참 놀랍게 마음씨가 착하군."

"저분 돌려보내구 나서 혼자서 얼마나 울었다구요. 난 왜 저런 남자의 아내가 될 수 없는가 하구요.”

말하고 있던 미스 윤의 표정이 갑자기 이상한 기미를 나타냈다. 눈꼬리에 분명히 물기가 서리고 있었다. 아니나다를까. 그녀는 마침내 도망치듯 방을 빠져 달아나고 말았다. 진이라는 여자도 낙엽 부서지는 듯한 비단치마 소리를 내며 뒤미쳐 쫓아나가고, 그녀와 엇갈려 마침 우제정이 바보가 된 듯한 표정을 하고 방 안으로 들어섰다.

“형님, 갑시다. 재수없어요.”

“앉어. 이런 집은 그렇게 지나가는 집같이 들르는 게 아니야. 그리고 넌 더구나 신세도 갚아야 할 입장인데 그럴 수 있어?”

한조의 말에 우제정은 음울한 얼굴을 하고 다시 자리에 앉았다. 그가 변소에 가서 그렇게 늦게 돌아온 것은 그만 내빼 버릴까 망설였던 것인지 몰랐다. 아니 그랬었음에 틀림없을 것이었다.

“여자들 없으니 훨씬 좋군요.”

“너하고 살 여자도 아닌데 재수없느니 어쩌느니 생각할 거 없잖어.”

“얼굴에 그려 붙인 게 그게 뭐예요.”

“네가 재수없다는 생각을 하게 하려고 그랬는지 아니. 신세졌다는 생각이 싹 없어지게 하려고.”

“거들떠보기도 싫어요.”

그러나 십 분이나 뒤에 되돌아온 미스 윤의 얼굴은 뜻밖에도 화장이 싹 지워져 있었다. 그녀의 그런 모습에 누구보다 먼저 놀란 것은 우제정이어서, 그의 표정은 당장 안도감으로 충만하는 것 같았다.

한조에게도 여자가 생각을 바꾼 것은 참으로 기분 좋았다. 무엇보다도 그녀가 끝까지 처음 결심으로 버텼다면 그건 결국 우제정의 독신주의 사상만 더 굳힐 뿐이지 않았겠는가.

다음 차례는 여자를 좋아해 줄 일이다 하고 한조는 미스 진의 허리를 끌어당겨 안았다. 그녀가 또 그의 무릎을 사타구니 밑에 깔고 앉으려 했다. 그러나 솔직히 말해 그녀는 미스 윤에 비해 너무 매력이 떨어졌다.

"이 날씬한 허리!"

그때 우제정이 느닷없이 소리쳤다.

"형님, 여자 허리 놓으세요!"

그러나 우제정의 도발적인 고함에도 불구하고 술좌석에 별다른 문제가 일어나지는 않았다. 한조가 재빨리 농담으로 돌려 버린 것도 사태 수습에 매우 적절한 조처가 되었는지 몰랐다.

"넌 왜 옆에 미스 윤 두고 질투가 나서 그러니."

한조의 말에 두 여자가 먼저 까르르 웃었고, 그러자 우제정도 별 수 없이 농지거리한 것처럼 시치미를 뗄 수밖에 없었으니까.

"애기가 그렇게 되나요?"

"그렇잖고. 여자의 허리는 끌어안아 줄수록 더 예뻐지는 법이야."

"유방도 그렇다죠, 아마."

하고 우제정이 뜻밖의 말로 한수를 더 떠서 여자들을 놀라게 한 건 얼마나 기분 좋은 일이었던가. 왜냐하면 미스 윤이 일찍이 그를 순수무구한 젊은이라고 주장하는 바람에 미스 진까지도 그를 신기한 동물을 보듯이 하고 있었는데 그 한마디로 완전히 뒤집어엎어 버렸는지도 모르니까.

"오모모, 저분 다시 봐야겠는데요. 언니가 잘못 안 거 아녜요."

진의 말에 윤이 받아 말했다.

"용기를 내시는 건 참 보기 좋네요. 근데 참 자기 성두 안 가르쳐 주셨어요."

"아니 하룻밤을 한방에서 잤다면서 이름도 여태 몰랐단 말야?"

한조가 끼어들자 여자 쪽에서 먼저 경고했다.

"누가 들으면 진짠 줄 알겠어요, 선생님."

"그럼 사실이 아니야?"

“우리 둘이 껴안구 잤단 말예요, 그럼?”

“누가 알어.”

“자기가 해명하세요. 아님 이 미스 윤 혼인길 막혀요.”

“저 형님은 원래 남자 여자가 만나면 껴안는 일밖에 할 짓이 없는 줄 알아요.”

“임마, 그럼 남녀가 만나서 끌어안지도 않으면 속만 타지 무슨 재미니.”

이러구러 씨도 날도 없는 말을 주고받은 것이 네 사람 모두에게 이른바 가족적인 분위기를 느끼게 한 것일까. 그로부터 한 시간 남짓 시간을 죽인 다음 마침내 그들이 헤어져야 할 장면 앞에 섰을 땐 매우 우호적인 작별을 연출할 수 있었으니까. 석별이 아쉬워 그들은 두 쌍으로 나뉘어 두 번이나 악수를 나눌 정도였으니까. 아니 마침내 한조의 짝이 이렇게 속삭였으니까.

“뽀뽀 안해 주세요?”

골목으로 나오다 말고 한조가 되돌아설 듯한 자세를 취했다.

“잠깐. 전화번호 알아가지고 간다는 걸 잊었군. 그래야 이따가 여관으로 불러내지.”

우제정이 얼른 그의 어깨를 끌어당겼다.

“형님, 왜 주책이세요.”

“넌 미스 윤 집 아니까 이따가 너 혼자 살짝 간다 이거지.”

“취하셨어요?”

“그 여자 좋더라. 나 같으면 데리고 잤겠어.”

“집어치워요.”

“그런데 그 여자 방에서 자고 났을 때 너 그게 무슨 바보짓이니. 차라리 끌어안아나 줄 일이지.”

전적으로 미스 윤의 일방적인 주장이긴 했지만 그는 쩔쩔맸다는 것이니까. 자신의 머리통을 쥐어박기까지 했다는 것. 용서해 달란 말을 적어도 열 번 가까이 했다는 것. 진짜 성씨가 아니게 마련이지만 미스 윤의 주장에 의하면 그녀가 약도를 그려 준 건 그런 일이 있은 다음의 그의 끈질긴 요청을 거절하지 못한 나머지였다는 것이 아닌가.

"그래 놓고 오늘 막상 만나보니 귀신같이 얼굴을 그려 붙이고 있다고 해서, 넌 당장 모멸의 눈으로 그 여잘 바라봤어."

"아녜요. 그건 아녜요."

"네가 안 그랬다는 걸 증명하려거든 오늘밤 그 여잘 불러내. 넌 나쁜 자식이야."

그의 말에 우제정이 주춤 걸음을 멈추고 섰다. 그러나 우제정을 계속 골렸지만 그는 당연히도 끝내 술집 '새샘'의 여자를 불러내지는 않은 채 헤어졌다. 다만 그는 자신이 짙게 칠한 화장이 싫긴 했지만 그거 하나로 그를 집까지 데려가 재워 준 여자를 모멸의 눈으로 바라본 일은 없음을 누누이 강조했다. 어떻게 찾아가서 감사의 뜻을 전해야 할지 두 달을 두고 고민했다는 말도 했다.

당장 찾아가자고 말할 것이지 고민할 게 뭐가 있었느냐고 한조가 되물었을 땐 그는 주량이 형편없어서 신세를 갚는 덴 적절한 동행자가 못 되었다나. 그러나 그가 여자의 방에서 아무 일 없이 잤다는 것을 사실대로 납득해 줄 적당한 인물을 그 말고는 끝내 찾아내지 못했다나. 그래 놓곤 결혼이라는 것이 왜 그것에 잇따라 생각났는지 우제정은 느닷없이 이렇게 묻는 것이 아닌가.

"형님은 결혼식 언제 올리는 거예요? 혹시 여선생님 마음이 변한 거 아녜요?"

"악담을 해라."

말은 그렇게 했지만 한조는 속으로, 참 그렇구나 하는 생각이 들었다. 그동안 노량진 어판장 일로 하루해가 정신없이 돌아가다 보니 이숙희라는 존재에 대해 며칠씩 까맣게 잊고 지내기 일쑤였다. 물론 닷새 전부터는 줄곧 신경이 쓰이던 중이었으나.

이숙희가 두 달이라고 한 날짜가 닷새 전에 지나갔다. 달력에다 시커멓게 표시까지 해놓고 매일같이 쳐다보던 문제의 날이 드디어 닷새 전에 지나간 것이다.

한조는 내일이라도 내려가 봐야겠다고 생각했다. 처음 사흘까지는 완전히 정리하고 오자면 사흘쯤은 걸리겠거니 하는 마음으로 지냈다. 하지만 닷새가 지나도록 소식이 없는 덴 아무래도 마음이 놓이지 않았다.

내일은 노량진 형편 봐서 가급적 오전 중으로 내려가 봐야겠군.

고인택이 없으므로 노량진 어판장의 깡엔 한조 자신이 안 나갈 수 없었다. 물론 그가 있을 때도 한조는 거의 매일 빠지지 않고 나갔었다. 흥양의 조건재와 김영무도 비록 먼 빛으로지만 거기서 보았는데 그자들이 먼저 그와 마주치지 않으려 슬슬 도망다니고 있다는 것을 알 수 있었다. 그자들이 그러는 건 한조에게는 기분 좋은 일이 아닐 수 없었다.

이튿날도 김영무가 고급 선어부 쪽에 팔짱을 끼고 나와 있는 것이 보였다. 별로 서둔 것도 아닌데 깡은 쉽게 풀려 나갔다. 강진에서 올라온 준치와, 충무와 부산에서 올라온 문어, 전어, 새우, 넙치가 붙잡혔다. 그러곤 손을 털었다. 오전 열 시 조금 지나서는 반출까지 완전히 끝내 버렸다.

"박군, 지난번에 갔던 충남 연기까지 좀 내려가야겠는데."

그랬는데 이게 어떻게 된 일인가. 지방에 좀 갔다 온다는 말을 하기 위해 노량진에서 사무실에다 전화를 하자 설희가 대뜸 이러지 않는가.

"웬 여자분이 있죠, 지방에서 시외 전화를 걸구 오늘 오후 여섯
시 오십 분에 서울역에 도착한대요."

"뭐야! 그 전화 언제 왔었어?"

“이제 막요. 누구시냐구 물어두 있죠, 그냥 그 말만 하구 끊어 버렸어요.”

사무실에 전화를 않고 곧바로 출발했더라면 어쩔 뻔했는가. 한조는 갑자기 가슴이 두근거리기 시작했다. 길이 어긋날 뻔했다는 것 때문은 아니었다. 이숙희가 드디어 그의 앞에 나타난다는 사실이 순식간에 그를 달뜨게 만들고 있었다.

우제정 그 자식, 뭔가 예감이 있었던 모양인데. 그러나 오후 여섯 시 오십 분까지 기다린다는 것은 너무 창창하게 긴 시간이었다.

자동차를 서울역 광장의 자가용 주차 구역에 세워 놓고 한조는 여섯 시 반도 되기 전부터 집찰구 앞을 약간 물러난 지점을 서성거리고 있었다. 만나면 무슨 말부터 해줄까 하고 궁리하는 한편으로는 도착하는 열차가 의외로 자주 있다는 사실에도 그는 거듭 놀라고 있었다. 떠나고 닿고 한다는 안내 방송이 거의 연방 흘러 나오고, 집찰구를 통해서는 기다리는 시간이 조금도 지루하지 않게 제각각으로 차려 입은 사람들이 쏟아져 나오곤 했다.

마침내 여섯 시 오십칠 분! 짐이 많을 텐데 입장권을 사가지고 플랫폼까지 들어간다는 걸 깜빡 잊었군. 열차가 영등포역을 통과했다는 도착 예고 방송 때만 생각이 났어도 나갔을 텐데…….

7분 늦어 도착한다는 방송이 있은 지 몇 분 안 되어 벌써 집찰구 앞에 도착 승객들이 나타나기 시작했다. 그와 함께 그들을 마중나온 사람들도 경계 철망 앞으로 몰려들어 뒤켠에 선 한조의 시야를 거의 차단시켜 버리고 있었다.

승객들이 본격적으로 쏟아져 나오기 시작하고 있었다. 한조는 까치발을 하고 서서 열심히 눈을 굴렸다. 뛰는 가슴은 팔짱을 끼어 세차게 누르고. 그때였다. 이숙희였다. 분명히 이숙희의 모습이 보였다. 머리끝만 보고도 그는 알 수 있었다. 그는 사람들을 헤치고 앞으로 뛰어나갔다. 내가 숙희를 이렇게도 좋아하는가.

"어머, 선생님!" 이숙희가 그의 앞에서 낮은 목소리로 말했다.
"저 왔어요, 이렇게."
"기다렸어. 여기서 한 시간 가까이 기다렸어."
"어머나! 제가 시간을 잘못 알려드렸었나요?"
"아니, 빨리 만나고 싶어서."
이숙희의 얼굴에 미소가 실렸다.
"열차가 막 달렸는데두 그랬군요. 약간 연착이었죠, 선생님?"
"응, 7분이나."
"환한 대낮에 닿지 않으려구 이 시간 차를 탔어요. 밝은 낮엔 자
신이 없었어요."
"서울엔 얼마 만에 돌아온 거지?"
"일년 반 조금 못 돼요, 선생님."
"이제 오늘 하룻밤 자고 나면 자신이 설 거야, 서울이."
한조가 우려했던 것과는 달리 다행히 그녀는 짐을 들고 있지 않았
다. 핸드백 외엔 그가 받아든 그리 무겁지 않은 작은 가방 하나뿐이
었다.
한조는 그녀와 나란히 주차장 쪽으로 걸어가며 말했다.
"자, 우리 멋진 식당에 가서 저녁부터 먹자구."
"말씀하셨잖아요, 남산 기슭에 있는 멋진 음식점에 데려가 주시겠
다구."
"아, '묘향산'. 하지만 거긴 고작 곰탕집인데."
"곰탕두 먹어본 지 오래 됐어요."
"좋아, 거기로 가지. 아마 다른 것들도 먹을 만한 게 있을 거야."
한조는 이숙희를 안내하여 주차 구역으로 들어섰다. 그의 슈퍼 살
롱은 그가 봐도 거기 도열해 있는 세단 가운데서 단연 돋보였다.
박용문이 뛰어나와 문을 따주었다. 한조는 이숙희와 나란히 시트
로 들어앉은 다음 박용문에게 일렀다.

"박군, 남산에 있는 '묘향산' 알지?"

"네, 사장님."

"글로 가자구."

박용문이 곧 차를 길로 밀어넣었다. 이숙희가 창을 통해 밖을 내다봤다. 그러나 땅거미가 지면서 밖은 고대 어두워졌다. 남산 초입에도 이르기 전에 박용문은 헤드라이트의 스위치를 올리고 있었다.

음식점 '묘향산'엔 그동안 몰라서 그랬지 먹을 만한 식단이 많았다. 돼지에서 나온 것이 아니라고 주장하는 순대도 있었고 빈대떡도 있었으며 독특한 신선로도 있었다.

밤알도 건져 먹고 은행알도 건져 먹었다. 포만감은 사람을 낙천주의자로 만든다고 누가 말했던가. 한조는 한강변 쪽 도시 한쪽이 명멸하는 불빛에 싸여 내려다뵈는 창가에 앉아 이숙희를 불렀다.

"저 소리 들려?"

"무슨 소린데요, 선생님?"

"집집마다 깨 털고 있는 소리."

"불빛이 정말 깨알 같군요. 하지만 정말 저 모든 가정마다 깨가 쏟아지구 있을까요?"

"그랬으면 좋겠건만. 이제 자신이 서, 숙희?"

"아뇨."

한조는 그녀를 관찰하듯이 뜯어봤다. 약간 긴장하고 있는 듯한 느낌을 주는가. 그러나 그녀는 어떤 표정도 아니라고 해야 했다. 한조가 그녀의 어깨를 가볍게 안았다.

"오늘 저녁 어떻게 하지? 나하고 같이 갈까?"

그녀는 대답 대신 고개를 가로저었다.

"그럴 줄 알고 여관방을 하나 잡아놨지."

"그렇게까지 마음 써주셨군요, 선생님. 먼 친척집이 한 집 있어요. 내일부턴 거기 가 있겠어요."

두 사람은 곧 식당을 나섰다. 그러곤 자동차로 도시 한복판을 향해 내려왔다. 자동차가 호텔 정문으로 들어설 때까지도 이숙희는 아무 말이 없었다. 그러나 마침내 로비로 들어서면서는 말했다.

"선생님, 전 이런 어마어마한 집에서 자구 싶지 않아요."

"처음엔 나도 그렇게 생각했어, 아늑하고 호젓한 작은 집이 숙희 한텐 더 마음 놓이게 하지 않을까 하고……."

"우리 지금이라두 여길 나가면 안 될까요, 선생님."

"그렇지 않아, 이런 집이라야 숙흰 외롬을 타지 않게 돼. 그리고 숙흰 첫밤을 이 도시 한복판에서 자야 하잖겠어."

"그럼 선생님두 가시지 마세요. 무서워요."

"무섭긴. 그런 면에선 가장 안전한 곳이야."

"약속해 주세요, 선생님두 같이 계셔 주신다구."

한조는 고개를 끄덕여 주고 나서 안내대 앞으로 갔다. 방 열쇠를 받아 승강기 쪽으로 가는 동안 그녀가 또 말했다.

"자동차는 보내셔야죠."

"우선 방부터 구경하고."

17층의 32호실은 마침 야경을 내다보기엔 전망이 제법 좋은 방이었다. 1인용 침대 두 개가 놓여 있고 비누향 같은 호텔방 특유의 냄새가 났다.

이숙희는 우선 창틀 곁으로 가보고 있었다.

아마도 아직은 바쁘게 움직이고 있는 도시가 보이겠지. 그리고 악악거리는 모습을 보는 것은 자신감을 회복하는 연습에 도움이 되겠지. 한조는 그랬다. 바쁘게 돌아가는 어떤 모습에서도 피가 끓는 것을 느꼈다.

그러나 이숙희는 창틀 곁에 서서 이렇게 말했다.

"마치 검구 무서운 커다란 벌레가 기어가구 있는 것 같아요, 저 밖이요."

한조가 그녀 곁으로 다가갔다.

"저건 벌레가 아니라구. 숙희도 이제 저 속으로 뛰어들어야 한다구."

한조는 말하기 바쁘게 그녀를 와락 끌어안았다. 그녀도 마치 무서워하는 아이처럼 호응해 주었다. 참으로 긴 포옹이었다. 그녀의 목소리가 떨리고 있었다.

"선생님!"

한조는 그날 밤 이숙희와 함께 보내지 않았다. 이유는 그녀가 깨지기 쉬운 유리 같은 여자라는 사실 하나뿐이었다. 그녀도 그의 그런 세심한 마음씀에 감사했다. 감사하여 그녀는 끝내 눈물까지 보였다.

"선생님, 선생님을 열심히 사랑할 수 있을 것 같아요. 전 행복해요, 선생님."

"이젠 조금도 외롭지 않지? 무섭지도 않고?"

"그럼요, 선생님이 계시는데요."

"우리 결혼 첫날밤을 위해 기다리자구."

"네, 기도하는 자세루요."

"난 이제 돌아가도 되겠지?"

"밤이 늦었어요. 어서 가세요."

"잘 자, 숙희. 집에 도착해서 전화할게."

"기다리겠어요."

"숙희가 살 집이야, 그 집이."

"그럼요, 어떤 집일지 궁금해요."

"딱 네 밤만 기다려. 행복의 집을 보여줄 테야."

네 밤이란 두 사람의 합의에 의해 정한 날짜였다. 헤어지기엔 너무 이른 시간을 호텔 꼭대기의 라운지에서 보내면서 그들은 마침내 결혼식 날짜를 약속했던 것이다.

이숙희는 7월 중순 이후로 잡기를 주장했지만 한조가 서둘렀다.
그는 그녀를 후퇴시키기 위해 자신은 당장 다음날이라도 식을 올리
고 싶다고까지 했다. 되도록 명백한 이유를 들어 서둘러야 함을 논
리적으로 설명하기도 했다.

첫째, 그녀가 먼 친척이라고 한 집은 방 두 칸을 세들어 산다고
했으므로 그녀가 그 집에서 열흘 이상 묵는다는 건 그 집에도 그녀
에게도 매우 부담이 될 것이 틀림없지 않은가.

"그리고 계절도 무더위가 다가오고 있거든."

이숙희는 더위 같은 것은 조금도 문제되지 않는다고 했지만 결국
은 스스로의 주장을 꺾어 주었다. 한조도 애초에 사흘 뒤라고 한 것
에 비하면 기간을 거의 배로 양보한 셈이었다.

그러나 그런 산술적인 타협으로 식을 올릴 날짜를 잡은 것은 물론
아니었다. 나흘밤을 지나고 나면 그날이 바로 7월 9일인 일요일이
란 사실이 그들이 그날을 잡은 가장 큰 이유였다.

일요일을 택하자고 한 건 이숙희였다. 그녀는 일요일이 한 주일이
시작되는 날이라는 데 의미를 붙이고 싶어했다.

"실은 선생님, 그런 것두 아녜요. 우스운 얘기예요. 소녀 때 얘기
죠. 전 제가 만약 좋은 신랑을 만나 결혼을 하게 된다면 결혼식만
은 꼭 일요일에 올리리라 했어요. 그리군 일주일 내내 열심히 행
복을 찾아 뛰리라구요. 그땐 무엇에나 자신 있었나 봐요. 꿈두 많
았었구요."

"이제 그 꿈을 되찾도록 하자구, 우리."

한조는 그녀를 남겨 두고 호텔을 나오면서도 조금도 불만이 없었
다. 실은 아랫도리에 무딘 통증이 있었지만 그건 참을 만했다.

다음날 아침 그녀를 다시 찾아오자면 분명히 시간이 너무 늦을 것
이므로 차를 보내 그녀를 노량진으로 데려오게 하리라는 생각을 하
며 한조는 시트에 몸을 묻었다. 그러나 어시장의 비린내가 묻지 않

게 이 자동차 안에서 기다리게 하리라.

한조는 아파트로 돌아가자 곧 이숙희한테 전화를 했다. 그리고 다음날 아침 자동차를 호텔로 보내리란 말도 빠뜨리지 않았다. 전화를 끊으면서 그녀가 말했다.

"선생님, 전화 주셨으니 이제 그만 자겠어요. 선생님두 안녕히 주무세요. 너무 피곤해서 목욕두 할 수 없어요."

한조는 밤새 이숙희를 벗겼다. 벗기고 또 벗기고 끝도 없이 벗겼다. 그러나 그녀는 마치 양파같았다. 아무리 벗겨도 알맹이는 드러나지 않았다. 유리 같은 이숙희는 이렇게 겹겹으로 싸야 깨지지 않는 건가 하는 생각을 한조는 잠깐씩 하기도 했다. 하지만 이젠 제발 좀 아주 깊은 곳에 닿게 해다오 하고 아무리 빌어도 여전히 벗길 것이 남는 데는 초조감을 넘어 나중에는 짜증마저 났다. 결국은 밤새 벗기다가 만 것이다.

깨어 보니 먼동이 훤히 트는 시각이었다. 그리고 꿈이었다. 그를 절망에 빠뜨렸던 게 이숙희가 아니고 꿈을 꾼 것뿐이었다는 사실에 한조는 안도의 한숨을 쉬었다.

한조는 이숙희가 들어 있는 호텔로 전화를 해볼까 하다가 그만두고 세수를 했다. 피곤하다고 말한 그녀는 아직도 자고 있을지 모르므로 깨울 수가 없었다.

—밤새 선생님 꿈이었어요.

그녀에게서도 그런 말이 나올지 모른다고 해도 첫새벽부터 전화벨이 울리게 해서는 안 되었다. 그러나 기분은 좋지 않았다. 몽정이 있었다는 것 말이다. 그는 속옷을 갈아 입으며 얼굴이 화끈 달아올랐다. 그리고 기분이 나빴으므로 입었던 팬티와 잠옷을 쓰레기통에 던져 버렸다.

노량진 어판장에 닿자 네 시 정각이었다. 세상 만물에 아직도 짙은 어둠이 묻어 있다는 사실에 그는 새삼 뿌듯한 보람 같은 것이 느껴졌다. 나는 이제 한 여인을 행복하게 해주기 위해 이런 시각에 깨어 있는 거다!

젊은 청년 하나가 전등 불빛 아래 머리를 흔들며 다가왔다.

"사장님, 저 손상덕이라고 합니다. 고 부장님이 사장님 뵙고 인사 올리라고 하셨습니다."

"그래? 나한테 무슨 말이 없었는데……."

"지금 여수 내려가 계시죠? 아마 미처 말씀드릴 겨를이 없으셨던 것 같습니다. 저한테도 서울역을 떠나면서야 연락을 하셨거든요. 급히 목포에 가게 되셨다면서요. 그것도 직접도 아니고 제 누님 가게로다가요. 전 집에 전화가 없거든요."

한조는 말하고 있는 청년을 아래위로 재어 보았다. 꽤 영리해 보이는 데가 있었다.

"자네 여기 경력은 얼마나 되나? 이름이 손상……."

"상덕입니다. 경력이랄 게 있습니까, 사장님. 이제 겨우 일년 돼 가려 하지요. 작년 초가을부터 나오기 시작했으니까요."

"지금은 그럼 누구 밑에서 일하나?"

"아무나 부르면 심부름해 드리고 그랬습니다. 어느 집하고 정해 놓지도 못하고 기웃거렸죠."

"그렇다면 오늘 아침엔 우선 나를 좀 도와줘."

"알겠습니다. 중매인이 김명기 씨라는 건 알고 있습니다."

한조는 손상덕이 마음에 들었다. 무엇보다 자신을 숨기지 않고, 공판장에 처음 발을 들여논 이후의 생활을 날품 파는 격이었다는 것까지 사실대로 털어놓는 게 그중 마음에 들었다.

그리고 보기와는 달리 팔뚝의 완력도 생각보다 훨씬 좋아서 그가 붙잡아 놓은 물 좋은 꽁치 60상자와 조기 80상자를 차에 싣는 작업을 그는 날렵한 움직임으로 부지런히 도왔다.

"자네, 이따가 회사로 오지."

“네, 사장님. 한조실업 위치는 알고 있습니다.”

한조는 곧 박용문이 이숙희를 벌써 데려왔는지 보기 위해 주차장 쪽으로 걸어 나갔다.

짙은 안개가 주차장까지 밀려와 있었다. 자동차들이 요란하게 떠는 머플러의 푸른 연기로 조금씩 밀리고는 있었지만 그것으로 몰아내기엔 안개의 두께가 너무 두꺼워 보였다.

그의 슈퍼 살롱은 아직 보이지 않았다. 한조는 건물 안으로 다시 들어가 김명기의 사무실로 갔다. 김명기가 옷을 갈아 입고 있었다.

한조는 호텔로 전화를 했다. 그러나 이숙희의 방 전화는 받는 사람이 없다며 교환수는 요구하지도 않은 전화를 접수대로 연결시켜 주었다.

“네, 이숙희 씨 한 십 분 전에 체크 아웃했는데요.”

한조는 수화기를 내려놓고, 엎드려 구두에 솔질을 하고 있는 김명기를 향해 말했다.

“이 사무실에 구두닦이도 하나 고용해야겠는데요. 그게 무슨 청승입니까.”

“꽁치 장사해 가지고 그런 아이까지 둘 수 있을까……?”

“꽁치가 어때서요? 난 노친네가 싸다고 맨날 사다 굽는 찐 꽁치만 먹고 자라서 그런지 날꽁치라면 존경심이 우러날려고 그래요.”

“나 사장 이제 보니 그래서 굳이 꽁칠 놓치지 않는 거구만, 난 흥양이 달려들어서 그런 줄 알았더니.”

“그 점도 있다 이거죠.”

“결괄 봐야 알긴 하겠지만 오늘 아침 꽁치 별 재미 못 보는 게 아닌가 싶은 생각이 들어요. 낙찰가를 너무 올렸던 것 같은데.”

“천만에. 두고 보세요. 요즘이 어디 꽁치철입니까. 전혀 뜻밖에 올라온 건데.”

“그렇긴 하지만 싣고 온 거진수산 사람들 기분 좋아하던 게 어째 마음에 걸려요.”

“걱정 마세요. 대신 오늘은 내가 아침을 대접하고 싶은데 어떻습니까?”

“무슨 일인가요? 나 사장 나하고 손 끊자는 얘길 하려고 그러는 건 아니겠죠, 설마?”

“무슨 말씀을. 인사시킬 사람이 하나 있어서요. 여자거든요.”

“여자?”

“참, 김 선생, 손상덕이란 아이 아세요?”

“아까 그 아이 아녜요. 몇 번 보긴 했지만 어떤 아인지 모르겠는데요.”

“그래요?”

“재빠르긴 하더군. 눈치도 꽤 빠르고.”

“고 부장한테 붙여 줄까 하는데요. 실제로 고 부장이 추천했다면서 찾아왔어요.”

“애는 참해 뵙디다만.”

“그럼 재가 난 겁니다.”

“그건 나 사장이 알아서 할 일이고 여자란 무슨 애긴가요? 혹시 나 사장 어부인될 사람?”

“나도 이제 홀아비 신세 면해야 안 되겠어요.”

“그럼 내가 바로 맞췄구먼.”

“그래서 우선 김 선생한테부터 인사시켜 드리려는 거죠. 아직 이 세상 누구한테도 말조차 꺼낸 일이 없거든요. 김 선생이 명실공히 첫분이란 거 잊지 마세요.”

그들이 그러고 있을 때 박용문이 유리문 앞에 그 모습을 나타냈다. 한조가 김명기한테 재빨리 말했다.

“드디어 온 모양입니다. 나가시죠.”

"아니, 나 사장 어부인될 분이 여기까지 오셨단 말인가요? 이런 델?"

"여기가 내 생활 터전인데 그럼 여기도 안 와봐요."

"저런! 난 마누란 이 근방에도 얼씬 못하게 하는데."

그때 박용문이 문을 열고 들어서며 말했다.

"모시고 왔습니다. 길이 막혀 좀 늦었습니다. 중간에서 교통사고가 나서요."

"우리 차가?"

"아뇨. 버스하고 택시가 받았더군요. 안개 때문이죠."

한조는 김명기와 함께 박용문을 따라 주차장으로 나갔다. 또 가슴이 두근거리기 시작했다.

이숙희는 아직도 안개가 자오록한 주차장의 한귀퉁이에 세워진 슈퍼 살롱의 뒷좌석에 다소 의아한 눈을 하고 앉아 있었다. 박용문이 문을 따고 있는데 김명기가 귀엣말로 한조에게 급히 속삭였다.

"이거 낭패났는데요."

"아니, 뭐가요?"

"나 사장 중맨 내가 설 생각이었는데……."

"좋은 후보자가 있습니까?"

"있으면 뭐해요, 저런 미인이 나타나셨는데."

"더 좋다면 바꾸어야 하잖을까요?"

"예끼 여보쇼…… 실은 처제가 하나 있거든요. 미대를 나와서 환쟁이도 못 된."

"아하, 그럼 동서가 될 뻔했잖아요."

"집사람이 자꾸 나 사장 애길 해서……."

듣자니 김명기의 애긴 그냥 해보는 소리가 아니었다. 마치 한발 놓친 것 같은 그런 아쉬운 표정까지도 그는 짓는 것 같았다.

그러나 그와 함께 이숙희와 아침을 먹는 자린 매우 유쾌한 분위기였다. 비록 아침이지만 축하를 하기 위해선 축배가 빠질 수 없다면서 그는 술값만은 자신의 부담으로 한다는 전제 아래 포도주 한 병까지 굳이 주문할 정도였으니까.

한조는 거기서 그가 기독교인이라는 사실을 처음 알았다. 포도주를 주문한 데서 안 게 아니고 그는 식사 시작 전에 아마도 일용할 양식을 주어서 고맙다는 뜻이었을 묵도를 잠깐 드리고 있었던 것이다. 그의 그런 모습에 한조는 이숙희와 시선을 마주치고 말없는 의미를 빨리 주고받았는데 곧 그가 말했다.

"감사히 먹겠습니다, 두 분 덕택에."

식사가 끝나 식대를 치르는 기회를 이용하여 한조는 회사로 전화를 했다. 이숙희와 시간을 보내도 좋을지 어떨지를 결정하기 위해서.

그런데 전화를 받은 설희가 제꺽 박시대한테 수화기를 넘겼다.

"예, 사장님예, 퍼떡 헤사로 좀 들오실 수 있입니꺼?"

"무슨 일이야?"

"고 부장이예, 전활 걸어 갖고 목포에 간 일이 잘 대가고 있다 안 캅니꺼."

"잘됐군, 그럼."

"그라믄서예, 급히 돈 2천만 원만 목포 외환은행 지점으로 좀 부치도고 안 캅니꺼."

"2천을? 외환은행으로 부치라고?"

"예, 온라인이라는 기 있다믄서요. 그른데 그기 외환은행밖엔 엄답니더."

"외환은행 누구 구좌로?"

"김주인이란 사람이 목포 수산상사 주인인데 그 사람 통장으로 보내랍니더. 통장번호도 안 갈키 줏습니꺼."

"알았어. 나 곧 들어가. 설희보고 돈이나 찾아다 놓으라고 해."

한조는 전화를 끊고 돌아와 김명기한테 그런 사정을 말했다. 김명기도 기분이 좋은 모양이었다.

"나 사장은 인복이 있어요. 이런 훌륭한 신부님도 맞아들이게 되고, 또 모두가 도와주지 못해 애쓰는 사람들뿐이고."

"네, 그래서 밥값을 내면서 포도주 한 병값은 남겨 놨습니다."

"그야 물론 약속대로 해야지요. 그보담도 내가 차를 한잔 대접할까 했는데 그럼 곧 회사로 돌아가 봐야 하는 거 아닙니까?"

"다음에 사 주십시오."

김명기는 한조가 말은 그랬지만 포도주 한 병 값도 다 치른 것에 불만을 표시하고 나서 이숙희 안 듣게 낮은 목소리로 말했다.

"하지만 2천이면 큰 돈예요. 그냥 보내도 되는지 잘 생각해 보고 결정했으면 해요."

"그러죠."

그러나 그는 그와 헤어져 회사로 돌아오자마자 2천을 온라인 구좌에 입금시키고 말았다.

"사장님, 솔직히 말씀드려서 3천 정도 가지고 산지 중매인 잡는다는 건 거의 가망없는 일이더군요."

예정보다 하루 더 머물러 닷새 만에 돌아온 수산부장 고인택의 첫마디였다.

"서울의 돈많은 중매인들이 몰려 내려가서 디립다 돈으로 들쑤셔 놓는 바람에 모두 간뗑이들이 부어 가지고요. 몇 천 정도에는 콧방귀도 안 뀌려들 들어요. 애먹었어요. 챙피하지도 않나 하는 눈으로 보는 것 같기도 하구요. 대기업들에다 생선 가공업체들까지 끼어들어 현찰 실력이 없는 현지 중매인들 약점을 십분 활용하고 있는 것 같아요. 어민들한테까지 손을 뻗쳐 말하자면 입도선맬 하고 있다는군요. 연근해 어민 72프로가 연 65프로의 고리채로 주고 있는 기업체들 돈을 쓰고 있다니 말 다했죠 뭐. 현금으로 주고

고기 잡아 갚으라, 얼마나 악랄해요. 높은 금리 따먹고 싼값에 고
기도 받고, 꿩 먹고 알 먹고 껍질은 박제해서 파는 격 아니겠어
요. 그런 공공연한 객주들 손아귀에 모조리 다 잡혀 있는 형편이
니 3천 정도 가지고 어디 운이나 뗄 수 있어야죠.”
　한조는 고인택의 말을 들으며 맥이 풀리는 느낌이었다. 뚫고 나가
기엔 너무나 벽이 두껍구나 하는 생각이 들었다. 그는 열등감의 보
상을 받을 길이 없어 주먹만 불끈 쥐었다 폈다 하고 있었다.
　“그럼 돈을 더 보내라고 할 일이지 왜 2천이라고 했어?”
　“아니죠. 우리 회사 사정으로 산지 중매인들한테다 그렇게 자금을
집어넣고 있어선 안 되잖아요. 우린 아직은 노량진에서 승부를 내
야 하는데 그러다가 만약 자금난에 부딪히면 큰일 아니겠어요.”
　한조는 고인택이 말을 앞질러 다 해버리고 있는 것에 뭔가 자존심
의 손상 같은 것을 느끼지 않을 수 없었다. 그러나 그의 말이 사실
인데야 뭐라고 하랴. 고인택이 다시 말했다.
　“돌아다녀 보니 정말 돈 한번 뭉청 있어 봤으면 싶던데요, 사장
님.”
　“조금만 기다려. 조금만 열심히 뛰어 보자구. 그런 악조건에서도
고 부장은 제휴점을 확보하고 돌아왔으니까.”
　고인택은 비록 목포의 돌산상회 남경식을 잡는 덴 실패했지만 그
와 거의 쌍벽을 이루고 있다는 순천상회와 손을 잡는 데 성공했다는
기분 좋은 결과를 가지고 돌아왔다. 여수에서도 그의 의욕이 마음에
든다면서 여수 수산상사의 김주인이 계약금 1천에 쾌히 응낙을 했
고 군산의 돌핀수산과도 계약서를 써 가지고 돌아온 것이다.
　“이만하면 이번 제 출장은 성공작이라고 할 수 있겠죠, 사장님?”
　“물론 성공이고말고. 이제 남은 건 자금 동원인데 그 문제만은 내
가 최선을 다하겠어. 염려 말고 뛰어봐.”
　한조는 의욕적인 자신을 보였다. 그래 뛰자. 그는 어금니를 사려

물었다.

"참 고 부장이 찾아낸 손상덕이 그 아이 말야."

"아 참, 찾아뵈라고 연락했는데 왔었군요, 그럼?"

"바로 그 다음날 노량진에서 만났지. 당장 그날부터 일시켰어."

"시켜 보니까 어떻습디까, 괜찮죠?"

"잘해. 마음에 들더군. 잘 골랐어, 고 부장이."

"오래 두고 지켜본 아이죠. 괜찮을 것 같더군요."

"하나쯤 그런 아이가 더 있었으면 고 부장이 좀 덜 바쁠 텐데."

고인택은 우선은 손상덕 하나로 뛰겠다고 했다. 한조는 그의 그런 태도가 마음에 들지 않을 수 없었다.

제휴 점포들이 제대로 움직이는지 바로 시험해 보자는 고인택의 제의로 한조실업의 전화는 한동안 목포, 여수, 군산을 부르는 시외 전화로 시끌짝했다.

"네, 서울 한조실업의 고인택입니다. 저희 나 사장님의 감사하다 는 인사 말씀을 전해 드리려구요."

고인택이 통화 상대들한테 꼭꼭 그 말부터 먼저 하고 있는 것은 한조의 귀에 매우 즐거운 바가 있었다. 더구나 고인택의 말로는 자 신을 아주 의욕적이고 자금 면에서나 기업가적 수완에서나 대단한 능력을 가진 이상적인 예비 재벌이라고 만나는 사람한테들마다 소 개했다는 것이 아닌가. 그러니까 고인택의 말은 그 대단한 정력을 가진 젊디젊은 사장이 감사의 말을 전한다는 뜻이 된다. '제발 좀 감동해 다오' 하고 한조는 속으로 빌었다.

그런데 그런 감동의 결과일까, 고인택의 다음 물음에 상대들은 지 체없이 물건을 올려 보내겠다는 대답이지 않던가.

"뭐 오늘밤에 들어올 예정에 있는 건 없습니까? 아, 그래요? 마 침 전화하실 참이셨다고요? 그거야 염려 마시라니깐. 아하, 그렇 습니까? 얼마나요? 알았습니다."

고인택이 얼른 송화기를 막고 한조를 돌아봤다.

"무슨 애긴데?"

"고등어가 들어오는데 그걸 확보하자면 한 2천 내려 보내줘야겠다는 얘기군요."

"올려 보내면 그편에 전한다고 할까?"

"저도 그런 뜻으로 말했는데 마침 그걸 붙잡을 돈이 없다는군요. 물건은 좋다는 정보가 들어와 있으니 당장 보내주면 좋겠다는데요."

"첫번인데 그럼 그렇게 해야지, 어쩌겠어."

"1천만 보내겠다고 할까요?"

"아냐, 그쪽에서 요구한 대로 하겠다고 해."

한조는 말하고 나서 고인택이 그의 말을 저쪽에다 전하는 동안 설희를 불러 통장의 잔고를 확인했다. 5천 조금 넘게 남아 있었으므로 한조는 안심이 되었다. 한데 참 이상한 일이었다. 여수에서 고등어를 말했는데 목포에서도 갈치와 함께 고등어를 올려 보내겠다고 하고 군산의 돌핀수산까지 문어에 이어 또 고등어를 올려 보낼 수 있다는 게 아닌가.

"웬일이죠, 모두가 물건을 자신할 수 있다고들 하는데요. 어장에 나가 있는 배들로부터 직접 들어온 보고라는 거예요."

"다른 데서도 온다는 말을 하고, 낙찰가를 잘해서 올려 보내라고 해. 내일 장에서 고등어 독점으로 승부를 한번 내는 거야."

목포의 순천상회로 보내는 2천만 원을 외환은행 온라인 편에 부치고 한조는 약간 초조감에 빠져 사무실을 서성거렸다. 고인택도 긴장한 얼굴로 전화기 앞에 앉아 있었다. 걸려 오는 전화 이외에는 전화 사용도 일절 금지시켰다.

그날 한조실업 사무실엔 밤 열한 시가 넘도록 불이 켜져 있었다. 손상덕이도 와 있고 박시대와 운전사 박용문도 퇴근을 못하고 대기

했다. 설희가 돌아간 것은 밤 열 시가 넘어서였다.

한조는 우제정한테 낮에 건설주 처분을 의뢰한 것이 어떻게 됐는지 궁금했다. 그러다가 마침내 생각이 났다.

"고 부장, 세 군데다 전화해서 우리집 전화번호 가르쳐 주고 우리집으로 가자."

한밤의 산지 깡에서 펄펄 뛰는 고등어를 잡는 데 성공했다는 시외 전화가 한조의 아파트로 걸려온 것은 새벽 한 시가 조금 넘어서였다. 세 군데 합해서 고등어만도 8톤으로 세 트럭이 넘었다. 갈치와 문어를 합해서 한 트럭. 그렇게 됐으니 이제 남은 것은 오로지 돈 문제였다. 한조는 고인택이 전자계산기로 뽑아준 총액을 앞에 놓고 궁리를 세웠다.

1억 8천!

세 군데 산지 중매인들한테 내려가 있는 돈이 4천, 통장에 든 3천 조금 넘는 액수에다 한조 자신이 아무도 몰래 결혼 비용으로 쓰려고 따로 둔 5백까지 다 긁어 모아도 1억 가까운 액수가 당장 있어야 하지 않는가.

우제정이 주식을 팔아서 만들어 주리라 믿지만, 그리고 그렇게만 되면 1억은 넘는 액수지만, 그러나 한조는 일을 단단히 하기 위해선 이렇게 하는 수밖에 없었다.

"고 부장, 확보된 고기를 하루만 냉동창고에 넣어 뒀다가 올려 보내라고 해. 노량진 고등어 시세가 폭락이라는 핑계를 대고."

"그러면 냉동창고 사용료만 괜히 더 무는데요. 벌써 다 실었는지도 모르고."

"빨리 연락해. 예감이 있어서 그래."

한조는 돈 준비가 안 되어서라는 말은 하고 싶지 않았다. 사실 그는 그렇게 큰 액수인 줄 몰랐던 것이다. 계산이라면 누구한테 뒤지지 않는 그로선 처음 맛보는 중대한 실수가 아닐 수 없었다. 고인택이 급히 목포부터 불렀다. 마침 아직 적재 전이었다. 여수도 괜찮았는데 가장 가까운 군산에선 벌써 떠났다는 것이 아닌가.

목포와 여수에 대해서는 한조와 고인택이 모두 착각한 것이어서 그 시각에 떠나 보내봤자 새벽의 노량진 깡시각까지 닿지 못한다는 걸 그쪽에선 알고 있어서 아예 냉동실에 넣고 있다는 것이 아닌가. 시간에 닿을 수 있는 군산에서만 즉시 올려 보내고. 한조는 안도의 한숨을 깨물었다. 그리고 이튿날은 아침 아홉 시가 되기 바쁘게 대동증권으로 전화를 하고 우제정을 찾았다.

"어제 내가 부탁한 거 어떻게 됐지?"

"준비해 놨는데 왜 안 가져가세요."

한조는 우제정의 말에 귀가 번쩍 뜨이지 않을 수 없었다.

"고맙다, 제정이. 곧 우리 박군을 보낼 테니 그 편에 좀 보내 줘."

"직접 안 오시고요?"

"몸을 뺄 틈이 안 나서 그래."

"알았어요."

그랬는데 우제정은 돈을 운전사 박용문 편에 보내지 않고 15분쯤 뒤에 박용문이 몰고 간 차를 타고 직접 나타나지 않는가.

"이거 미안해서 어떻게 하니."

"얼마나 바쁜 건지 직접 한번 보려구요."

"전화를 기다리느라 그래. 설훤 은행에 보냈고."

우제정이 돈뭉치를 한조의 책상 위에 내려놓고 슬쩍 눈짓을 했다. 한조가 그를 따라 복도로 나갔다.

"형님, 저 운전수도 흥양에서 왔다고 했죠?"

"왜 그래?"

"사람을 의심하는 건 좋지 않지만 좀 이상한 느낌이 들어서 내가 직접 가지고 왔어요."

"어떻게 이상해?"

"무슨 돈이냐, 나 사장 주식이 얼마나 되느냐, 꼬치꼬치 묻더니 돈을 자신이 가지고 오라는 명령을 받았다면서 마구 싸울 듯이 덤비잖아요."

"못 미더워하는 게 기분 나빠서겠지."

"그럴 수도 있긴 하죠."

"조심하지, 앞으로."

"1억예요. 그리고 형님 주식은 아직 안 팔았어요."

"그럼 어떻게 된 거야?"

"대출했죠. 아직도 건설준 오르는 중이거든요."

"정말 고맙다, 제정이."

"형님 통장도 도로 가져다 놓았으니 잘 보관하세요, 안녕히 계세요."

우제정은 말하기 바쁘게 뒤통수를 보이며 복도를 걸어갔다. 우제정의 도움으로 대금 결제 문제는 한시름 놓았다고 생각하는 순간에 고인택이 헐레벌떡 사무실로 뛰어들었다.

"사장님, 기쁜 소식입니다. 기쁜 소식이라니깐요!"

한조는 놀라서 얼른 대꾸를 못하고 휘둥그레진 눈으로 그를 올려다봤다.

"대전 공판장이랍니다."

"도대체 무슨 얘기야? 좀 차근차근 얘기해 봐."

그러나 고인택은 너무 흥분한 상태여서 숨만 몰아쉴 뿐 대답을 못했다.

"대전 공판장이라니, 무슨 얘기야?"

"고등어에 불이 붙었다니까요, 대전에서."

"뭐라구, 고등어에?"

"네에! 고등어예요. 자그마치 25센티짜리 한 마리에 2백 18원까지 올라갔다는 데야 놀랄 일 아닙니까. 내일 깡에선 더 오를 거라는 거예요."

"2백 18원이나?"

그렇다면 어떻게 되는가. 평균 28센티나 되는 고등어의 마리당 경락가가 62원 50전씩 먹혔으니 세 트럭분이면 도대체 얼마나 되는가. 한조는 눈앞에 불꽃이 튀는 것 같았다.

"고, 고 부장, 그럼 어떻게 해야 되나? 여수와 목포에 연락해서 대전으로 보내라고 해야겠지?"

"그야 물론이죠. 물량이 더 있는지도 알아봐야지요. 이런 기절할 기회가 또 있을 줄 압니까!"

"당장 전화해! 있는 대로 모조리 실어 보내라고 해."

"아무도 눈치 못 채게 딱 새벽 네 시에 현장에 닿으라고 해야죠."

"어디서 나온 정보야? 다른 집에선 정말 모르고들 있을까?"

"분명히 아직은 아무도 모르고 있어요. 삼성에서 극비로 하고 있는 정보거든요. 우선 그 사람들은 흥양에서 눈치챌까 봐 제일 겁을 내고 있어요."

"그럼 흥양에선 아직 모르고 있다는 거야?"

"물론 깜깜이죠. 삼성만 극비로 전국 69개 산지 어판장에 작전 명령을 내려놓고 있는 상태예요."

"그렇다면 삼성이 물량 동원을 해가지고 대전으로 들이닥칠 거 아냐?"

"사장님 모르세요, 그게 다 헛수고라는 거?"

"어째서?"

"이 7월에 동해에서 고등어가 나오겠어요, 어디서 나오겠어요. 이 달에는 우리가 잡은 목포, 여수, 군산에서밖에 고등어가 안 들어온단 말씀예요."

"그런가?"

"그럼요. 동해에선 이달뿐 아니고 일년 내 고등어란 안 잡혀요."

"그렇다면 목포, 여수에다 오늘밤에 들어오는 것도 잡으라고 해야 하는 건가."

"물론이죠."

고인택은 곧 한조의 책상 위에 있는 전화 수화기를 집어 들고 다이얼을 돌리기 시작했다. 그러나 도중에 통화 중 신호인지 재차 반복하고 있는 그를 바라보며 한조가 말했다.

"충남 사람들이 갑자기 고등어만 먹기로 한 건가, 왜 대전에서 야단이 났지 ?"

"통조림 가공 수출업자가 달려든 거 아닐까요, 해외 수주(海外受注)를 갑자기 받고."

'그럴 법하군' 하고 한조는 고개를 끄덕거렸다. 고인택이 마침 전화선의 연결에 성공했는지 다급한 목소리로 김주인 사장을 찾았다. 김주인이라면 여수 수산상사 주인이 아닌가. 한조는 속으로 빌었다. 제발 오늘밤에도 삼성을 꺾고 한 트럭분이라도 붙잡아 다오 !

그러는 한편으론 돈 마련 문제도 한조로선 신경 쓰이지 않을 수 없었다. 하지만 이렇게 되면 별수 없었다. 주식을 팔 수밖에는…….

한조는 우제정에게 건설주 매각을 부탁하려던 생각을 바꾸어 진동규를 찾아가기로 하고 우선 설희를 불러 박시대가 나가 있는 곳을 수색해 보라고 일렀다.

"영동 세기부동산에 연락해 봐. 아마 거기 있기 쉬워. 만약 있거든 풍납동 두 채하고 도곡동 한 채 값이 얼마가 되든 당장 계약하란다고 전해."

한조는 말하고 나서 복도로 나서며 생각했다. 아파트는 이제 그것으로 전부 처분하는 것이니 박시대는 할 짓이 없어진 셈이라고. 그렇다고 박시대를 조건재가 나오는 노량진 어판장에 데리고 나가도 될까. 아니 그보다도 풍납동 것은 18평짜리밖에 안 되니 도곡동 24

평짜리까지 다 계약이 된 대도 7천이 되기 어렵지 않은가.

그러나 그게 무슨 문제인가. 다음날 아침 열 시만 지나면 아무리 손에 못 쥐어도 5, 6억 돈은 쥐게 될 텐데. 5, 6억이 뭔가. 목포와 여수서 고인택한테 장담한 약속만 제대로 지켜 준다면 10억도 바라볼 수 있잖은가.

진동규는 마침 그의 사무실에 있었다. 그의 비서 미스 김이 예나 다름없이 반색을 했으므로 한조는 스타킹 선물 사 온다는 걸 깜빡 잊었다는 엄살을 부리고 나서 진동규의 방을 손가락질해 보였는데 미스 김이 발딱 일어나서 문을 열어 주기까지 하지 않던가.

"사장님, 나 사장님 찾아오셨어요."

"요담에 올 때 양말 배로 더 사올게."

한조는 방으로 들어서기 전에 미스 김한테 말했다.

"스타킹 선물하심 채이신다구 말씀드렸는데요."

"미스 김 발길에 차이는 건 영광이라고 나도 말했었어."

미스 김이 하얗게 눈을 흘기게 내버려 두고 한조는 진동규의 방 문턱을 넘어섰다. 내가 지금 여비서하고 농담할 때가 아닌데……

그러나 한조는 진동규의 환하게 웃는 눈을 보며 자신이 섰다. 그도 그럴 것이, 이 나라에서 가장 여가를 잘 즐기는 사나이로 정평이 나 있어 도무지 사무실에 앉아 있는 꼴을 볼 수 없다는 진동규를 한조는 이미 세 번씩이나 예고 없이 찾아와서도 만나고 있으니 말이다.

"진 사장님, 전 행운아 같습니다."

한조는 정말 진동규가 자신에게 행운을 안겨줄 사나이 같은 예감이 들어 그렇게 말했다.

"갑자기 그게 무슨 말이오?"

"제가 찾아올 때마다 진 사장님이 자리에 계시니 말입니다."

"내가 자리에 있지 어딜 가겠소."

"골프장에 안 가시면 수영장에 가신다는 거 제가 모르는 줄 아십니까."

"며칠 전에 발을 좀 삐었어요. 원숭이도 나무에서 떨어질 때가 있다더니 골프장에서 우습게 잔디에 미끄러졌잖우."

"발 삐시기 천만다행입니다, 저한텐."

"무슨 일인데 그러우?"

"진 사장님 통장 좀 저한테 넘겨주십사 하구요."

"무슨 정보를 얻었구먼, 나 사장. 그럴 땐 혼자서 독식할 생각 말고 나한테도 좀 나눠 주고 그래야지."

"정본 무슨 정봅니까, 영세 구멍가게라서 맨날 주머니가 달랑달랑해서 그러죠."

한조는 거침없이 시치미를 뗐다. 진동규가 그런 그를 물끄러미 마주 쳐다봤다.

"나 사장 참, 요전에 꽁치에서 꼬라박았다는 소문이던데요… 사실인가요?"

"말씀 마십시오. 하늘이 다 노래집디다."

"흥양하고 너무 신경전 벌이는 거 내 생각엔 피했으면 하는데, 물론 나 사장이 잘 알아서 하겠지만."

"이제 다신 오기부리지 않아야지요."

"그건 그렇고 내가 무슨 돈이 있다고……."

"왜 이러십니까, 진 사장님."

"얼마나요?"

이런 말이 나오면 얘긴 이미 다 된 거 아닌가. 한조는 속으로 쾌재를 올렸다.

한조는 올 때까지도 기왕 말을 꺼낼 바에야 2억쯤 요구하리라 마음먹었던 것인데 갑자기 망설여졌다. 그랬다간 혹시 진동규가 무슨 눈치를 채지 않을까 하는 우려 때문이었다.

“그동안 꼬라박은 상처가 너무 누적이 되어서요, 압박이 심하군요.”

하고 한조가 말을 더듬자 진동규가 당장 가로막고 나섰다.

“무슨 소릴. 나 사장이 실패한 일이 지난번 꽁치말고 언제 또 있었다고 그래요.”

“모르시는군요, 제가 얼마나 당했는지. 서툴러서 경락가가 좋은데도 밖에선 당한 일이 많아요.”

“그런 일은 아마 있었을 거구면.”

“말씀 마십시오, 그럴 때마다 속상한 것 생각하면…….”

“서툴러서 그랬던 게 아니라 나 사장 너무 빈틈없이 계산하다가 그런 것 아닌가요?”

“제가 뭘 빈틈없이 계산할 줄 압니까?”

진동규가 잠시 뜸을 들이고 말이 없는 동안 미스 김이 마침 차를 날라왔다.

“중국차예요. 스푼으로 잎사귀를 밀구 드세요.”

라고 그녀가 일러주었다. 그녀가 돌아 나간 다음 진동규가 다시 권했다.

“들어요, 나 사장.”

“잎사귀를 밀어내면서 마신다구요. 빛깔이 묘하군요.”

“내겐 맛도 괜찮은 편인데 어떨지…….”

맛을 보자 쌉쌀했다. 입맛을 쩝쩝 다셔 차맛을 음미함을 암시하고 있는 한조에게 진동규가 재차 물었다.

“얼마나 필요하다고 했지요, 나 사장?”

“통장째 주시면 제 신수가 확 펴지겠는데 그렇겐 염치가 없고 이거 얼마라고 말씀드려야 하죠?”

“얘기해 봐요.”

“형편이 되시면 한 1억만 돌려주시면…….”

"다른 사람도 아닌 나 사장 부탁이니 거절할 처지도 못 되고."

"이런 부탁 드리게 되어 정말 죄송합니다."

말은 그렇게 했지만 한조는 속으로 후회했다. 그렇게 쉽게 들어줄 줄 알았더라면 처음 마음먹었던 대로 1억을 더 얹을 걸 그랬잖은가.

진동규는 곧 부저를 눌러 미스 김을 불러들였다.

"은행에 가서 1억짜리 수표 하나 끊어와."

진동규는 말하다 말고 한조를 돌아보며 물었다.

"수표면 되지요, 나 사장?"

"현찰이면 더 좋지요. 쪼개서 줄 거니까요."

진동규가 미스 김한테 다시 지시했다. 그러곤 그녀가 방을 나가기 바쁘게 그에게 물었다.

"참 언제 갚을 거요, 나 사장?"

"들어먹을 참인데요."

"아직 돈을 건네기 전인데."

"진 사장님께서 까짓돈 1억 가지고 절 어쩌시진 않겠지 해서요."

"그럼 관두겠소."

"미스 김은 이미 떠난걸요."

"나 사장, 참 좋은 차 타고 다닌다면서요?"

"누가 그럽디까?"

"노량진 사람들 모두가 그러던데."

"고물인걸요."

"도요타 슈퍼 살롱이라면서요?"

"고물딱지라니깐요."

"나 사장은 역시 노량진에서 주목받는 인물임에 틀림없어. 자동차 하나를 가지고도 그렇게 말이 많은 걸 보면."

"말이 많다니요, 진 사장님?"

"흥양 이욱형 씨가 얼마나 약올라 할까, 아니 이욱형 씨를 골리기 위해 나 사장은 슈퍼 살롱을 굴린다고들 말이 많아요."

한조는 그 말을 듣는 순간 가슴이 벅차 왔다. 그렇다면 성공이다 하고. 자동차 얘기가 나왔는데 느닷없이 이숙희 생각이 퍼뜩 떠오르게 된 건 무엇 때문일까. 그러나 자리가 자리인만큼 한조는 짧게 생각하기로 했다.

'숙희와 약속한, 이틀 뒤로 다가온 결혼식 날짜는 무슨 일이 있어도 지킨다——

그는 이미 결혼식을 올릴 장소 예약도 끝내 놓고 있었다. 설희가 집에 돌아가 제가 식장 예약금 전달을 했다고 들입다 선전을 해서 그 아이 아버지가 동생인 한조한테 호통을 치는 전화까지 걸었다.

요컨대 집안만이라도 자랑스러운 동생의 경사는 미리 알고 있어야 하지 않았겠느냔 것. 아무리 사업에 정신을 빼앗겼기로서니 형한테도 알리지 않은 것은 한조의 실수라는 것.

그의 형인, 설희의 아버지는 이런 말도 했다. 한조한테 있다가 다시 그가 모시고 있는 어머니한테와 맏형한테는 자신이 일찍 경사 소식을 듣고도 깜빡 잊었노라고 양해를 얻었다는 것이 아닌가. 말하자면 그의 형은 동생을 위해 갑작스런 예수가 됐다는 투였다. 그러나 한조는 전화를 받으면서 사뭇 돈의 부피 앞에 아첨하는 형의 망신당하는 권위가 싫었다. 설희를 당장 해고해 버리고 싶도록 싫었다.

한조는 생각을 떨고 말했다.

"제가 고물딱지 자동차를 한 대 산 건 다른 아무 뜻도 없습니다. 제 천박스러운 허영을 만족시키기 위한 것 외엔."

진동규가 그의 말을 듣고 있다가 갑자기 놀란 얼굴을 했다.

"나 사장 이제 보니 아주 멋진 분이군. 그런 말은 아주 하기 힘든 말인데."

"사실인걸요."

"사실이니까 힘들다는 거지. 어쨌든 그 자동차가 엉뚱한 파급 효

과도 내고 있으니까 오래 몰고 다니고, 사업도 빈틈없이 키워 나
가길 바래요."

"열심히 뛰겠습니다."

한조는 마침내 은행에서 미스 김이 찾아온 현찰 1억을 받아 들고
헤어지는 장면에서도 진동규한테 재차 같은 말을 되풀이했다.

"이 신셀 잊지 않기 위해서도 열심히 뛰겠습니다."

한조는 우제정을 찾아가지 않은 것이 백번 잘한 일이라고 생각했
다. 그가 애당초 우제정을 찾아가 주식 처분을 의뢰하지 않은 것은
이자 없는 진동규의 돈을 꿔다 쓰고, 그동안에 더 뛸 건설주의 등귀
폭(騰貴幅)도 먹자는 계산에서는 절대로 아니었다.

그는 오로지 우제정을 찾아갈 용기가 나지 않았을 뿐이었다. 우제
정으로선 그가 건설주를 처분할 수밖에 없는 불이익을 막기 위한 최
선의 방법으로 그에게 1억의 대출을 주선했던 것이 아닌가. 그게 결
코 쉬운 일이 아니었음은 한조도 능히 짐작할 수 있었다.

그 정도로 마음을 써준 우제정에게 불과 한두 시간 뒤에 또 어찌
찾아가서 주식 처분해 내라고 요구할 수 있으랴. 그리고 무엇보다도
그 주식을 담보로 하여 대출받았다는 얘길 텐데 그렇다면 그걸 처분
할 순 없게 되어 있을 게 아닌가.

한조는 차를 몰고 있는 박용문의 뒤통수를 노려봤다. 우제정이 하
던 말이 생각나서였다.

"박군, 요즘 흥양 사람 누구 만난 일 없나?"

"네, 사장님? 제가 흥양 사람을 만나다니요?"

저건 흠칠 놀란 어투일까, 아닐까. 그러나 한조는 스스로 말머리
를 돌리고 말았다.

"혹시 마주친 사람이 없었나 이거지."

"제가 그 회사 사람들 만날 기회가 어디 있습니까, 사장님. 맨날
차나 끌고 다니면서."

"있었던 데라고, 그래도 보고 싶은 생각도 더러 들 만한데…… 나
　도 이 회장 생각 가끔 나지."

한조는 이렇게 하여 완전히 딴 방향으로 말을 돌려 버렸다. 지금
이 어디 그딴 일에 신경쓸 계제인가 말이다.

한조는 진동규가 돌려준 현찰 1억을 받아 들고 회사로 돌아가며
약간 양심의 가책 같은 걸 느꼈다. 그가 고등어를 몰아 대전으로 내
려갔다는 것을 진동규는 곧 알게 될 텐데, 그렇게 되면 자칫 유감을
사지 않을까 하는 것이 그중 마음에 걸렸다.

그러나 한 가지 안심이 되는 게 있다면 진동규라는 사람은 스스로
도 늘 얘기하듯이 본래 투기성이 있는 장세(場勢)에는 비록 승산이
분명하다 하더라도 끼어들지 않는 것을 사업 모토로 하고 있는 중매
인이라는 점이라고나 할까. 그야 물론 지금 자신이 누리고 있는 재
력만으로도 누구 부러울 것이 없다는 만족감에서 연유하는 것이겠
지만 여느 사업한다는 사람치고 그처럼 적당한 선에서 만족하고 취
미 생활이나 즐기는 사람이 도대체 몇이나 되는가.

들리는 말로는 일제 때 동경미술학교를 나왔다는 진동규는 그 방
면에도 꽤 조예가 깊어 그가 그동안 남몰래 모은 그림이며 족자, 도
자기류들만 해도 현 시세로 치면 어마어마한 재산이라고도 했다. 그
럼에도 그는 누가 그걸 들먹거릴라 치면, 예술작품은 절대로 돈으로
환산되는 게 아니라고 점잖게 충고한다니 그런 면에서 보면 진동규
란 사람은 어딘가 존경할 만한 데가 있는 인물인지 몰랐다.

그는 누구에겐가 이렇게 말했다지 않은가.

─내가 자식이 있어, 뭐가 있어. 자식이 있대도 그건 내 지금까
지 모아온 예술품들을 어떤 믿을 수 있는 기관에다 기증하든지 미
술관을 하나 지으면 지었지 자식한테 넘겨주진 않을 거야. 사실
내 일생의 꿈은 멋진 미술관 하나 지어 놓고 죽는 거거든.

한조는 진동규가 술회했다는 말이 떠오르자 그를 존경하는 마음

이 더 깊어졌다. 선선히 돈을 꾸어 줬기 때문은 아니었다. 나도 그런 어떤 고상한 취미 한번 가져 봤으면 좋으련만 쥐뿔이나 그런 방면에는 아는 게 있어야지.

한조는 돈뭉치를 끌어안고 사무실로 들어서면서도 사뭇 고상한 어떤 취미 생활에 대한 생각에 매달려 있었다.

사무실에서 시외 전화를 기다리느라 대기 중이던 고인택이 그를 쳐다보며 물었다.

"사장님 왜 그러세요?"

"무슨 소리야?"

"기운이 없으신 것 같은데요."

"돈이 너무 무거워서……."

"마련이 되셨군요."

"이걸로 멋진 그림이나 몇 폭 샀으면 딱 좋겠구먼."

"네에?"

"사람이 산다는 건 고상한 정신을 기르는 거 아니겠어?"

그때 설희가 얼굴을 내밀고 말했다.

"있잖아요, 지하 다방에서 기다리구 계세요."

"네, 참 사장님 사모님 되실 분인 것 같던데요, 말씀하시는 거 보니." 하고 고인택이 설희의 말에 덧붙여 설명했다. "전활 제가 받았거든요. 시외 전환 줄 알고."

한조는 머리가 띵해 오는 것을 느꼈다. 불가불 결혼식을 며칠 연기하는 수밖에 없지 않을까 하는 생각이 들어서였다.

"고 부장 어떻게 해야 되나? 나도 대전 내려가야 되겠지?"

"오후에 제가 일단 내려가서 사정을 보겠습니다. 그리고 사정 봐서 곧 연락을 드리죠. 아무래도 사장님도 내려오시긴 해야 할 거예요."

"나 잠깐 다방 다녀오겠어."

한조는 돈뭉치를 설희한테 넘기고 사무실을 나섰다.

지하 다방으로 내려가기 위해 승강기를 기다리는 동안도 한조는 결정을 못 내려 초조감에 빠져 있었다. 결혼식 날짜를 연기해야 하느냐, 않느냐.

이숙희는 엷은 분홍빛의 반팔 블라우스 차림을 하고 다방 한구석에 앉아 있었다.

"오래 기다렸어?"

"아녜요. 예까지 나타나서 죄송해요. 더구나 이런 차림으루요."

"어때, 날씨가 이렇게 더운데."

"언니되는 분이 자꾸 우겨서요. 긴 팔은 시골뜨기 같다나요."

"팔뚝에 상처 있는 사람인 줄 알걸, 긴 소매 차림이면."

"하지만 챙피해요. 여기 와보니 다른 여자분들은 모두 정장이군요."

이숙희의 말에 한조는 다방 안을 휘둘러봤다. 냉방이 되어 있어선지 그런 차림이 많았지만, 그러나 모두가 그런 것은 아니었다.

"참, 숙흰 무슨 취미 같은 거 없어? 예를 들어 그림 같은 걸 수집한다든지……"

"그건 돈많은 사람들이나 즐기는 취미 아녜요?"

"숙흰 학교 때 그림 그렸다고 하지 않았던가?"

"아뇨. 물감 살 형편이 못 됐어요."

"내가 사 줄 테야."

"그보담두 선생님."

"아직도 선생님이야? '한조 씨' 하고 불러봐."

"어머, 망측해라."

"요즘 아이들은 자기라고 부른다던데."

"선생님, 그건 그렇구요, 우리 결혼식 날짜를 좀 연기하시면 안 될까요?"

한조는 이숙희가 먼저 그런 의견을 내놓는 데 안도감 같은 걸 느끼면서도 시치미를 떼고 반문했다.

"왜?"

"전 아직 아무런 준비두 못했어요. 짐두 내말에 그냥 맡겨둔 채룬 걸요."

"준비할 게 뭐 있어. 짐이야 요담에 우리 아파트로 가져오면 될 거고."

"선생님, 안 그래요. 여자들이 시집가는 데 준비해야 할 게 좀 많아요."

"우리가 덮을 이불 같은 거?"

"묻진 마세요, 뭘 준비해야 하는진."

"난 숙희가 무리해 가면서 뭘 준비해야겠다면 그게 싫어서 그래."

"전 무리하지두 그럴 형편두 아네요. 하여튼 조금 미뤄 주세요. 며칠만이라두요."

"궁합 보러 다니려고?"

"오머머, 선생님."

"삼복 더위가 오는데?"

"날씨는 상관없어요."

"그럼 며칠이나 연기한다?"

그때 언제 나타났는지 설희가 한조 앞으로 다가서고 있었다.

"무슨 일이냐?"

"고 부장님이 대전으루 내려가야 한대요."

"알았다. 인사드려라." 하면서 한조는 이숙희를 가리켰다. "조카야. 형님 딸이지."

이숙희는 미소를 머금은 얼굴로 목례를 했고 설희는 거침없이 '작은엄마'라는 호칭을 썼다. 설희가 그렇게 말해서일까, 숙희도 마침내 한마디 받아 말했다.

“집안에 잘 말씀드려 주세요. 참 예쁜 아가씨네요.”

“먼저 올라가거라. 나 곧 올라간다고 해.”

설희가 결혼식장 예약을 제가 했다는 자랑을 하고 돌아간 뒤 한조도 곧 자리를 뜰 채비를 차렸다. 이숙희가 시선을 흔들며 그를 지켜봤다.

“식당 예약까지 하셨음 어쩌죠?”

“연기하면 돼. 다시 날짜를 잡자구. 딱 한 주일 뒤면 되겠지.”

며칠새 다시 연락하겠다는 말을 남기고 이숙희가 돌아간 뒤 한조는 뭔가 한숨 돌린 기분으로 사무실로 돌아갔다.

“지금 곧 내려가야 한다고?”

한조는 사무실을 서성거리고 있는 고인택을 향해 물었다.

“고등어가 보석값이라는군요, 방금 목포에서 연락이 왔는데.”

“소문이 퍼졌군, 드디어.”

“그래봤자 소용없죠. 물건이 있어야죠.”

“오늘밤에 들어올 게 있잖을까.”

“이제 대가리들이 터질 거예요. 하지만 꼭 우리한테로 빼돌려 주겠다고 약속했으니까요.”

“삼성이 가만 있을까?”

“군소업자들이 그렇게들 설친다는데요. 삼성은 아마 뒤에서 딴 작전을 쓰고 있는 것 같다는군요. 그래서 만약 안 되면 고깃배를 아예 강진 같은 데로라도 빼돌리겠다던데요.”

“그래?”

“그래서요, 어젯밤 꽁치를 미리 실어내 와야겠다는 거예요. 그냥 뒀다가 한꺼번에 떠나 보내면 소문도 나고 트럭 동원 문제도 있고 하다는 거죠.”

한조는 고인택의 말에 고개를 끄덕였다. 일찌감치 대전 냉동창고에 넣어 놓으면 더욱 안심이지. 비록 창고 사용료를 가외로 더 물게 된다 해도 그편이 마음 놓을 수 있지 않은가.

한조는 자기 자리로 돌아가며 고인택한테 재차 확인했다.

"지금 곧 떠나보낸대?"

"네, 트럭을 대기시켜 놓고 있다는데요."

"그래서 뭐라고 했어?"

"곧 실으라고 했죠."

"그럼 고 부장도 바로 떠나도록 하지."

한조는 말하고 나서 설희를 불러 돈을 가져오게 했다. 고인택이 현찰 1억을 가방에 챙기는 동안 한조는 그때까지의 지출 내역을 메모했다. 진동규에게서 돌린 1억까지 다 나간다면 총액 2억 8천이 투입되는 셈이 아닌가.

한조는 약간 흥분되는 것을 어쩌지 못했다. 오늘 하룻밤만 넘기면 2억 8천이 10억이 될지도 모른다는 꿈에만 그는 매달려 있는 게 아니었다. 어느 편이냐 하면 과연 괜찮을까 하는 우려가 그에겐 더 컸다.

"고 부장 자신 있지?" 하고 그가 새삼 다짐해 보는 것은 그 때문이었다. "자신 있어?"

"뭐 말씀입니까?"

"이번 일 말이야. 실패하는 일은 없겠지?"

"무슨 그런 말씀을 하세요."

"빈틈없이 처리해 줘. 무슨 일 있으면 즉각 연락해 주고."

"물론이죠. 저 그럼 떠나겠습니다."

고인택이 가방을 들고 사무실을 나섰다. 한조는 얼른 설희를 시켜 박용문으로 하여금 고인택을 고속버스 터미널까지 태워 주도록 일렀다. 그러곤 고인택에게 물었다.

"목포나 여수에서 연락이 있으면 뭐라고 할까?"

"대전으로 연락하도록 일러놨으니까 제가 도착하기 전이면 몰라도 이쪽으로 연락 오는 일은 없을 거예요."

"대전 어디 연락처가 있어?"

"미스 나한테도 알려놨어요. 제가 늘 묵었던 단골 여관이 하나 있
걸랑요."

"마침 잘됐군. 그렇다면 나도 오늘 중으로 내려가지."

"일단 제가 도착하는 대로 연락드릴게요."

고인택은 마침내 떠났다. 과연 모든 일이 순조로울까 하며 돌아서
는 한조를 쳐다보며 설희가 엉뚱한 소릴 했다.

"작은엄마 될 분 있잖아요, 어쩜 그렇게 미인이에요."

그러나 한조는 뭐라고 대꾸할 마음의 여유가 없었다.

대전 침공의 귀추가 어떻게 될 것인가 하는 초조감에 빠져 있는
한조에게 고인택이 전화를 걸어온 것은 그날 오후 일곱 시 반이 지
나서였다.

"목포와 여수에서 올라온 고등어 일차분 세 트럭은 냉동 창고에
입고 완료했습니다. 다 끝내고 전화드리느라 좀 늦어졌습니다."

전화를 같이 듣고 있던 박시대가 먼저 환성을 터뜨렸다.

"와아, 고 부장 수고 몽땅 했심더. 그름 인자 낼 아침이면 볼일
다 보는 깁니더, 그지예?"

"박 부장, 수화기를 내려놓지 못하겠어!"

한조는 호통을 치고 나서 고인택을 상대로 당장 궁금한 점부터 물
었다.

"그건 그렇고 그쪽 공기는 어때?"

"아주 좋아요, 사장님. 우리 고기 보고 벌써 말이 많습니다. 하역
부들도 물건도 좋고 선도도 좋다고들 쑤군거리고 조합측에서도
쫓아와 보곤 내일 대전 공판장에 난리나겠다던데요."

"난리가 어떤 방향으로 나느냐가 문제지."

"어쨌든 물량 확보를 우리만큼 한 집은 없을 거라는 게 여기선 공

통된 관측이니까요."

"공기를 잘 보라고. 나 지금 출발하겠어."

"갈치는 서울로 올려 보냈는데요, 타이탄으로요."

"그건 손군 보고 김명기 씨한테 연락하라고 하지."

한조는 통화를 끝내고 손상덕을 불러 갈치 2톤이 올라오고 있다
는 사실을 일러주었다.

"나 지금 대전으로 간다. 일이 빨리 끝나면 내일 오후 두 시 전으
로 올라올 거다."

"지도 좀 데불고 가시믄 안 되겠십니꺼?"

박시대가 엉덩이를 들썩거렸으나 한조는 들은 체도 않고 박용문
한테만 재촉을 댔다.

"박군 가자. 칫솔은 대전 가서 하나씩 사면 돼."

"그름 진 머 할까예? 아파트 팔 것도 엄고."

"내일 아침 일찍 나와서 꼼짝 말고 전화기 앞에 앉아 있어."

"알겠심더."

한조는 이미 낮에 다 챙겨논 가방을 들고 회사를 나섰다. 가방 속
엔 진동규한테서 돌린 또 다른 1억의 현찰이 들어 있었다.

박용문이 지하 차고에서 끌고 나온 슈퍼 살롱이 전조등을 켠 채로
한조 앞에 울컥 멎어 섰다. 손상덕이 잽싸게 달려들어 자동차 도어
를 따주었다.

"안녕히 다녀오십시오, 사장님."

"더도 말고 딱 서너 배만 벌어 갖고 오이소."

"문단속 잘하고 바로 퇴근들 해."

박시대와 손상덕의 배웅을 받으며 한조의 슈퍼 살롱은 검은 어둠
에 싸인 22층짜리 극동빌딩 앞을 미끄러져 나갔다.

톨게이트에 닿기도 전에 박용문이 휘파람을 쌕쌕 불고 있었으므
로 한조는 경고하지 않을 수 없었다.

"밤 여행이야. 너무 좋아하지 마. 조심해야 한다구."
"염려 마십쇼. 사장님은 한잠 푹 주무십쇼. 그러고 나면 대전일 겝니다."
"하여튼 빨리 갈 생각은 마."
한조는 흐릿한 실내등 아래 시트에 몸을 묻었지만 잠이 올 리 없었다.
대전에서의 갈림길——
대전은 원래 교차로 같은 도시다. 모든 길은 거기서 사면 팔방으로 뻗어 나간다. 이런 대전이 한조에겐 왠지 승패의 갈림길로만 느껴지지 않는가. 그러나 여름 새벽의 희뿌연 먼동은 아직 두 갈래 길의 끝을 잿빛으로 지워 놓고 있었다. 한조는 죄어드는 가슴의 압박을 잊기 위해 기지개를 켰다. 머릿속은 다행히 말끔했다.
그는 지난밤에 고인택을 데리고 성공을 미리 자축하는 건배를 들었었다.
"사장님, 축배를 드시죠!"
고인택이 맥주잔을 높이 치켜들고 소리쳤다. 박용문도 그들과 자리를 같이하고 있었는데 그도 따라 술잔을 들어올리며 한조를 부추겼다.
"사장님, 제 손이 이렇게 떨리는군요. 우리도 흥양에 멋지게 복수 한번 해봐야지요."
그들이 들떠 있는 게 불안해서는 아니고, 한조는 자신마저 흥분에 빠져서는 안 된다고 생각했다.
"말을 앞세우지 말자. 우리한텐 적이 너무 많아. 누가 어디에 매복조를 내보내 놓고 있는지 모르잖어."
그의 말에 고인택이 팔을 내저었다.
"말씀드렸잖습니까, 사장님. 모두 눈이 시뻘개져 있을 뿐 물량 확보 한 집이 없다니까요."

"삼성이 어떤 형편인지 모른다고 했잖어."

"그렇지만 군소 상인들하고나 몰려다니는 거 보면 똥끝이 타서 찌꺼기라도 모아 보겠다는 거밖에 더 되겠어요. 상무에다 수산개발 부장까지 내려와 반출상들 꽁무닐 따라다니고 있는 거 사장님도 보셨잖아요."

"밤새 장외 거래로 긁어 모으겠지, 결국은."

"그래봤자죠. 우리 물건 같은 걸 어디 가서 구경해요."

"어쨌든 너무 좋아하지 마."

"두고 보세요, 내일 새벽에 역산 바뀝니다. 장담할 수 있어요."

"그럼요. 고 부장이 이러면 틀림없어요."

박용문이 뭘 아는 것처럼 덩달아 맞장구를 쳤다. 그들은 얼마나 마셔 댔는지 몰랐다. 저희끼리 마시다간 간간이, 우리 사장님 술 좀 잘 드시는 분이었으면 오늘밤 얼마나 기분 나실까 하는 말을 끼워 넣고 싶어했다.

"얼마든지 마셔. 맥주 회사 술통이 바닥날 때까지라도 마셔!"

"두 분 먼저 올라가십시오."

해놓곤 그 뒤로 박가는 소식이 없었다. 목포와 여수에서 여관으로 전화가 걸려온 것은 고인택이 말한 대로 정확히 밤 열두 시 십오 분과 반이 되어서였다. 한조는 고인택의 빈틈없는 일처리를 속으로 감탄하지 않을 수 없었다.

"사장님, 목포에서 고등어 한 트럭이 더 올라옵니다. 기분 왔단데요."

그랬는데 불과 15분 뒤에 걸려 온 여수의 전화를 받고 난 고인택은 거기서 또 고등어 1만 7천 8백상자가 올라온다는 게 아닌가.

한조는 어안이 벙벙했다. 고인택은 볼 것도 없이 대전 공판장의 깡은 휩쓸게 됐다고 길길이 뛰고 있었다.

한조는 밤을 눈 한번 붙이지 못한 채 새웠다. 고인택이 그를 찾아 여관 복도 끝의 세면장으로 쫓아왔다.

"방 안에 욕실을 두고 사장님 왜 여기 와 계십니까?"

"바람 좀 쐬러……."

"가십시다. 트럭이 도착했습니다."

한조가 고인택을 데리고 대전 어판장에 닿은 것은 새벽 네 시 직전이었다.

한조의 눈에만 그렇게 비친 것일까. 휑하니 뚫린 어판장엔 분명히 숨통을 죄는 긴장이 흐르고 있었다. 고인택이 냉동창고에 넣어 둔 전날치 고등어 세 트럭분의 출고를 서두르고 있는 동안 한조는 방금 도착한 목포의 한 트럭분과 여수의 1만 7천 8백상자 하역을 지휘했다.

하역을 끝내는 덴 30분도 걸리지 않았다. 마리당 92원으로 쳐서 상자대, 상하차비, 얼음값, 운송비를 보탠 총액이 1억 원에서 52만 원이 빠지는 액수였다. 대금을 치르기 바쁘게 트럭은 이내 공판장을 떠났다. 고인택이 장화를 신은 모습으로 다가와 소곤거렸다.

"이건 산더미라고밖엔 표현할 수 없군요."

"출고 수속은 끝났어? 목포 여수치는 대금을 쥐서 보냈어."

"얼마나 됐죠? 1억에서 얼마 빠지던가요?"

"52만 원."

"됐습니다. 보십시오, 삼성도 흥양도 보이지 않잖습니까."

"그래도 아직은 마음 놓을 수 없어. 작은 트럭들이 자꾸 들어오고 있는데 무슨 고기야?"

"저까짓 거야, 신경쓸 거 없어요. 차라리 고등어였음 좋겠군요. 그래야 들러리를 세우죠."

한조는 고인택과 함께 타이탄 세 대분이 하역되고 있는 쪽으로 다가가 보았다.

"저것 봐!"

아니나다를까. 고등어가 아닌가. 고인택이 하역을 지휘하고 있는 점퍼 차림의 사나이 앞으로 다가가 뭐라고 묻고 있었다. 한조가 보기엔 고등어의 물이 다른 것에 못지않게 좋아 보였다. 그리고 물량도 적은 편이 아니었다.

고인택이 돌아와 그에게 말했다.

"큰손 것은 아니군요. 군소 반출상 일곱 명이 달려들어 끌어모아 온 거라는군요. 단가는 우리보다 35원이나 높구요. 두 트럭이 더 올거라는데요."

"두 트럭이 또 들어온다구?"

"네, 두 트럭이오."

한조는 어딘가 불안 같은 게 머리를 들기 시작했다. 이러다가 만약 큰손들이 어디 숨겨 놓고 있던 것이라도 있어 쏟아져 들어온다면 어떻게 될 것인가.

"고 부장 생각은 어때? 괜찮을까?"

"염려 마세요. 저 사람들 애기가, 자기네가 딸딸 다 긁었다고 생각했는데 우리가 저만한 물량을 확보해 놓고 있었다는 데 놀랐다는 거예요. 우리만 빼면 이제 더는 들어올 게 없다는 거죠."

"도대체 고등어 잡히는 데는 이 철엔 남서해뿐이라더니 어디서 몰려들어오는 거야?"

"어쨌든 더는 없을 거라니까요."

"누가 알어."

"그렇잖을 거예요. 두고 보세요."

고인택은 여전히 낙관하는 장담을 던지고 나서 한조실업분 고등어 상자가 쌓여 있는 쪽으로 걸어갔다. 조금 떨어진 지점에서 바라봐도 그것은 너무나 대단한 산더미가 아닐 수 없었다. 그리고 드디어 노란 모자를 쓴 중매인들이 하나둘 모습을 나타내기 시작하고 있었다.

그들의 표정도 어딘가 긴장하고 있는 듯한 느낌을 주는 건 무엇 때문일까. 한조는 몸을 후룩후룩 떨었다. 마치 어판장에 전운이 감도는 느낌이었다. 그러나 그의 그런 뭔가 마음 놓이지 않는 불안을 걷어내 줄 만한 징후는 아무 데서도 보이지 않았다.

부릉부릉…… 계속 들어오고 있는 생선 트럭들…….

"야아, 보기 좋구나. 역시 풍요는 보기가 좋아!"

대전 수산물 공판장에 들어서는 사람들 모두 놀라고 있었다. 도매상도 중매인도 영세 소매인들도, 그리고 반찬거리를 사러 나온 아낙네들까지도 모두 놀란 눈을 굴렸다.

"계절이 여름이라는 것 한 가지가 어딘가 불길한 느낌을 주긴 하지만……"

"그러게 말이야. 아무래도 심상찮은 징존데, 이러다가 몇 사람 신세 조지는 꼴 안 날까?"

그런 우려의 눈들이 여기저기 불안하게 굴러다니기 시작한 지 불과 30분도 되기 전이었다. 공판장은 드디어 수라장으로 변하고 말았다. 그리고 깡이 막힐 기미를 보이는 순간에 한조는 이미 하늘이 노래져 가는 걸 느꼈다.

"인택이! 고인택이! 고인택이 어딨어?"

이 판에 고인택마저 보이지 않았다. 한조는 급한 나머지 박용문이라도 불러내려 주차장으로 뛰어나갔다.

그러나 그의 슈퍼 살롱에는 박용문도 앉아 있지 않았다. 이것들이 도대체 어딜 간 것일까?

"아니, 이게 큰손들 농간이 틀림없는가요?"

한조는 아무나 붙들고 물었다.

"악랄해요!"

"그럼 어떻게 해야죠?"

"값이 이렇게 폭락하고 있는데 어떻게 경락을 붙여요. 우선 냉동

창고에 넣어 놓고 봐야죠.”
“냉동 창고에다가……?”
“암요, 어물어물하다간 얼음 부스러기도 못 얻어 걸려요.”
“우리 직원 하난 사러 간 지 십 분도 넘었는데 감감소식이니 원!”
“얼음 구하기가 쉽겠어요? 한더위에 이렇게 어마어마하게 고등어를 끌어모아 놓고 어떻게 하려는 건지, 도대체. 악랄한 놈들!”
“큰손들 말인가요?”
“그럼 그놈들 농간이 아니면 왜 이런 사태가 벌어지겠어요.”
그의 말로는 거기 몰려든 고등어량이 30트럭도 넘을 거라는 추산이었다. 그 많은 물량이 중매인들의 손끝에서 줄기차게 폭락을 거듭하여 최상품을 68원도 안 주겠다고 하고 있었다.
한조와 말하고 있던 사나이가 주먹을 뿌리며 뛰어갔다.
“이젠 70원을 준대도 안 넘겨! 쓰레기장에 내다버렸으면 버렸지 그렇겐 못하겠어, 악랄한 놈들!”
한조는 뭘 어떻게 하겠다는 분명한 계획도 세우지 못한 채 사나이가 뛰어간 쪽으로 따라 뛰었다.
아하, 가격을 터무니없이 끌어올려 물량이 몰려들게 해놓곤 값을 폭락시켜 사들인다! 천만에, 나도 안 넘어간다. 쓰레기장에 버렸으면 버렸지 놈들한텐 안 넘겨. 내 고등어는 80원을 주겠대도 안 판다.
한조는 사나이에 뒤미쳐 냉동창고 앞으로 달려들었다. 사나이는 벌써 창고 관리 사무실을 들어서고 있었다.
“창고 빈 자리가 있어야죠. 꽉 찼어요, 벌써.”
“뭐라구요?”
“안 믿어지면 따라와 보시오. 내 다 보여줄 테니까.”
창고지기는 마치 놀리듯 열쇠 뭉치를 절그럭거렸다.

　냉동창고가 모조리 들어차 있다는 창고 관리인의 주장은 거짓말
이 아님이 드러났다.
　"여기 든 게 모두 어떤 사람들 고긴가요?"
　"서울 중매인들이 넣어논 거예요. 어젯밤부터 오늘 새벽 사이에."
　"거봐요, 틀림없이 짠 거예요, 놈들이."
　그러니 어떻게 해야 하느냐. 냉동창고는 다 차 있고, 얼음은 쉴새
없이 녹아 내리고 있고…….
　한조는 누구를 향해서도 아니면서 묻고 있었다.
　"이제 우린 어떻게 해야지요?"
　"어떻게 하긴 뭘 어떻게 해요, 사그리 망하고 만 거지."
　"이대로 당한단 말인가요?"
　"그럼 안 당하고 무슨 수가 있어요. 댁은 이판에 별 재주라도 있
을 줄 아쇼. 우린 함정에 빠진 거예요, 함정에."
　"난 실어내 가겠소!"
　"진짜 쓰레기장에 내다 버리려고? 얼음 몇 덩이 구하기도 어려운
판에 실어내 가보시오. 한 시간도 못 가서 이 더위에 다 썩고 말
지."
　"악랄한 놈들!" 한조는 처음으로 사나이가 하던 말을 흉내내듯
내뱉었다. "선생은 얼마나 되는가요?"
　"5천 상자나 되잖우."
　"그까짓 걸 가지고 뭘 그러슈. 난 다섯 트럭도 넘는단 말이오."
　"그런데 왜 이러고 있어요. 그렇다면 댁은 좀 미련하셨는데, 그
정도 물량이라면. 내 이런 뻔수 난다 했지. 틀림없이 무슨 농간일
거다 했다니까."
　"나도 오늘 새벽에 더 받을 때 뭔가 느낌이 안 좋더니…….""
　"할 수 없어요. 우리가 무슨 힘이 있어요. 저들 농간 뻔히 알면서
도 당하는 수밖에. 더 떨어지기 전에, 더 시간 가기 전에 넘겨줄

수밖에. 두고 보시오만 난 장담할 수 있어요. 오늘 당하는 사람들
은 모두 영세상들뿐예요. 5대 거물 중엔 하나도 오늘 끼여든 놈이
없을 거라구요.”

“그렇다고 그 5대 거물이 합동 작전을 폈을까요? 예를 들어 앙숙
인 흥양하고 삼성하고 손을 잡고 뒤에서 조종을 했다고 볼 수 있
을까요?”

“누가 누구하고 손을 잡았는지 누가 알겠어요. 그리고 그자들이
돈 같이 벌자는데 누구하곤 손 안 잡겠어요.”

“내 애긴 그게 아녜요.” 하고 한조는 단호한 어조로 말했다. 어조
만 그런 게 아니라 그의 얼굴엔 경련마저 스쳐가고 있었다. “오늘
이건 그자들 중 하나가 누굴 망하게 하려고 꾸민 게 틀림없어요.”

“짚이는 사람이 있어요, 그럼?”

“있고말고.”

“누구요?”

“나요.”

“댁을? 누가?”

“흥양이 틀림없어요. 난 데리고 온 아이들마저 다 도망가고 없어
요, 지금. 이제야 모든 게 분명해지는군요. 놈들은 내뺀 게 틀림
없어요. 고등얼 끌어모아 온 놈이 바로 그놈인데……”

한조는 말하고 나서 한숨을 깨물었다. 이제 모든 건 끝장이 난 게
아닌가. 사나이가 그의 옆구리에 팔을 걸었다.

“포기하지 말아요. 갑시다.”

한조는 그의 팔을 뿌리치며 버텼다. 사나이가 다그쳤다.

“내 말 들어요. 댁의 말이 확실하다면 난 댁 때문에 꺼묻혀 당하
는 거니까 내 말 들어요. 지금 당장 서울 흥양에 전화를 해요. 이
욱형이라는 사람 아니오. 전활 해서 항복을 해요. 그러곤 몽땅 인
수해 가라고 해요.”

　“웃기지 마슈!”
　고인택과 박용문은 벌써 서울에 가 있을 것이다. 지금쯤 흥양에
가서 이욱형과 조건재들 앞에서 놈들의 빈틈없는 성공을 보고하고
있을 것이다…… 하면서도 인간의 얼굴을 하고 설마 그렇게까지야
할 수 있을까 하는 일말의 기대를 가지고 한조는 공판장과 주차장을
번갈아 쫓아다녔다. 적어도 다섯 번은 주차장을 나가 보았다. 물론
나중에는 놈들이 그의 슈퍼 살롱 차창마저 깨놓지나 않았을까 확인
하기 위해서였지만.
　자동차엔 시동 열쇠가 그대로 꽂혀 있었다. 그건 놈들이 돌아오지
않는다는 신호였다. 그리고 놈들은 끝내 나타나지 않았다.
　한조는 열쇠를 뽑지 않았다. 문이 채워져 있지 않은 것도 그대로
내버려 두었다. 차라리 자동차마저 그만 누가 몰고 가버렸으면 하는
생각이 들기도 했다.
　“아니, 여기 있으라니까 어디 갔다 오슈.”
　쳐다보자 아까 그 사나이였다. 그는 대전 한밭어업 주인이라고 했
는데 아까 명함도 받았다. 이름이 이근동이었다.
　“따라오시오. 내가 댁의 고등어 다 처분했소. 망한 거야 틀림없소
마는 그렇다고 그냥 내버릴 순 없잖우. 어쨌든 댁은 너무 미련하
게 덤벼들었다는 사실을 아시오. 물건도 그렇게 좋은 편이 아니던
데.”
　“고등어 애긴 이제 듣고 싶지도 않아요.”
　“직원들도 다 도망쳤다고 했죠?”
　“두 놈 다 흥양 스파이들이었소.”
　“올라가거든 모조리 잡아넣어 버려요.”
　“물론. 절대로 가만 두지 않을 거요.”
　“어떤 법조문에 걸리는지 우선 변호사를 찾아가 의논부터 해요.
그런 놈들은 가만 두면 안 돼요.”

"법이 그런 놈들도 안 잡아넣는다면 그게 무슨 법이오."
"낙관하지 말아요. 흥양이 벌써 법망쯤엔 안 걸리게 해준다는 보장을 했을지도 모르잖아요."
"웃기지 마쇼!"
"나한테 화내지 말아요. 난 댁을 위해서 하는 말이니까. 참 댁의 이름이나 압시다."
"나한조요."
"나 사장, 이 경험 길이 살려 꼭 다시 일어서시오."
"흥!"
"나 사장 고등어 누가 사간 줄 아슈. 내가 서울 이욱형 씨한테 전화한 거 모르죠."
"뭐라구요?"
"흥양더러 인수하라고 했지. 알고 보니 냉동차 열 대를 벌써 이곳 대전으로 내려보내 놓고 있더군."
한조는 말하고 있는 이근동의 어깻죽지를 확 끌어당겼다.
"이제 보니 이 사장 당신도 흥양 사람이었군. 그렇지?"
무슨 뜻인지 이근동이 말없이 히죽 웃음기를 얼굴에 실었다. 그러나 그는 다음 순간 이렇게 말했다.
"난 이욱형이란 사람 본 일도 없어요."
"그런데 흥양에다 전화는 왜 했소?"
"아까 나 사장 당신이 그랬잖우, 흥양이 당신을 잡으려고 꾸민 농간이라고. 그래서 전화했지. 묶은 자가 풀어야 할 거 아니오."
"그래서 뭐라고 했다는 거요?"
"걱정 마슈. 나 사장 애긴 안했으니까. 내 고긴데 기가 막혀서 구원을 청한다고 했지. 정말이오, 난 그땐 나 사장 성도 모르는 상태였잖우."
한조는 대꾸를 않고 이근동을 빤히 쳐다봤다. 그가 그렇게 말했다고 놈들이 한조의 고기라는 걸 모를 리 있는가. 벌써 다 알고 있을 텐데.

"물론 나중에야 나 사장 고기라는 거 알게 되겠지."

"이 사장이 진작 알았어야지, 그걸."

"왜 내가 몰랐겠수. 오후에 다시 전화할 거요. 한마디 욕이라도 해줘야지. 어차피 그쪽에선 내가 누군지도 모르니까."

이근동은 마지막에 이런 말도 했다.

"난 나 사장 편이라는 거, 인연이 닿으면 언젠가 우린 힘을 합해야 할 거요."

그판이 되자 뜻밖에도 한조는 오히려 담담할 수 있었는데 이근동이 긴장을 풀지 못해 자꾸 그에게 위로의 말을 하고 싶어했다.

"2억 8천을 넣어 1억도 못 건졌다는 사실에 너무 집착하지 마슈. 절대로 나 사장 낙담에 빠져선 안 돼요."

"여러 가지로 고맙시다."

"아까 흥양 냉동 트럭들 들이닥치는 거 봤죠. 그 빠른 기동력 봤죠. 우리가 언제까지 이렇게 당하고만 있어서야 쓰겠수."

한조는 그러나 이근동의 말이 잘 귀에 들어오지 않았다. 자꾸 진동규와 우제정의 얼굴이 눈앞에 어른거렸다. 이제 손에 남은 건 아무것도 없다는 생각이 차츰 실감을 더해 가고 있었다.

이근동이 망연히 서 있는 그에게 물었다.

"어떻게 하시겠소? 바로 올라가겠소?"

"생쥐새끼 같은 놈들 모가질 꺾어야 하니까."

"어딜 가서 말이오? 변호사부터 만나라니까."

"그런데 놈들 집도 어딘지 모른단 말씀이야."

"무슨 소리요? 이력서 한 장도 안 받고 놈들을 고용했단 말이오?"

"그렇게 됐어요. 한 놈은 전화번호는 알고 있지만."

"나 사장 참 순진한 사람이군."

"그럴 만한 이유가 있었다니까요."

"아무리 이유가 있어도 그렇지. 하긴 그렇게 말하니 나 사장이 어떤 사람인지 알겠군. 딱 사람을 감동시키는데."

"약올리는 거요?"

"글쎄. 나 사장이 이번에 당한 건 어쩔 수 없었다는 것만은 분명한 것 같소. 피할 수 없었던 일이란 말이오."

"숙맥이었다, 그 말이죠."

"나 사장 같은 사람이 숙맥이 안 되는 세상이 언제나 올는지. 이 놈의 날강도들만 판치는 세상."

"어디 두고 보자!"

"내 명함 가졌죠? 다시 만나게 되길 바라오."

이근동이 그의 손을 잡아 흔들며 말했다. 한조는 끝내 자신의 명함을 전하지 않은 채 이근동과 헤어졌다. 주차장으로 나와 그의 자동차 운전대에 올라앉았다. 집어 던진 돈다발이 그의 옆자리에서 삐죽 한귀퉁이를 내보이고 있었다. 이윽고 그는 스위치를 넣고 시동을 걸었으나 기어를 바꾸어 넣을 자신이 없었다.

내가 차를 몰고 과연 무사히 고속도로를 헤쳐 나갈 수 있을까?

한조는 차를 몰고 대전 시내로 나왔다. 자동차가 간단없이 울컥울컥 딸꾹질을 했다. 이 솜씨로는 도저히 자신이 없는데…….

어느 편이냐 하면 한조는 그때, 이러다가 고속도로 중앙선이나 후딱 넘어 어디로 곤두박질쳐 버렸으면 하는 생각을 하고 있었다. 그런 상황이 더없이 달콤하여 그는 쉴새없이 몸을 떨었다.

그랬는데 이게 어떻게 된 일일까. 한조는 어느 순간 자신이 우체국에 들어와 있는 것을 발견했다.

"야, 시대 너 당장 대전으로 내려와."

"와예? 고등언 우째 댔습니꺼? 성공이겠지예?"

“잔소리 말고 지금 떠나. 어디 있으면 헬리콥터라도 잡아 타고 빨리와, 빨리 ! ”
“그래예… 대전 어데로예 ? ”
“어디… 어, 어디로 오느냐구… 관둬라, 임마 ! ”
한조는 수화기를 내려놓고 돌아섰다.
박시대까지 태우고 차를 꼬라박을 거야 없지 않느냐. 그의 겨드랑 밑에는 1억도 안 되는 수표, 지폐 뭉치가 끼여 있었다.

11. 스러지는 빛

신부가 계속 울고 있다. 결혼식이 진행되지 않고 하객들의 웅성거리는 소리가 점점 높아진다.

—신랑 나한조 군은 신부 이숙희 양을 맞아 기쁠 때나 슬플 때나 일생 동안 사랑하고 존경하며 동고동락할 것을 서약하는가?

—신부가 울고 있습니다.

—신부 이숙희 양은 울음을 그치시오. 눈물을 거두고 주례의 혼인서약을 받으시오.

이숙희의 흐느낌이 더 격렬해진다.

어깨가 들먹이고 있는 것을 보지 않고도 알 수 있다.

콧수염을 단 주례가 마침내 끼고 있던 흰 장갑을 벗기 시작한다.

—오늘 이 두 남녀의 혼인은 원만하게 이루어질 수 있는 아무런 징후도 보이지 않으므로……

마침내 신부 이숙희가 돌아서서 바람같이 식장 뒤쪽으로 뛰어나간다. 흰 면사포가 가오리연의 꼬리처럼 나부낀다.

"숙희! 숙희!"

한조는 자신의 고함 소리에 스스로 놀라 벌떡 몸을 일으켰다. 꿈이었다. 어느새 아침이 훤히 밝아 있었다. 그러나 벽시계의 바늘은 아직 제대로 보이지 않았으므로 한조는 팔을 뻗어 스위치를 찾았다.

몇 시나 되었는지는 알아서 무얼 하는가. 한조는 동작을 멈추고 뿌옇게 어둠이 바랜 창틀을 올려다봤다.

도대체 몇 시쯤 잠이 든 것일까. 그는 적어도 새벽 네 시 넘어까지 깨어 있었다. 괘종시계가 네 시를 알리는 소리를 분명히 들었으니까. 그 소리를 들으며, 날이 밝으면 너무 짹깍대는 소리가 큰 시계를 창밖으로 내동댕이쳐 버리리란 생각을 했었으니까.

시계의 짹깍거림은 밤이 깊어갈수록 전동차가 궤도를 구르는 소리보다 더 시끄러운 굉음으로 그의 잠을 방해했던 것이다. 내가 잠을 잘 수 없는 건 전적으로 저놈의 시끄러운 짹깍거림 때문이다라는 생각을 하면서도 그는 의식이 깨어 있는 그 오랜 시간에 한 번도 이숙희를 떠올린 일이 없었다. 그런데 이숙희와 결혼식을 올리고 있는 장면을 어떻게 꿈꾸게 되었을까.

한조는 너무 기분 나쁜 꿈이어서 벌렁 자리에 도로 몸을 누이고 말았다. 그러곤 울고 있던 이숙희의 모습을 되살려 보려 애썼다. 그러나 도무지 그녀의 일그러진 얼굴이 어떤 모양이었는지 떠오르지 않았다. 그녀가 어떤 모습인지조차도 생각나지 않았다.

—식을 서둘러 올려야 할 이윤 하나두 없어요. 바쁘신 사업 일부터 처리하시구 보세요. 마침 팔월 한더위가 다가왔구요.

생각나는 건 이숙희가 한 이 한마디뿐이었다. 그녀는 다행히 그의 근간의 사정에 대해 아무것도 모르고 있었다. 대전에 내려간다더니 다녀왔느냔 질문을 던진 일은 있지만 더 이상은 묻지 않았고 무슨 낌새도 알아챈 것 같지 않았다. 아니, 그 전보다 그가 더 바쁘게 돌아가고 있는 줄 알고 있는 것 같고, 바쁜 것은 적어도 사업이 활발함을 뜻하는 것으로 판단하고 있는 듯했다.

이숙희가 그렇게 마음 편한 생각을 하고 있는 틈을 타서 한조는 재빨리 슈퍼 살롱을 처분했다. 몇 달을 타고도 1천 5백을 그대로 받았으므로 젊고 인기 있는 여가수한테서 잔금을 넘겨받기 바쁘게 한조는 7백을 떼어 진동규한테 꾼 돈 1억을 채워 갚았다.

진동규는 그의 대전 사건을 못 들었을 리 없을 텐데도 그 말은 한마디 비치지 않았다. 그는 다만 이렇게 말했다.

—나 사장이 이렇게 곧바로 갚을 줄은 몰랐는데.

그러나 그건 전화로였다. 그는 한조가 돈을 갚으러 찾아갔을 때 처음으로 만나지 못했었다. 한조가 진동규한테 자동차를 팔아 버렸다는 말을 한 것은 그가 어떤 반응을 보이는지 보기 위해서였지만 그는 아무 말도 하지 않았다. 그래서 한조는 전화를 끊고 나자 화가 났다.

진동규가 그의 자동차 처분에 대해 아무 반응도 보이지 않은 건 그가 대전 사건에 대해 속속들이 알고 있음을 뜻하는 것이 아니고 무엇이랴. 아니 그는 이미 한조가 돈을 꾸러 갔을 때 낌새를 다 알아채고 있었으면서도 시치미를 뗐는지 알게 뭐냐. 거상(巨商)들이란 언제나 그렇게 한통속이니까.

한조는 어느새 불쾌한 꿈을 꾼 사실은 까맣게 잊고, 진동규에 대한 뿌듯한 적개심에 몸을 뒤챘다. 진동규가 이욱형의 농간을 사전에 알았으면서도 그에게 말해 주지 않은 것일까. 그렇다면 그가 대전 작전을 비밀에 부친 채 돈을 빌려 달라고 한 걸 괘씸하게 생각해선 아니었을까.

어쨌든 진동규가 설령 그때까진 몰랐다 해도 그 뒤에도 못 들었다는 건 있을 수 없는 일이라는 게 여러 사람의 의견을 들은 뒤에 얻은 한조의 결론이었다. 모두들 진동규 정도되는 능구렁이 중매인이면 대전 어판장에서 군소 상인 몇십 명이 얼마나 당했고 농간을 부린 이욱형 일파가 손을 안 대고 번 돈은 얼마나 되는지까지도 이미 다 계산이 나와 있을 거란 거였다.

　그렇다면 대전에서 가장 여지없이 당한 장본인이 한조라는 것도, 홍양이 오직 그를 겨냥했을 거란 것도 진동규는 알고 있다는 얘기가 아닌가. 이젠 인연이 끊어진 거나 마찬가지지만 그의 중매인 김명기의 말에 의하면 홍양이 대전에서 냉동차로 싣고 온 고등어를 미처 풀기도 전에 이미 저건 한조실업 고등어란 소문이 노량진 공판장에 파다하게 퍼졌었다지 않은가. 김명기는 참으로 섭섭해했다. 아니 섭섭해한 것은 남대문 시장 길주상회 주인 조길주이고 김명기는 가슴을 치며 분개했다.

　―그런 일을 하면서 어째서 사전에 귀띔조차 않았단 말야. 귀띔만 해줬더라도 내래 당장 말렸을 거 아뉴. 그게 그놈덜 얼마나 여러 번 써먹은 수법인데 그렇게 당허구 있어.

　조길주가 우정 그를 찾아와서까지 애석해한 말이다. 한조가 당함으로써 자신은 가만히 앉아서 이욱형의 뒤통수 가격을 그대로 맞은 거나 마찬가지라는 것.

　―'네놈들이 감히 누구헌테 덤벼'라고 했을 거 아니가서. 난 이제 우리 아해들 보기에도 면목없이 돼버려서.

　그러나 김명기의 분개하는 정도는 조길주의 그것에 비할 바가 아니었다. 그는 한조가 아무에게도 미처 의논할 겨를이 없었던 것은 순전히 고인택의 계략에 말려들었던 탓이란 걸 재빨리 이해했다. 그래서 그는 고인택과 박용문 두 놈을 지체없이 고발해야만 한다고 펄펄 뛰었다.

　"그런 놈들은 볼 것도 없이 감방에 처넣어 뜨거운 맛을 보여 주지 않으면 안 돼요."

　"꼬투리될 증거가 있어야지요."

　"무슨 소리예요. 더 이상 무슨 증거가 필요해요."

　"누구의 사주도 받은 게 아니고 다만 최선을 다했다고 할 텐데요."

"그랬다면 왜 도망갔느냐고 묻죠."

"장세 판단을 잘못한 게 겁이 났었다고 하겠죠."

"박용문이란 놈까지 그래요?"

"실은 애초부터 나한테 잠입시킨 놈은 그놈인지 몰라요. 그놈이
고인택을 그 뒤에 매수했을 가능성이 많구, 흥양의 지시로."

"그런데요?"

"그렇지만 그잔 일개 운전수였을 뿐인데 어쩝니까."

"말이 안 돼요. 도망갔잖아요."

"망한 사람 차 몰아봤자 헛수고라는 판단이 섰다고 할 테죠, 뭐."

"그럼 나 사장은 놈들을 그냥 두겠다는 거요?"

김명기는 마치 다그치듯 그를 닦달했다. 그러나 흥양의 스파이였
음은 의심할 여지도 없는 박용문과 고인택이지만 뒤에서 도둑을 어
떻게 잡는가. 아니, 한조는 이미 놈들에 대해선 관심이 없었다. 변
호사를 찾아가 의논한 결과가 아니었다. 문제는 뒤에 있는 흥양의
덜미를 잡지 못한 데 있었다. 그리고 다른 한 가지 이유는 왠지 되
도록 빨리 놈들을 기억 속에서 내몰아 버릴 수만 있었으면 하는 생
각밖에 없어서였다.

그의 그런 태도에 충격을 가하며 잠시 동안이나마 가라앉고 있던
분노에 불을 지핀 것은 오로지 전화 한 통 그것이었다.

대전 사건이 있은 지 사흘째되던 날이었다. 슈퍼 살롱의 매도 계
약서를 막 쓰고 돌아온 한조에게 설희가 놀라운 말을 했다.

"이욱형 회장이라는 분, 그 전에 삼촌 계시던 흥양물산 회장 아녜
요?"

"그건 왜 물어?"

"조금 전에 있죠, 전화 왔었어요."

"뭐라구!"

“사장님 들오심 전하라면서, 우리 회살 구해 줬다나요.”

한조는 순간 피가 거꾸로 솟구치는 것을 느꼈다. 당장 송수화기를 잡아채어 전화 다이얼을 돌리기 시작했다. 그러나 그는 도중에 송수화기를 내동댕이치고 말았다. 설희가 한마디 더 덧붙여 전하고 있었다.

“자기넨 우리 고등어루 8억을 벌었다구 했어요. 그리군 저더러 정확히 기억하여 제대루 전할 수 있겠느냐구 물었어요.”

설희의 그 말을 듣고 있다가 주먹으로 책상을 내려찍은 건 오히려 박시대였다. 박시대는 그렇잖아도 한조가 그의 슈퍼 살롱을, 실물로 대하자 노래보다 더 볼품없는 조그만 계집애 가수한테 트집 잡히며 (생선 비린내가 난다나, 차창도 더럽고) 팔아야 했다는 데 잔뜩 약이 올라 있는 중이 아니던가. 그가 너무 씨근덕거려 한조와 여가수 사이에 마침내 계약서를 쓰는 동안에는 밖으로 내쫓아야 할 정도였다. 이제 문서를 만들었으므로 볼일 다 봤다고 생각한 박시대가 그녀 옆에 그림자처럼 졸졸 따라다니는 사내놈을 한방 쥐어박는 손찌검이라도 하고 덤빌 위험이 너무나 컸던 것이다.

설희가 전화 송수화기를 바로 놓는 동안 박시대가 단호한 어조로 선언했다.

“사장님, 가입시다! 이욱형이인데 당장 가입시다! 이근 전화, 이른 걸로 갖고 따지고 할 끼 아입니더, 사장님.”

한조가 뭐라구 대꾸가 없는 동안 박시대가 당장 혼자서라도 달려갈 기세였다.

“덤비지 마!”

“와 이러십니꺼, 사장님! 사장님 그 박력 다 어디 갔십니꺼?”

“이욱형인 내게 맡겨. 넌 다만 고인택이란 놈하고 박용문이란 놈만 어디 숨었는지 찾아냈으면 좋겠어.”

“알겠심더, 무신 말씀인지!”

박시대는 그 이튿날부터 주머니에 칼을 넣고 다녔다. 그러곤 자꾸만 눈에 헛보인다는 말을 했다. 거리나 서울역, 버스 터미널 같은 데를 가면 영락없이 놈들의 모습을 한 자들을 자꾸 만난다는 것이었다. 피가 멎고 숨이 떨컥 막히는 긴장의 순간을 넘기며 뒤쫓아가서 덜미를 잡으려다 보면, 그러나 놈들이 아니라는 것이 아닌가.

"이 칼로 찔렀뿌릿다 하믄 우찌 될 뻔했겠어예."

"칼을 넣고 다녀? 그딴짓 하려거든 관둬, 임마!"

"안죽 한 분도 실순 안했이게 안심하시이소."

"그 칼 이리 내!"

"그보다도 사장님, 이라고 있을 때가 아이잖십니까?"

"너 데리고 처음부터 다시 시작할 작정이다."

"뼈가 뿌아지도록 뛰겠심더. 한분 해보입시더."

다시 출발한다. 그러나 그런 생각을 할 때마다 한조에게 떠오르는 건 우제정이 얻어준 1억이었다. 그걸 어떻게 할 것인가?

"택시!"

한조는 마치 화가 난 듯이 택시를 부르고 있는 자신을 발견하고 스스로 흠칫 놀랐다. 마음을 가라앉혀야 했다. 슈퍼 살롱을 처분하고 난 뒤로 어디 나설라 치면 공연히 신경질이 나곤 하는 그 나쁜 버릇을 고쳐야 했다.

"쌍놈의 자식들!"

택시 운전사가 그의 심중을 헤아리기라도 한 듯이 혀를 찼다. 제1한강교 중간까지 와 있는 그들의 차는 그대로 자동차의 홍수 속에 빠진 거나 마찬가지였다. 윈드 실드를 통해 내다보자 완전히 엉켜붙은 모양이 종일 걸려도 풀릴 것 같지 않은 마비 그대로였다.

"자가용족들 땜에 이 모양예요. 모조리 그냥……"

홍수 속에 더부렁 떠 있는 듯한 느낌인 한조는, 그러나 아무 대꾸도 들려주지 않았다.

"손님은 담에 절대로 자가용 사시지 마세요."

운전기사가 담배를 꼬나물며 말했다.

"우리 같은 운전수들한테 너무 욕을 많이 먹어 오래 못 사세요."

"이거 하루 종일 여기서 썩는 거 아니요?"

"자가용들 때문에 이 모양 아네요, 쌍!"

어쨌든 한조가 명동의 대동증권까지 나오는 데 한 시간 십 분 이상을 길바닥에서 보냈으니 사람 실어 나르는 것을 벌이로 하는 택시 운전사로선 앙심을 품음직한 사정이기도 했다.

한조는 대동증권 앞에서 잠시 걸음을 멈추고 섰다. 오랫동안 연극관이었던 건물이어서 그런지 한여름의 따가운 아침 햇살을 받고 서 있는 증권회사 건물을 쳐다보자 어딘가 서글프고 지친 듯한 느낌을 주었다.

언젠가 초대권이 한 장 생겨 연극을 보러 왔던 때는 그래도 좋았었는데…… 여학교 연극 공연이어서 여학생들로 꽉 들어차 있는 것이 기절하게 좋았었는데…….

―연극 좋아하세요?

어둠 속에서 손목을 잡힌 여학생은 막이 내린 다음의 이 빵집에서 그렇게 물었었지. 지금쯤 어떤 사내의 아내가 되어 아이도 낳았겠지. 그때 멋있는 대답을 들려줬더라면 내 아내가 되었을 수도 있잖았을까, 고등학교 교사의 딸이라던 그 단발머리가.

―기집애가 남자역을 하는 건 못 봐주겠던데. 나를 불렀으면 얼마나 멋지게 해냈겠어, 꼬옥 끌어안는 장면을.

한조는 피식 웃음을 흘리고 나서, 증권회사라는 너무나 엉뚱한 건물로 바뀐 극장 입구로 들어섰다. 우제정을 만나 우선 다방으로 끌고 가자. 그러곤 차를 마시며 망했다는 얘기를 사실대로 말하자. 건설주를 팔아 대출받은 1억을 갚겠다고 말하자.

그러면 우제정은 뭐라고 말하겠지. 어떤 방법으로든 도와주고 싶어하겠지. 우제정은 처음부터 그런 인연으로 만난 아이가 아닌가.
그를 단숨에 일어서도록 만들어 준 아이가 아닌가.
　이번에도 틀림없이 그런 계기를 만들어 줄 거야.
　한조는 객장으로 들어서면서 중얼중얼 말을 연습하기도 했다.
　—제정아. 난 이제 제로에서 다시 시작할 참이다. 그동안 참으로
많은 것을 배웠다. 그 경험으로 이제부터는 절대로 실패하지 않을
거다.
　한조는 기웃기웃 객장 안을 둘러보았다. 그러나 객장에 우제정의
모습이 보이지 않았다. 안쪽의 사무실에도 그는 없었다.
　"우제정 씨 어디 갔는가?"
　대리석 분리대에 팔꿈치를 걸치고 묻는 한조를 여직원이 빤히 쳐
다봤다.
　"왜 그러세요?"
　"왜 그러다니?"
　"그럼 손님두……."
　이게 무슨 말인가. 한조는 눈이 휘둥그레지지 않을 수 없었다.
　창구의 여직원은 더 물어보지도 않고 안쪽의 사나이 쪽으로 달려
갔다. 사나이가 펄쩍 놀란 눈을 하고 한조를 건너다봤다. 그러곤 곧
자리를 일어서 다가왔다.
　"이리 좀 들어오시죠, 손님."
　한조는 사무실 안쪽의 소파로 안내되어 들어갔다. 순간 '뭔가 드
디어 터졌구나' 하는 직감이 머리를 스쳐갔지만, 그러나 종잡을 수
가 없었다.
　사나이가 담배를 권했다.
　"못 태웁니다."
　"제가 차장입니다. 우제정일 제가 데리고 있었으니까 저한테 말씀
해 주십시오. 한 가지 미리 말씀드리겠습니다만 저흰 저희 회사

신용 문제도 있고 고객을 보호하기 위해서도 이번 사건을 말썽 없이 처리하기로 방침을 세웠습니다. ”

“사건이라니 무슨 애깁니까? 난 그동안 지방을 다녀와서……. ”

“아, 그러세요. 그럼 선생님은……. ”

“우제정이란 직원한테 건설주를 좀 사논 게 있어서……. ”

“네, 그러시군. 통장 갖고 계시면 좀 보여주십시오. 당장 확인해 보겠습니다. ”

“그보다도 우제정이란 직원이 어떻게 된 겁니까? 무슨 일을 저질렀나요? ”

“잘 아시는 사이십니까? ”

“잘 안다기보다…… 직원과 고객의 관계일 뿐이지만, 내게 주식을 사준 청년이라서. ”

“그러시겠죠. 우제정이 어떻게 됐는지도 모르고 계시는 걸 보니 그러시겠죠. ”

“어떻게 됐는데요? ”

“우선 통장부터 주십시오. 이상이 없는지 확인해 봐야 하니까요. ”

한조는 주머니를 뒤져 통장을 꺼내며 생각했다. 우제정을 잘 모른다고 말한 게 어쩐지 마음에 걸렸다. 아니, 우제정이 무슨 일을 저질렀다면 그에겐 이미 예감이 있었던 것 같은 그런 느낌도 들었다. 하지만 그건 참으로 이상했다.

사나이가 급히 여직원한테 한조의 통장을 넘기고 나서 말했다.

“선생님 주식이야 이상 없겠죠. ”

“그럼 누구 주식엔 이상이 있습니까? ”

“있으니까, 이러죠. ”

“무슨 일인데요? 난 고객이니까 알 권리가 있잖수. ”

“고객이 주식 사달라고 맡겨논 돈을 우제정이 갖고 뛰었습니다. 하지만 얼마 되진 않으니 선생님만 알고 계십시오. 아직 사직 당국에서도 모르고 있습니다. 저흰 가능하면 내부적으로 처리하려고 하고 있다는 점 이해해 주셨으면 하는 거지요.”

“가급적이면 그래야지요, 회사의 신용이 문제되니까.”

한조는 아직 문제가 대동증권 내부에 머물고 있다는 데 안도감 같은 것을 느끼며 말했다. 사내가 그의 말을 받아 말했다.

“한데 통장을 확인해 보면 알게 되겠지만 제 예감으로 손님 주식은 무사할 것 같군요. 우제정이 하필 말 많은 여자 고객들 돈만 빼냈다는 데 문제가 좀 있습니다. 돈독 오른 여자들은 입을 다물고 있지 않거든요.”

“여자 고객들 돈만요? 액수가 얼마나 되는데요?”

그때 마침 여직원이 한조의 통장을 들고 다가와 보고했다.

“이건 이상 없어요, 차장님.”

차장이 통장을 그에게 넘기며 덧붙였다.

“다행입니다. 손님 주식은 이상 없습니다.”

“액수가 얼마나 되느냐구요, 우제정 청년이 가지고 사라진 돈이?”

“1억 6천입니다, 세 여자 걸 합해서.”

“언제 그랬죠?”

“이제 엿새쨌가요, 드러난 게?”

“엿새라…….”

한조는 자기도 모르게 우제정이 그에게 현찰 1억 원을 들고 나타났던 날을 떠올려 보고 있었다.

“하지만 손님은 피해가 없으시니 신경쓰실 것 없습니다. 그리고 앞으로 계속 저희 회사와 거래하시는 문제에 대해서도 조금치도 염려하실 것 없습니다. 배전의 신경을 쓰고 있다는 점 믿어 주십시오.”

한조는 차장이라는 사나이의 배웅을 받으며 대동증권을 나섰다.

"거듭 말씀드리지만 저희 대동증권의 신용에 대해선 조금도 의심하지 말아 주십시오. 앞으로도 손님이 거래하시는 데는 조금도 불편을 끼치는 일이 없을 것이고 손님이 조금이라도 이익을 얻으실 수 있도록 최선을 다해 봉사해 드릴 것입니다."

"우제정이라는 직원이 갖고 도망간 돈을 회사가 물어 넣는 것으로 사건을 무마한다는 방침인가요? 끝까지 변함이 없는가요?"

"물론이죠."

"대동이 신용을 얼마만큼 중요하게 보는지 알고 싶어서 묻는 거요. 끝까지 그 방침이 변하지 않는다면 믿을 만한 회사군요."

"그 점 믿어 주십시오. 사실 전 처음 손님이 우제정일 찾으실 때 '또 터졌구나' 해서 말씀드렸지 모르시는 줄 알았더라면 애당초 말씀도 안 드렸을 겁니다. 말씀드린 걸 후회하고 있습니다, 솔직히 말씀드려서."

"나만 아는 비밀로 해두지요."

"부탁드립니다. 우린 조만간 우제정일 찾아내고 말 겁니다."

한조는 차장의 말에 흠칫 놀란 눈을 하고 돌아봤다.

"숨은 곳을 알고 있군요, 그럼?"

"알고 있다면야 이러고 있겠습니까만, 제까짓 게 도망 가면 어디까지 가겠느냐 이거죠."

"좋은 청년 같았는데……."

"애당초 돈놀이하는 증권회사 같은 덴 있을 녀석이 아니었죠."

"무슨 뜻인가요?"

"돈이라는 것에 병적으로 혐오감을 가지고 있었던 모양예요. 회사에선 몰랐죠. 사건이 터진 담에야 알아보니 그런 녀석이었다는 게 드러났지 뭡니까."

"그럼 그 청년은 1억 6천을 가져가서 누굴 줬을지도 모르겠군요. 더구나 복부인 같은 여자들 돈이었다니……."

한조는 뜻하지 않게 그런 말까지 거침없이 하고 있는 자신에 놀라지 않을 수 없었다.

"누구한테 말입니까?"

하고 차장이 반문했다.

"혹시 고아원이나 그런 데다 갖다 주지는 않았을까요?"

"전혀 가능성이 없는 건 아니겠군요."

"틀림없이 그랬을 것 같은데요."

한조는 어느새 단정적으로 강변을 하고 있었다. 그러므로 회사에선 모쪼록 그런 자선사업기관에 적선한 폭으로 잡고 사건을 처리해 다오.

한조는 차장이라는 사내와 헤어져 거리를 걸으면서도 사뭇 그런 생각에만 빠져 있었다. 대동증권의 재력으로 1억 6천쯤의 손실은 아무것도 아니다. 그러므로 신용에 금가지 않게 쉬쉬하고 덮어둬라.

그러나 문제가 있었다. 차장의 장담으로 우제정이 곧 잡힐 거라는 얘기였으니 말이다. 한조는 거기에 생각이 미치는 순간 우뚝 걸음을 멈추고 서지 않을 수 없었다.

마침내 덜미가 잡혀 회사로 끌려 온다. 한조가 그의 앞에 나타나지 않을 수 없게 된다. 그러면 어떻게 되는가.

형님을 도와주려다 이렇게 됐어요. 돈을 돌려주셔야겠어요. 한조는 초조하지 않을 수 없었다.

아냐 그때 내가 먼저 말해야 해. 난 네가 나를 그런 식으로 도와주길 바라진 않았어.

한조는 속으로 외치고 또 외쳤다. 제정아, 제발 멀리 달아나 다오. 깊이 깊이 숨어 다오.

그러나 그의 그런 꿈이 그로부터 사흘도 되기 전에 산산조각이 나고 말리라고 한조는 상상이나 했던가.

신문 보도를 한조가 먼저 본 것은 아니었다. 박시대가 신문지를 펼쳐 들고 뛰어 들어오며 소리쳤다.

"사장님예, 이 기사 좀 보이소!"

"무슨 기산데 그렇게 호들갑이냐?"

"우제정 씨 아입니꺼, 이거……."

한조는 가슴이 철렁 내려앉는 걸 느꼈다.

"그 사람 큰일났심더. 여기 신문에 났다 아입니꺼."

한조는 나꿔채듯이 신문을 받아들었다

──고객이 맡긴 1억 6천만 원 횡령 도주──

이른바 대문짝만한 활자가 사회면 한가운데에 박혀 있었다. 넥타이까지 한 정장 차림의 우제정 사진도 곁들여 있었다.

읽을 용기가 나지 않아 마주 노려보고 있는 듯한 우제정의 부리부리한 눈매만 들여다보고 있는데 박시대가 옆에서 말했다.

"대동에선 세상에 안 알릴라꼬 쉬쉬한 모양이지예, 십일 가까이."

"그런데 어떤 놈이 알렸어?"

"돈 띠인 여자들이 찔렀다 아입니꺼."

"회사에선 변상해 주겠다고 약속했다는데 찌르긴 왜 찔러, 그 기집년들은."

"사장님은 그라믄 벌써 알고 계셨네예?"

"내가 알긴 뭘 알아."

한조는 눈을 부라리고 박시대를 노려봤다. 그러나 마치 공모자의 공포 같은 것으로 하여 그의 시선은 흔들리고 있었다.

박시대가 이윽고 말을 돌렸다.

"참 안됐어예, 우제정 씨. 거기 보이 그 사람 홀어무이 모시고 살았는데 소식 듣고 노친네가 졸도했다 안 캅니꺼."

한조는 뭐라고든 말해야 한다고 생각하면서도 입이 떨어지지 않았다. 녀석은 자신이 홀어머니를 모신 외아들이란 사실을 왜 진작 말해 주지 않았는가.

"졸도는 깼대?" 하고 한조가 한참 만에 가까스로 입을 열었다. "우제정이 어머니 말야."

"신문에, 병원에 입원해 있답니더."

"네 생각엔 우제정이가 어디에 숨어 있을 것 같니?"

"지가 그걸 우째 알겠십니꺼."

"그 친군 절대로 자수하지 않아."

"돈 1억 6천을 갖고 일본 가는 밀선이라도 탔부릿이만……."

한조는 얼른 박시대의 그런 예상을 속으로 부인하고 있는 자신을 발견하였다.

"강물에 뿌렸으면 뿌렸지 돈 탐이 나서 그런 짓 저질렀을 우제정이가 아니야."

"황금을 돌같이 본다 캤지예. 그라믄 큰일인데. 멀리 몬 갈 낀데."

"어디 찾아가 볼 만한 덴 없을까?"

"진 친하지 안 해서 한 군데도 생각나는 데가 엄심더."

"서울엔 없겠지?"

"아무래도 안 그록캤십니꺼. 이랄 줄 알았으만 진작 친해놀 낀데 누가 알았십니꺼."

한조는 박시대의 말을 들으며 머리를 조아렸다. 박시대가 혀를 차고 있었다. 그는 한조의 주변에 왜 우울한 일만 계속 일어나고 있는지 모르겠다고 투덜거렸다.

"사장님, 혹시……."

"그래 맞다. 바로 그거야!"

벌떡 자리를 차고 일어서는 한조를 박시대가 놀란 눈으로 쳐다보았다.

"지가 머라 칼라 캤는데예?"

"한 군데 가볼 데가 생각났어."

“여잡니꺼?”

한조는 대답을 않고 곧장 사무실을 나섰다.

청량리 주변은 언제 보아도 어딘가 도시적 삶을 얼떨떨해하는 사람들로 들끓었다. 두리번거리느라 남의 다리를 거는 사람, 그러고도 미안하단 말 한마디 할 줄 모르는 사람들로 일년 내내 북새통인 곳이 바로 청량리역 주변의 풍경이었다.

한조는 공연히 짜증이 나서 연거푸 혀를 찼다. 넘어질 뻔한 일 때문에는 아니었다. 짐보따리를 안고 기웃거리던 여인이 갑자기 몸을 돌리는 바람에 그는 자칫했으면 여인을 깔고 넘어질 뻔하지 않았는가.

“여보슈!”

그러나 그가 꼬인 다리를 가까스로 바로 잡고 섰을 땐 이미 여인은 저만큼 가버린 뒤였다. 마치 달아나듯 하는 동동걸음으로.

동서남북도 분간 못하면서 서울엔 뭣하러 올라와!

한조는 맥빠진 걸음으로 모든 의욕마저 지글지글 녹이는 오후의 뙤약볕 속을 걸었다. 걸치적거리는 사람들을 냅다 걷어차 버리고만 싶었다.

한조는 미스 윤이라던 여자의 모습을 머릿속에 그리며 생각했다. 왠지 못 만날 것 같은 예감에 그는 지배당하고 있었다.

점심은 끝났고 술을 먹기에는 아직 이른 어중간한 시각에 술집 ‘새샘’의 문간을 들어서는 한조를 중늙은 여인은 멀뚱한 눈으로 쳐다보기만 했다.

“실례합니다.”

“뭔 일이시유?”

그러나 외모로 보아 부엌일을 하는 듯한 여인은 마치 입을 열지 않도록 단단히 닦달을 받은 사람처럼 아무 혐의도 없는 어떤 질문에도 줄기차게 모른다는 말만 되풀이했다.

"샥시들에 관한 건 난 암것도 몰라유. 이따가 다시 와보세유. 아
직 나올 시간 안 됐시유."
"글쎄 만나보겠다는 게 아니라니깐요, 아주머니."
"글쎄, 난 암것두 모른다니께유."
"그럼 누구 알 만한 사람 좀 불러 주시겠어요?"
"지금 집에 아무두 없이유."
"방 안에서 말소리가 들리는 것 같던데……."
"아무두 없대니까, 이 냥반은."
"말소리가 분명히 났어요."
그때 미닫이 문이 드르륵 열리며 어딘가 낯익은 한 여인이 마루로
나섰다. 그러곤 적의가 묻은 목소리로 물었다.
"뭐예요? 왜 그러세요?"
"미스 윤이라는 아가씨에 대해 물어보고 있는데요."
"뭣 땜에요. 어디서 오셨어요?"
"난 마담을 아는데 마담은 한두 번 술 마시러 온 것도 아닌 손님
을 못 알아보시는군."
"그래요? 여러 번 오셨다구요?"
"며칠 전에도 왔었잖우."
"그런데 미스 윤은 왜 찾으세요?"
"사랑해 주고 싶어서지 뭘 눈치도 못 차리고 그래요."
마담이 코웃음을 쳤다. 그러곤 그를 재차 아래위로 훑어보고 나서
물었다.
"무슨 일예요? 걔가 무슨 약속을 어겼나요?"
"그런 문제와는 아무 상관 없는 일이니까 경계하지 마슈."
"이런 시간에 찾아오셨는데 아무 일두 야니라구 함 누가 믿어요."
"그럼 이따가 오면 만나볼 수 있겠군요."
"뭔지 말씀해 주세요, 저한테."

"뭘 남의 개인적인 연애까지 간섭하려고 그래요."

"연애 좋아하시네. 그러면서 개를 만나러 여길 와요?"

한조는 예감이 적중하는 것 같아 몸을 후룩 떨었다. 미스 윤이 이미 이 집을 떠났다는 뜻이 아닌가.

상대가 지닌 화폐의 부피를 알아내는 데는 누구도 못 당할 신통력을 가졌을 성부른 술집 '새샘'의 마담은 대단한 술값을 치른 일이 없는 한조를 끝까지 기억해 내지 못했다.

"손님, 언제 우리집에 오셨었다구요?"

"며칠 전에도 왔었잖우."

"거짓부렁 마세요, 난 손님 첨 보는 분인데요."

"내 동생하고 같이 안 왔었단 말이오?"

"분명히 우리집예요, 새샘?"

"물론이지."

"이보세요, 거짓말을 시키려거든 좀 앞뒤가 맞기라두 하세요. 윤이 안 나온 지 벌써 보름이 넘었는데 며칠 전에 왔었다구?"

한조는 잠깐 당황했지만 얼른 둘러댈 수 있었다.

"며칠밖에 안 된 것 같은데 벌써 그렇게 됐나… 어느새 보름이나 지났다구?"

"그런 그렇구 왜 그러세요? 윤은 왜 찾으세요?"

"말하면 미스 윤 집주소 가르쳐 주겠수?"

그의 말에 마담이 대답 대신 마루를 걸어 나와 뜨락으로 내려섰다. 그러곤 갑자기 굳은 얼굴을 하고 그를 쳐다봤다.

"혹시 경찰이세요?"

"그렇다면?"

마담의 눈이 놀란 빛을 나타냈다. 흰자위가 깨끗하지 못하여 전체적인 인상마저 별로 좋은 느낌이 안 드는 그런 여자였다.

"개가 무슨 일을 저질렀나요?"

“본명은 뭐요?”

“이명순예요.”

“주소 좀 가르쳐 주겠수? 후암동에 셋방을 얻어 산다는 것까진 알고 왔으니까 시치미 뗄 생각은 마시고.”

“주소 적어 놓은 거 있던가…….”

“주민등록등본 받아논 거 있을 거 아뇨.”

“가르쳐 드리는 거야 어렵지 않아요. 하지만 지금 찾아가 보셨자 소용없어요.”

“무슨 뜻이오?”

“아이들을 보내 봤더니 벌써 방을 옮기구 없지 뭐예요.”

마담은 거기까지 말하고 나서 별안간 태도를 표변했다. 아무 근거도 대지는 않고 이명순을 심하게 비난하기 시작한 것이다.

그녀가 그러는 건 말할 것도 없이 한조를 형사로 아는 그녀로선 행여 자기한테 불똥이라도 떨어질까 미리 배수진을 치는 것 외에 다른 아무것도 아니었다.

“마담은 이명순일 왜 찾으려 했수? 돈 꿔준 거 있수?”

“말씀 마세요, 내 고 기집앨…….”

“얼마나…….”

마담은 얼른 대답하지 않았다. 그건 꿔준 돈이 없다는 뜻이었다. 그녀는 생각났다는 듯이 이윽고 더욱 목소리를 낮추어 물었다.

“경찰에서 문제삼는 게 돈 문젠가요, 그럼?”

“손님들한테 인기가 상당히 좋았다며요? 마담은 돈 돌려준 게 있어서가 아니라 이명순이가 술꾼들 물고 다른 집으로 갈까봐 찾으러 보낸 거 아뉴?”

“인긴 무슨 인기예요. 고 깍쟁이 기집앨 누가 좋아해요.”

“젊은 청년 하나가 따라다녔을 텐데?”

그의 말에 마담은 고개를 갸웃거릴 뿐 아는 것이 없는 눈치였다.

“그런 얘기 않던데…… 다른 아이들두. ”

“이따가 와서 다른 아이 하나 만나봐야겠군, 마담이 아가씨한테 그렇게 관심이 없으니, 누구하고 제일 친했수 ? ”

“글쎄요…… 친한 애가 없을 텐데요. ”

마담의 눈꼬리에 노골적으로 싫은 기색이 담겼다. 형사 나부랭이가 드나들며 접대부들 불러내 가기 시작하면 손님 끊어지는데, 하는 뜻이 아니랴.

“부탁이 한 가지 있는데 드려두 될까요 ? ”

“뭐요. ”

“요 골목 끝에 본전이란 다방이 있어요. 이따가 박이 출근하면 글루 내보낼게요. 다섯시면 올 거예요. ”

“미스 박이 제일 친했던 아인가요 ? ”

“네에 그럴 거예요, 아마. ”

“나 선생 찾으라고 하슈. 그리고 걱정 말아요. 우린 이명순이가 아니라 청년 하날 찾고 있는 중이니까. ”

한조는 술집 ‘새샘’을 돌아나와 골목 끝에 있다는 ‘본전’이라는 다방을 확인했다. 여기서 지금부터 기다릴 것인가 망설이며 골목 안을 들여다보는데 ‘새샘’집 마담이 대문간에다 소금을 흩뿌리고 있는 것이 보였다.

한조는 쿡하고 저절로 웃음이 나오지 않을 수 없었다. 그의 느닷없는 형사 행세 바람에 애매한 이명순까지 악담을 듣게 된 걸 생각하면 미안했다.

이명순은 과연 이번 사건에 애매할까 ? 우제정과 동행한 것은 결단코 아닐까 ? 하지만 가능성이 있는 인물이라면 이명순밖에 없으니 어쩌랴.

그나저나 그때부터 다방에 앉아 기다릴 순 없었다. 시간은 세 시간 가까이 남았고 목덜미를 흐르는 땀은 닦아내도 금방 빼직빼직 또 나왔다. 한조는 자신이 우제정에 대하여 그동안 그렇게 챙겨 두고 있었던 게 없는 것에 여간 자책이 가지 않았다. 그 좋은 청년을 그동안 이용 가치에만 눈독들이고 있었을 뿐이었다니.

한조는 청량리역 쪽으로 터덜터덜 걸었다. 그러곤 생각지도 않은 영화관 간판을 발견하고는 '이거다' 하고 손가락을 튀겼다.

그런데 이게 어떻게 된 일인가. 매표구 앞에 서서 주머니를 뒤지자 지갑이 온데간데없지 않은가. 한조는 잠시 후 혼자서 고개를 절레절레 흔들고 있었다. 아무려면 짐보따리를 안고 있던 시골뜨기 같은 여인이 소매치기였을 리야 없지 않은가. 3만 원 넘어 든 지갑을 뽑으려 다리를 건 것은 아니지 않을까.

바지 주머니에서 나온 꼬깃꼬깃 구긴 천원 지폐 두 장 중 하나를 매표구에 밀어넣으며 한조는 여간 기분 나쁘지 않았다. 그가 소매치기를 당한 건 난생 처음 겪은 경험이었던 것이다.

아니, 대전서 당한 것도 소매치기나 같지 않느냐!

뭔가 자꾸 불길한 예감이 들었지만 영화관에 들어간 한조는 푹푹 찌는 속에서 그만 잠을 자버렸다. 장풍(掌風)으로, 달려드는 자의 골통을 깨는 신나는 중국 무술영화가 끝나면 아이들 연애하는 필름이 잇따라 돌아간다는 2본 동시상영의 첫편 앞머리만 보고 그는 내내 자버렸다. 앞쪽에 서 있는 대형 선풍기가 지린내 나고 더운 먼지 바람을 덮씌우는 속에서.

그가 본전 다방으로 달려간 지 5분 남짓 만에 '나 형사님'을 찾는 여자가 나타났다.

"왜 그러세요? 우리 윤 언니한테 무슨 일이 일어났나요?"

"이명순이가 왜 '새샘'을 그만뒀지?"

"건 몰라요. 정말예요."

"미스 박은 이명순이하고 굉장히 가까운 사이였다던데?"

한조는 말하면서 입을 탁탁 두드렸다. 자꾸 하품이 나고 눈자위가 빽빽했다.

"갑자기 그만뒀잖아요, 말두 없이."

"후암동에 찾아간 것도 미스 박이라며?"

"헛걸음이었죠. 이사가 버렸다는걸요."

"짚이는 건 뭐 없어?"

"젊은 청년이 따라다니지 않았느냐구 물으셨다면서요."

"그런데?"

"있었어요. 언젠가 집에 가려구 언니랑 나가는데 골목에 서 있었어요."

"이름은?"

"그런 건 모르구요. 키는 좀 큰 편인데 말하는 걸 보니 꽤 순진해 보였어요."

"뭐랬길래?"

"못 들었어요. 단지 목소리가 떨리고 있는 것 같았거든요."

"그래서 그날 밤 어떻게 했어, 그 청년은?"

"이 언니랑 둘이서 갔어요. 다음날 언니한테 물어봤걸랑요, 어떻게 됐냐구."

"그랬더니?"

"그냥 언니 집까지 바래다 주구 갔대요."

"애인들끼리 보통 그러는 거 아냐?"

"저두 그랬죠, 그랬더니 언니 말이 밥맛 없대요."

"무슨 뜻이야?"

"뭐 증류수 같은 남자라나요."

한조는 말을 들으며 고개를 주억거렸다. 증류수란 말이 나왔다면 우제정임에 틀림없지 않은가. 한조는 자세를 고쳐 앉지 않을 수 없었다. 어딘가 겁먹은 듯한 눈을 하고 쳐다보는 박이라는 처녀는, 그래서 꼭 그런 것은 아니겠지만 이명순에 대해 별로 아는 게 없다는 투의 말만 하고 싶어했다.

"언니하군 이 집에서 처음 알았어요. 그래서 잘 몰라요. "

"그래도 미스 박을 제일 아꼈던 모양이지 ? 마담이 그러던데. "

"제가 나이가 제일루 어려서 그랬을 거예요. 늘 저더러 그랬거든
요, 더 깊이 빠지기 전에 그만둬야 한다구요. "

"맞는 말 아냐 ? "

"누군 이런 데 나오구 싶어서 나오나요. "

한조는 미스 박의 약간 냉소적인 느낌을 주는 말투가 마음에 걸렸
다. 그는 자신도 모르게 이명순의 편에 서 있는 것일까. 그러나 그
는 말머리를 돌려 이렇게 물어 보았다.

"미스 윤으로 불린 이명순이 술꾼들 사이에서 인기가 대단했다
며 ? "

"네, 대단했어요. 모두 오기만 하면 언니만 찾았어요. "

"마담이 안달할 만하군, 내 뒤통수에 소금을 뿌릴 정도로. "

"무슨 말씀예요 ? "

"별 얘기 아니고, 미스 박, 어떻게 생각하나 ? "

한조는 스물한둘 되어 보이는 접대부를 건너다봤다. 무슨 말인지
못 알아들어 여자의 눈이 똥그래졌다.

"언젠가 골목에서 이명순일 기다린 청년 말야. 이명순이 말도 없
이 안 나오기 시작한 게 그 청년하고 관련이 있다고 생각 안 하
나 ? "

"그걸 제가 어떻게 알아요. "

"언제쯤이라고 했지 ? "

"보름쯤 됐을 거예요. "

"그 뒤로 이명순이 달라진 데가 있었다던가. 그런 변화는 안 보였
어 ? "

"달라지다니요 ? 언니가 그 청년하구 동반자살이라두 했단 말예

요?"
"동반자살이라니, 왜 그런 말을 하지?"
"언니 그 뒤루 두 번인가 죽고 싶단 말을 했어요."
놀라운 얘기였다. 미스 박의 표정도 갑자기 딱딱하게 굳어지고 있었다. 그제야 보니 그녀의 콧등에는 땀이 송송 나배어 있지 않은가.
"그 청년 때문인가?"
"아뇨. 제가 괜히 쓸데없는 말을 했나 봐요."
미스 박은 손으로 입을 막으며 말했다. 한조는 손을 내젓기까지 하며 안심시켰다.
"무슨 얘기든 다 들려줘. 우린 그들을 찾아야 되잖어, 시간이 늦기 전에."
"정말예요, 전 언니 잘 몰라요."
"그러다가 언니한테 무슨 일 일어나면 후회하게 돼, 괜히."
"아저씬 왜 자꾸 나쁜 방향으로만 생각하세요. 아저씨 말씀대루 그 청년하고 같이 갔대두……."
"어디 가서 행복하게 살 수도 있잖느냐?"
"그럼요, 술집 여자라구 왜 행복하게 살면 안 되나요?"
"좋아, 우리 그런 방향으로 희망을 걸기로 하자구."
"언니가 무슨 일을 저지른 건 아니죠, 분명히?"
한조는 대답을 않고 자리를 일어설 채비를 차렸다. 미스 박의 눈길이 불안하게 흔들렸다.
"미스 박, 들어가 봐야지." 한조는 다방을 나와서야 그녀를 돌아보며 말했다. "그 언니 희망대로 미스 박은 술집 그만뒀으면 좋겠군. 그리고 난 형사가 아냐. 마담한테 가서 아까운 소금 뿌리지 말라고 해."
한조는 말을 마치기 바쁘게 돌아서서 걷기 시작했다. 어느새 땅거미가 지려 하고 있었다. 절망의 너울 같은 것이 눈앞을 어른거려 한조는 쉴새없이 욕지거리를 퍼부었다.

"나쁜 자식, 머저리 같은 자식. 기집애한테는 절대로 빠지지 않을
것처럼 굴더니!"

그러니까 한조가 욕하고 있는 건 우제정이 아닌지 몰랐다. 그는
언젠가부터 우제정이 이명순이 파놓은 함정에 빠지고 말았을 거라
는 예감에 지배당하고 있었다. 이명순이 죽고 싶다는 말을 되풀이
했다는 말을 미스 박이 들려주었을 때 이미 그는 우제정의 머리 위
에 죽음의 그림자가 드리워져 있다는 방정맞은 단정을 하고는 그것
에 떨고 있었던지 몰랐다.

제까짓 것이 술집 작부면 분수를 알아야지, 왜 증류수 같은 녀석
을 홀려. 제 신세가 고달프면 저 혼자 결정할 일이지.

어쨌든 한조는 미스 박이 우연찮게 내뱉은 동반자살이라는 말을
어떻게도 뇌리에서 지워내 버릴 수가 없었다.

그러나 속수무책이 아닌가. 자신이 신문에 보도된 것을 우제정 스
스로가 읽었을 것이고, 그렇다면 그것은 사태를 급전직하로 악화시
키는 데 결정적인 작용을 하게 될 것이 분명하지 않은가.

'우리 같이 죽어요'라고 여자가 먼저 말했다고 하자. '이제는 우린
숨을 곳이 없어요. 이렇게 사진까지 났잖아요. 난 제정 씨가 이런
일을 저지른 사람인 줄 몰랐어요.'

한조는 이명순이 그런 식으로 우제정을 죽음으로 몰아넣고 있다
고 단정하기에 이르고 있었다. 잠시도 머뭇거릴 시간이 없지만, 그
러나 어디 가서 그들을 찾는단 말인가. 박시대는 그가 그런 단정적
인 결론을 내리고 있는 것을 몹시 못마땅해했다.

"사장님 와 이랍니꺼. 와 우제정 씨가 죽을 거라고만 생각하시지
예. 전 그래 안 봅니더. 어데 쪼깨한 산촌 같은 데 들어가서 농사
짓고 살믄 와 안 댑니꺼. 아들 놓고 딸내미도 놓고……."

"넌 우제정이 어떤 녀석인지 몰라서 그래."

“그른 말씀 마이소. 사람이 목숨을 끊는 기 그래 시운 줄 아십니꺼. 어데예, 아입니더. 두고 보이소.”

그러나 두고 보라고 장담한 박시대는 그로부터 불과 열 시간도 채 지나지 않은 밤 열한 시 오 분에 한조의 아파트로 전화를 걸고 대뜸 이렇게 소리치지 않았는가.

“사장님, 방금 방송 들으셨지예!”

한조는 송수화기를 잡고 있는 손이 부르르 떨리는 것을 느꼈다. 뭐라고든 대꾸를 해야 한다는 건 생각뿐이고 도무지 말이 되어 나오지 않았다.

“사장님 예감이 맞았심더!”

그러고는 박시대가 갑자기 울음을 터뜨렸다. 한조는 어깨가 무너져 내리는 것 같았다. ‘제발 체포됐다고 말해 다오’ 하고 빌고 있었던 마지막 기대마저 깨지고 있지 않은가. 박시대가 이윽고 말했다.

“설악산 대청봉 꼭대기에 반듯이 누워 있더랍니다. 등산갔던 대학생들이 발견하고 신고해 와서 가보이 우제정 씨더라네예.”

“여자는? 이명순인?”

“여자예? 아이라예. 혼자랍니더. 유서도 엄고 돈도 한푼 안 가주 있었고예.”

“뭐야?”

“1억 6천만 원은 누굴 주었을까예?”

“시끄러, 이 자식아!”

“낼 아침 신문에 대문짝만하게 날 거 생각하이 기가 차서 안 그릅니꺼. 우제정 씨 어무이 찾아가 봐야겠지예?”

“지금 당장 일루와!”

“알겠심더. 가지예.”

한조는 전화를 끊고도 초점 없는 눈을 껌벅이며 망연히 앉아 있었다. 그런 그를 일깨우며 다시 전화를 걸어온 것은 뜻밖에도 이숙희가 아닌가.

"선생님, 방금 이상한 방송을 들었어요."

"그건 우리가 아는 우제정이 아냐."

한조는 거침없이 그렇게 말했다.

"어머, 다행이네요. 지금두 가슴이 뛰어요."

"그 친구가 왜 그딴 죽음을 감행하겠어."

우제정의 얼굴은 약물로 해서 새까맣게 타 있었다. 그리고 그런 아들의 시신을 확인하고 있는 그 어머니의 낯빛도 검디검은 빛이었다. 노파는 놀랍게도 강릉의 병원으로 운구되어 안치돼 있는 아들 앞에서 눈물 한 방울 보이지 않았다.

그 광경을 지켜보고 있던 박시대가 한조의 소매를 끌었다.

"사장님 큰일났심더. 우제정 씨 어무이가 아무리 봐도 위험해 보이네예."

"어디가?"

"벌써 죽은 사람 얼굴 안 같십디꺼."

"네 예감은 맞은 일이 없어."

말은 그렇게 했지만 실은 한조도 벌써부터 노파의 표정만 지켜보고 있던 중 아닌가.

새벽에 원효로로 박시대와 함께 찾아갔을 때 노파는 이미 경찰의 통보로 아들의 죽음을 알고 있었다. 강릉시립병원으로 아들의 시신이 옮겨져 와 있다는 사실도 노파는 알고 있었지만 시외버스터미널에 도착한 한조와 박시대가 행선지를 못 정해 우왕좌왕하고 있을 때도 얼른 말하지 않았다.

노파는 그렇게 도무지 입을 열지 않았다. 또렷한 목소리로 말하는 것을 들은 것이 있다면 이 한마디뿐이었다.

"우리 아들이 나 사장이란 분 애길 한 번도 한 일이 없는데……."

"저를 늘 형이라고 불렀죠."

그러나 노파는 거기서 입을 다물고는 더는 대꾸하지 않았다. 강릉에 도착하여 뭐든 요기를 해야 한다고 강요하듯이 이끌었을 때도 노파는 그것마저 끝내 거절했다.

"선상들이나 다녀오세요."

그렇게는 할 수가 없어 한조와 박시대도 오후가 다 되도록 공복을 견디고 있었다. 박시대가 울음이 묻은 얼굴로 재차 말했다.

"제 예감이 틀리야 할 낀데."

그때 누군가 한조 곁으로 다가서는 사내가 있었다.

"여기서 또 뵙는군요. 이틀 전에 저희 대동증권에 오셨었죠."

한조는 순간 당황하지 않을 수 없었다. 그러고 보니 우제정의 상사라던 차장이 아닌가.

"우제정이하고 가까운 사이셨던 모양이죠, 여기까지 오신 걸 보니."

"직원이었으니 증권회사에서도 당연히 와봐야겠군요. 골치 아프시겠습니다."

"저희야 처리해야 할 일이 많지요."

"돈을 한 푼도 가지고 있지 않았다는 게 사실입니까?"

한조는 의도적으로 얼른 말머리를 돌렸다. 사나이의 눈꼬리에 냉소 같은 것이 번졌다.

"그때 선생 말씀대로 고아원 같은 데 줬을지 모르죠, 기껏해야. 바보 같은 친구."

사나이는 거기서 말을 끊고 의외로 쉽게 한조의 곁을 떠나 주었다. 한조는 왠지 이마에 식은땀이 나배는 것을 느꼈다.

우제정이 가져간 돈은 전부 당신이 가졌어.

꼭 누군가 등뒤에서 그렇게 손가락질하며 소곤거리는 것만 같았다. 그러나 대동증권의 차장은 곧 서울로 돌아가 버렸는지 얼마 뒤부터 모습이 보이지 않았다. 우제정의 시신은 한조가 주선한 작은 영구차에 실려 곧 서울로 운구되었다. 한줌의 재로 변한 아들을 그 어머니는 키 작은 솔 포기 사이를 숨바꼭질하듯 돌아다니며 뿌렸다.

그러나 그 어머니는 마침내 어둠의 장막이 내린 다음에야 돌아온 원효로의 조그마한 집에서 한조와 박시대가 하룻밤을 같이 지내는 것을 끝내 반대했다.

"내가 자살이라두 할까봐 그러시는 모양인데 난 절대루 우리 제정 이하구 달라요."

옥색 플란넬 양복에다 나비 타이로 목을 조른 한 사나이가 하늘하늘하는 실크 야회복을 받쳐 입은 여자와 나란히 서서 손님을 맞고 있었다. 서울 시가지가 한눈에 내려다뵈는 호텔 꼭대기 23층의 스카이 라운지여선지, 아니면 발목이 빠지는 주단이 깔려 있어선지 손님을 맞고 있는 한 쌍의 그들 남녀뿐만 아니라 엘리베이터로 올라와 연회장으로 안내되어 들어서는 하객들도 어딘가 좀 상기되어 있는 듯한 느낌을 주었다.

그런 분위기를 더욱 부추기듯 안쪽에선 작은 오케스트라가 풀어 놓는 선율이 연회장 입구까지 은은하게 흘러 나오고 있었다. 싱그러운 꽃향기도 잔잔한 선율을 타고 방 안 가득히 퍼져 사람들의 코를 자극하기에 충분했다.

"다리 아프지?"

"아뇨. 조금두."

"행복해?"

"그럼요."

"나도, 이 나한조한테 이렇게 행복한 순간도 있었던가 싶을 정도로."

사나이는 마치 연극배우 같은 목소리로 말했다. 두 남녀가 시선을 맞부딪치고 미소를 나누었다.

"감사해야겠어요, 모든 것에."

"그럼, 특히 우리를 축하해 주러 온 하객들에겐 더욱. 아까 맨 처음 들어선 사람이 누군지 알어, 일착으로 나타난 사람 말야?"

"무슨 사장님이라구 하셨잖아요."

"오늘 온 사람들 중에 사장 아닌 사람 있는 줄 알어?"

"그분 특히 기뻐하시는 것 같았어요."

"대전에 내려갔을 때 딱 한 번 만났던 사람인데 우릴 위해 일부러 올라왔어."

바로 한밭어업 주인 이근동이었다. 면도로 턱까지 밀고 말쑥한 차림으로 나타난 그가 스스로 소문을 듣고 온 것은 물론 아니었다. 그가 준 명함 주소대로 한조가 청첩장을 띄웠던 것이다.

고등어에 망한 건 당신이 더 잘 알겠지만 난 아직 이렇게 성대한 결혼식 올릴 만큼 자신 있소. 와보시오. 한조는 그런 심정으로 그에게 청첩장을 띄웠다.

물론 그에게만 결혼식에 와달라는 초청을 한 것은 아니었다. 그가 기억할 수 있는 사람치고 초청받지 않은 사람은 없었다. 말하자면 그가 세상에 나서 이러저러한 인연으로 알고 있는 사람들을 그는 하나도 빼지 않고 모조리 부른 것이다. 와서 이 나한조의 결혼식하는 모습을 봐다오 하고.

결혼식장에서 마주친 이근동의 첫마디 질문은 이것이었다.

"흥양 이욱형이란 자도 초청했수?"

"유일하게 빼논 인물입니다."

"그렇다면 그건 당신 실수한 거요."

그는 결혼식이 끝난 뒤의 연회장에도 첫 손님으로 들어서면서도 여전히 또 묻지 않던가.

"이 피로연에도 초청하지 않았구?"

"이 연회를 더럽힐 것 같아서."

“하긴 그렇기도 하겠구먼. 만났으면 내가 한마디 했을 테니까.”

“오늘은 내 축하만 해주슈.”

“누구보다 더 축복을 빌고 있다는 거…….”

“고맙습니다.”

박시대가 싱글벙글하며 다가왔다.

“사모님, 다리 아프시지예?”

이숙희가 대답 대신 미소를 지어 보이자 녀석이 한마디 더 덧붙였다.

“쪼깨만 참으시이소. 사모님 놀라분 미인이라고 저 안에서들 난리 났다카만 다리도 안 아프실 낍니더.”

“박 부장님 오늘 너무 수고가 많으세요.”

“맨날 이른 잔치 심부름이나 하고 살았으면 좋겠심더.”

“자, 우리도 들어갑시다.”

한조는 흰 장갑을 낀 손으로 이숙희의 등을 가볍게 밀었다.

칵테일 잔을 들고 오드볼 테이블 가장자리에 둘러서서 담소를 즐기는 피로연 하객들. 그 사이를 비집고 한조는 신부 이숙희를 안내하여 연회장 앞쪽으로 걸어 들어갔다.

이제 그들은 1미터 30센티의 케이크를 자르게 될 것이다. 사람들이 술잔을 내려놓고 긴 박수갈채를 보내는 가운데.

연회장 한가운데는 은빛 날개를 퍼덕이는 두 마리의 학이 날고 있었다. 강렬한 조명을 받고 있는 그것은 다만 얼음을 쪼아 빚은 조각품일 뿐이었다.

신통하게도 이 복더위에 조금도 녹은 흔적이 없군. 하는 생각을 하며 한조가 한껏 비상하는 자태의 학을 지나가고 있을 무렵 누군가 그의 옆구리를 건드렸다.

“나 사장, 잠깐.”

돌아보자 웃음이 번진 눈으로 그를 바라보고 있는 사람은 진동규가 아닌가.

"진 사장님 바쁘실 텐데 이렇게 와주셔서……."

"그런 인사 들으려는 게 아니고 나 사장 저런 놀라운 미인 신부를 어디 가면 만날 수 있수?"

"전 지금 바빠서 대답해 드릴 겨를이 없는데요. 케이크를 잘라야 하거든요."

"한물갔다고 약올리지 말아요. 여기 모인 사람들이래 모두 누구얘기만 하고 있는 줄 알우. 나 사장은 관심도 없고 오로지 신부의 미모에만 끝없이 탄복하고 있는 줄이나 알아두라우."

"그러시니까 되려 기분이 존데요."

"저런, 벌써 홀딱 빠졌군, 가련한 신랑!"

진동규는 한조의 어깨를 밀며 유쾌하게 웃었다.

"많이 드십시오, 진 사장님."

"이따가 케이크 얻어먹으러 가리다."

"글쎄, 진 사장님한테 돌아갈 몫이 있을지."

한조는 김명기하고도 마주쳐 다시 악수를 나누었다.

"나 사장은 역시 대단한 인물이란 걸 실감하겠어요. 노량진 어판장 5대 거물 중 네 사람이 여기 참석했으니 말예요."

"나머지 하난 초청도 안 했다는 사실은 아시겠죠?"

"그러니 대단하다는 얘기 아녜요."

그런 말을 듣는 것도 한조로선 사뭇 기분 괜찮은 인사였다. 술에다 독약을 섞었으면 하는 생각 같은 건 조금도 나지 않았다. 다만 희망이 있다면 신부 이숙희가 조금만 덜 주저하고 조금만 덜 어색해 해 줬으면 하는 것 하나뿐이라고나 할까.

그녀는 그가 잠시 뒤처져 하객들에게 붙들려 있는 동안에 벌써 앞쪽 벽 밑까지 쫓아가 고개를 꺾고 돌아서 있지 않은가. 서귀자를 포함한 여자 하객들도 몇이 와주었는데 아무도 다가가 말상대를 해주는 여자조차 없었다.

다만 어린 설희 하나가 달라붙어, 용기를 불어넣고 있는지 뭐라고 손짓까지 해보이며 말을 붙이고 있었다. 한조는 그런 신부 곁으로 다가가며 나길조를 부른 걸 후회했다. 바쁜 일이 있다면서 다행히 이곳 연회장엔 안 왔지만 결혼식장에서 놈은 이숙희한테 뭐라고 말했던가.

"오랜만입니다, 나 기억나지요, 누군지 ？"

이숙희의 얼굴엔 그때 분명히 핏기가 가시고 있지 않던가. 나길조란 인간은 역시 교양 없는 부패한 관리임에 틀림없었다. 오천집에서 만났음을 기억하고 있다고 오금을 박듯이 말한다는 건 얼마나 저열한 짓인가.

놈의 그 한마디가 이숙희를 순식간에 공포 속으로 몰아넣었는지 몰랐다. 또 낯익은 어떤 얼굴과 마주치지나 않을까 떨고 있어서 그녀는 사람들의 눈이 많은 곳에서 저렇게 돌아서야 한다고 생각하는 것은 아닐까.

하객들의 눈엔 분명히 수줍음으로만 비칠 이숙희 혼자만의 고통을 어떻게도 덜어줄 길이 없어 한조에게도 그것은 다만 같은 부피의 아픔으로 전해 오기 시작했다. 길은 오로지 한 가지, 사람들과 빨리 헤어지는 것밖에 없었다.

사회자로 초청되어 온 방송국 아나운서는 매우 능란한 말재주로 두 사람의 결혼 케이크를 자르는 의식을 안내해 나갔다. 칼로 물베기가 아니라 칼로 케이크 베기라는 등의 우스갯소리도 그는 간간이 집어넣음으로써 장내를 축하 분위기로 가득 채우는 일을 적절히 해냈다.

한조는 아나운서의 말을 받아 속으로 거듭 외쳤다.

'보라구, 당신의 미모에 대해 저렇게 모든 사람들의 주목을 집중시켜도 아무 일 없잖아. 여기 모인 사람들 누구도 전에 당신을 본 사람은 없다구. 오천집 같은 수준의 술집에 갈 사람은 한 사람도 안 왔으니까, 제발 안심해. 그리고 자신을 가져.'

"자, 하객 여러분은 한 분도 빠짐없이 한 조각씩의 행복을 골고루 나눠 드시기 바랍니다."

아나운서의 말에 따라 호텔에서 동원해 온 안내원들이 달려들어 케이크를 접시에 담기 시작하고, 곧이어 한조와 이숙희가 샴페인의 병마개를 뽑음으로써 스카이라운지의 오케스트라 선율을 타고 흐르는 축하 분위기는 절정에 다다랐다.

"우리 모두 술잔을 높이 들고 두 분을 향해 섭시다!"

이윽고 사회자의 신호로 쟁그렁 일제히 유리컵 부딪치는 소릴 내는 건배가 끝나자 마침내 마이크가 한조 앞으로 넘겨졌다. 축사까지 받았으므로 답사가 있어야 한다는 것이 아닌가.

"첫째도 감사하고 둘째도 감사합니다. 그리고 감개무량합니다. 저한텐 오로지 이 순간의 감격만이 중요합니다. 이제 제발 저를 잊어 주십시오. 감사합니다!"

한조는 떨리는 목소리로 감사한다는 말을 거듭 덧붙였다. 박수 소리가 한동안 계속되었다. 그가 마이크 앞을 떠나는 순간 누군가 잔을 양손에 받쳐 들고 다가서는 사람이 있었다.

"자 이 잔 받으시오."

입이 넓고 목이 긴 술잔을 내밀고 있는 상대는 또다시 대전의 이근동이 아니던가.

"나 사장 연설 잘하던데. 난 감격했어요."

한조는 술잔을 받아 들고 그와 건배했다.

"이제 제발 저를 잊어 주시오라는 대목이 그중 멋졌어요."

"내가 그런 말을 했던가요?"

"가장 감격적인 대목이었다니까. 이제 아내를 가진 평범한 하나의 시민으로 돌아가게 해달라 이거겠거든."

“내가 왜 그런 말을 했는지 모르겠는데요.”

“괜히 또. 하여튼 나 사장 가만 보니 여간 매력 있는 사나이가 아니야.”

“난 벌써 술이 취하려 해서 여간 고민이 아닙니다.”

“오늘 같은 날 안 취하고 언제 취해요.”

“조금 있다가 비행길 타야 하는데두요?”

“비행기 탄다고 나 사장이 운전하는 건 아니잖우. 뭐가 걱정이오.”

“술주정뱅이라고 안 태워 줄까봐 그러지요.”

“안 태워 주면 제주돈 헤엄쳐 건너가도 되잖우, 멋진 미인 신부를 등에 업고.”

두 사람은 소리내어 유쾌하게 웃었다.

“그런데 참, 나 사장 말이우…….” 하고 이근동이 술잔을 만지작거리며 한조를 쳐다봤다. “이런 좋은 날 꺼낼 화젠 아니지만 한 가지…….”

“한가지 뭡니까. 말씀하세요.”

“나 사장 그때 대전에서 없어진 나 사장 부하들 그 뒷소식 들었겠지요?”

“뒷소식이라니, 난 전혀 모르고 있는데요.”

“못 들었구먼. 대전엔 소문이 파다하게 퍼졌는데 어떻게 본바닥에선 모르고 있을까.”

“무슨 소식인데 그러시죠?”

“고인택이라던가, 그렇죠, 고인택 맞죠? 그 친군 나 사장을 배신한 게 아니라던데요.”

“그러던가요?”

“그래요. 운전수 하나 있었다면서요, 박 뭐라는 그자가 유인해 갔다는 거예요.”

“그래 가지곤?”

“소문이니까 확실한 건 아무것도 없지만 요컨대 고인택인가 하는 친군 그렇게 납치당해 가서 깨끗이 사라져 버렸다는 거죠.”

“사라지다니요? 죽었단 말인가요?”

“나중에 기회 있으면 다시 얘기합시다만, 어쨌든 영원히 없어졌다고들 해요. 그런 소문이 왜 여긴 안 났을까? 헛소문인가……?”

그러다가 어느 순간 한조는 자기도 모르게 숨이 꿀꺽 멎는 것을 느꼈다. 그의 시선이 출입구 쪽에 박혔다. 저 여자가 여기에 나타나다니!

한조는 온몸의 피가 머리끝으로 몰리는 느낌이었다. 웅성거리는 사람들도 갑자기 제대로 보이지 않았다.

‘저 여편네가…… 뻔뻔스럽게 감히 어딜……?’

그러나 연회장 입구를 들어서면서의 잠시 머뭇머뭇하던 태도와는 달리 여자는 이내 턱을 오만하게 받쳐 들고 이쪽으로 다가오기 시작하고 있지 않는가. 이욱형의 딸 같은 아내 조희재가…….

저 계집이 다가오는데 내가 왜 긴장하는가, 하면서도 한조는 몸이 뻣뻣하게 경직되고 있는 것을 어쩌지 못했다. 입 안이 말라 목젖이 타는 듯이 아팠다.

“나 사장님 결혼, 저두 축하드리구 싶어 왔어요.” 그의 코앞까지 다가온 조희재가 던진 첫마디였다. “축하드리러 왔다는데 설마 내쫓진 않겠죠?”

“난 초청한 일도 없고 댁한테 축하 받고 싶지도 않아요.”

“오늘 같은 날은 그렇게 말씀하시는 게 아녜요.”

“가시오!”

“뻔뻔스럽죠, 제가? 하지만 너무 오래 못 봬서 용기를 냈어요. 오래 못 만나면 오해두 생기구 그러거든요.”

“만약 안 가면 내가 여길 나가겠소!”

“그러시면 되나요. 염려 마세요. 돌아갈게요. 몇 마디 말씀만 전하구요.”

“듣고 싶지 않다니까요.”

“제가 여길 온다니까 이욱형 씨가 그랬어요, 나 사장님이 아직두 노량진 어판장에 손을 대실 건가구요. 전 나 사장님이 그렇게 어리석진 않으실 거라구 했죠. 이욱형 씨 말은, 만약 그렇게 한다면 옛날처럼 나 사장님이 다시 일어설 수 있도록 도울 수두 있다더군요. 잘 생각해 보세요. 하긴 나 사장님 쉽게 물러설 분이 아니라는 건 알지만. 신혼 여행은 제주도로 가신다면서요? 저 그만 돌아가요. 나 사장님 결혼 진심으로 축하드려요. 신부님께두 전해 주세요.”

조희재는 말을 다 주워섬기기 바쁘게 그에게 등을 보이며 연회장 한가운데를 가로질러 걸어갔다. 대꾸 한마디 할 기회도 갖지 못한 한조는, 머리를 빳빳하게 세우고 벌써 출입구께를 걸어 나가고 있는 그녀의 뒷모습만 멀거니 바라다볼 뿐이었다.

아니다. 절대로 그냥 돌려보내선 안 된다! 한조는 갑자기 초조하여 몸을 좌우로 흔들기까지 했다. 그러나 그는 그의 결심을 미처 행동에 옮기기도 전에 느닷없는 기침 속에 빠지고 말았다. 그의 기침은 너무 격렬하고 오래가서 누군가 하객 중 하나가 그의 어깨를 잡아 부축하기까지 할 정도였다.

“아니, 나 사장이 갑자기 왜 이럴까? 너무 좋아하다가 이러는 건 아니우?”

돌아보자 진동규였다. 한조는 눈물이 찔끔 나밴 눈을 주먹으로 문지르며 말했다.

“별안간 사레가 왜 들리죠.”

“신부한테 너무 눈독을 들이면 그래요. 나는 이제 좀 가봐야겠수다.”

"바쁘신 진 사장님께서 이렇게 와주셔서……."

"이런 멋진 피로연회장에 불러줘서 영광이우. 더구나 성황을 이루어 얼마나 보기 좋은지 모르겠시다."

"고맙습니다."

"밀월여행 즐기구, 서울에 돌아오거든 한번 연락하시구레. 내가 두 분 점심 초대라도 했으면 해서. 그리구 잊어버려요. 하객으로 온 사람한텐 유감이 없어야 하는 거 아니우. 젊은 부인네는 두려운 눈으로 보도록 해요."

그러니까 진 사장도 조희재가 왔다가는 것을 지켜보았다는 애기가 아닌가. 그러나 그는 한조가 뭐라고 대꾸하기도 전에 등을 보이며 돌아서 걸어갔다. 진동규만 돌아간 게 아니고 한두 사람씩 연회장을 빠져 나가기 시작하자 라운지는 순식간이다 싶게 금방 휑하니 빈 방처럼 되었다. 그리고 한조는 터무니없게도 사람들이 자신만 빈 방에 남기고 모두 떠나 버린 것 같은 쓸쓸함에 빠졌다. 갑자기 세상에서 외톨이가 된 것 같은 느낌이 들 정도로.

피로연까지 끝내고 한조가 이숙희와 함께 김포공항으로 제주도행 비행기를 타러 나갈 때는 박시대와 설희만 남아 그들과 동행했다. 그런데 도중에 뭔가 심각한 표정으로 아무 말이 없던 박시대가 곧 램프로 나가야 할 시각이 되어서야 느닷없이 이런 말을 꺼내 놓지 않았는가.

"사장님 한 가지 허락해 주이소."

"뭘 허락하란 거야?"

한조는 되묻지 않을 수 없었다. 왜냐하면 그도 박시대한테 은밀히 지시할 게 한 가지 있었기 때문이다. 다른 게 아니고 극동빌딩에 있는 한조실업 사무실을 내놓고 집기들도 다 처분해 버리도록 하는 일이었다.

박시대가 손바닥을 비비며 말했다.

“설희 저거 지가 데불고 가면 안 되겠십니꺼? 열심히 살겠심더.”

“너희도 결혼하겠다 이거야?”

“사장님이 허락해 주신다믄…….”

“그거야 내가 문제야, 설희가 널 어떻게 생각하는가에 달렸지.”

“쟈하곤 이바구가 다 돼있십니더.”

한조는 박시대가 저만큼 이숙희와 함께 서 있는 설희를 손가락질해 가면서 하는 말이 놀랍지 않을 수 없었다.

“이것들, 그동안 일은 않고 연애만 걸었구나.”

“어데에, 아입니더, 어제 첨으로 말을 안 했십디꺼. 말하자면 지가 자존심 쥑이고 프로포즐 한 기라예. 사장님 결혼하시그든 우리도 그만 먼데 가서 신랑 신부 찾을 거 없이 결혼했뿌리자 안했십디꺼.”

“그래서 승낙을 받았다 이거야, 설희한테?”

“좋다 캅디더.”

“좋다, 나도. 다만 그렇다면 내가 시키는 대로 하는데, 우선 우리 사무실을 내놓고 전세금을 찾아. 그리고 사무집기들도 모조리 다 팔아 버려.”

“우짤라고 그러십니꺼?”

“1천 2백 정돈 될 거다. 그걸 너희들한테 주겠다. 난 이제 다시 시작해도 사무실 같은 건 필요 없어.”

“그건 안 됩니더. 차리리 그렇다믄 그 돈 우제정 씨 어무이 갖다 주시이소.”

“그분한텐 이미 내가 다 조처한 게 있어.”

그건 사실이었다. 그동안에 그는 극동건설주 2만 8천 주를 3천 9백 70원씩에 다 팔아 버렸던 것이다. 1억 1천만 원 남짓 되었다. 거기서 3천을 떼어 우제정의 어머니 앞으로 정기예금 통장을 만들었다. 사실대로 한다면 전액이 그는 한푼도 갖지 않아야 할 우제정의 돈이나 마찬가지였지만 노인에게 그렇게 큰돈은 필요치 않았다. 아니 무엇보다도 너무 거액이면 통장을 만들어 전하는 이유를 설명하기 어려웠다. 3천만 원 통장을 전하면서도 그는 적어도 다섯 차례는 되풀이 강조하지 않을 수 없었으니까.

―저를 친형처럼 따랐고 저도 제정일 친동생같이 아꼈죠. 그러므로 제정이 어머님은 이제 저한텐 친어머님이십니다. 전 어머니도 동생도 아무도 없습니다. 저 혼자 삽니다, 이 세상에. 그러니까 이 통장을 받아 주십시오. 이자가 매달 꼬박꼬박 나올 겁니다.

박시대는 한조가 우제정의 어머니를 위한 어떤 조처를 했다는 말에 적이 마음이 놓이는지 금세 유쾌한 표정이 되어 말했다.

"그럼 사장님 말씀대로 사무실을 내놓긴 하겠심더. 책상도 팔고 예. 그렇지만 그 돈 지 주실 생각은 하지 마시이소."

"너한테 주는 게 아니고 내 사랑하는 조카 설희한테 주는 거야."

"그라시몬 안 됩니더. 사장님 사업 자금도 없잖십니꺼."

"내 걱정은 말고, 이제 돌아가거든 내가 시키는 대로만 해. 난 비행기 타러 나가야 돼."

한조는 손을 내밀어 박시대와 악수를 했다.

"잘 다니오시이소."

"잘 있어!"

서울을 떠난 비행기는 불과 40분을 날아 한조와 이숙희를, 다시 봐도 여전히 이상하게 딴 나라 같은 매력을 지닌 제주도에 내려놓았다.

한조는 자신이 생각해도 이상할 정도로 기분이 좋아져 있어서 콧노래를 다 흥얼거리고 있었다. 김포에서 트랩을 오르기 전에 돌아보았던 음울한 작별의 순간도 이미 그는 까맣게 잊고 있었다.

어쩌면 잔인하게도, 비행기를 처음 타보는 이숙희의 끝없이 감추어진 흥분을 훔쳐보는 것이 재미있어서였는지 몰랐다. 여승무원이 눈깔사탕 두 알밖에 주지 않는다는 것을 일찍이 알고 있어서 군주전 부리할 것들을 미리 잔뜩 준비해 가지고 게걸스레 먹어치우는 것도 기분 좋았다.

"이런 초콜릿까지 언제 사 넣으셨어요?"

"그뿐인 줄 알어. 별게 다 있다구."

한조가 낙천주의자가 되자 이숙희는 소녀로 변해 버려 제주공항을 그의 팔에 매달리다시피 의지하고 걸어가며 코맹맹이 소릴냈다.

"오머, 저어기 좀 보세요. 살아 있는 야자수가 다 있네요."

"그러고 보면 이 나라도 그렇게 작은 편이 아닌 것 같지, 이렇게 엉뚱하게 다른 기후의 땅도 있으니."

한조는 끙끙거리며 들고 나온 트렁크를 택시 운전대 옆자리에 들여놓았다. 이숙희가 꾸리며 무엇을 그렇게 집어넣었는지 꽤나 무거운 편이었다. 싱거운 성품인지 운전사가 괜히 싱글벙글하며 시트로 올라앉는 그들을 돌아보며 말을 걸었다.

"아주 어울리시는데요, 두 분."

"그럼 아주 어울리는 우리를 서귀포까지 데려다 주는 덴 얼마나 받우?"

"많이 안 받아요. 허니문 하우스에 예약하셨을 거 아네요? 그렇다면 그러시지 말고 아예 이 찰 대절하시는 게 어떻습니까, 내일은 두 분 어차피 한라산도 구경하고 여기저기 돌아다니고 하셔야 할 테니까."

운전사의 말로는 신혼 여행 오는 남녀치고 택시 대절하여 돌아다니지 않는 쌍이란 아예 없다는 것이 아닌가. 그러나 수다스러운 것이 마음에 안 드는지 이숙희가 옆구리를 꾹 질러 신호를 보냈으므로 한조는 얼른 운전사의 말을 가로막았다.

"일단 서귀포까지만 가고 봅시다. 우린 아직 어디 가서 무얼 볼지 결정한 게 없거든요."

운전사는 실망한 빛이 역력한 시무룩한 표정을 지었으나 별수 없이 곧 시동을 걸었다.

"올 때 빈 차로 돌아와야 하는 게 큰일인데……."

자동차가 울컥하고 미끄러져 나가는 바람에 이숙희의 상체가 한조에게로 쏠렸다. 한조는 팔을 돌려 그녀의 허리를 지그시 끌어당겨 안았다. 그녀가 그의 어깨를 뺐다.

"피곤하지?"

"아뇨."

"이제 한라산 중턱을 관통하여 넘게 될 거라구. 곧 서귀포에 닿을 테니 조금만 참어."

비행 시간보다는 훨씬 더 걸렸지만, 그러나 그들 두 사람이 서귀포에 닿았을 때는 아직도 여름 긴 해가 한 뼘쯤 남아 있었다. 그리고 그들이 허니문 하우스의 프런트를 거쳐 예약 확인을 받고 안내되어 간 방은 3층 3호실이었다.

벨보이가 트렁크를 내려놓으며 눈치를 살폈으나 이숙희는 못 알아차리는 것 같았다. 이윽고 답답해진 청년이 한마디 했다.

"이 방이 이 호텔에서 가장 좋은 방입니다. 앞이 탁 틔었죠. 바다가 시원하게 다 내다보이잖아요."

그가 기어이 한조로부터 팁을 받아 돌아간 다음 두 사람은 마침내 팔을 맞잡고 섰다. 가벼운 입맞춤만으로 포옹을 풀고 한조는 곧 넥타이를 끌러젖혔다.

"우리 바닷가로 나가 볼까?"

"그래요."

약간 어색한 얼굴을 하고 침대 끝에 서 있던 이숙희가 즉각 동의했다. 그녀는 한조가 침대 위에 풀어 던진 넥타이를 집어 들며 이어 말했다.

"저고리두 벗으세요. 제가 남방 셔츠랑 바지 넣어 온 게 있어요."

"그런 것까지 집어넣어서 가방이 그렇게 무거웠구나."

한조는 그녀가 트렁크를 열어 매우 화려한 무늬가 진 남방 셔츠를 꺼내는 것을 들여다보며 말했다. 아내를 갖게 되면 이런 것까지 신경써 주는구나 하는 생각이 들어서였다.

"무거운 건 제 물건들 땜에 그래요. 죄다 제 옷가지들이구 화장품들두 이렇게 여러 가지가 들었거든요."

그녀는 가방 밑바닥을 들치고 올망졸망한 화장품 용기들을 보여 주었다.

"그 밖에두 넣어 온 게 많아요. 햇볕에 덴 데 바르는 약두 들구, 구급약 몇 가지두 준비한걸요. 슬리퍼두 두 켤레나 들구요."

"그렇다면 여기서 여름을 다 보내고 돌아가도 되겠는데. 그 정도라면 우린 아쉬울 게 없는 부자니까 말야."

"우린 피서온 게 아녜요."

"그렇지, 신혼 여행 온 거지."

"농담 마시구 어서 이 옷 갈아입으세요. 그리구 밖으로 나가세요. 저두 다른 옷으로 갈아입어야 하잖아요."

"이 방 예약한 사람은 난데 왜 내가 나가."

"얼른요. 곧 어두워지겠어요."

두 사람이 호텔 로비로 내려왔을 때는 정말 밖은 어느새 짙은 땅거미가 져 있었다. 한조는 커다랗게 얼룩무늬가 진 원피스로 갈아입은 이숙희와 나란히 호텔을 나와 모래밭으로 들어섰다. 넓은 모래밭은 여기저기 천막 끝자락에 내걸려 있는 랜턴들로 어딘가 신비스러움을 자아내는 그런 분위기를 빚고 있었다.

"우리두 천막이나 짊어지구 올 걸 하는 생각 안 드세요?"

끝없이 세워져 있는 천막들 앞을 지나치며 이숙희가 물은 말이다.

"우린 피서온 게 아니라고 해놓곤."

"신혼 여행 와서 천막 속에서 자면 안 되나요, 뭐."

그녀는 천막 속의 분위기를 매우 사랑하듯 더러는 버너로 저녁을 짓고 있거나 아니면 빤한 불빛 아래 이마를 맞대고 앉아 라면 끓인 것을 먹고 있는 광경까지도 놓치지 않고 눈여겨보고 있었다.

그렇게 얼마 걷지 않아 두 사람은 마침내 일단의 젊은이들이 피워 올린 캠프 파이어 앞에서 걸음을 멈추었다. 돌아보자 이숙희의 얼굴이 불빛을 받아 이상하게 일그러져 보였다. 마치 죽은 자의 그것 같은 기분 나쁜 느낌을 준 것 때문일까. 한조가 서둘러 말했다.

"이제 그만 돌아가자구."

"저 젊은이들 춤추는 모습 재미 있잖아요?"

"돌아가자니까!"

한조는 자신도 모르게 높고 짜증스런 목소리를 내고 말았다. 그러곤 그녀가 놀라서 돌아볼 즈음에야 아차 하는 생각이 들어 얼른 핑계를 둘러댔다.

"갑자기 현기증이 나서 그래."

"어머나, 어서 가세요."

쏴아쏴아 모래밭을 씻는 파도 소리를 뒤로 하고 두 사람은 이제 완전히 어둠에 싸인 해변을 떠나 시가지 쪽으로 걸어갔다. 가게에서 흘러 나오는 불빛 앞에 이르러 그녀가 그를 돌아보며 물었다.

"아직두 어지러우세요?"

"아니, 괜찮어. 아깐 불빛이 너무 강하게 출렁거려서 그랬나봐." 하고 나서 한조는 그녀의 허리를 가볍게 안고 다시 걸음을 떼어 놓기 시작했다.

사육제가 그런 것인지 모르지만 창 너머로 내다보이는 해변은 밤이 깊어도 여전히 축제 같은 분위기가 그대로 계속되고 있었다. 먼 빛이어서 그럴까, 흑인 올페가 뒷전에 서 있을 것 같은 그런 슬픈 정적을 느끼게 하면서……

신혼여행의 첫날밤은 그런 창밖 분위기가 말없이 가슴을 적시는 연장선상에서 깊어갔다. 그것이 두 사람을 매우 경건하게 만들었는지 모른다. 적어도 음울함이라든가 슬픔 같은 것은 물론 단연코 조금도 없었다.

한조는 마치 기도하는 자세로 이숙희의 실오라기 하나 걸치지 않은 나신을 구석구석 애무해 나갔고 그에 따라 그녀의 몸이 서서히 달아올랐다. 어쩌면 한조에게 있어 그 순간은 밀교(密敎)의 할례(割禮)와 같은 아픔과 달콤함과 무한한 기구로 충만되어 있었는지 모른다. 말이 필요 없으므로 두 사람은 누구도 한마디 말이 없었다. 다만 영겁으로 이어지는 사랑의 다짐과 그 의욕만으로 그들의 가슴은 벅찰 뿐이었다.

그리고 심신의 만족감은 그들을 지체없이 숙면으로 인도해 갔다. 그것은 마치 쾌적한 솜밭에 누운 채 한없이 공동으로 떨어져 내리는 그런 것이었다. 그도 그럴 것이, 그들은 그날 하루 동안 너무 많은 일을 긴장 속에서 치러내지 않았던가.

한여름 밤의 꿈. 짧은 밤에 꾼 길디긴 꿈은 오색 영롱한 빛깔이었다. 그러나 실은 꿈도 없는 밤이었는지 눈이 떠진 이숙희에겐 단지 상쾌한 아침의 행복감만이 있었다. 약간은 부끄러움이 동반된……. 왜냐하면 한조가 어느새 침대 한쪽을 비우고 새벽 산책을 나가고 없었으므로.

이숙희는 얼른 침대를 벗어나 아직도 완전히 어둠이 바래지 않은 속에서 서둘러 옷을 갈아입었다. 세수를 하고 얼굴과 머리를 매만지고 흐트러진 침대를 말끔히 정리했다. 그러곤 창틀 앞으로 다가가 멀리 해변을 내다봤다.

바닷가는 아직도 잠들어 있었다. 쏴아쏴아하는 파도 소리만 은은하게 들릴 뿐 밤늦도록 찢어지는 악기 소리를 내던 천막 언저리엔 움직이는 것이 아무것도 없었다. 만약 슬픈 눈을 가진 사람이 보았다면 죽음의 재를 뿌린 것처럼 보일지도 모를 희뿌연 안개, 그 두꺼운 회색의 장막 속에 깊이 잠들어 있을 뿐이었다.

그러나 그 두꺼운 어둠의 장막이 쫓겨가는 안개처럼 말끔히 걷히고 동해에서 불덩이 같은 태양이 불쑥 솟아오를 때까지도, 아니 그러고도 얼마나 더 시간이 흐른 것일까, 마침내 늦잠에 빠졌던 피서객들이 천막을 들어 올리고 나와 또다시 해변을 시장 바닥같이 만들 때까지도 이숙희가 거기 창틀 앞에 서 있게 될 줄 누가 상상이나 했으랴.

이숙희는 그제야 생각이 난 듯 시선을 돌려 방 안을 휘둘러보았다. 그러나 한조가 다른 아무 데도 가지 않았음은 그가 남방 셔츠차림을 하고 나갔다는 사실만으로도 충분했다. 그럼에도 사람을 기다리는 시간은 그것이 연장될수록 불길한 생각에 빠지도록 만드는 짓궂고 잔인한 것일까. 그녀는 짧은 시간을 할애하여 한조의 양복이 걸린 옷장 앞으로 쫓아갔다. 옷장의 문고리를 비트는 그녀의 손이 가볍게 떨리고 있었다.

옷은 그대로 걸려 있었다. 그녀가 전날 걸어논 그대로 옷이 걸려 있다는 사실에 그녀는 아무것도 더는 손대지 않았다. 얼른 옷장 앞을 떠나 다시 창틀 곁으로 다가갔다. 해변은 어느새 강렬한 아침 햇살 속에 빈틈없이 노출되어 있었다.

이분이 어디 바위가 있는 바닷가를 거닐다가 발을 헛디딘 것은 아닐까?

그런 방정맞을지도 모르는 생각이 들기 바쁘게 그녀는 호텔방을 박차고 뛰어나갔다. 바닷가이므로 벼랑인들 얼마나 많을 것인가.

이상한, 하지만 그에겐 한없이 매력 있고 추억도 많은 섬나라 제주도에 신혼 여행을 온 새신랑 나한조의 실종은 그렇게 누구에게도 실감을 주지 못하면서 이루어진 것일까, 거짓말같이. 허니문 하우스가 끝내 발칵 뒤집히고 말았다. 서귀포가 아닌 제주도가 온통 발칵 뒤집혔다. 그러나 나한조는 끝내 못 찾아냈고 스스로 돌아오지도 않았다. 유서 같은 걸 남겨 놓은 것도 아니고, 그가 스스로 죽었을 리 없다는 사실을 웅변하는 증거물들만 여럿 발견되었다. 그의 주머니에선 적지 않은 현금뿐만이 아니고 8천만 원짜리 수표 한 장도 발견되었으므로 단지 사람들은 이렇게 말했다.

　—틀림없이 어둠 속에서 실족했을 거야. 그렇잖고야 신혼 여행 온 새신랑이 어딜 갔겠어?

　그러나 그의 실종은 수수께끼였다. 확실한 것은 아무 것도 없었지만, 그러나 마치 불사조처럼 살아온 나한조 그는 어느 때고 거짓말같이 불쑥 사람들 앞에 나타나리라고 모두 믿고 있다는 사실 하나뿐이었다.

신상웅 소설 연표

히포크라테스 흉상〔중편〕, 세대 6, 1968.

병사의 휴가, 세대 8, 1968.

쌍생아, 월간문학 4, 1969.

후보사령부〔중편〕, 세대 6, 1969.

닫힌 문(東紀 원년 후기 개제), 아세아 6, 1969.

감상여행, 여원 9, 1969.

언덕 위에 있는 집, 새가정 11, 1969.

불타는 도시, 사상계 4, 1970.

추적, 현대문학 9, 1970.

여름나기, 월간문학 10, 1970.

허수아비 찌르기(희극교서 개제) 다리 1, 1971.

성 유다병원, 현대문학 6, 1971.

변씨의 죽음, 신동아 6, 1971.

이수일전, 현대문학 12, 1971.

분노의 일기〔중편〕, 상황 2, 1972.

어느 재회, 한양 2·3, 1972.

동상 주변, 나라사랑 7집, 1972.

모월 모일(某月某日), 월간문학 7, 1972.

바다와 겨룬 사나이, 한양 8·9, 1972.

사표, 중앙문화 7집, 1972.

악령 잠 안 들다, 신동아 4, 1973.

끝없는 곡예, 월간중앙 7, 1973.

당신은 속고 있습니다, 세대 7, 1973.

왜 웃지 않어, 독서신문 133-134, 1973.

만가일 뿐이외다, 서울평론 8호, 1973.

기호공화국, 여성동아 1, 1974.

이 어두운 날의 미아, 현대문학 2, 1974.

현장실습, 세대 3, 1974.

풍화, 한국문학 8, 1974.

장의사지(壯義寺址), 문학사상 11, 1974.

제2선상, 여성중앙 5, 1975.

장군의 길—高仙芝〔중편〕, 민족문학대계, 1975.

마멸, 문학사상 10, 1975.

유언비어, 소설문예 2, 1976.

귀로, 뿌리깊은나무 7, 1976.

겨울의 우울, 주간조선 4. 4, 1976.

사육제의 끝, 숙대신문 522호, 1976.

방관자, 한양 6, 1976.

어느 하오, 현대인 6, 1976.

쓰지 않은 이야기—포장마차 ①, 부산대신문 신년호, 1977.

세번째 겨울—포장마차 ②, 문예중앙 11, 1977.

돌아온 우리의 친구—포장마차 ③, 문학사상 5, 1978.

회색의 집—포장마차 ④, 문예중앙 가을호, 1978.

암야행, 독서신문 313-316호, 1977.

이런 전쟁, 문학사상 7, 1977.

상(像), 대학신문 신년호, 1978.

도시의 자전(自轉), 한국문학 5, 1978.

파블로프의 종, 문학사상 2, 1979.

아침부터 축배를, 창작과비평 봄호, 1979.

타자의 마을〔중편〕, 문예중앙 가을호, 1979.

정토(淨土), 독서신문 11. 18—12. 9, 1979.

기억할 만한 슬픔, 연세춘추 6. 15, 1981.
심야의 정담〔장편〕, 창작과비평(여름~겨울), 1972.
배회〔장편〕, 경향신문, 1974. 9. 1~1975. 9. 30
바람난 도시(69동 703호, 개제)〔장편〕, 주간한국 1976. 5. 12~
12. 26.
일어서는 빛〔장편〕, 매일신문 1980. 1. 1~81. 1. 31.

〈작품집〉
히포크라테스 흉상, 삼성출판사, 1973 ; 삼중당, 1978.
심야의 정담, 범우사, 1973 ; 일월서각, 1981 ; 중앙일보사,
1987.
분노의 일기, 을유문화사, 1974.
한국문제작가선집 19─신상웅편, 서음출판사, 1977.
배회, 태양문화사, 1977 ; 삼성당, 1983.
쓰지 않은 이야기, 세종출판공사, 1977.
바지를 입은 여자, 태창문화사, 1977.
바람난 도시, 동서문화사, 1979 ; 중앙일보사, 1986.
어둠속으로 어둠속으로(여행산문집), 새밭, 1978.
살다보면 별일이, 교문사, 1979.
장군의 길, 지성출판사, 1980.
돌아온 우리의 친구, 창작과비평사, 1981.
김정희(전기), 금성출판사, 1982.
박지원(전기), 금성출판사, 1982.
한국문제작가선집─신상웅편, 어문각, 1983.
오늘의 한국문학 33인선─신상웅편, 양우당, 1988.
해가 지면 나는 왜 좌절을 마시는가(산문집), 모음사, 1991.
울지 마, 별이 뜨잖니(소년소설), 웅진, 1992.

일어서는 빛, 도서출판 모아, 1993.
타자의 마을, 예술문화사, 1993.